Intrigen, Täuschungen und ein Gespinst voller Lügen – Hauptkommissar David Bauer von der Mordkommission in Köln sucht einen Killer und brutalen Schläger.

Nach der Generalprobe von ›Fidelio‹ wird der Sänger Georg Arden brutal in einer kleinen Seitenstraße der Kölner Oper zusammengeschlagen. Gezielt trifft der Angreifer seinen Kehlkopf – Georg verliert nicht nur seine Stimme, sondern auch seine Stellung. Ein junges Mädchen, das ihm zu Hilfe eilen will, wird ebenfalls niedergeschlagen. Sie stirbt wenig später. In panischem Schrecken und seines Lebenssinns beraubt flieht Georg mit seinem kleinen Sohn nach Königswinter.
Dort lernt er Nora, eine junge Klavierlehrerin, kennen. Georg ahnt nicht wie sehr die dunklen Schatten der Vergangenheit noch immer Noras Leben belasten. Und wie eng sein eigenes Schicksal damit verknüpft ist.

Reinhard Rohn, geboren 1959 in Osnabrück, arbeitet als Verlagsleiter in Berlin. Er hat bereits mehrere Kriminalromane geschrieben, die alle in seiner Heimatstadt Köln angesiedelt sind. Der Autor lebt mit seiner Familie in Köln.

www.fischerverlage.de

Reinhard Rohn

Mord unter dem Drachenfels

Kriminalroman

Fischer Taschenbuch Verlag

Veröffentlicht im Fischer Taschenbuch Verlag,
einem Unternehmen der S. Fischer Verlage, Frankfurt am Main,
Februar 2010.
Dieser Roman ist bei Scherz im Jahre 2008 unter dem Titel
›Der Engel am Ende der Nacht‹ erschienen.

Lizenzausgabe mit freundlicher Genehmigung des Scherz
Verlags, einem Verlag der S. Fischer Verlag GmbH, Frankfurt am Main

Gesamtherstellung: CPI – Clausen & Bosse, Leck
Printed in Germany
ISBN 978-3-596-17779-0

Handlung und Personen in diesem Roman sind frei erfunden. Bei der Schilderung real existierender Schauplätze habe ich mir einige kleinere Freiheiten gestattet.

Prolog

Stella liebte den Zufall. Sie wusste, dass der Zufall sie früher oder später zu Philipp führen würde. Sie musste nichts anderes tun, als sich durch die Stadt treiben zu lassen und irgendwann einen Platz zum Schlafen zu suchen. Um sich in einem Hinterhof in einer ruhigen Ecke zusammenzurollen, war es allerdings noch zu kalt. Am liebsten hätte sie sich in den Dom geschlichen und da übernachtet. Faszinierende Vorstellung – eine Nacht neben dem Schrein der Heiligen Drei Könige oder in dem Gestühl der Domherren. Brannten auch nachts Kerzen im Dom, oder lag man dann in völliger Dunkelheit da, als sei man an einem fernen Ort jenseits von Raum und Zeit gelandet? Sie hatte jedoch gleich vermutet, dass es mit der Nacht im Dom nicht klappen würde. Ihr Zahlentick hatte es ihr verraten. Wenn sie es vom Ausgang des Hauptbahnhofs bis zum Domportal, ohne zu betrügen, in genau hundertfünfzig Schritten schaffte, wäre der Weg frei für sie, hatte sie sich gesagt. Leider hatte sie neunundachtzig Schritte gebraucht, eine ungerade Zahl, zu allem Überfluss auch noch eine Primzahl. Das brachte Unglück. Kein Wunder, dass die rotgewandeten Aufpasser im Dom sie mit ihrem Rucksack nicht hereingelassen hatten. Immerhin hatten sie nicht die Polizei gerufen. Als Ausreißerin hätte Stella sonst wohl die Nacht auf einem Polizeirevier verbringen müssen – bis ihr Stiefvater sie abgeholt hätte.

Sie sah, wie der Mond sich in einem Baugerüst spiegelte. In einer dunkleren Seitengasse abseits vom hell erleuchteten Dom wurde anscheinend eine alte Kirche oder ein Kloster renoviert. Sie rüttelte an einer Holztür, die in einen Bretterzaun eingelassen war, aber die Tür war fest verschlossen. Ein altes, baufälliges Kloster wäre ihr als Schlafplatz auch eine Spur zu unheimlich gewesen. Allerdings hätte sie Philipp am nächsten Morgen, wenn sie ihn dann gefunden hätte, wirklich beeindrucken können. Was tat sie nicht alles, um ihm zu beweisen, dass sie ihn liebte. Ihm zuliebe war sie ohne ein Wort aus Hameln verschwunden. Sie würde zum ersten Mal nicht die beste Mathematikarbeit ihrer Schule schreiben.

Ein alter Mann schlich mit einem Hund, der sich genauso schwerfällig bewegte wie er selbst, die düstere Gasse entlang. Wie zwei Geisterwesen sahen sie aus, die sich gleich wieder in Luft auflösen oder gar in furchtbare dämonische Kreaturen verwandeln würden. Vor Stella blitzten die Scheinwerfer der Autos auf, die ein Stück weiter auf einer Schnellstraße vorbeijagten.

Wenn sie es mit zwanzig Schritten bis zu dieser Straße schaffte, würde sie einen Hinweis finden, wo Philipp steckte, sagte sie sich. Sie versuchte die Strecke abzuschätzen, machte mit ihren abgelaufenen Turnschuhen große, raumgreifende Schritte. Trotzdem reichte es nicht. Obwohl sie sich zu ihren Gunsten mehrmals verzählte, brauchte sie dreiundzwanzig Schritte bis zu der vierspurigen Straße. Schon wieder eine ungerade Zahl!

An einer Ampel, an der sie auf das grüne Signal für Fußgänger warten musste, entdeckte sie keinen Hinweis auf eine Bar oder einen Club, wo eine Band mit Namen »Luxusliner« spielte. Lediglich ein orangefarbener Automat mit den Morgenzeitungen stand da. Die Schlagzeile handelte von einem grausamen Mädchenmord auf einem Parkplatz hinter dem Hauptbahnhof. Vielleicht hätte sie doch eine Kerze im Dom anzünden sollen. Auch ein Gebet hätte nichts schaden können! Was würde sie tun, wenn sie Philipp nun wider Erwarten nicht fände? Er hatte ihr nicht einmal seine Telefonnummer gegeben. Vermutlich passierte es ihm ständig, dass ihm irgendwelche Mädchen nachreisten, die sich in seine langen schwarzen Haare und in sein scheues Lächeln verliebt hatten. Nein, er hatte ihr eine Kette geschenkt und sie mit auf sein Hotelzimmer genommen, und er hatte ihr zugeflüstert, sein nächster Song werde den Titel »Stella sings« tragen.

Mit dreißig Schritten hatte sie die Straße überquert. Immerhin, die Zahlen waren wieder auf ihrer Seite. Sie spürte jedoch, wie sie allmählich müde wurde. Auch der Hunger kehrte zurück. Wenn ihr der Zufall doch nicht zu Hilfe käme, würde sie sich auf die Kreditkarte ihrer Mutter besinnen müssen, die sie zur Sicherheit eingesteckt hatte. Damit würde sie zwar eine Spur hinterlassen, aber dieses Risiko musste sie zur Not eingehen.

Sie hatte immer gewusst, dass ihr mit siebzehn ein großes, einzigartiges Abenteuer widerfahren würde. Eine Wahrsagerin hatte es ihrer Mutter vor ein paar Jahren prophezeit. »Passen Sie auf Ihre Tochter auf! Noch während ihrer Schulzeit wird sie ein einschneidendes Erlebnis haben!« Wie ihre Mutter glaubte Stella an solche Weissagungen, auch wenn sie es vor all ihren Freundinnen abgestritten hätte.

Als sie Philipp an seiner Bassgitarre gesehen hatte, waren ihr die Knie weich geworden. So einem Jungen war sie noch nie begegnet. Mit abwesendem, beinahe leerem Gesichtsausdruck beugte Philipp sich über sein Instrument, als halte er ein lebendiges Wesen in seinen Händen, mit dem er eine Art geheimen Tanz aufführen musste. Pulsierend dröhnte der Bass aus den Lautsprechern und ließ sie regelrecht erzittern. Der Boden unter ihr begann zu schwanken, und für einen Moment fürchtete sie, ohnmächtig zu werden. Dann schaute Philipp sie an; ein großer, heiliger Zufall, dass ihre Blicke sich trafen und seine schwarzen, geheimnisvollen Augen sie förmlich aus einer groben, wogenden Menschenmenge herausschnitten. So fängt die Liebe an, hatte Stella gedacht. Ihr Glück hatte begonnen. Der Tag war der siebte April, und die Sieben war immer ihre Lieblingszahl gewesen.

Nachdem sie die Straße überquert hatte, schritt Stella auf ein hässliches graues Gebäude zu, das auf den ersten Blick wie eine Behörde aussah, dann entdeckte sie die Schilder »Opernhaus Köln – Heute wegen Generalprobe keine Vorstellung – morgen: ›Fidelio‹.«

Spielte Philipp mit seiner Band vielleicht in der Oper? Nein, undenkbar. In so einen spießigen Kulturtempel würden ihn keine zehn Pferde hineinbekommen. Auch in den Programmankündigungen in einem Schaukasten fand sich kein Hinweis auf das Konzert einer Band namens »Luxusliner«.

Erneut spürte Stella, wie sie unsicher wurde, und diesmal verflog diese Unsicherheit nicht sogleich wieder. Vielmehr kam ihr der unliebsame Gedanke, dass der Zufall ihr nicht helfen würde, weil Philipp sie angelogen hatte. Er war mit den anderen Musikern gar nicht nach Köln weitergereist, sondern hatte sich nur einen Spass daraus gemacht, ihr falsche Geschichten zu erzählen und sie mit auf sein enges, schmutziges Hotelzimmer zu nehmen. Sein Körper war viel älter gewesen als sein Gesicht, mit Narben an den Unterarmen und zwei riesigen Tätowierungen auf seiner Brust, die wie giftige Kraken ausgesehen hatten.

Stella schritt um das Opernhaus herum und geriet in eine Straße, die voller Schatten war. Ja, es sah so aus, als bewegten sich in einem feinen silbrigen Licht Gebilde aus Dunkelheit. Sie ließ den schweren Rucksack von ihrer Schulter gleiten und lehnte sich an die Hauswand. Dann schloss sie die Augen. Ich werde bis sechzig zählen, und wenn ich dann die Augen wieder öffne, wird sich alles verändert haben, redete sie sich ein.

Mit gesenktem Kopf zählte sie flüsternd vor sich hin, fast wie als kleines Kind, wenn sie mit den anderen Mädchen in ihrer Straße Verstecken gespielt hatte. Damals war ihr Vater bei ihnen gewesen und hatte sich noch nicht nach Spanien auf eine Sonneninsel abgesetzt, um Tauchlehrer oder Fremdenführer zu sein. Es tat ihr gut, die Zahlen auszusprechen. Sie fühlte sich wohl, wenn sie mit Zahlen zu tun hatte. Auf Zahlen war Verlass. Sie hatte nie verstanden, dass ihre Freundinnen Mathematik hassten. Eine Zeitlang hatte sie nichts lieber getan, als allein in ihrem Zimmer Mathematikaufgaben durchzuspielen. Sie hatte sogar eine Geheimsprache erfunden, die auf Zahlen beruhte. Leider hatte sie niemanden gekannt, dem sie diese Sprache beibringen konnte.

Als sie bei der spröden, durch und durch langweiligen Zahl Einundvierzig angekommen war, glaubte sie, ein Geräusch vor sich wahrzunehmen, hastige, zielstrebige Schritte, die dennoch eine gewisse Wankelmütigkeit verrieten. Dann bei Siebenundvierzig, viel zu früh und gegen jede Abmachung, die sie mit sich selbst getroffen hatte, sprangen ihre Augen auf, als habe ein schmerzhafter elektrischer Impuls sie getroffen.

Die Szenerie vor ihr hatte sich tatsächlich verändert. Eine Gestalt näherte sich einem Mann, der offensichtlich aus einem Seitenausgang der Oper auf die Straße getreten war. Nichts Bedrohliches lag in dieser Annäherung, eher wirkte es, als schiebe sich ein später, eiliger Passant an einem anderen vorbei. Trotzdem ahnte Stella, dass der Schein trog. Sie lief los, ohne selbst zu ahnen, warum sie lief. Kaum hatte die erste Gestalt sich der zweiten genähert, zog sie unter ihrem langen Mantel einen länglichen Gegenstand hervor.

Stella öffnete ihren Mund zu einem Schrei, aber vor Erstaunen drang ihr kein Laut über die Lippen. Sie wurde Zeugin eines kaltblütigen Überfalls. Der Angreifer schlug zweimal kurz und routiniert zu. Eine seltsame, fließende Eleganz lag in seinen Schlägen. Wie in einem Film, schoss es Stella durch den Kopf, als habe er diese Szene schon oft geprobt, und für einen Moment kam ihr der Gedanke, sie könnte tatsächlich mitten in nächtliche Filmaufnahmen geraten sein. Man hörte gelegentlich davon, dass unbedarfte Passanten ahnungslos in eine Filmszene hineinliefen und dann in vollkommenem Ernst einen Schauspieler jagten, der einen flüchtenden Mörder mimte. Doch die zweite Gestalt schrie mit einer Heftigkeit auf, die nicht gespielt sein konnte. Während sie ins Taumeln geriet, riss sie die Hände in die Höhe, nicht um selbst anzugreifen, sondern um sich vor weiteren Schlägen zu schützen, aber diese abwehrenden Gesten beeindruckten den Angreifer überhaupt nicht. Er brachte zwei, drei gezielte Hiebe an, die endgültig dafür sorgten, dass sein Opfer zu Boden ging. Dann hatte Stella ihn erreicht.

»Hören Sie auf!«, rief sie und wunderte sich über die Wut, die in ihrer Stimme lag. Der Angreifer wandte sich um. Sein Gesicht war bleich, fast weiß, er sah beinahe wie ein Vampir aus und irgendwie, als habe er kein Alter und kein Geschlecht. In seinen

Augen glänzte ein Ausdruck von Überraschung und Entsetzen. Anscheinend hatte er Stella in der menschenleeren Straße vollkommen übersehen.

»Warum tun Sie so etwas?« Stella bemerkte, wie offenkundig absurd ihre Frage war. Sie packte die Gestalt an ihrem schwarzen Mantel, meinte den Geruch von Blut wahrzunehmen und hörte zugleich das Röcheln des Mannes, der zusammengesunken an der Hauswand lehnte. Dann begriff sie, dass sie einen Fehler gemacht hatte. Sie hatte ihre linke Hand in den Mantel geklammert, als wolle sie den Angreifer festhalten. Mit einer leichten, mühelosen Bewegung schüttelte er sie ab, und das Glänzen in seinen Augen erlosch. Im nächsten Moment beobachtete Stella mit einer Intensität, die nur bedeuten konnte, dass ihre Sinne mit größtmöglicher Präzision arbeiteten, wie ein länglicher funkelnder Gegenstand auf sie zuraste – der Metallstock in der linken Hand der bleichen Gestalt. Ihr Kopf zuckte zurück, doch obwohl sie die Gefahr gespürt hatte, war sie nicht schnell genug. Ein wilder, heftiger Schmerz explodierte an ihrer Schläfe, und während er sich wie eine riesige Welle ausbreitete und sie das Gefühl hatte, den Boden unter ihren Füßen zu verlieren, bemerkte sie zugleich ein kühles, distanziertes Mitleid in den Augen ihres Peinigers.

Stella schwankte wie ein todkranker Baum, in der nächsten Sekunde kam es ihr vor, als schwebe sie ohne Beine über dem Asphalt, dann hatte sie die Zahl Siebzehn vor Augen, eine rote, pulsierende, schreckliche Zahl, die größer und größer wurde, bis sie sich wie ein wildes Tier auf sie zu stürzen schien. Plötzlich erkannte Stella ein paar Wahrheiten; sie erkannte, dass Philipp sie angelogen hatte, dass ihre Mutter schon den ganzen Abend um sie weinte und dass die Zahlen ihr in dieser Nacht nichts als Unglück gebracht hatten.

Teil 1

Fünf Monate später

1

In der Nacht hörte er sich singen. Georg sah, wie er auf die Bühne hinaustrat und einen kurzen, gleichmütigen Blick ins Publikum warf, bevor er sich in einem Flecken aus Licht postierte. Dann breitete er die Arme aus und stimmte den ersten Ton an. Zu seiner eigenen Verwunderung sang er keine Arie, sondern ein Kinderlied. »Der Mond ist aufgegangen« von Matthias Claudius. Für einen Moment glaubte er, ein Lachen seiner Zuhörer zu ernten. Das Publikum musste eine ganz andere Darbietung erwartet haben, etwa den Florestan in »Fidelio« oder den Prinzen aus Dvořáks »Rusalka«, doch aus dem Saal atmete ihm nur eine angespannte Stille entgegen. Jeder, der da in der Dunkelheit saß, schien wie gebannt an seinen Lippen zu hängen. Er gestattete sich auch keinen Fehler, sang dieses schlichte, schöne Kinderlied mit einer solchen Hingabe, dass ihm selbst die Tränen in die Augen traten. Als die letzte Zeile verklungen war – »… und unsern kranken Nachbarn auch« –, erwachte er, und erst dieses Erwachen bewies ihm, dass er überhaupt geschlafen hatte.

Die Hündin lag zu seinen Füßen und wimmerte leise vor sich hin, und über seinem Schreibtisch brannte eine winzige Lampe. Vor dem Fenster war der Mond aufgezogen, beinahe so, als habe sein Lied, das er im Traum gesungen hatte, ihn angelockt. Langsam erhob Georg sich, und während er zum Fenster ging, versuchte er, kein Geräusch zu verursachen. Er hatte sich angewöhnt, sich möglichst geräuschlos zu bewegen. Geräusche waren seine Feinde geworden. Vor ein paar Wochen hatte er sich dabei ertappt, wie er mehrmals die Tür seines Hauses geöffnet und geschlossen hatte, um sich selbst auf die Probe zu stellen. Zweimal war es ihm gelungen, die Tür so zu schließen, dass kein Knarren, nicht das leiseste Geräusch zu hören gewesen war. Stumm und beinahe schwerelos war die Tür ins Schloss geglitten. Es war ihm wie ein Sieg vorgekommen.

Als er sein Spiegelbild im Fenster sah, bemerkte Georg eine dicke Träne auf seiner linken Wange. Wie ein durchsichtiges Geschwür sah sie aus, das absolut nicht in sein Gesicht gehörte. Mit einer hastigen Handbewegung wischte er die peinliche Träne weg, und dann vernahm er ein dumpfes Jammern und Stöhnen, das ihn nur beim ersten Mal irritiert hatte, zwei Tage nachdem er in dieses windige Gartenhaus geflüchtet war. Tom, sein Sohn, war aufgewacht und weinte. Seit sie in diesem fremden Haus wohnten, quälten ihn häufig Albträume, über die er nicht sprechen wollte.

Georg seufzte und löschte die Lampe an seinem Schreibtisch. Für ein paar Sekunden ließ er sich vom Mondlicht einfangen. Fast meinte er, seinen Atem silbrig vor seinen Lippen flimmern zu sehen. Dann ging er in den engen Flur hinaus. Eine Holzdiele knarrte unter seinen nackten Füßen. Er hörte, wie Tom Worte vor sich hin flüsterte; es klang, als würde sein ängstlicher Sohn Zauberformeln murmeln, um das Böse zu bannen, das in sein Leben getreten war. Draußen schrie ein Vogel. Dann öffnete er die Tür zum Zimmer seines Sohnes. Er atmete tief ein und wusste, dass er wahrscheinlich die ganze Nacht kein Auge zumachen würde.

Der Nachtzug war beinahe leer, jedenfalls der Wagen mit den billigen Liegesitzen. Fünf Japaner hatten sich auf der anderen Seite breitgemacht; ein Junge mit einer altmodischen Nickelbrille und vier Mädchen, die sich glichen, als seien sie alle aus demselben Ei gekrochen. Der Junge hatte es nicht leicht mit seiner weiblichen Gesellschaft; immer wenn er sich ein wenig zusammengerollt hatte, um zu schlafen, ohne allerdings seine Brille abzunehmen, schob sich eines der Mädchen neben ihn und begann ihm über den Rücken oder das Gesicht zu streichen. Einmal bemühte ein Mädchen auch eine weiße Feder, um ihn an der Nase zu kitzeln. Als der Junge sie sanft wegschob und dann die Faust ballte, fingen die Mädchen an zu kichern; es hörte sich an, als stimmten vier Kanarienvögel ein Konzert des Lachens an.

Nora tat es gut, ein paar Stunden allein zu sein. Über acht Stunden brauchte der Nachtzug von Berlin bis Köln. Dann würde sie eine Stunde Aufenthalt haben, Zeit genug für einen Kaffee und einen Blick auf den Dom. Gegen neun Uhr wäre sie in Königswinter. Sie wandte sich zum Fenster und starrte hinaus, um ein paar Sterne am Himmel auszumachen, aber alles, was sie sah, waren zwei Straßenlaternen, die sich in der Landschaft verloren.

Ihr Telefon hatte sie ausgeschaltet. Niemand würde sie anrufen und zurückhalten können. Aber wahrscheinlich würde Mike es auch gar nicht versuchen.

»Ich will kein Kind!«, hatte er gesagt. »Was soll ich mit einem Kind anfangen?« Er hatte dabei die Augen zusammengekniffen, als hätte er sie am liebsten ins Gesicht geschlagen. Ein paar Haare an seiner Schläfe glänzten silbrig. Er wurde grau, ein grauer, bissiger Wolf. Fast hätte diese Beobachtung sie zum Lachen gebracht, aber dann stand sie wortlos auf und ging zu dem Stuhl hinüber, auf dem ihre Kleider lagen. Noch nie war sie sich unter seinem Blick so schutzlos vorgekommen. Sie spürte selbst, wie mager und bleich sie geworden war. Seine dunklen Augen verfolgten sie, als seien sie zwei Waffen, die sie töten könnten.

Nachdem sie ihren Slip und das T-Shirt angezogen hatte, fühlte sie sich zu ihrem Erstaunen ein wenig sicherer. Sie drehte sich zu ihm um, streifte sich ihre Hose über, und dann sprach sie diesen Satz aus, der sie hinterher selbst überraschte. »Mike«, sagte sie ein wenig keuchend vor sich hin, »mit dreißig muss ein Mensch etwas gefunden haben, an das er glaubt, doch du glaubst an gar nichts, nicht einmal an dich selbst.«

Er hatte spöttisch aufgelacht, aber gleichzeitig, als hätten ihn ihre Worte schmerzhaft getroffen, hatte er sich abgewandt und ihr seinen nackten Rücken zugekehrt.

Später am Bahnhof hatte sie gemerkt, dass er den vorletzten Fünfzig-Euro-Schein aus ihrem Portemonnaie genommen hatte, während sie im Bad gewesen war, aber dieser kleine Diebstahl hatte ihre Wut nicht neu entfachen können. Sie hatten sich ohne ein Wort, allein mit einem kalten, abschätzigen Blick verabschiedet.

Mike hat nicht geglaubt, dass ich wirklich gehen würde, dachte Nora. Plötzlich entdeckte sie doch einen hellen Stern am Himmel und den halbrunden Mond, der wie durch einen Schleier aus Wolken zu sehen war. Ein gutes Zeichen, fand sie, als leite sie ein Stern.

In Hannover stiegen noch zwei Fahrgäste zu. Dann wurde das Licht heruntergeschaltet; Stille senkte sich über den Wagen. Selbst die Kräfte der vier Japanerinnen waren erlahmt. Eine schlief mit offenem Mund und schnarchte vornehm asiatisch vor sich hin.

Zwischendurch war es so dunkel um sie herum, dass Nora glaubte, überhaupt nicht von der Stelle zu kommen oder in einem Raumschiff zu sitzen und durch das schwarze Weltall zu fliegen. Doch eigentlich war es eher eine Zeitreise – vom lauten, nervösen Berlin zurück ins stille, beschauliche Königswinter am Rhein. Über neun Jahre war sie nicht mehr in dem Haus am Fluss gewesen. Nein, einmal war sie drei Tage zu Weihnachten gekommen, und vor drei oder vier Jahren, in einem verregneten Sommer, hatte sie ihre Tante auf der Durchreise nach Frankreich besucht – mit rotgefärbten Haaren und ihrem neuen Tattoo auf der Schulter, das aber nur aufgemalt gewesen war. Keiner hatte sie erkannt, und keinem, den sie näher gekannt hatte, war sie begegnet.

Ansonsten war ihr eine Rückkehr immer zu beschwerlich gewesen. Manche Lügen ließen sich lediglich aus der Entfernung ohne größere Schwierigkeiten aufrechterhalten. Gelegentliche Telefonate konnte man mit leichter Hand erledigen. Ja, sie war nach der Schauspielschule tatsächlich Schauspielerin geworden. Ja, sie spielte meistens Theater und war auch schon in einem Videoclip aufgetreten. Ja, wenn sie einmal eine größere Rolle im Fernsehen bekäme, würde sie der Tante Bescheid sagen. Außer der Geschichte mit dem Videoclip war alles gelogen. Nach der Schauspielschule hatte sie einige Male bei freien Theatern und Produktionsfirmen vorgesprochen, aber man hatte ihr nur gelegentlich eine Rolle als Komparsin angeboten. Nicht einen einzigen Satz hatte sie bisher auf einer Bühne aufsagen dürfen. Auch dass sie noch immer Klavier spielte, war eine Lüge. In Wahrheit hatte sie wegen Mike vor zwei Jahren sogar ihren Job als Pianistin in einem noblen Restaurant am Gendarmenmarkt verloren. Freitags abends hatte sie sich da an ein Keyboard gesetzt und süßliche, unaufdringliche Melodien vor sich hin gespielt. Irgendwann aber war Mike aufgetaucht, war zeternd und polternd durch das Lokal gelaufen und hatte sie beschimpft, sie mache sich vor Parteibonzen und Arschkriechern zum Affen. Natürlich war das

Unsinn; die Gäste im Restaurant beachteten sie gar nicht; ihr Spiel war so eine Art gefälliges Geräusch im Hintergrund gewesen, wie das unaufhörliche Plätschern eines Wasserfalls, nur ein wenig vornehmer und kultivierter. Doch so war Mike manchmal oder glaubte, es sein zu müssen – laut, rebellisch und ungerecht. Der Geschäftsführer hatte sie ausbezahlt und Mike und ihr dann Lokalverbot erteilt. Lächerlich, als wären sie freiwillig in so einen Nobelschuppen gegangen.

Nora hatte keine Ahnung, ob sie überhaupt noch ein vernünftiges Lied zustande brachte, aber nun würde sie Klavierlehrerin werden. Zumindest solange ihre Tante im Krankenhaus bleiben musste.

Verschwommen sah sie ihr Spiegelbild im Fenster; es war, als blicke eine heimliche Zwillingsschwester sie aus der Nacht heraus an. Dann schloss sie die Augen und lauschte dem Rumpeln und Rauschen des Zuges.

Als Nora erwachte, glänzte der Himmel in einem satten, tiefgründigen Blau. Sie brauchte einen Moment, um sich zu orientieren, und tastete nach Mike neben sich, aber ihre Hand griff ins Leere. Dann erst fiel ihr ein, wo sie sich befand. Sie richtete sich auf und erblickte den kleinen Japaner neben sich. Er hockte auf dem Boden und studierte ein paar Notenblätter, die offenbar von Noras Sitz gerutscht waren.

Mit einem Lächeln hielt er sie ihr hin. »You are a piano player«, sagte er. »Great!«

Sie nickte und nahm die Blätter entgegen. In der Nacht hatte sie sich ihr altes Übungsheft angeschaut.

Am Rande hatte sie noch die krakeligen Anmerkungen ihrer Tante entdeckt.

»Do you have a concert in Cologne?«, fragte der Japaner, während er sich aufrichtete. Er sah sie mit einem ehrfürchtigen Funkeln an, als habe er tatsächlich eine berühmte Pianistin vor sich.

»Yes«, erwiderte Nora. »Tonight I play a concert on television.«

Der Japaner neigte den Kopf und lächelte noch eine Spur intensiver, dann wandte er sich wieder seinen vier Begleiterinnen zu und schnatterte ihnen fröhlich etwas zu. Ein helles, vierstimmiges Lachen antwortete ihm.

Eine berühmte Pianistin im Fernsehen – ich lüge zu gerne, dachte Nora. Die Lüge hatte zu ihrem Leben mit Mike gehört. Wenn man Leute traf, die man noch nicht kannte, entwarf man sich zunächst eine neue Biographie. Das machten viele Leute, Mike jedoch war ein Meister darin. Was hatte er nicht alles vorgegeben zu sein? Schauspieler, Maler, Fotograf, Konzeptkünstler. In seinen Lügen hatte er wirklich Phantasie gehabt. Bei ihrer ersten Begegnung hatte er ihr erzählt, er sei Boxer, sein erster Profi-Kampf stehe unmittelbar bevor. Dabei hatte er lediglich in einer Bar als Türsteher gearbeitet und am Wochenende Häuser renoviert. Später, nach der dritten gemeinsamen Nacht war es ihr gleichgültig gewesen, nein, eigentlich hatte es ihr sogar gefallen, dass er sich eine Lüge hatte einfallen lassen, um sie, das in seinen Augen sanfte, blonde Mädchen, zu beeindrucken.

Die Japaner schnallten sich kichernd ihre Rucksäcke auf, und Nora bemerkte, wie der Zug über den Rhein fuhr und auf den Kölner Dom zusteuerte. Der Fluss sah im frühen Sonnenlicht aus, als habe man silberne Perlen über ihm ausgeschüttet. Möwen tanzten in der Luft. Zum ersten Mal freute sie sich, bald im Haus ihrer Tante zu sein. Fast wie eine richtige Heimkehr, dachte sie. Niemand außer Mike wusste, dass sie schwanger war.

Sie nahm ihre Notenblätter, steckte sie in ihre Tasche und strich sich über ihr kurzes Haar. Dann schaltete sie ihr Telefon an. Zehn Minuten nach Mitternacht war eine Kurzmitteilung eingegangen. »Komm zurück«, hatte Mike geschrieben, »ich kann ohne dich nicht leben.«

2

In Königswinter war der Himmel aus Beton. Zumindest hatte Nora immer diesen Eindruck gehabt, wenn sie aus dem Zug stieg. Eine Autobahnbrücke zog sich am Rand der Stadt dahin. Tag und Nacht hing das monotone Rauschen des Verkehrs in der Luft. Nachdem sie eine Weile vergeblich nach ihrer Tante Ausschau gehalten hatte, lief Nora die Straße hinunter, die an den Gleisen entlangführte. Wie eine Schlafwandlerin kannte sie ihren Weg, als habe sie die Stadt niemals wirklich verlassen. Ein Zug raste donnernd vorbei; in ihrer Kindheit hatte der Lärm, den die Züge in der engen Schlucht zwischen den Häusern verursachten, sie so erschreckt, dass ihr vor Angst die Tränen gekommen waren, und später, in der Nacht vor ihrem sechzehnten Geburtstag, war Lukas, der verdammte, alberne Lukas aus ihrer Klasse, an der Bahnschranke auf die Gleise gelaufen und hatte seinen Kopf auf die Schienen gelegt, um ihr zu beweisen, dass er sie liebte. Eine Mutprobe, die ihn beinahe den Kopf gekostet hätte. Er hatte so lange gezögert, bis er sich herumwarf, dass er fast von einem Güterzug überrollt worden wäre.

Das Haus ihrer Tante schien verlassen. Ein paar Kinder hüpften mit Schulranzen auf dem Rücken über die Straße, ansonsten entdeckte Nora lediglich eine alte Frau, die mit einem Besen vor einer halb offenen Haustür stand und ihr misstrauisch nachblickte. Ihre Tante schien ihre Ankunft vergessen zu haben. Dann fiel Nora ein, dass sie vielleicht zu spät gekommen war. Vielleicht war Hanna schon tot; ihr krankes Herz hatte sie im Stich gelassen, bevor die Ärzte sie hatten operieren können. Oder vielleicht hatte sie nicht geglaubt, dass Nora wahrhaftig kommen werde.

»Es handelt sich um einen Notfall«, hatte Hanna ihr vor drei Tagen am Telefon gesagt. »Ich bin noch nie richtig krank gewesen, aber nun brauche ich jemanden, der mich für zwei, drei Wochen bei meinen Schülern vertritt.« Ihre Stimme hatte noch leiser und zaghafter als gewöhnlich geklungen. Es gab ein paar Dinge auf der Welt, die sie perfekt beherrschte: Klavier spielen, beten, Blumen trocknen und Apfelkuchen backen; jemanden um einen Gefallen zu bitten gehörte eindeutig nicht dazu. Für Noras Zögern und ihre Ausflüchte hatte sie auch sofort Verständnis gehabt. Plötzlich war ihr Zustand nicht mehr so bedrohlich, und ihre Schützlinge konnten ebensogut eine Weile ohne sie auskommen. Nora erinnerte sich, dass die letzte große Bitte ihrer Tante fast zwanzig Jahre zurücklag. »Geh zum Grab deiner Eltern«, hatte sie kurz vor Weihnachten gesagt, während es regnete und ein heftiger Sturm über das Land zog. »Vergiss sie nicht!« Sie selbst besuchte mindestens einmal in der Woche das Grab ihrer Schwester, gleichgültig, ob es schneite, stürmte oder eine mörderische Hitze herrschte.

Die Bahnschranke war wie üblich geschlossen. Links führte eine schmale Straße zum Drachenfels. Noch war es zu früh für die Touristen, den Berg hinaufzupilgern, um von dort die Aussicht auf das Rheintal zu genießen. Nora wandte sich nach rechts und sah zum Fluss hinunter. Auch die Andenkenläden hatten noch geschlossen. Die Auslagen hatten sich nicht verändert. Immer noch wurden kitschige Porzellan- oder Zinnteller angeboten, billige Rheinromantik auf Postkarten und Burgen und Kirchen aus Plastik. Nur die Autos, die in den Straßen parkten, sahen anders aus als bei ihrem Weggang vor neun Jahren, und von einigen Fassaden blätterte der Putz. In zwei Schaufenstern las sie die handgeschriebenen Schilder »Zu vermieten«. Die Zeit war nicht stehengeblieben, aber der Stadt hatte sie nicht gutgetan.

Am Ende der Gasse, jenseits der Hauptstraße, lag schimmernd der Rhein. Sie hatte seinen Geruch schon am Bahnhof wahrgenommen. Nach Wind, Seetang und nassem Sand roch der Fluss. Diesen Geruch würde sie niemals vergessen, nicht einmal, wenn sie fünfzig Jahre in der Wüste leben würde. Auf der Uferpromenade sammelte ein Straßenkehrer Papier auf. Eine alte Frau schob einen Holzkarren, auf dem sich anscheinend alle ihre Habseligkeiten befanden. In Berlin war Nora an den Anblick von Obdachlosen gewöhnt gewesen; hier jedoch irritierte er sie. Träge und zugleich imposant floss der Rhein dahin. Wie ein lebendiges, gigantisches Fabeltier kam er ihr vor, ein ewiges Wesen, das immer gleich war und sich doch mit jeder Sekunde veränderte. Nachts hatte sie bei Mondlicht oft am Ufer gesessen und dem Rhein ihre Geheimnisse anvertraut; auch ihren ersten Kuss hatte der Fluss mit angesehen. Lukas hatte sich unvermittelt über sie gebeugt, er hatte nach Minze gerochen und sie unsicher angelächelt, bevor er seine Lippen auf ihren Mund gepresst hatte. Es hatte sich eher wie eine Kollision denn wie eine zärtliche Berührung angefühlt.

Der Fährmann war der erste, den sie wiedererkannte. Er stand an der Rampe und blickte zur Hauptstraße. Sie wusste seinen Namen nicht mehr und war auch nicht sicher, ihn jemals erfahren zu haben; trotzdem war er ein fester Bestandteil ihrer Kindheit gewesen. Von ihrem Fenster aus hatte sie beobachten können, wie die Fähre viermal in der Stunde den Fluss kreuzte und auf der anderen Seite in Bad Godesberg festmachte. Noch immer trug der Fährmann eine schwarze Schirmmütze und eine blaue Joppe. Er musste weit über sechzig sein, ein alter Kapitän, der nie auf große Fahrt gegangen war. Als sie ihn grüßte, winkte er ihr zu, aber so mechanisch und unbestimmt, wie man den Gruß einer fremden Passantin erwidert. Dann wandte er sich ab und ging zu seinem Führerhaus. Auch wenn die Fähre leer war, musste er den Fahrplan einhalten und zum anderen Ufer übersetzen.

In der Straße ihrer Tante fielen Nora drei blütenweiße Schmetterlinge auf, die sich aus einer Wiese erhoben und zu Hannas Haus hinüberflatterten. Sie bewegten sich so gleichförmig, als seien sie gar nicht echt. Nora erinnerte sich, dass sie einmal, um Lukas zu ärgern, einen Schmetterling gefangen, in den Mund genommen und gegessen hatte. Pelzig, wie ein besonders trockenes Stück Löschpapier hatte der Schmetterling geschmeckt.

Das Haus hatte sich nicht verändert: eine graue Fassade mit grünen Fensterläden, die dringend einen neuen Anstrich gebraucht hätten. Allein die beiden Kastanien am Ende des Gartens hatten sich mächtig ausgebreitet und warfen einen einzelnen langen Schatten. Als Nora klingelte, öffnete niemand. Sie rief den Namen ihrer Tante und zog, während sie um das Haus ging, ihr Mobiltelefon hervor. Zwei weitere Kurzmitteilungen waren eingegangen, die sie jedoch nicht beachtete. Ein paar Momente nachdem sie die Nummer ihrer Tante eingetippt hatte, hörte sie, wie ein schrilles Läuten durch das Haus drang. Dieses Geräusch hätte unweigerlich jeden aus dem letzten Winkel herangerufen, aber niemand hob ab. Nora drückte ihr Gesicht an die Terrassentür. Wieder stieg ein ungutes Gefühl in ihr auf: Im Geiste sah sie ihre Tante vor Schmerzen zusammengesunken am Klavier hocken oder reglos, mit verrenkten Gliedern auf dem Teppich liegen. Innen war nichts Auffälliges zu erkennen. Alles stand an seinem Platz: die Standuhr, die alte Couch mit dem Bezug aus braunem Cord, der schmale Holztisch, auf dem wie üblich Zeitschriften und Bücher lagen, sowie der Ledersessel neben der Leselampe. Der Anblick beruhigte Nora ein wenig, dann ging sie zur Kellertreppe. Wie vor neun Jahren fand sie unter einer rostigen Dose den Kellerschlüssel. Sie schloss die Tür auf und betrat das Haus.

Eine tiefe, irgendwie unheilvolle Stille wehte ihr entgegen. Nach wenigen Schritten durch die Wohnung bemerkte sie, dass ihre Tante anscheinend überstürzt aufgebrochen war. In der Diele stand ein gepackter Koffer, und auf dem Küchentisch lag eine saubere Liste ihrer Klavierschüler, die sie aber nicht zu Ende geführt hatte. Dreizehn Namen zählte Nora, doch nur hinter die ersten drei hatte Hanna Bemerkungen geschrieben – über das bisherige Pensum ihrer Schüler, wann sie ihre Stunde hatten und die Stücke, die sie üben sollten. Dann entdeckte sie vor der Spüle eine zerbrochene Kaffeetasse und einen Rest Kaffee auf dem Linoleumboden. Niemals wäre ihre Tante aus dem Haus gegangen, ohne die Scherben zu beseitigen. Auch eine leere Einwegspritze und eine achtlos weggeworfene Plastikhülle lagen auf dem Boden.

Nora nahm ihr Telefon hervor, doch dann fiel ihr niemand ein, den sie anrufen und um Rat fragen konnte. In Berlin wäre alles anders gewesen. Mike wäre sofort gekommen. Ihn hätte sie mitten in der Nacht aus dem Schlaf reißen können. Nein, den Gedanken an Mike verbot sie sich. Sie ging in das Klavierzimmer, den größten Raum im Haus. Hier stand der kostbarste Gegenstand, den es im Haus gab: ein Bechstein-Flügel, dem man sein hohes Alter nicht ansah.

Obwohl kein Sonnenlicht ins Zimmer fiel, glänzte das Klavier, als sei es aus schwarzem Marmor. Nora nickte ihm zu, wie einem alten Bekannten, den sie lange nicht gesehen hatte. Der Hocker knarrte leise, als sie sich setzte. Dann legte sie ihre Hände auf die Tasten und starrte müde vor sich hin. Ich muss die Polizei anrufen, dachte sie.

Er wusste selbst, dass er einem Wahn verfallen war und dass er früher oder später einen Fehler machen würde. Dann käme alles ans Licht und er geriete ernsthaft in Schwierigkeiten. Kaum, dass Tom seine Schultasche genommen hatte und aus dem Haus war, lief er in den Ort hinunter. Er stellte seinen Wagen immer unten an der Uferpromenade ab, niemals in der Nähe des Hauses. Eine Vorsichtsmaßnahme, sagte er sich. Ein Krankenwagen jagte mit Blaulicht am Fluss entlang, als er den Wagen startete. Wenn er sich beeilte, konnte er in dreißig Minuten in Köln sein. Nachts ging es sogar noch schneller.

Nicht einmal im Auto schaltete Georg das Radio

an. Er wollte nichts hören, keine Musik, keine Nachrichten, nur den unvermeidlichen Fahrtwind und das monotone Geräusch des Motors. Obwohl er es eilig hatte, fuhr er vorsichtig, um kein Aufsehen zu erregen. Erst nach fünfzig Minuten war er in Köln, weil es an der Abzweigung zum Flughafen einen Stau gegeben hatte. Auf dem Postamt in der Nähe seiner alten Wohnung vergewisserte er sich, dass sich niemand besonders augenfällig für ihn interessierte, dann holte er drei Briefe ab. Noch immer gingen alle Schreiben, die an ihn adressiert waren, an ein Postfach. Nicht einmal Leggewie, seinem ehemaligen Agenten, hatte er seine neue Anschrift verraten.

Anschließend fuhr er in die Pfeilstraße; es war zwanzig Minuten nach neun. Die meisten Geschäfte hatten noch nicht geöffnet. Er hatte Glück und konnte so parken, dass er Eileens Laden im Blick hatte. Ihr Vorname stand in großen, roten Buchstaben über der Boutique. Es wirkte protzig und unpassend, genau wie die riesigen Spiegel im Schaufenster, die sie um ihre Modepuppen aufgestellt hatte. Eileen übertrieb zu gerne; an einer zweitklassigen Kölner Einkaufsstraße tat sie so, als sei sie im Quartier Latin in Paris.

Sie kam um fünf vor zehn. Obwohl es für einen Tag im September sehr warm war, ging sie ein wenig vorgebeugt, als fröstelte sie. Sie war allein, kein männlicher Beschützer an ihrer Seite. Von Viktor Brun, dem Mann, den er hasste und am liebsten getötet hätte, war nichts zu sehen. Ihre langen blonden Haare hatte Eileen mit einem gelben Band zu einem

Zopf zusammengebunden. Die leichte Bräunung ihrer Haut verriet, dass sie neuerdings in ein Sonnenstudio ging. Ansonsten wirkte sie noch schlanker als früher. Mit einer ruhigen, geschäftsmäßigen Bewegung schloss sie die gläserne Ladentür auf, dann schaute sie sich kurz um, und er wandte hastig den Kopf. Ahnte sie, dass er ihr manchmal auflauerte, dass er wissen wollte, was sie tat und mit wem sie sich traf?

Bei seinem ersten heimlichen Besuch war Eva, ihre Schwester, bei ihr im Geschäft gewesen. Eva sah aus wie eine in die Jahre gekommene Tänzerin, hager und unerbittlich, mit dunklen, streng zurückgekämmten Haaren. Er erinnerte sich nur noch ungern daran, dass er einmal mit ihr geschlafen hatte, als Eileen schwanger gewesen war. Damals hatte er seinen ersten kleinen Auftritt in der Oper gehabt, und Eva hatte mit ihm gefeiert. Er hatte es aus Dankbarkeit getan, hatte er sich hinterher gesagt. Mehr als Eileen hatte Eva an ihn geglaubt und ihm, weil sie Dramaturgin am Schauspielhaus war, einen Termin zum Vorsingen verschafft. Später hatte sie ihn manchmal nachts angerufen, wenn sie wusste, dass er allein war. Sie trank zu viel und hatte das Talent, sich immer die falschen Männer auszusuchen.

Als er zwei Tage später wieder auf der Lauer lag, war Eileen aus ihrem Laden gestürmt, genau auf ihn in seinem Wagen zu. Georg war so verwirrt gewesen, dass er zu keiner Regung fähig gewesen war, doch sie war mit einem angestrengten Lächeln an ihm vorbeigelaufen und hatte einer Frau, die in ihrem Geschäft gewesen war, eine vergessene Einkaufstüte hinterhergebracht. Trotzdem glaubte er zu wissen, dass sie seine Gegenwart erahnen konnte.

Nachdem Eileen in ihrem Geschäft verschwunden war, atmete er unwillkürlich auf. Er konnte nichts dagegen tun, dass sich sein Herzschlag beschleunigte, sobald er sie sah. So war das mit Liebe und Hass. Er hatte sie geliebt, und sie hatte sein Leben zerstört. Um zwanzig nach zehn betrat die erste Kundin das Geschäft, eine ältere, sehr gepflegte Frau, die zielstrebig, ohne einen Blick auf die Kleider in den Schaufenstern zu werfen, die Eingangstür ansteuerte. Genau dreiundzwanzig Minuten später tauchte sie wieder auf. Eileen begleitete sie zur Tür und küsste sie auf die linke Wange. Die Frau trug in jeder Hand eine weiße Tüte mit der roten Aufschrift *Boutique Eileen*.

Ihm gefiel es, Eileen zu beobachten. Wenn er sie so sah, dann war sie doch kein Dämon, sondern eine schöne Frau, in die man sich mit Leichtigkeit verlieben konnte. Mit geschlossenen Augen konnte er sich auch eine ganz andere Wirklichkeit vorstellen. Da wäre er ausgestiegen, wäre lächelnd über die Straße gelaufen, hätte sie umarmt und auf den Mund geküsst. Zwei weitere Frauen betraten den Laden. Er sah Eileen wie einen Schatten von einer zur anderen eilen. Zwischendurch trank er einen Schluck Wasser aus einer Plastikflasche, die auf dem Beifahrersitz lag. Sein Hals schmerzte wieder. Dann, während ein Lieferwagen vor dem Laden stoppte, fiel sein Blick auf die drei Umschläge, die man ihm auf dem Postamt übergeben hatte. Obschon er seine Post regelmäßig abholte, hatte er sich seit einiger Zeit angewöhnt, keine Briefe mehr zu öffnen. Der erste trug einen amtlichen Stempel, und Georg legte ihn sofort beiseite. Der zweite stammte von Leggewie und interessierte ihn ebenfalls nicht. Den dritten hatte Eileen geschrieben. Sie musste sich vor einiger Zeit seine Postanschrift vom Büro der Oper besorgt haben.

Eileen war ungewohnt hartnäckig: Es war der vierte Brief innerhalb von zwei Wochen. Dabei musste sie eigentlich wissen, dass er keinen Brief lesen würde, der ihren Namen als Absender trug. Sie war eine Lügnerin, jedes Wort, das sie sagte oder schrieb, diente nur dazu, alle Schuld von sich zu weisen. Der Umschlag fühlte sich an, als sei er leer. Er hielt ihn gegen das Licht und tastete ihn vorsichtig ab. Warum schickte sie ihm einen leeren Umschlag? Als er ihn zurücklegen wollte, bemerkte er, dass sie die Lasche nicht zugeklebt hatte. Der Brief bestand nur aus einem schmalen Zettel, kaum größer als eine Briefmarke. *Georg,* stand da in ihrer wunderschönen, grazilen Handschrift, *wir müssen über TOM reden.*

Sie brauchte keine langen Erklärungen, um eine Drohung auszustoßen. Es reichte bereits, wenn sie in Großbuchstaben den Namen ihres Sohnes aufschrieb. Er spürte, wie sich sein Herzschlag erneut beschleunigte, und drehte den Zündschlüssel herum, als sei er auf seinem Beobachtungsposten entdeckt worden und müsse plötzlich fliehen. Es war Viertel nach elf. Er dachte an Tom und wusste, dass sein kurzer, falscher Frieden zu Ende war.

3

Nora öffnete alle Fenster, als sei das Haus viel zu lange unbewohnt gewesen. Sie war einigermaßen beruhigt. Die Polizei hatte Bescheid gewusst. Um sieben Uhr dreiundfünfzig war ein Notruf eingegangen. Ihre Tante hatte einen Schwächeanfall erlitten und war nach Bonn in die Universitätsklinik eingeliefert worden. Eine genauere Auskunft konnte man nicht erteilen, und in Bonn befand sich Hanna noch in der Aufnahme. »Es besteht keine Lebensgefahr«, erklärte eine Krankenschwester in routiniertem Tonfall. »Bleiben Sie zu Hause und rufen Sie später wieder an.«

Als Nora sich genauer im Haus umsah, bemerkte sie, dass ihre Tante alt geworden sein musste, nicht nur, weil sich ein unangenehmer, muffiger Geruch eingeschlichen hatte. Das Bad war schmutzig, graue, leicht gelockte Haare lagen im Waschbecken, und die Seife war vollkommen verklebt. So etwas wäre Hanna früher nie durchgegangen. Auch die Küche machte lediglich auf den ersten Blick einen aufgeräumten Eindruck. Die Blumen in der Vase drohten zu vertrocknen, Zeitschriften waren unter die Sitzbank gefallen, und im Schrank standen Tassen mit Kaffeeflecken. Als sei es gar nicht das Herz, sondern die Augen, die ihrer Tante zu schaffen machten. Trotzdem hatte Nora das Gefühl, in ihre Kindheit zurückgekehrt zu sein. Bevor sie nach Berlin gegangen war, hatte sie kaum etwas anderes gekannt als dieses Haus. Ihre Welt war sehr klein gewesen. Schon eine Fahrt nach Bonn oder in die Philharmonie nach Köln war ihr damals wie eine weite, abenteuerliche

Reise erschienen. Da ihre Tante geschworen hatte, niemals mehr Auto zu fahren, hatten sie alles auf beschwerliche Weise mit der Bahn erledigen müssen.

Ihr Zimmer in der ersten Etage sah beinahe genauso aus, wie sie es vor neun Jahren verlassen hatte. Ein typisches Mädchenzimmer. Sogar die Bilder hingen noch an der Wand, billige, ausgeblichene Kunstdrucke von van Gogh und Dalí. Das Nachtcafé und die zerlaufene Uhr, die über einem Ast hing. Dabei war ihr damals überhaupt noch nicht bewusst gewesen, wie flüchtig und kostbar die Zeit war. Die Zeit war vergangen, damit man endlich in der eigenen, wunderbaren Zukunft ankam. Nun war sie fast dreißig, und aus ihr war keine große Pianistin, keine Tänzerin, keine Schauspielerin geworden.

Auf ihrem kleinen, schäbigen Holzschreibtisch lagen noch ganz verstaubt ein Notenheft und ein Taschenbuch: *Das Tagebuch der Anne Frank.* Die anderen Bücher und Zeitschriften, die sie las und die ihrer Tante nicht ganz so gefielen, hatte sie immer unter ihrer Matratze verstecken müssen. In ihrem Nachttisch fand sie ihren alten Kassettenrekorder, den sie sich mit vierzehn von ihrem ersten selbst verdienten Geld gekauft hatte, und ein paar Kassetten. Als sei es ein Spiel, in der eigenen Vergangenheit herumzustöbern, legte sie eine Kassette ein und schaltete das Gerät ein, das zu ihrem Erstaunen sofort ansprang. Plötzlich hörte sie sich selbst Klavier spielen. Es knisterte und rauschte, und sie versuchte sich ungelenk und mit zahlreichen Stolperern an einem Walzer von Grieg. Mit dem Rekorder und einem winzigen Mikrophon in der Hand hatte ihre Tante neben ihr gestanden und ihr im Takt freundlich zugenickt. Da hatte sie noch gehofft, dass Nora aus ihrem Talent etwas machen werde.

Nur der Blick aus dem Fenster hatte sich verändert. Der Rhein lag nun hinter den beiden Kastanien verborgen. Die Schreie der Möwen drangen mit dem Wind herüber. Der Garten machte ebenfalls einen ungepflegten Eindruck. Das Gras stand hoch, und in den Blumenbeeten wucherte Unkraut. Nora räumte die wenigen Sachen, die sie mitgenommen hatte, in ihren alten Kleiderschrank, und dann ging sie in den Garten hinunter. Zwischen den Kastanien, dort, wo sie vor zwölf Jahren Charlie, ihren Kater, begraben hatte, stand eine grüne Holzbank, die sie noch nicht kannte. Sie setzte sich und hätte sich am liebsten eine Zigarette angesteckt, dabei hatte sie das Rauchen vor drei Wochen aufgegeben, ohne dass es Mike aufgefallen war. Früher hatte sie auch heimlich im Garten geraucht. So blau wie über dem Rhein war ihr der Himmel in Berlin nie vorgekommen. Überhaupt wirkten die Farben hier ganz anders. Das Grün der Kastanien war viel kräftiger und dunkler, und daran, wann sie das letzte Mal einen Schmetterling gesehen hatte, konnte Nora sich gar nicht mehr erinnern. Ein weißer Falter stand flügelschlagend vor ihr in der Luft, als nehme er Witterung auf oder als betrachte er sie. Das Klingeln ihres Mobiltelefons vertrieb den Schmetterling.

Sie hatte das Bild ihrer zerbrechlichen, grauhaarigen Tante vor Augen, die in einem Krankenbett lag und mühsam einen Telefonhörer hielt, aber sie irrte sich. Hanna hätte sie nicht auf dem Handy angerufen.

»Na, also«, sagte Mike. »Wo bist du? Wann kommst du zurück?«

So klar wie niemals zuvor begriff Nora, was ihr an Mike nie gefallen hatte. Er konnte sanft und verständnisvoll sein, aber meistens behandelte er Menschen, die ihm nahestanden, wie seinen Besitz.

»Ich bin nirgendwo«, sagte sie leise und vollkommen ernst.

Er lachte, als habe sie sich einen Scherz erlaubt, und sie hörte, wie er sich eine Zigarette anzündete. Er war ihr auf einmal so nah, dass sie glaubte, seinen Geruch wahrzunehmen. Er war vor ein paar Minuten aufgestanden, hatte geduscht und roch nach Seife und Kaffee. Im Hintergrund lief Radiomusik.

»Wir sollten unseren kleinen Streit vergessen«, sagte er wie beiläufig. »Ich habe einen richtig guten Auftrag bekommen: vier Zimmer in Friedrichshain, tapezieren, Leitungen verlegen, bringt locker zweitausend Euro. Danach können wir eine Woche in Urlaub fahren, wenn wir wollen.«

»Nein«, sagte sie. »Ich will nicht in Urlaub fahren.« Sie schloss ihre Augen und hielt ihr Gesicht in die Sonne. Plötzlich spürte sie den Geruch des Wassers noch intensiver.

Mike lachte wieder, nun aber, um seine Verlegenheit zu überspielen. Als irgendwo auf dem Rhein ein Schiff ein lautes, warnendes Hupen ausstieß, fragte er irritiert: »Bist du gar nicht in Berlin?« Er war tatsächlich nicht auf die Idee gekommen, sie könnte wirklich wegfahren und die Stadt verlassen.

Sie schwieg und hielt die Augen geschlossen. Zum ersten Mal hatte sie das Gefühl, dass sich das Kind in ihrem Bauch regte, aber das war wahrscheinlich Einbildung. In der zwölften Woche war das Kind noch viel zu winzig, als dass man es hätte spüren können.

»Warum sagst du mir nicht, wo du bist? Bist du bei einer Freundin, oder hast du dir ein Hotelzimmer gemietet?« Seine Stimme klang auf einmal ungewohnt flehend. »Ich habe vielleicht ein wenig zu heftig reagiert, aber ich war überrascht ... Ich meine, wir sollten ...« Er verstummte, weil er das Wort »Kind« nicht über seine Lippen brachte. Fast sechs Wochen hatte sie gezögert, bis sie es ihm gesagt hatte, und ihm war nichts anderes eingefallen, als von einer Abtreibung zu reden. Ab wann war ein Kind ein Kind, das man nicht mehr wegmachen konnte?

Als sie die Augen wieder öffnete, sah sie, dass der weiße Falter zurückgekehrt war und sich neben ihr auf der Bank niedergelassen hatte. Reglos, wie eine schöne, seltene Blume saß er da.

»Ich möchte, dass du mich eine Weile in Ruhe lässt«, sagte Nora leise und mit einer Entschlossenheit, die sie Sekunden vorher noch nicht gehabt hatte. »Ruf im ›Cibo matto‹ an und erkläre ihnen, dass ich nicht mehr kommen werde. Sie sollen sich eine neue Kellnerin suchen.«

Sie hörte, wie Mike tief Luft holte. Dann fragte er wütend: »Machst du Witze?«

»Nein«, sagte sie und unterbrach die Verbindung.

Für ein paar Momente empfand Nora eine Erleichterung, die sie ganz übermütig machte. Sie hatte eine Entscheidung getroffen. Vielleicht war es kein Zufall gewesen, dass ihre Tante sie ausgerechnet jetzt gerufen und um ihre Hilfe gebeten hatte. Sie zog ihre Schuhe aus und kletterte in die größere der beiden Kastanien hinauf. Von Ast zu Ast zog sie sich, stützte sich mit den nackten Füßen ab. Ein leichter Wind glitt durch die Blätter, und dann hockte sie in der Baumkrone wie auf dem Mast eines Schiffes. Unvermittelt, ohne darüber nachzudenken, begann sie, mit ihrem Kind zu reden, als habe sie nun seine Anwesenheit registriert. Sie erzählte ihm, was sie sah: den Fluss, der wie ein glänzendes Band vor ihr lag, ein weißes Ausflugsschiff mit winkenden Passagieren, das sich langsam vom Ausleger entfernte, und die Promenade, wo ein Mann mit zwei schwarzen Hunden spazierenging. Nie hatte sie in den letzten Jahren das Gefühl gehabt, so ganz bei sich zu sein. Doch nun gab ihr Kind ihr wieder einen Sinn, etwas, das Mike niemals verstehen würde, selbst wenn er sich besonders verständnisvoll und sanftmütig gab.

In der Nacht, in der ihre Eltern gestorben waren, hatte sie auch frierend in einem Baum gehockt. Eigentümlicherweise hatte sie nur mit ihrer Mutter gesprochen, hatte ihr von ihrer Angst erzählt und sie gefragt, wo sie nun sei. Bist du ein Engel geworden oder vielleicht ein Vogel, der über den Wolken wohnt? Oder ein Wassergeist, der durch den Rhein schwebt? In der Phantasie einer Neunjährigen existierten Wesen, für die Erwachsene keine Verwendung mehr hatten. Unten in der Stadt hatte man sie gesucht und ihren Namen gerufen. Nora – wo ist die kleine Nora? Sie war so erschöpft gewesen, dass sie auf ihrem Baum eingeschlafen war. Ein Spaziergänger hatte sie am frühen Morgen auf dem Drachenfels in der Nähe der Burg entdeckt. Später war ihre Tante dagewesen und hatte ihr all das erklärt, was sie schon wusste und doch nicht begreifen konnte. Das Auto ihrer Eltern war von der Straße abgekommen, wahrscheinlich weil ein Sportwagen, der ihnen entgegengekommen war, sie geblendet hatte. Genaueres hatte die Polizei nicht herausgefunden. Ein Schuldiger war nie ermittelt worden.

In der Nacht auf dem Baum hatte sie keine Trauer empfunden, nicht einmal bei der Beerdigung, als sie beobachten musste, wie zwei dunkle Särge in einem noch dunkleren Erdloch verschwanden. Nein, ein anderes Gefühl war mit der Kälte unter ihre Haut gekrochen und hatte sie seither nicht mehr verlassen. Sehnsucht hieß dieses Gefühl oder Fernweh oder Nicht-bei-sich-Sein. Selbst in den ersten, glücklichen Nächten bei Mike war sie aufgewacht und hatte gedacht, ihre Koffer packen und verschwinden zu müssen, irgendwohin, aber natürlich hatte sie es nie getan.

In den Monaten nach dem Tod ihrer Eltern hatte Hanna es schwer mit ihr gehabt. Nora sagte kaum ein Wort und verschwand nach der Schule oft in die Wälder am Drachenfels, und wenn sie redete, dachte sie sich meistens Lügen aus. Eigentlich redete sie mehr mit den Vögeln und den Bäumen. Die Lehrer verloren schnell die Geduld mit ihr; allein ihre Tante schien ihren Schmerz und ihre Sehnsucht zu verstehen. Manchmal dachte Nora sogar, dass sie die Schuld am Tod ihrer Eltern trug. Viel zu spät waren die beiden am Abend des Unglücks losgefahren; ihr Vater hatte Nora angeschrien, weil sie nicht im Haus bleiben, sondern unbedingt mitkommen wollte. Die Adern an seiner Stirn hatten zu pulsieren begonnen, wie es immer geschah, wenn er sich aufregte. Er musste in die Philharmonie nach Köln. Zum ersten Mal sollte er die Geige am ersten Pult spielen. Während er sich mehr und mehr erregte, war ihre Mutter immer stiller geworden. Ihrem Mann zu sagen, dass sie zu Hause bleiben werde, hatte sie sich nicht getraut, obwohl genau dieser Wunsch in ihren Augen gestanden hatte. Wunderschön hatte sie in ihrem schlichten schwarzen Kleid ausgesehen, die blonden Haare streng nach hinten gekämmt. So würde ihre Mutter ihr immer in Erinnerung bleiben – wie sie in der Tür lehnte, einen traurigen Zug um den Mund, weil sie ihr Kind zurücklassen musste, und ihr einen Kuss zuhauchte.

Das laute Klingeln des Telefons drang aus dem Haus herüber. Nora erschrak in ihrem Kastanienbaum. Hatte Mike bereits herausgefunden, wo sie war und rief sie nun auf dem Anschluss ihrer Tante an? Vorsichtig stieg sie hinunter. Plötzlich hoffte sie, dass sie niemand beobachtet hatte. Es war töricht, wenn eine erwachsene Frau, die noch dazu ein Kind erwartete, in einem Baum herumkletterte. Das Telefon klingelte unaufhörlich weiter. Erst als sie die Terrasse erreicht hatte, verstummte es abrupt. So eine neumodische Einrichtung wie einen Anrufbeantworter besaß ihre Tante nicht. Vielleicht aber war es gar nicht Mike, sondern ein Anruf aus dem Krankenhaus gewesen? Aber nein, da hatte sie erst vor einer Stunde angerufen.

Das nächste Geräusch erschreckte sie noch mehr. Kaum war das aufdringliche Läuten des Telefons verklungen, schrillte die Türglocke. Fast, als treibe da jemand ein Spiel mit ihr, dachte Nora. Das Herz klopfte ihr bis zum Hals, als sie zur Tür schritt und sie langsam öffnete. Beinahe erwartete sie, einen Polizisten dort zu sehen, weil ein aufmerksamer Nachbar sie beobachtet und für eine Einbrecherin gehalten hatte. Doch es stand niemand vor der Tür. Eine einzelne Rose lag am Fuß der schmalen Treppe und eine Karte, auf der in kitschigen goldenen Lettern *Herzlich willkommen* zu lesen war. Nichts sonst, kein weiterer Gruß, keine Unterschrift.

Nora blickte die Straße hinunter. Unten am Fluss glaubte sie, den Schatten einer Person zu sehen, allerdings so weit entfernt, dass die Gestalt geflogen sein musste, wenn sie die Rose vor ihre Tür gelegt hatte.

4

In dem Schlafzimmer unter dem Dach konnte Georg kaum aufrecht stehen. Im Winter würde man es hier vor Kälte wahrscheinlich nicht aushalten. Weder in seinem noch in Toms Raum gab es eine Heizung. In dem Schuppen hinter dem Haus hatte er einen alten, zerschrammten Holztisch gefunden, den er vor das Fenster geschoben hatte. Ein idealer Ort, um zu arbeiten, hatte er sich eingeredet. Nur gelegentlich nahm er die Motoren der Reisebusse wahr, die dröhnend durch den Ort fuhren, oder die Stimmen einer besonders ausgelassenen Wandergruppe, die zum Drachenfels hinaufstieg.

Georg setzte sich an seinen Schreibtisch und versuchte sich zu konzentrieren, statt unentwegt an Eileen und ihren bedrohlichen Brief zu denken. In einer Stunde würde Tom aus der Schule kommen. Leggewie hatte ihn überredet, einen Auftrag anzunehmen, als sie sich in einem Café in Köln getroffen hatten. »Du musst etwas tun«, hatte er zu ihm gesagt und ihm beschwörend die Hände entgegengestreckt. »Außerdem wirst du das Geld gut gebrauchen können.« Leggewie war ein hässlicher Zwerg mit einem grauen Zopf und gelben Fingernägeln, weil er jeden Tag mindestens zwei Schachteln Zigaretten rauchte. Chancen und Schwierigkeiten roch er wie ein hungriger junger Wolf, obwohl er schon fast sechzig war. Mitunter jedoch leistete er sich eine sentimentale Schwäche und tat Dinge, die nichts mit Geld oder hübschen Kontobewegungen zu tun hatten. Ein anderer Manager hätte Georg längst fallengelassen. »Es ist eine ganz einfache Sache«, hatte Leggewie gesagt und seine fahlen, gelben Zähne zu einer Art von Lächeln entblößt. »Wird dir Freude machen, Georg, und dich auf andere Gedanken bringen.« Dann hatte er ihm ein Manuskript von knapp hundert Seiten in die Hand gedrückt.

Ein Sender plante, einen Film über Richard Tauber zu drehen, und er sollte das Drehbuch aus dem Englischen übersetzen. Leggewie redete und drängte, und um ihn zum Schweigen zu bringen, hatte Georg das Manuskript schließlich angenommen. Dabei konnte er Richard Tauber nicht leiden. Er war ein großer Sänger gewesen, gewiss, aber er war meistens den leichten Weg gegangen, hatte den Kitsch geliebt und sich in Operetten verloren. »Dein ist mein ganzes Herz« – Lehar zu singen war keine Herausforderung; da kam man mit Routine und ein paar handwerklichen Tricks durch, wenn es sein musste. Was die Stimme anging, waren die meisten Operetten nicht sonderlich anspruchsvoll.

Seit vier Wochen hatte Georg nicht mehr in das Manuskript geschaut. Zwei magere Seiten hatte er bisher übersetzt. Der Film begann in London an Taubers Totenbett. Der einstmals berühmte Sänger war pleite, konnte nicht mehr singen, sein Körper war voller Metastasen, zwei Frauen, die sich nicht ausstehen konnten, sahen ihm beim Sterben zu.

Eileen mochte Richard Tauber und besaß sogar ein paar historische Aufnahmen von ihm. Sie war es auch gewesen, die Georg überredet hatte, etwas anderes zu singen, und Leggewie hatte sich gleich daran gemacht, alles vorzubereiten, wie immer, wenn er ein besonders gutes Geschäft witterte. Er hatte sich mit einem Arrangeur zusammengesetzt, hatte eine Handvoll Musiker engagiert und ein Studio gebucht. Die ersten Lieder, alte Jazz-Songs, die sie aufgenommen hatten, waren tatsächlich gar nicht übel gewesen. Noch immer bedrängte Leggewie ihn, die Aufnahmen freizugeben. Vermutlich hatte er aus diesem Grund wieder einen Brief geschrieben.

Vorsichtig klappte Georg den Laptop auf, den Leggewie ihm mit dem Manuskript übergeben hatte, und schaltete ihn an. Der Text erschien auf dem Bildschirm, die zwei dürftigen Seiten leuchteten auf, doch statt mit der Übersetzung fortzufahren, schrieb er das Wort *Katastrophe*. Er reihte die Buchstaben aneinander, sodass sie zu einer scheinbar endlosen Kette von Zeichen wurden, die keine Bedeutung mehr besaßen.

Unten jaulte die Hündin freudig auf, als jemand die Tür leise öffnete. Tom war also pünktlich aus der Schule gekommen und trieb sich nicht wieder am Rhein herum. Der Junge verhielt sich schon beinahe genauso geräuschlos wie er. Georg wusste, dass er zu streng mit seinem Sohn war. Vielleicht sollte er mal mit ihm ins Kino gehen oder mit ihm eine Fahrt den Rhein hinauf machen, um ihn auf andere Gedanken zu bringen. Jeden Abend lag Tom in seinem Bett und redete mit seiner Mutter, als sitze sie vor ihm und halte seine Hand, aber zumindest hatte er aufgehört, Fragen zu stellen. Anscheinend hatte er mit der Klugheit eines Neunjährigen begriffen, dass er warten musste und es auf seine Fragen keine Antworten gab.

Georg schaltete den Laptop wieder aus. Dann ging er die Treppe hinunter.

Tom stand an der Tür und erwartete ihn mit einem aufmerksamen Blick, jedoch ohne etwas zu sagen.

Etwas war anders an ihm. Nicht nur, dass er eine Kappe auf dem Kopf trug, die Georg nicht kannte; es war seine Haltung, nicht so niedergeschlagen und gebückt wie in den letzten Wochen. Dann sah er, dass Tom nicht allein war. Ein blondes, etwa gleichaltriges Mädchen verharrte unschlüssig vor der Tür im Garten.

»Das ist Annika«, sagte Tom leise. »Sie geht in meine Klasse. Sie will mir das Zelt zeigen, das sie im Garten aufgebaut hat, und vielleicht auch ihre Zwergkaninchen.« Sein Tonfall verriet, wie unsicher er war. Sie hatten eine Abmachung getroffen: keine Besuche im Haus. Und nun hatte er dagegen verstoßen.

Das Mädchen hob die Hand und lächelte ängstlich vor sich hin. Sie trug rote, elegante Turnschuhe und hatte keine Schultasche bei sich. Georg lächelte nicht zurück, aber er nickte ihr zu, worauf sie hastig den Blick senkte, als habe er sie zurechtgewiesen.

»Ich bin bald wieder da«, fügte Tom eifrig hinzu. Dass sein Vater genickt hatte, wertete er eindeutig als eine Einwilligung, die es schnell auszunutzen galt, bevor sie zurückgezogen werden konnte.

Georg nickte wieder. Es freute ihn, seinen Sohn so lebendig zu sehen, auch wenn er sein Verbot missachtet hatte. Erst als er sich bereits umgedreht hatte und aus dem Garten gelaufen war, fiel ihm auf, dass Tom ihm nicht gesagt hatte, wohin er gehen werde. Zum Glück jedoch war Königswinter so klein, dass man sich nicht verirren konnte, und solange Eileen nicht wusste, wo sie sich versteckt hatten, bestand keine Gefahr.

Obwohl sie ihr unheimlich war, nahm Nora die Rose und steckte sie in eine Vase. Eine einzelne Rose legte man eher auf einem Grab ab; als ein unverfänglicher Willkommensgruß taugte sie nicht. Wer hatte ihr die Rose gebracht? Irgendjemand musste sie im Haus gesehen haben; es war höchst unwahrscheinlich, dass ihre Tante, eine ehemalige Nonne, einen Verehrer hatte, der ihr Blumen vor die Tür legte.

Müdigkeit überfiel Nora. Als sie in Berlin losgefahren war, hatte sie nur vor Mike fliehen wollen, sie hatte sich nicht vorgestellt, allein im Haus zu sein. Ratlos stand sie in der Küche und blickte in den Garten hinaus. Um die Müdigkeit zu vertreiben, konnte sie sich einen Kaffee kochen. Aber was tat sie gegen die Ratlosigkeit? Es war fast zwölf Uhr. Wenn sie die Tagesschicht übernommen hatte, deckte sie um diese Zeit ihre Tische im »Cibo matto« ein. Was das »Cibo matto« war, musste man in Berlin niemandem erklären. Ein Restaurant an den Hackeschen Höfen, das Tag und Nacht absolut angesagt war, und wenn sie nicht den Traum gehabt hätte, Schauspielerin zu werden, hätte sie damit angeben können, im »Cibo matto« zu arbeiten. Mittags tauchten hier die wichtigen Business-Typen auf – nun, zumindest gaben sie sich wichtig: Leute vom Film oder aus irgendwelchen Internet-Agenturen, Journalisten mit Stil, Politiker der jüngeren Generation oder genialische Schriftsteller, die unentwegt rauchten. Gelegentlich kam auch ein Schauspieler, den sie vom Fernsehen kannte. Wer nicht wusste, wie man mit Sonderwünschen umging, war als Bedienung hier absolut fehl am Platze. Besonders gefürchtet waren bei ihren Kolleginnen die Gäste, die sich hinterher noch eine Zigarre ansteckten und mit einem Fünfhundert-Euro-Schein bezahlten. Nora kam mit allen zurecht, auch mit den Schönlingen, die ihr mit großer Geste ihre Telefonnummer zuschoben und tatsächlich zu erwarten schienen, dass sie anrief. Irgendein Maler, der angeblich ein paar Millionen für seine Bilder bekam, hatte ihr einmal, als sie ihm einen Espresso brachte, über ihr Tattoo geleckt. Wie bei einem Reptil war seine Zunge hervorgeschnellt und widerwärtig feucht über ihren Oberarm geglitten. Sie hatte es aus den Augenwinkeln beobachtet, weil sie ihre Gäste immer im Blick hatte, und hatte nicht mit der Wimper gezuckt, sondern ihm eine Minute später unaufgefordert die Rechnung hingelegt. Nach Feierabend war sie meistens weniger von der eigentlichen Arbeit erschöpft als von dem Gerede, das sie den ganzen Tag verfolgt hatte. Ein Paradies musste es sein, in einem Lokal für Stumme zu arbeiten, kein Geschwätz, nur Gesten, Zeichensprache und freundliche Blicke. Wahrscheinlich aßen Stumme auch anders, hatten ausgeprägtere Geschmacksnerven und stopften nicht alles so gierig in sich hinein wie gutbezahlte Manager in der Mittagspause.

Mike hatte kein Verständnis dafür, dass sie nachts manchmal nicht reden wollte. Am liebsten kroch sie mit ihm durch das Fenster aufs Dach hinaus, hielt ihr Gesicht gegen den Wind und sah sich den Himmel an. Sie kannte ein paar Sternbilder, aber Mike interessierte sich nicht dafür und redete ohne Pause.

Wenn er keinen Job hatte, schraubte er an alten Autos herum, oder er hockte bei Carlo, der in der Requisite der Staatsoper arbeitete. Auch wenn sie mit Mike schlief, war sie ganz leise. Kaum ein Stöhnen kam über ihre Lippen. Anfangs hatte ihn ihre Stille irritiert, er stöhnte, schwitzte und schrie sich die Seele aus dem Leib. Ihr gefiel seine Erregung, weil sie wusste, dass sie so niemals aus sich herausgehen könnte. Ja, als Schauspielerin hätte sie eine Frau darstellen können, die beim Sex vollkommen in Ekstase geriet, da hätte sie keine Schwierigkeiten gehabt, aber es wäre eben nichts als Spiel gewesen. Vielleicht hatte sie deshalb nie ein Engagement bekommen. Ihr Spiel hatte zu wenig Wahrheit gehabt.

Sie trank einen heißen, schwarzen Kaffee. Dann ging sie in das Klavierzimmer hinüber. Ein paar Sonnenstrahlen fielen herein und spiegelten sich auf dem Flügel. Dieser Raum war der einzige, der nicht aussah, als sei die Zeit über ihn hinweggegangen. Kein Körnchen Staub lag unter dem Klavier, und in einer Ecke stand sogar auf einem Regal aus filigranen Metallstangen eine hochmoderne Stereoanlage. Nora schaltete den CD-Spieler an. Klaviermusik erklang. Beethoven, vermutete sie, oder Schumann. Ach, sie wusste es nicht. Wie lange hatte sie keine klassische Musik mehr gehört! Sie legte sich auf den Boden, neben das Klavier, dort, wo die Sonnenstrahlen hinfielen, und schloss die Augen. Wer immer da spielte, war ein Virtuose. Selbstsicher, beinahe arrogant klang sein Spiel, dabei hatte er es nicht eilig, arbeitete sich nicht gehetzt an einer schwierigen Passage ab, sondern schien an seiner eigenen Kunst Gefallen zu finden. Bevor sie irgendwelchen braven Schülern Unterricht gab, dachte Nora, sollte sie besser ein wenig üben, als sich ein Klavierkonzert anzuhören.

Nora schlug die Augen auf. Sie musste eingeschlafen sein, und nun war die Musik verklungen. Die Stille hatte sie geweckt. Solch eine Stille war sie in Berlin nicht gewöhnt gewesen. Da konnte sie die Straßenbahn hören, Stimmen im Hof oder Hundegebell und das Gegröle von Betrunkenen aus dem Park um die Ecke. Nora wandte sich um. Die Sonne war weitergewandert und breitete ihre Bahnen aus Licht mittlerweile an der Tür aus.

Zwei Paar Turnschuhe sah Nora umstrahlt vom Sonnenlicht, ein weißes und ein rotes, die reglos auf der Stelle standen. Ein merkwürdiges Bild. Doch da bewegte sich der eine rote Schuh, machte einen unsicheren Schritt in den Raum hinein. Nora brauchte einen Moment, um das Bild zu übersetzen. Zwei Kinder verharrten an der Tür.

Das Mädchen mit den roten Schuhen wagte noch einen zweiten Schritt, dann drehte sie sich nach dem Jungen um, der furchtsam an der Tür stehengeblieben war. Sie trug ein sauberes weißes Kleid wie für einen Sonntagsspaziergang und hatte lange blonde Haare, die mit einem roten Band zusammengehalten wurden. Neugierig richtete sie ihren Blick wieder auf Nora, als habe sie ein seltenes Tier vor sich, das eben vor ihren Augen aus dem Winterschlaf erwacht war.

»Hallo«, sagte das Mädchen. Viel älter als zehn konnte die Kleine nicht sein. Ihre Stimme klang nicht so ängstlich, wie sie aussah.

»Was wollt ihr?«, fragte Nora, dann bemerkte sie die Mappe, die das Mädchen unter dem Arm hielt, und begann zu ahnen, dass sie ihre ersten beiden Klavierschüler vor sich hatte.

»Ich sollte heute um zwei Uhr hier sein«, erklärte das Mädchen beinahe entschuldigend. »Hat Frau Henrichs gesagt.«

»Frau Henrichs ist krank.« Nora seufzte und erhob sich. Als sie sah, wie das Mädchen die blasse Stirn runzelte, begriff sie, dass ihr Tonfall ein wenig zu unfreundlich ausgefallen war. Mit Kindern kannte sie sich nicht aus. Sie ging auf die Kleine zu und reichte ihr die Hand. »Ich bin Nora. Frau Henrichs ist meine Tante. Heute habt ihr bei mir Unterricht.«

Das Mädchen lächelte und zeigte eine hübsche Zahnlücke. »Ich heiße Annika, und das ist Tom. Er ist kein Schüler. Er will nur zuhören, wie ich spiele.«

Nora nickte dem Jungen zu. Er musterte sie stumm mit blauen Augen. Keinen Schritt hatte er sich von der Tür wegbewegt.

»Tom redet nicht so gerne«, plapperte das Mädchen ein wenig altklug daher, während sie zum Klavier ging. »Dabei kann er sehr schön singen, wenn er will.« Die Art, wie sie sich den Hocker zurechtstellte, verriet, dass sie schon ein paar Stunden genommen hatte.

Nora versuchte, sich an ihren ersten Klavierunterricht zu erinnern. Was hatte ihre Tante sie als Anfängerin spielen lassen? Es war schon eine Ewigkeit her und eine Art Therapie gewesen. Hanna hatte ihr Kloster verlassen, um ihre Nichte aufzuziehen, ein störrisches Mädchen, das so gut wie nie redete. Zuerst hatte sie im Gästezimmer gewohnt, einer winzigen Kammer unter dem Dach, weil sie Nora nicht verstören wollte, indem sie das Schlafzimmer ihrer toten Schwester und ihres toten Schwagers ausräumte. Erst nachdem das Trauerjahr vorbei war, wagte sie, das Haus umzugestalten. Die Sache mit dem Unterricht war ein Notbehelf gewesen. Irgendwie musste Hanna Geld verdienen, und der Flügel stand bereits da, weil Noras Vater nicht nur ein brillanter Geiger gewesen war, sondern auch großartig Klavier spielen konnte. Nein, eigentlich hatte er ihrer Mutter den Flügel geschenkt, doch sie weigerte sich standhaft, auch nur eine Note zu spielen. Ganz oder gar nicht, war ihre Devise gewesen.

Ein Schmetterling, der elegant am Fenster entlangflog, brachte Nora in die Gegenwart zurück. Annika saß wie eine brave Schülerin am Klavier, hatte sogar ihre Noten schon aufgeschlagen und blickte sie erwartungsvoll an.

»Fein, beginnen wir also«, sagte Nora und klatschte in die Hände. Für einen Moment hatte sie das Gefühl, ihre Tante nachahmen zu müssen. Wie verhielt sich eine erfahrene Klavierlehrerin? »Wir sollten heute noch kein neues Stück einstudieren. Was habt ihr zuletzt gespielt?«

»Frau Henrichs hat mir ein Lied von den Beatles gegeben«, erwiderte das Mädchen geziert. »Es heißt

›Let it be‹.« Sie begann zu spielen, mit den ersten Akkorden lag sie einigermaßen richtig, ihre linke Hand verirrte sich dann jedoch ein paarmal, trotzdem kämpfte sie sich tapfer durch das Lied.

Plötzlich spürte Nora, dass der Junge lautlos neben sie getreten war. Wie gebannt starrte er auf die Hände des Mädchens, als vollführte Annika da ein paar unglaubliche Zaubertricks.

Wie ein Wilder, dachte Nora, als habe er noch nie Musik gehört. Aber das konnte nicht sein. Es gab niemanden, nicht einmal einen kleinen Schuljungen, der nicht wusste, was ein Klavier war, und bei dem zu Hause kein Radio oder Fernseher stand.

Als sie den letzten Akkord gespielt hatte, blickte Annika lächelnd auf, doch schon in der nächsten Sekunde verdüsterte sich ihre freundlich kindliche Miene, und der Junge neben ihr zuckte zusammen, als habe er einen Stromschlag erhalten. Nora wandte sich hastig um. Ein Mann war hereingekommen, ohne dass sie es bemerkt hatte. Wie ein großer, unheilvoller Schatten stand er plötzlich da. Trotz der Hitze trug er schwarze Kleidung: Hemd, Jeans, Schuhe, alles schwarz. Er sah abgehetzt aus, hatte ein blasses kantiges Gesicht und dünne blonde Haare. Nora wusste sofort, dass sie den Vater des Jungen vor sich hatte. Die Ähnlichkeit war nicht zu übersehen.

Ohne sie eines Blickes zu würdigen, packte er seinen Sohn am Arm und zerrte ihn mit sich hinaus.

»Hören Sie«, sagte Nora. »Tom hat nichts getan. Er hat still zugehört und niemanden gestört …« Sie lief dem Mann ein paar Schritte nach, überrascht, aber plötzlich auch wütend über diesen Auftritt, doch nur der Junge wandte sich um und schaute sie an, während sein Vater ihn mit sich zog. Es stand weder Angst noch Schmerz in seinen Augen; vielmehr die Bitte an sie, zu verstehen, was in diesem Moment passierte, als sei es ganz und gar unvermeidlich. Nora spürte jedoch, wie ihre Wut weiter zunahm. »Sie tun ihm weh!«, rief sie ihm hinterher. »So darf man ein Kind nicht behandeln!«

Der Mann zögerte nicht, er ließ sich nicht einmal dazu verleiten, sich umzudrehen. Tom stolperte hinter ihm her, immer in Gefahr zu stürzen, doch auch darauf nahm sein Vater keinerlei Rücksicht.

»Tom hat einen komischen Vater.« Das Mädchen hatte sich vom Klavier zur Tür bewegt. Sie wirkte nicht übermäßig erschreckt, als habe sie solch eine Szene schon häufiger erlebt. »Er will nicht, dass Tom mit anderen redet.«

»Warum will er das nicht?«

Annika zuckte mit den Schultern. »Weiß nicht. Er redet selbst auch nicht. Hat meine Mutter jedenfalls gesagt.« Sie stöhnte so altklug, dass es wirklich wie das Stöhnen ihrer Mutter klang. »Aber Tom ist nett. Er bringt mir immer Kaugummi mit in die Schule.«

Nora beobachtete, wie die zwei ungleichen Schatten zwischen den Kastanien verschwanden. Toms Vater schien sich auszukennen; er hatte den rückwärtigen Weg genommen und war durch die Gartenpforte eingetreten.

»Weißt du, wo Tom wohnt?«, fragte Nora, während sie wieder ins Haus hineingingen. Ihre Wut wich nicht. Konnte es sein, dass der ganze Ort dabei zuschaute, wie ein missmutiger, ungehobelter Kerl seinen Sohn traktierte?

Das Mädchen nickte. »Er hat mich heute mitgenommen, aber das durfte er wohl gar nicht.« Sie seufzte wieder übertrieben, wie eine Erwachsene. »Tom wohnt in einem Holzhaus am Drachenfels. Er hat auch einen Hund, der ein ganz gelbes Fell hat, und sie fahren ein altes Auto, einen Kombi mit einer Beule in der Tür …«

Am liebsten hätte Nora das Mädchen nach Hause geschickt, ihr Geplapper ging ihr plötzlich auf die Nerven, doch Annika hatte sich bereits ganz beflissen wieder ans Klavier gesetzt und wartete auf weitere Anweisungen. Müde nickte Nora ihr zu. »Spiel noch einmal ›Let it be‹«, sagte sie streng, »und diesmal ein wenig gleichmäßiger und ruhiger. Es ist ein Liebeslied.«

Es war eine sinnlose Bemerkung. Was konnte dieses altkluge Mädchen von neun oder zehn Jahren schon von der Liebe wissen?

Nora lehnte sich auf ihrem Stuhl zurück. Sie ahnte, dass sie mit ihrer Rolle als Klavierlehrerin Schwierigkeiten bekommen werde. Niemals hätte sie gedacht, was für eine Tortur es sein konnte, Tag für Tag oberschlauen, braven Töchtern reicher Leute ein paar simple Klavierstücke beizubringen, damit sie an Mamis Geburtstag oder zu Weihnachten etwas hatten, mit dem sie die Verwandtschaft erfreuen konnten. Aber das wäre nur eine mittelmäßige Schwierigkeit unter vielen anderen. In null Komma nichts hätte sie eine hübsche Liste zusammen, da musste sie sich keine Mühe geben: Mike, der sie nicht in Ruhe lassen würde und den sie vielleicht noch liebte, das Kind in ihrem Bauch, ihr Job im »Cibo matto«, den sie hingeworfen hatte, die Schauspielerei, die nichts eingebracht hatte, ihr leeres Bankkonto, die kranke Hanna, um die sie sich all die Jahre nicht gekümmert hatte …

Als sie zur Tür blickte, nur um den weißen, steifen Hals des Mädchens nicht mehr vor Augen zu haben, bemerkte sie, dass der Junge etwas verloren haben musste. Sie bemerkte einen winzigen, matt glänzenden Gegenstand, der dort vor ein paar Minuten noch nicht gelegen hatte. Wie ein steinerner Schmetterling sah der Gegenstand aus. Nein, es war ein kleiner, kaum fingergroßer Engel aus Alabaster. Warm schmiegte er sich in ihre Hand. Ein Schutzengel, dachte sie. Der Junge hatte einen Schutzengel bei sich getragen.

5

Gegen Abend zogen Wolken herauf; es war noch immer warm. Eine spätsommerliche Trägheit legte sich über den Garten. Nach Annika waren noch zwei Kinder zum Klavierunterricht aufgetaucht, blutige Anfänger, mit denen Nora zwei einfache Volkslieder einstudierte. Es fiel ihr schwer, sich zu konzentrieren. Sie war müde und missgelaunt. Immer wenn sie ihr Mobiltelefon hervornahm, sah sie, dass Mike sie mit Kurzmitteilungen bombardierte. Er versuchte es mal auf die sanfte, dann wieder auf die harte Tour, schmeichelte ihr, sie sei die schönste Frau, der er jemals begegnet sei, und beschimpfte sie dann wieder als Lügnerin, die ihn hintergangen habe. Ihr fiel auf, wie viele Rechtschreibfehler er machte, als sei er Legastheniker, aber wahrscheinlich lag das an seinem Zorn darüber, dass er sie nicht erreichen konnte. Da wurde er zu einem wilden, wutschnaubenden Stier, der in ihrer gemeinsamen Wohnung – die plötzlich nur noch seine Wohnung war – auf und ab lief. Sie hatte es nie gesehen, aber sie wusste, dass er sich gelegentlich prügelte, wenn er nachts mit Carlo unterwegs war. Irgendwo in Lichtenberg am Bahnhof trafen sich Leute aus dem einzigen Grund, sich die Gesichter einzuschlagen. Manchmal kam ihnen die Polizei dazwischen, aber dann änderten sie eben das Programm und nahmen sich gemeinsam ein paar unerfahrene, viel zu junge Beamte vor.

Mike würde nie erwachsen werden, und er glaubte, dass er ewig so weiterleben könnte; mit Gelegenheitsjobs, mit Geld, das allenfalls für ein paar Wochen reichte, und ohne jemals für irgendetwas Verantwortung zu übernehmen.

Plötzlich sehnte sich Nora nach ihrer Mutter. So war es ihr als Kind oft ergangen. Eine Zeit lang hatte sie das Gefühl gehabt, sie bestehe einzig und allein aus Sehnsucht, und gleichgültig, was sie täte, diese Sehnsucht bliebe immer. Vielleicht hatte sie deshalb Schauspielerin werden wollen, weil im gelungenen, intensiven Spiel, wenn man sich ganz losließ, diese Sehnsucht für ein paar Augenblicke verschwand. Zehn Fotos besaß Nora von ihrer Mutter, vier in Schwarzweiß, die sie als Kind und als Heranwachsende zeigten; auf einem Bild saß die kleine Ruth stolz lächelnd auf einem neuen Fahrrad, Schnee lag im Hintergrund, wahrscheinlich hatte sie es zu Weihnachten bekommen. Auf einer anderen Aufnahme stand sie mit ihren Eltern vor deren Backstube in einem Dorf in der Eifel und trug, obschon sie erst acht oder neun Jahre alt war, die weiß karierte Kluft eines Bäckers. Manchmal, je nach Stimmung, hatte Nora geglaubt, auf diesen zwei Fotos eine besondere Ähnlichkeit mit ihrer Mutter zu erkennen, das blonde Haar, die Art, wie sie den Kopf hielt, der Ausdruck in den Augen, und dann war die Sehnsucht noch größer geworden. Abends vor dem Schlafengehen hatte sie diese beiden Bilder oft hervorgeholt und mit ihrer Mutter geredet. Es war so weit gegangen, dass sie für ihre Mutter und sich ein ganz anderes Leben erfunden hatte. Ihrem Vater glaubte sie seltsamerweise seinen Tod, sein stummes Verschwinden in einem Erdloch, aber ihrer Mutter nicht; sie war eine Abenteurerin und unterwegs zum Nordpol oder zum Himalaya, und eines Tages würde sie mit rosiger, sonnengegerbter Haut vor der Tür stehen und sie müde, aber voller Glück in den Arm nehmen und auf das Haar küssen. Oder sie würde einen Boten schicken, einen braunhäutigen Inder mit einem Turban, der mit einem geheimnisvollen schwarzen Taxi vorfahren würde, um sie, ihre einzige Tochter, abzuholen und mit in das Land am Himalaya zu nehmen.

Wahrscheinlich war sie auch deswegen so ungern mit Hanna zum Grab ihrer Mutter gegangen. Sie hatte sich einfach geweigert zu akzeptieren, dass ihre Mutter tot war, selbst als sie aus Zufall, weil es aus einer Akte fiel, ein Foto von dem völlig zerstörten Auto gesehen hatte, wie es an einem Abschleppkran hing, der es von einem riesigen Baum wegzog.

»Meine Mutter ist gar nicht tot«, hatte sie auch am Tag der Beerdigung zu ihrer Freundin Mari gesagt, die ihr noch auf dem Friedhof stumm und mit einem seltsam verschlossenen Blick ihre makellose weiße Hand entgegengestreckt hatte.

»Aber wer hat denn da in dem Sarg gelegen?«, hatte Mari gefragt.

»Keine Ahnung«, hatte Nora daraufhin erwidert und die Achseln gezuckt. »Es war nur Spiel.«

Danach hatte sie einige Wochen, vielleicht sogar Monate überhaupt nicht mehr gesprochen, sondern nur nach Zeichen gesucht, versteckte Hinweise, die allein ihre Mutter ihr hinterlassen haben konnte, damit niemand hinter ihr gemeinsames Geheimnis kam. War ihre Mutter während ihrer Abwesenheit in ihrem Zimmer gewesen und hatte ihre Haarbürste ein Stück verrückt? Oder hatte sie ihr ein paar trockene Blätter auf das Bett gelegt? Oder war sie nachts ums Haus geschlichen und hatte so leise, dass nur Nora sie hören konnte, ihren Namen gerufen? Manchmal glaubte Nora auch, die Fußabdrücke ihrer Mutter im Garten zu sehen, und bei den vielen Schmetterlingen, die um die Blumen flatterten, war sie immer sicher gewesen, dass es Sendboten ihrer Mutter waren. Ja, die Schmetterlinge beobachteten sie und gaben alles, was sie sahen, an ihre Mutter weiter.

Nora legte eine CD ein, Beethovens sechste Sinfonie, weil sie so heiter und frühlingshaft klang, und wählte die Nummer des Krankenhauses in Bonn. Unvermittelt überkam sie ein ungeheures Mitleid mit ihrer Tante. Hanna hatte ihr Kloster für ein schweigsames, undankbares Kind verlassen und das einsame, alltägliche Leben einer Klavierlehrerin geführt, und das alles aus Liebe zu ihrer toten Schwester.

Ihre Tante war auf ein normales Krankenzimmer gebracht worden. Nach dem dritten Klingeln war sie am Apparat.

»Bist du wieder zu Hause?«, fragte sie mit einer Stimme, die klein und zittrig klang.

Zu Hause? Einen Moment lang konnte Nora nicht antworten, so sehr schreckte sie diese Frage. »Ja, Hanna«, sagte sie dann, »ich bin zurückgekommen, so wie du es dir gewünscht hast.«

Hanna lachte traurig, ohne dass Nora genau verstand, warum. »Tut mir leid, dass ich dich nicht abgeholt habe, aber zum Glück hast du ja den Schlüssel gefunden«, sagte sie. »Ich bin heute morgen einfach umgefallen. Auf einmal lag ich am Boden, und alles wurde schwarz um mich. Es ging so schnell, dass ich nicht einmal denken konnte, ich würde sterben. Als ich wieder zu mir kam, hatte ich das Gefühl, mein Herz würde flattern wie ein kranker Vogel. Da habe ich den Notarzt gerufen.« Nora konnte hören, wie

Hanna nach Luft rang. »Schade. Ich hätte dir gern alles gezeigt und mit dir über meine Schüler gesprochen.«

»Drei habe ich schon unterrichtet. Es hat ganz gut geklappt, auch wenn ich nicht wirklich vorbereitet war.« Nora versuchte, eine beiläufige Zuversicht in ihre Stimme zu legen, um ihre Tante aufzuheitern. Hanna wirkte mutlos und damit vollkommen fremd. So war sie früher nie gewesen. Sie war nie ein übermäßig heiterer Mensch gewesen, aber zu keiner Gelegenheit hatte sie ihre Zuversicht und ihren Mut verloren; vielleicht hätte man es auch Gottvertrauen nennen können.

Ein kurzes Schweigen entstand. Hanna atmete geräuschvoll ins Telefon, und aus dem Klavierzimmer drang Beethovens sanfte Frühlingsmusik. Nora wusste, dass sie eigentlich weiterreden, Belangloses über ihre Schüler, über ihren ersten Tag im Haus erzählen sollte, aber dann hörte sie im Hintergrund des Krankenzimmers eine forsche, weibliche Stimme, die sie irritierte. Was die Frau sagte, konnte sie jedoch nicht verstehen.

»Eine Schwester ist gekommen«, erklärte ihre Tante flüsternd. »Ich soll mich hinlegen.«

»Ja, du musst auf dich achtgeben«, sagte Nora hilflos. »Weißt du schon, wann du operiert wirst? Haben dir die Ärzte einen Termin genannt?« Sie lehnte in der Terrassentür und blickte in den Garten hinaus. Ein Schatten tauchte unvermittelt zwischen den Kastanien auf. Der Vater des Jungen kehrt zurück, um sich zu entschuldigen oder um sich nach dem verlorenen Engel zu erkundigen, dachte sie und spürte ihre Aufregung, doch dann bemerkte sie, dass der Mann, der zielstrebig über die Wiese lief, viel größer und unförmiger war und auch keine schwarze Kleidung trug.

»Die Ärzte wissen es noch nicht«, erwiderte ihre Tante verschwörerisch mit Flüsterstimme. »Sie haben keine Ahnung, was mein Herz noch aushält. Sobald es mir besser geht, wollen sie ein paar Tests machen.«

Der Mann hob seine rechte Hand und winkte freundlich, nachdem er Nora entdeckt hatte, so, als sei er ein guter, alter Bekannter, der zu einem Abendplausch kam. Er trug ein gelbes T-Shirt, das sich unvorteilhaft über seinem Bauch spannte, und eine lange weiße Leinenhose. Sein kurzes schwarzes Haar wirkte ölig. Er sah wie ein Tourist aus, ein harmloser Urlauber, der sich in ihren Garten verirrt hatte.

»Tante«, sagte Nora ein wenig panisch. »Ich bekomme Besuch. Ich rufe dich morgen wieder an.«

Der Mann ließ seine rechte Hand sinken und fuhr sich stattdessen mit der anderen durch das Haar, als er die letzten drei, vier Schritte bis zu den Stufen machte, die zu der schmalen Terrasse hinaufführten. Plötzlich wusste sie, dass er kein Nachbar war, der ihr einen spontanen, neugierigen Besuch abstattete. Ihr Magen krampfte sich vor Angst zusammen, als spüre ihr Körper eine Gefahr, die ihr Verstand noch nicht erfasst hatte.

Der Fremde lächelte verlegen. »Hallo, Nora«, sagte er. »Schön, dass du zurück bist.«

Neun Jahre waren eine lange Zeit; in neun Jahren konnte sich ein Mensch sehr verändern, aber seine Stimme hatte ihr sanftes, dunkles Timbre nicht verloren.

Er verharrte am Fuß der Treppe und wartete auf ihre Reaktion, darauf, dass sie ihn endlich erkannte.

»Hallo, Lukas«, sagte sie. Ihre Stimme klang fragend und ängstlich. Ein Schrecken wuchs in ihr und breitete sich aus. »Was machst du denn hier?« Er war der Sohn des Bürgermeisters gewesen, daher hatte man für ihn eine besondere Karriere vorgesehen, wenn sie sich recht erinnerte. Sie wähnte ihn in der großen weiten Welt, irgendwo als hochbezahlter Anwalt in einer erstklassigen Kanzlei oder als Jurist bei einer teuren Privatbank in Frankfurt oder Zürich.

Lukas streckte seine Arme aus, als wolle er sie umarmen, doch dann strich er ihr nur halbherzig über die Schultern. »Ich bin schon seit ein paar Jahren wieder da«, sagte er. »Mein Vater ist krank geworden. Schlaganfall. Er sitzt im Rollstuhl, das arme Schwein.«

Sie suchte in seinem Gesicht die forsche, jugendliche Zuversicht, die da früher gewesen war, aber sie war längst verschwunden. Er war dick geworden, hatte eine ungesunde gelbliche Haut, als trinke und rauche er zu viel.

»Ich habe dich im Garten gesehen, wie du umhergelaufen bist. Erst konnte ich es gar nicht fassen, dachte mir nur: Was ist denn da für eine schöne Elfe bei der alten Henrichs?« Er lachte wieder, und Nora begriff, dass sie ihn nicht loswerden würde. »Dann habe ich dich erkannt und mir gesagt: Es gibt noch Wunder. Sie ist zurück. Aron sucht Nora, weißt du noch?«

Wie selbstverständlich ging er an ihr vorbei ins Haus und schien nach etwas Ausschau zu halten. Vielleicht wollte er erkunden, was sich in all den Jahren verändert hatte. Viel war es nicht. Ihr zuliebe hatte er sich mitunter Aron genannt. Wenn man Nora rückwärts schrieb, landete man bei Aron. Er hatte immer geglaubt, dass sie füreinander bestimmt waren – von der Liebe im Sandkasten hin zum Traualtar.

»Ja«, erwiderte sie, »ich erinnere mich«, aber während sie das sagte, spürte sie, dass sie sich gar nicht daran erinnern wollte.

»Erinnerst du dich auch noch an unseren Baum? Die schiefe Eiche, in die ich ein Herz mit deinem Namen geschrieben habe? Den Baum gibt es immer noch, ich hüte ihn wie einen Schatz, nur deinen Namen kann man nicht mehr so gut lesen. Manchmal habe ich da gesessen und an dich gedacht.«

Sie schwieg und blickte an ihm vorbei. Seine falschen, romantischen Erinnerungen gingen sie nichts an.

»Kann ich dich einladen?«, fragte er, als habe er ihr abweisendes Schweigen nicht bemerkt oder als mache es ihm nichts aus. »Unten an der Promenade gibt es ein neues Café, wo nicht nur alte Leute und Touristen herumsitzen.«

Nora nickte. Sie wollte Lukas nicht im Haus haben, wollte nicht, dass er sich irgendwohin setzte,

Spuren hinterließ und von der Vergangenheit zu reden begann. Sie schaltete den CD-Spieler aus, woraufhin Beethoven unsanft abbrach, und war froh, als sie auf die Straße traten.

»Dein Haar ist kürzer als früher«, sagte Lukas. »Hast du dir die Haare für eine Rolle abschneiden müssen? Wie oft habe ich gedacht, ob du vielleicht in einem Film mitspielst, den ich mir zufällig im Kino anschaue. Ich habe richtig gehofft, dein Gesicht groß auf der Leinwand zu sehen oder sogar auf einem Plakat. In der Hauptrolle – Nora Bergmann.«

»Ich habe nur Theater gespielt«, antwortete Nora. »Das ist viel anstrengender und man wird nicht so schnell berühmt.« Die Lüge ging ihr leicht von den Lippen.

Lukas ging eng neben ihr. Sie hatte das unangenehme Gefühl, dass er die ganze Zeit lächelte, ein zufriedenes, inneres Lächeln, als sei sie geradewegs zurück in seine Arme gelaufen.

»Das Leben in Berlin ist wohl aufregend?«, fragte er. »Besonders, wenn man am Theater arbeitet?«

»Ja, das kann man wohl sagen.« Sie wusste, dass er eine einzige, ganz bestimmte Frage ansteuerte: Gibt es da jemanden, der in Berlin auf dich wartet? Einen Freund oder Ehemann?

Sie überquerten die Uferstraße. Der Rhein lag vor ihnen und glänzte im Licht der Sonne, die langsam unterging. Ein Schiff, das bereits die Positionslichter angeschaltet hatte, glitt in schneller Fahrt flussabwärts. In der Ferne waren die Berge der Eifel zu sehen und die riesige Kugel einer Radarstation. Ein

Anblick, den sie kannte. Es roch nach altem, nassem Holz. Auch ein Geruch aus der Kindheit, dachte Nora.

Weil sie schwieg und er die Frage nach einem Mann in ihrem Leben doch nicht so unvermittelt zu stellen wagte, begann Lukas, von sich zu sprechen, darüber, dass er nun das Geschäft seines Vaters übernommen habe. Jeden Tag fuhr er zigmal mit der alten Kabelbahn den Drachenfels hinauf und hinunter, während seine Mutter meistens an der Kasse saß. Gelegentlich wechselten sie sich auch ab. »Es ist ziemlich eintönig«, sagte er, »aber im Sommer machen wir ein wirklich gutes Geschäft. Die Japaner und Amerikaner sind ganz verrückt auf die Aussicht und fragen nicht, was es kostet. Neuerdings kommen auch viele Italiener.« Übertrieben freundlich nickte er einem Spaziergänger zu, der ihnen entgegenkam, als sei er stolz, mit Nora gesehen zu werden.

Er ist hier gestrandet, dachte Nora, angespült worden aus der großen weiten Welt, die wahrscheinlich gar nicht so groß und weit gewesen war. Vermutlich hatte er nirgendwo studiert und niemals einen Schritt aus dem Ort herausgesetzt. Plötzlich wusste sie auch, wer ihr die Rose vor die Tür gelegt hatte.

»Mein Studium habe ich nur unterbrochen«, fuhr er fort. »Wenn mein Vater tot ist, werden wir die Bahn verkaufen. Das habe ich schon mit meiner Mutter geklärt. Dann mache ich mich als Anwalt selbständig. Außerdem sitze ich im Stadtrat. Irgendwann bin ich doch in die Partei meines Vaters eingetreten.«

Alles, was er sagte, klang für Nora halb wie eine Entschuldigung und halb wie eine Verheißung, als wollte er sie möglichst beiläufig davon überzeugen, dass er eine glückstrahlende Zukunft vor sich hatte und doch noch Karriere machen würde.

»Wenn wir richtig verhandeln und die Bahn zu einem guten Preis verkaufen, haben wir am Ende eine gute Million übrig. Mit einer Million kann man schon eine ganze Menge anfangen. Oder glaubst du nicht?« Er blieb stehen und schaute sie an, fixierte sie mit seinen grauen Augen. Früher hatte es ausgesehen, als seien seine Augen vollkommen unterschiedlich. Sein rechtes Auge hatte manchmal wie ein blauer Stein geglänzt.

»Klar«, sagte sie ungerührt, »eine Million ist eine Menge Geld. Das reicht mit Sicherheit für eine tolle Kanzlei.«

Sie wandte den Blick und sah das Café vor sich, das Lukas ansteuern wollte, und einen Mann, der auf sie zulief. Ein Hund, ein hellbrauner Labrador, hechelte neben ihm her. Der Mann war stark verschwitzt, das schwarze Hemd klebte an seinem dünnen Körper. Man konnte sehen, wie schütter sein blondes Haar bereits war. Toms Vater traute sich also doch unter Menschen. Zumindest rannte er ohne Scheu die Promenade hinunter.

»Denkst du noch manchmal an unseren letzten Abend?«, fragte Lukas leise und umklammerte plötzlich ihr rechtes Handgelenk.

»Nein«, sagte Nora, »daran habe ich nie mehr gedacht, und ich will es auch jetzt nicht tun.« Sie ließ

Toms Vater nicht aus den Augen. Er kam federnd auf sie zu, den Hund neben sich und den Kopf gesenkt, doch bevor er an ihr vorbeiging, schaute er kurz auf und richtete den Blick auf sie. Für einen winzigen Moment glaubte sie, Verwirrung, nein, eine gewisse Überraschung in seinem Gesicht zu lesen. Hatte er die Augenbrauen hochgezogen, als Zeichen, dass er sie erkannt hatte?

»Es tut mir leid, was ich getan habe …« Lukas schien zu bemerken, wie abgelenkt sie war. Er zerrte noch heftiger an ihrem Handgelenk, als könnte er so ihre ganze Aufmerksamkeit einfangen. »Ich meine, ich war betrunken, wir hatten alle zu viel getrunken, war eben ein typischer Abschiedsabend … Das soll keine Ausrede sein, sondern … Hinterher hätte ich mich am liebsten selbst verprügelt.«

»Lukas, ich weiß ungefähr, was du mir sagen willst.« Nora befreite sich von ihm, indem sie einfach seine Hand abstreifte. »Aber ich will es gar nicht hören.« Sie machte ein paar Schritte, um sich von ihm zu entfernen, dann wandte sie sich um. Toms Vater war nur etwa zweihundert Meter weitergelaufen. Dort lehnte er am Geländer, hatte den Kopf in den Nacken gelegt, um in den Himmel zu schauen und tief einzuatmen. Der Hund lag mit hängender Zunge zu seinen Füßen und schaute zu ihm auf, beinahe mit derselben Haltung des Kopfes. Wie ein Paar wirkten die beiden, Mensch und Hund auf sonderbare Weise vereint.

»Wer ist dieser Mann?«, fragte Nora, ohne Lukas anzusehen.

Lukas hatte die Stirn gerunzelt und musterte sie ernst und forschend. Dann, als er endlich begriff, dass ihr Blick gar nicht ihm galt, drehte auch er sich um. Er zögerte, und für einen Moment sah er aus, als habe er Schwierigkeiten, ein- und auszuatmen. »Das ist der Stumme«, sagte er dann leise. »Er wohnt am Drachenfels. Ich sehe ihn manchmal, wenn ich in der Bahn sitze.«

»Wieso der Stumme? Heißt das, er kann nicht reden?«

Lukas nickte. »Irgendjemand hat erzählt, dass er einen schweren Unfall gehabt hat und seitdem kein Wort mehr herauskriegt. Ist ein seltsamer Typ, dem man am besten aus dem Weg geht. Warum interessiert dich das?«

Der Stumme setzte sich wieder in Bewegung und trabte mit seinem Hund die Uferpromenade hinauf. Nun begann Nora zu begreifen, warum er so schroff reagiert und ihr nicht geantwortet hatte. »Sein Sohn war bei mir zum Klavierunterricht«, erklärte sie vage. Mehr wollte sie Lukas über die merkwürdige Begegnung nicht verraten.

Sie gingen wortlos weiter, und Nora hatte auf einmal das Gefühl, es doch ertragen zu können, mit Lukas einen Kaffee zu trinken, ihm zuzuhören und dabei in sein teigiges, aufgeschwemmtes Gesicht zu sehen. In der Tasche ihrer Jeans ertastete sie den Engel aus Alabaster.

6

Am Abend, als Tom bereits im Bett lag und die Stille sich veränderte, tiefer und zugleich unheimlicher wurde, kam wie so oft die Reue. Er wusste, dass er mit seinem Sohn alles falsch machte. Er war zu streng, zu ernst, und dann, wenn der Junge ihn brauchte, zu abwesend und gedankenverloren. Dabei schien ihm Tom nichts übelzunehmen. Obwohl er erst neun Jahre alt war, war er immer verständnisvoll, ja, er wirkte geradezu weise. Sogar den groben Auftritt bei der Klavierlehrerin hatte er ihm nicht zum Vorwurf gemacht, nicht einmal mit einem verärgerten Blick.

»Tut mir leid, dass ich mich nicht an unsere Abmachung gehalten habe.« Mehr hatte er nicht gesagt, während sie nach Hause gingen, so, als wäre alles seine Schuld gewesen.

Sie hatten still gegessen, ohne einen Laut, selbst die Hündin hatte keinen Ton von sich gegeben. Sie konnte riechen, wenn Ärger in der Luft lag.

Im Geiste hatte Georg versucht, seinem Sohn zu erklären, warum er kein Klavier im Haus ertragen könnte. Er war selbst Klavierspieler gewesen: Mit sieben hatte er begonnen, mit elf war er zum ersten Mal öffentlich aufgetreten, dann hatte man seine Stimme entdeckt. Mit fünfzehn hatte er sich selbst am Flügel begleitet, in seiner Schule in Fürstenfeldbruck bei München. Und nun konnte er kein Klavier mehr hören, ohne nicht gleichzeitig seine Stimme wahrzunehmen, seine Stimme, die nicht mehr existierte, die irgendwo als eine schillernde, leise Klangwolke durch das Weltall irrte. Nur ein verrückter Forscher, jemand, der eine Art Teleskop für Wohlklänge erfand, hätte sie wieder einfangen können.

Nein, das stimmte nicht, in irgendwelchen Tonarchiven hatte man seine Stimme aufbewahrt, und einmal, als er nachts durch Königswinter streifte, hatte er aus einem offenen Fenster seine Stimme gehört. Es war der Mitschnitt eines Liederabends, den er zwei Jahre zuvor gegeben hatte. Er konnte sich kaum noch daran erinnern. Er sang ein Lied von Schubert, »Der Tod und das Mädchen«, nicht einmal besonders gut, zu technisch, nicht entspannt, nicht selbstvergessen genug. »Gib deine Hand, du schön und zart Gebild!« Es hatte ihn wie ein Schlag getroffen, als er sich erkannte, dann war er so schnell durch die Gassen geflohen, dass die Hündin ihn beinahe verloren hätte.

Als er sicher war, dass Tom schlief, ging er mit der Hündin zum Drachenfels hinauf, um die Krähen zu sehen. Kurz bevor die Dunkelheit sich endgültig herabgesenkt hatte, sammelten sich über dem Berg Krähen in der Luft, drehten ein paar wirre Kreise, flogen in einem breitgefächerten Schwarm wie eine dunkle Wolke über den Baumwipfeln dahin und stießen dann und wann mit krächzenden Rufen, als hätten sie auch keine richtige Stimme mehr, zum Rhein herab, vielleicht um ein letztes Mal den feuchten Wind unter ihren Flügeln zu spüren. Irgendwann verloren sich ihre heiseren Schreie, und die Krähen verschwanden genauso mysteriös, wie sie aufgetaucht waren.

Georg verharrte in den Felsen, unterhalb der

Burgruine, wo niemand ihn entdecken konnte. Er hätte gern gewusst, was Krähen sich in der Dämmerung zuriefen. Wie eine riesige Schlange zog sich der Rhein unter ihm durch die hell erleuchtete Ebene. Hinter sich hörte er vereinzelte Stimmen aus dem Restaurant an der Aussichtsplattform, einem hässlichen, grauen Betonbau. Viel Betrieb schien dort am Abend nie zu herrschen.

Mit geschlossenen Augen machte er ein paar Atemübungen, als sei er noch ein Sänger, der sich auf ein Konzert vorbereiten musste. Konzentriert atmete er in das Zwerchfell hinein und ließ die Luft dann langsam und gleichmäßig entweichen. So begann jede Karriere eines großen Tenors: mit der Kunst des Atmens und der Fähigkeit, in allen Szenen fest auf beiden Beinen zu stehen. Es tat ihm gut, dass er zumindest diese Fertigkeit noch nicht verloren hatte. Dann bildete er stumm einige Vokale mit dem Mund. »Du machst Fortschritte«, hatte Leggewie noch im Krankenhaus zu ihm gesagt. »Eines Tages wird deine Stimme zurückkehren, und man wird dich wieder auf der Bühne umjubeln.«

Wahrscheinlich hatte Leggewie gewusst, dass er Unsinn redete. Nie wieder würde er auf eine Bühne treten, und der einzige Fortschritt bestand darin, dass sein Hals nur noch selten schmerzte. Zwei Narben – mehr war nicht davon zu sehen, dass ihm sein Kehlkopf beinahe zertrümmert worden war. Leggewie hatte ihn sogar zu einem Psychiater schleppen wollen. »Rede darüber! Erzähl ihm, was in der Nacht passiert ist, um dich von diesem Schock zu befreien!« Aber wie jeder andere hartgesottene Manager wäre Leggewie selbst niemals auf die Idee gekommen, zu einem Seelenklempner zu gehen.

Georg versuchte, nicht an die Nacht zu denken, in der sein Leben geendet hatte. Manchmal jedoch suchte ihn die Erinnerung an den Schmerz heim. Es war unvorstellbar, wie viel Schmerz ein Mensch aushalten konnte. Er hatte die Generalprobe, »Fidelio«, die letzte Premiere der Saison, vor allen anderen hastig verlassen, weil sein Bruder ihn angerufen hatte. Es war eine Nachricht aus einer anderen Welt gewesen, eine unliebsame Überraschung. Rudolf, sein verkrüppelter Bruder, der sich nie entscheiden konnte, ob er Georg hassen oder lieben sollte, saß in einem Café an der Apostelkirche und wartete auf ihn. Eine Erbschaftsangelegenheit, die aus einem Grund, den er nicht verstand, keinen Aufschub duldete. Die Eltern wollten ihrem guten Sohn das Haus und ihre Gärtnerei vererben, doch dazu musste Georg, das abtrünnige schwarze Schaf der Familie, ein paar Dokumente unterschreiben. Es war ihm gleichgültig. Sollte Rudolf seine Erbschaft bekommen. Nie mehr würde er einen Schritt in sein Elternhaus setzen.

Wie aus dem Nichts und ohne ein Wort zu sagen, war die dunkle Gestalt vor ihm aufgetaucht, und als sie zum ersten Mal mit einer langen, glänzenden Metallstange zuschlug und seinen Kehlkopf traf, hatte er gedacht, eine Bombe sei unter seinen Füßen explodiert. Mit dem zweiten und dritten Schlag war das Gefühl noch heftiger und schier unerträglich geworden, obschon er instinktiv, nicht aus einer Ahnung heraus, worum es bei diesem Überfall ging, versucht hatte, seinen Hals mit beiden Händen zu schützen. Dann war das Mädchen schreiend auf sie beide zugestürzt. Als sei sie ein Racheengel, hatte sie sich auf seinen Angreifer geworfen, hatte ihn in einem Moment der Überraschung attackiert. Georg erinnerte sich an ihr blasses, zartes Gesicht, das im Licht der einzigen Laterne kurz aufschien, eine Ausreißerin, die so jung gewesen war, dass es weh tat, überhaupt an sie zu denken. Er hatte ihr nicht helfen können; den Mund voller Blut hatte er mit ansehen müssen, wie der Angreifer auch auf sie einschlug. Mit drei heftigen Schlägen befreite der Mann sich von ihr, und dann prallte der Kopf des Mädchens so brutal auf den Gehsteig, dass Georg trotz seiner Schmerzen sofort gewusst hatte, dass etwas Furchtbares geschehen war. Er hatte versucht, zu dem Mädchen zu kriechen, um sie zu retten, aber wahrscheinlich wäre er selbst erstickt, wenn nicht ein paar Passanten herbeigeeilt wären und den Notarzt gerufen hätten. Auch Martha war plötzlich da – die graue, schüchterne Martha, die bis tief in die Nacht im Büro des Intendanten arbeitete und die bei jeder Premiere vorne in der ersten Reihe saß.

Wenn der Schmerz eine Farbe war, dann war es ein grelles, höllisches Gelb gewesen, das ihn erfasst und bis auf den Grund eines tiefen Meeres herabgezogen hatte. Eigentlich hatte er diesen Grund immer noch nicht verlassen.

Das Mädchen war ein paar Stunden später an seinen schweren Kopfverletzungen gestorben, und sein Bruder war am nächsten Tag nach einem kurzen Besuch im Krankenhaus abgereist, ohne seine Unterschrift bekommen zu haben. Stumm und gebeugt, als fühle er sich schuldig, hatte Rudolf an seinem Bett gestanden. Sein Haar hatte sich gelichtet, und seine Hände – selbst die verkrüppelte – waren die zerfurchten, schmutzigen Hände eines Gärtners. Er hatte wenig gesagt, nur: »Schade, dass du uns nie besucht hast.«

Sobald es vollkommen dunkel geworden war und Georg seine Atemübungen beendet hatte, machte er sich auf den Rückweg. Die Hündin hielt sich eng an ihn, vielleicht, weil sie sich fürchtete. Sie war trotz ihrer Größe ein ängstliches Wesen. An einigen Stellen im Wald war es so finster, dass man kaum drei Schritte weit sehen konnte. Zarte Geräusche wehten um ihn herum, als versteckten Tiere sich vor Bella und ihm im Unterholz, doch dann, während er bereits die ersten Lichter von Königswinter vor sich sah, umfing ihn eine tiefe, mysteriöse Stille, die ihn erschaudern ließ. Er hatte das irreale Gefühl, er sei nicht mit der Hündin allein, aber es war kein Lebewesen, das ihn verfolgte – es war seine eigene, verlorene Stimme, die ihm nicht nur wie ein Geist nachschlich, sondern ihn auch zum Narren hielt, indem sie ihm suggerierte, sie werde gleich laut und wohltönend durch den Wald klingen.

Er beschleunigte seine Schritte. Vielleicht hatte Leggewie doch recht, und er sollte sich mit einem Menschen austauschen, der auch keine richtige Stimme mehr besaß. Konnte es sein, dass man von der eigenen Stimme verfolgt wurde?

Oberhalb der Kabelbahn, in der kleinen Siedlung, in der sich sein Gartenhaus befand, brannten nur wenige Laternen. Zum ersten Mal hatte Georg das Gefühl, dass er hier zu Hause war und es zumindest ein paar Monate in diesem Versteck aushalten werde. Dann jedoch flammte ein grelles Licht auf, das sofort wieder erlosch, und er vernahm hastige Schritte auf dem schmalen Weg zwischen den Häusern. Er begriff sofort: Da war kein Dieb unterwegs. Für einen Dieb war es noch viel zu früh. Jemand schlich mit einer Taschenlampe umher, und hatte vielleicht auch sein Haus fotografiert. Eileen hatte ihm einen Detektiv auf den Hals gehetzt, der ihn ausspionieren sollte.

Georg lief auf sein Haus zu. Die Hündin blickte ihn ratlos an. Alles lag im Dunkeln, lediglich die Lampe über dem Eingang warf einen schmalen Lichtkegel in den Garten. Kurz vor dem Tor blieb er stehen. Nichts rührte sich, nur der Schrei eines Vogels zuckte durch die Nacht, doch der Fotograf musste noch irgendwo in der Nähe sein. Langsam schritt Georg weiter, vorbei an seinem Garten, auf einen üppigen Ginsterbusch zu, der schon zum Grundstück seines Nachbarn gehörte und im spärlichen Licht einen langen Schatten warf. Er lauschte und meinte, ein unterdrücktes, aber angestrengtes Atmen zu hören, dann scharrte jemand leise mit den Füßen. Plötzlich glaubte er zu wissen, dass da in der Dunkelheit gar kein Fremder lauerte, sondern dass es Eileen selbst gelungen war, seinen Unterschlupf ausfindig zu machen, eine wirre, unerklärliche Ahnung, die ihm fast zur Gewissheit wurde. Weil sie es war, hatte Bella auch keine Unruhe gezeigt. Er bewegte sich langsam, machte einen Schritt nach vorn. Roch er ein süßliches Parfüm, eine Spur von Zigarettenqualm? Nein, für einen Moment überfiel ihn allerdings die Erinnerung an die Nacht, als der vermummte Schläger aus einem Eingang hinter dem Opernhaus auf ihn zugetreten war und wortlos mit seiner Metallstange ausgeholt hatte. Trotzdem ging Georg weiter, ein vorsichtiger Schritt zum Busch, dorthin, wo sich die Dunkelheit unheilvoll zu verdichten schien.

In der nächsten Sekunde sprang aus der Finsternis vor ihm eine Gestalt hervor und stieß ihn so kräftig beiseite, dass er beinahe gestürzt wäre. Die Hündin bellte kurz auf, aber mehr aus Überraschung denn aus Abwehr.

Er lief dem Unbekannten nach, doch schon nach ein paar Schritten blieb er stehen. Es war zwecklos, der Angreifer hatte schnell einen Vorsprung herausgelaufen. Außerdem spürte Georg, dass er auf einmal mutlos wurde und ihn die Kräfte verließen. Es war im Grunde gleichgültig, wer da um das Haus geschlichen war. Eileen hatte ihn ausfindig gemacht, soviel stand für ihn ohne Zweifel fest.

Die ganze Zeit hatte sie sich in Mike getäuscht: Er war einfach ein Idiot; die Sonne drehte sich nur um Berlin und sein eigenes Leben, etwas anderes gab es nicht für ihn. Er bombardierte sie weiter mit Kurzmitteilungen, mit ungelenken kurzen Liebesformeln und wilden Beschimpfungen. Vor allem irritierte sie, dass er keinen Verdacht hegte, wo sie sich aufhielt. Warum konnte er sich nicht vorstellen, dass sie nach Königswinter zurückgekehrt war? Es hätte ihr gefallen, wenn er zumindest darauf gekommen wäre. Die Antwort war simpel: Königswinter existierte in seinem Kosmos gar nicht, also vermutete er sie irgendwo in Berlin, bei einer Kollegin aus dem »Cibo matto« oder bei Elsa, ihrer Freundin aus der Schauspielschule. Nora stellte sich vor, wie er wütend durch den Prenzlauer Berg oder durch Friedrichshain zog, bei ihrem Chef im Restaurant aufkreuzte und Elsa auflauerte, aber Elsa würde sich zu helfen wissen. Sie war so schön, dass sie ständig zwei, drei Typen hatte, die um sie herumlungerten. Außerdem war sie beinahe berühmt, nachdem sie neulich in einem Fernsehkrimi mitgespielt hatte.

Die Sonne schien, ein tiefblauer Himmel füllte das Fenster aus, gelegentlich schwebte ein Vogel eilig vorbei. So war der Sommer – Nora hatte es fast vergessen. Abends, nachdem sie Lukas endlich losgeworden war, hatte sie sich im Schlafzimmer ihrer Tante einquartiert. So weit sollte die Rückkehr nicht gehen, dass sie in ihr altes, rotlackiertes Bett kroch und auf Dalís zerlaufene Uhr blickte, bevor sie einschlief. Da wäre sie sich wieder wie fünfzehn vorgekommen, als habe sie sich keinen Schritt von der Stelle bewegt.

Das Bettzeug ihrer Tante roch nach Zahncreme oder Mundwasser. Ihr rosafarbenes Nachthemd lag ordentlich zusammengerollt unter dem Kopfkissen. Ein hölzernes Kruzifix hing über dem Bett. Die Jesus-Figur am Kreuz hatte die Augen geschlossen und sah glücklich aus, als träume sie oder schwebe in Gedanken vor sich hin. In dem Spiegel auf der anderen Seite des Bettes entdeckte Nora sich selbst, wie sie unter dem Kruzifix dalag, wie eine Prinzessin zwischen dicken weißen Kissen. Eine plötzliche Heiterkeit ergriff sie. Sie hatte das ganze Haus für sich, und sie konnte tun und lassen, was sie wollte: zum Rhein hinunterlaufen, mit der Fähre nach Bad Godesberg übersetzen oder zum Drachenfels hinaufspazieren. Am frühen Morgen waren dort noch keine Touristen, die sich mit ihren gezückten Kameras den Weg verstellten, aber dann fiel ihr ein, dass sie dort womöglich Lukas in seiner Kabelbahn begegnen würde. Er hatte sie eingeladen, mit ihm den Berg hinaufzufahren, wann immer sie wollte. Er war ein widerlicher Biertrinker geworden, und nach dem dritten Glas im Café am Abend zuvor hatte er wie zufällig seine weiche, erhitzte Hand auf ihre Schulter gelegt, als wollte er sie auf die Probe stellen. Nur mühsam hatte sie sich zurückhalten können, ihm nicht ins Gesicht zu schlagen.

Als Nora aufstand und zum Fenster lief, meinte sie, ihr Kind zu spüren. Es war, als sprudelte irgendwo in ihrem Unterleib Champagner. Ja, Champagnerblasen tanzten da, wo selbst dann kein Champagner sein konnte, wenn sie welchen getrunken hatte. Ihr Kind – welch reines, erregendes Gefühl! Aber wahrscheinlich bildete sie sich das alles nur ein. Im vierten Monat konnte eine Frau noch gar nichts fühlen. Mike hätte sie ausgelacht, wenn sie ihm davon erzählt hätte. Er wusste alles besser, sogar wie sich eine schwangere Frau fühlen musste.

Nora öffnete das Fenster, das wie bei manchen alten Häusern nach außen, zum Garten hin aufschwang. Sofort schlugen ihr eine Menge Geräusche entgegen: Vogelgezwitscher, das Geräusch eines Motors, fern das Rauschen der Straßenbahn, die nach Bonn fuhr. Ansonsten war auch die Stille, die diese einzelnen Geräusche einhüllte, wie ein einziges großes, freundliches Geräusch. In Berlin blitzte die Stille nur gelegentlich einmal auf, gerade wenn man es nicht erwartete. Nora versuchte sich für einen Moment vorzustellen, wie sie mit ihrem Kind in Berlin lebte, wie sie es im Kinderwagen mit Mike an ihrer Seite die Schönhauser Allee hinunterschob, doch irgendwie wollte ihr diese Vorstellung nicht gelingen. Mike passte nicht ins Bild und wahrscheinlich auch nicht die laute, hektische Schönhauser Allee mit den Autos, der Straßenbahn und der U-Bahn, die hier nicht unter der Erde, sondern auf einer Trasse über den Köpfen lärmend dahinglitt. Nora musste lange nachdenken, wann sie in Berlin zuletzt einem kleinen Kind begegnet war. Im »Cibo matto« tauchten nie Mütter mit Kindern auf, und auch in den Läden und Bars, in die sie sonst ging, hatte sie nie ein Kind gesehen. Wahrscheinlich lag es jedoch an ihr. Sie achtete einfach nicht auf Kinder. Mike hatte auch nie auf Kinder geachtet. Von einem Hund hatte er gelegentlich gesprochen – einem großen, schwarzen Hund, der ihm aufs Wort gehorchen und immer an seiner Seite gehen sollte.

Sie zog ihr blaues Sommerkleid an. Das eigentümliche Gefühl in ihrem Unterleib war wieder verschwunden. Ihr Kind musste wohl eingeschlafen sein, oder sie hatte sich alles doch nur eingebildet. Sie stand im Bad ihrer Tante vor dem Spiegel, als das Telefon klingelte. Eine Schallwelle lief durch das Haus, schrill und aufdringlich und eindeutig so, als kündige sie Unheil an. Nora eilte die Treppe hinunter. Atemlos nahm sie den Hörer ab. Es konnte nicht Mike sein. Für ihn war es noch viel zu früh. Die große goldene Uhr über dem Klavier zeigte zehn Minuten nach neun.

»Sie sind Nora Bergmann?«, fragte eine nüchterne Männerstimme.

Nora nickte, dann erst flüsterte sie ein heiseres »Ja« in den Apparat. Plötzlich schlug ihr das Herz bis zum Hals. Ihre Tante war tot, dachte sie schuldbewusst, und sie hatte, ohne einen Gedanken an Hanna zu verschwenden, seelenruhig bis weit in den Morgen geschlafen.

»Sie sind Frau Henrichs einzige nahe Verwandte, wenn wir richtig informiert sind«, sagte die Stimme.

Nora bemerkte, wie sich draußen auf der Terrasse zwei weiße Schmetterlinge umtanzten. Es sah wie ein Spiel aus, und doch kamen ihr die Schmetterlinge wie Todesboten vor.

»Ich bin Oberarzt an der Universitätsklinik. Ihre Tante hatte wieder einen Schwächeanfall«, fuhr die Stimme fort. »Wir mussten sie daher leider auf die Intensivstation verlegen. Es wäre gut, wenn Sie so schnell wie möglich kommen könnten.«

7

Am ersten Tag in der Schauspielschule hatten sie sich vorstellen müssen, ein Stein zu sein. Nervös saßen die Schüler, zehn Frauen und sechs Männer, in einer Runde auf wackligen Klappstühlen aus Holz, und der Lehrer, ein älterer Mann mit wirren grauen Haaren, dem man leicht die Rolle eines genialischen Dirigenten abgenommen hätte, flüsterte ihnen beschwörend zu: »Fühlen Sie wie ein Stein, seien Sie traurig, schwer und müde wie ein Stein.« Nora hätte beinahe laut losgelacht, sie hatte sich vorgestellt, Sketche oder kleine Szenen vorzuspielen und vielleicht sogar etwas zu singen, doch nun hockte sie da und sollte einen Stein mimen. Solche Übungen gab es später häufiger: Wie fühlte man sich, wenn man eine Feder war oder ein Baum, oder welchen Unterschied machte es im Ausdruck, ob man Tee, Kaffee oder Wasser trank? Anfangs hatte ihr das Leben an der Schauspielschule gefallen. Es war, als gehöre sie plötzlich zu einem Geheimbund. Den Menschen an der Schule war wichtig, was den anderen, nicht eingeweihten bedeutungslos erschien: Gesten, Mienen, Worte – alles besaß einen tieferen Sinn, zumindest wenn es auf einer Bühne dargeboten wurde. Später hatte sie dieses Spiel ermüdet.

Im Taxi, auf dem Weg zur Klinik fühlte Nora sich zum ersten Mal wirklich wie ein Stein. Düster und starr saß sie im Fond des Wagens, achtete nicht auf die Blicke, die der Fahrer ihr manchmal zuwarf, als müsse er sie aus einem bestimmten Grund unter Beobachtung halten. Dumpf setzte sich eine Erkenntnis in ihr fest: Ihre Tante starb, wenn nicht heute, dann wahrscheinlich in den nächsten Tagen, und sie war die einzige nahe Angehörige. Man mochte noch irgendwo in der Eifel Leute finden, die den Nachnamen »Henrichs« trugen und mit denen Hanna weitläufig verwandt war, doch gab es anscheinend niemanden, dem sie sich verbunden fühlte, vielleicht weil sie zu lange im Kloster gewesen war. Nora hatte nie darüber nachgedacht. Außer Hanna hatte sie keine Familie. Auch um die Verwandten ihres Vaters hatte sie sich nie gekümmert. Ein Onkel, dessen Vorname ihr nicht mehr einfiel, hatte in München gelebt und an der Universität gelehrt, aber nach dem Tod ihrer Eltern hatte sie keinen Kontakt mehr zu ihm gehabt. Sie erinnerte sich lediglich an einen ernsten Mann mit dunklen braunen Augen, der ihr, nachdem die Särge in das schwarze Grab herabgesunken waren, stumm die Hand geschüttelt hatte, als sei sie eine Erwachsene und nicht ein neunjähriges Kind. Eigentlich waren Mike und die Leute im »Cibo matto« in den letzten Jahren ihre Familie gewesen.

»Ich weiß, wer Sie sind«, sagte der Taxifahrer unvermittelt und wandte den Kopf, um ihr in die Augen zu schauen. Er war unrasiert, zog unentwegt an einer Zigarette und wirkte übernächtigt. Nora starrte an ihm vorbei auf die Straße. Sie kannte solche Typen mit Dreitagebart und hochgeschobener Sonnenbrille im Haar, die von sich selbst glaubten, jede Frau müsse ihnen auf den ersten Blick verfallen.

»Sie waren das schönste Mädchen auf dem Gymnasium.« Der Fahrer drehte sich wieder um und schaute auf die Straße, behielt Nora aber weiter durch den Rückspiegel im Auge. »Mein Bruder war in Sie verliebt. Vor der Turnhalle hat er sogar heimlich ein Foto von Ihnen gemacht.« Der Mann lachte und streifte die Asche seiner Zigarette ab. »Das Foto durfte natürlich niemand sehen. Er hat es in ein Buch über romanische Kathedralen gelegt, weil er glaubte, für Kirchen würde ich mich bestimmt nicht interessieren, aber natürlich habe ich das Foto trotzdem gefunden. Kleine Brüder können verdammt eklig sein.« Er lachte erneut, und dann ging sein Lachen in einen Hustenanfall über. Achtlos warf er seine Zigarette aus dem Fenster.

Nora schaute den Fahrer von der Seite an. Er sah niemandem ähnlich, den sie kannte, und doch war sie gegen ihren Willen neugierig geworden.

»Wie heißt Ihr Bruder?«, fragte sie, aber während sie bemerkte, wie der Fahrer sie im Rückspiegel ein wenig spöttisch anlächelte, war sie plötzlich sicher, auf eine Lügengeschichte hereingefallen zu sein.

»Ich heiße Max«, sagte er, als habe er ihre Frage nicht gehört. »Wenn ich ganz förmlich werden will, nenne ich mich auch Maximilian. Einmal hat mich mein Bruder windelweich geschlagen, weil ich ihm und Ihnen nachgeschlichen bin. Ich wollte unbedingt sehen, wie er Sie küsst. Wenn ich ehrlich bin, war ich auch ein wenig in Sie verliebt.«

»Und haben Sie gesehen, wie Ihr Bruder mich geküsst hat?«

Der Wagen stoppte an einer Ampel, und Max hielt ihr eine Schachtel Zigaretten hin. Als sie den Kopf schüttelte, schob er sich routiniert eine Zigarette in den Mundwinkel. »Klar, aber nicht richtig aus der Nähe, weil Sie mit ihm nach Godesberg hinübergefahren sind. Ich habe mich aus gutem Grund nicht getraut, mich auf die Fähre zu schleichen. Stattdessen habe ich mich mit dem Fernglas meines Vaters auf die Lauer gelegt, um etwas mitzukriegen. Es hat wie eine Szene aus einem Film ausgesehen, wie Sie da auf der Fähre standen. Ihre langen blonden Haare wehten im Wind, Möwen flatterten um Sie herum, und mein Bruder hat Sie geküsst und Ihnen dann eine Kette umgelegt, obwohl Ihnen das zuerst gar nicht gefallen hat.«

Es war keine Lügengeschichte. Nora sah die Szene vor sich, wie David, der Schweigsame, den alle wegen seiner schwarzen Haare und seines Teints nur den »Italiener« nannten, sich mit der Kette über sie beugte. Den Kuss hatte sie ertragen; ja, der sanfte, scheue Kuss hatte ihr seltsamerweise sogar gefallen, aber eine Kette mit einem goldenen Herzen wollte sie sich damals von niemandem umhängen lassen. Es war im August gewesen, ein paar Wochen nach der Abiturfeier. Sie hatte den ganzen Sommer lang kaum das Haus verlassen, aus Angst, Lukas und den anderen zu begegnen.

»Ihr Bruder ist David, der Italiener«, sagte Nora mit fragendem Unterton.

»Endlich haben Sie es erraten.« Max zwinkerte ihr im Rückspiegel zu.

»Mein Bruder war schwer enttäuscht, als Sie ihm einen Korb gegeben haben. Auf einmal waren Sie weg, wie vom Erdboden verschwunden, und Ihre

Tante hat ihm auch nicht verraten, wo Sie hingegangen sind. Lukas Weber hat es ihm dann später gesagt.«

Nora schloss für einen Moment die Augen. Sie dachte daran, dass sie bis zu Davids Kuss richtig krank gewesen war. Fünf Kilogramm hatte sie abgenommen, und wenn sie nicht ihr Abitur bereits in der Tasche gehabt hätte, wäre sie ohne Abschluss von der Schule verschwunden. Niemals wieder hätte sie einen Schritt in die Aula gesetzt.

»Ist Ihnen nicht gut?«, fragte Max und trat besorgt auf die Bremse.

»Nein, es ist alles in Ordnung.« Nora öffnete die Augen wieder. Sie erinnerte sich, dass David ihr drei Briefe geschrieben hatte. Hanna hatte sie ihr mit einiger Verzögerung nach Berlin nachgeschickt. In seiner wunderbar klaren Handschrift, die jeden Graphologen erfreut hätte, hatte er sich nicht gescheut, die drei Worte zu schreiben, um die selbst ein Schwätzer wie Mike einen großen Bogen machte. *Ich liebe Dich.* Bei David hatten die Worte wie ein Kunstwerk ausgesehen oder wie der Anfang eines Gedichts. Nora bemerkte, dass Max sie beobachtete. »Was ist aus Ihrem Bruder geworden?«, fragte sie. »Ich wette, er ist Lehrer, unterrichtet Sport und Deutsch, und alle Mädchen an seiner Schule sind in ihn verliebt.«

»Nein, ganz und gar nicht.« Max wandte sich zu ihr um, als habe sie etwas vollkommen Abwegiges gesagt. »Er ist zur Polizei gegangen, ist mittlerweile ein hohes Tier bei der Mordkommission in Köln.«

Das Taxi bog langsam in die Auffahrt zum Krankenhaus ein. Zwei Schwestern in weißen Kitteln hasteten an ihnen vorbei auf den Eingang zu. »Er ist anders als ich und kümmert sich nur um seine Arbeit. Aber soll ich Ihnen ein Geheimnis verraten? Ich glaube, das Foto von Ihnen hat er immer noch.«

Beinahe wäre sie achtlos weitergegangen, doch dann warf sie einen flüchtigen Blick durch die Glasscheibe in den ersten Raum der Intensivstation. Hanna lag mit geschlossenen Augen da. Ihr graues Haar war zurückgekämmt, die ungewohnte Frisur einer Kranken, und ihre Wangen sahen aus, als seien sie aus grauem, altem Papier. Nur ihre Hände kamen Nora bekannt vor: zarte, längliche Finger mit kurzen, perfekt gerundeten Nägeln. So oft hatte sie beobachtet, wie diese Hände über die Tasten des Klaviers strichen oder schnell und geschickt ein Notenblatt umlegten. Hanna hatte immer auf ihre Hände geachtet, viel mehr als auf ihr Gesicht oder ihre Haare. Nun schienen ihre Hände das einzige zu sein, was nicht von Alter und Krankheit befallen war.

Unwillkürlich traten Nora Tränen in die Augen. So hatte sie sich das Wiedersehen mit ihrer Tante nicht vorgestellt.

Ein Mann in einem offenen weißen Kittel, der eher wie ein Sportler denn wie ein Arzt aussah, trat auf sie zu und schaute sie mitleidig an. »Frau Bergmann?«, fragte er, und als Nora nickte, reichte er ihr die Hand.

»Es ist nicht so schlimm, wie es den Anschein

hat«, sagte er. »Wir haben Ihre Tante unter ständiger Kontrolle.«

Nora nickte wieder. Wenn sie in Berlin an ihre Tante gedacht hatte, dann hatte sie sich vorgestellt, wie Hanna in ihrem Garten Blumen pflückte, beinahe so, als lebe sie alterslos in einem kleinen Paradies.

»Trotzdem ist ihr Zustand so ernst, dass wir in den nächsten Tagen operieren müssen. Wir werden um eine verstopfte Blutbahn am Herzen einen Bypass legen, eine Art Umleitung, damit das Blut wieder ungehindert fließen kann. Dazu werden wir Ihrer Tante ein Stück Vene aus dem Bein entnehmen und daraus diesen Bypass konstruieren. Sollte das nicht klappen, haben wir auch die Möglichkeit, eine künstliche Vene einzusetzen.«

Der Arzt sprach mit sanfter Routine, wie jemand, für den es keinen Schrecken gab.

Nora beobachtete, dass die Hände ihrer Tante sich plötzlich bewegten. Unruhig wanderten sie über das Bettlaken, als spürten sie den starren, ungläubigen Blick, der auf sie gerichtet war. Im nächsten Moment schlug Hanna die Augen auf und schaute sich verwirrt um, ohne allerdings den Kopf zu bewegen.

»Darf ich für einen Moment hineingehen?«, fragte Nora.

»Es kann nicht schaden, ein wenig mit ihr zu plaudern.« Der Arzt lächelte. Ein Hauch von Müdigkeit lag mit einem Mal auf seinem Gesicht. »Machen Sie Ihrer Tante Mut. Sagen Sie ihr, dass wir ihr Herz wieder in Ordnung bringen und sie keine Angst zu haben braucht.«

Als Nora die Glastür zu dem Krankenzimmer öffnete, hatte sie das Gefühl, eine Grenze zu überschreiten. In dem Raum war es viel wärmer als auf dem Flur, die Überwachungsmaschinen surrten leise im Hintergrund. Auch die Stille klang hier anders, gedrängter, beinahe furchterregend.

Ihre Tante schaute sie ohne Überraschung an. »Ich habe Durst«, flüsterte sie statt einer Begrüßung.

Vorsichtig, als dürfe sie nichts falsch machen, füllte Nora Wasser in einen Plastikbecher, der auf dem Nachttisch stand. Dann zögerte sie für einen Moment. Hanna war viel zu schwach, um allein zu trinken. Vorsichtig legte Nora ihr den Becher an den Mund. Es war seltsam, einem anderen Menschen zu trinken zu geben. Sie hatte so etwas noch nie getan. Fast wie eine sakrale Handlung kam es ihr vor. Hanna trank langsam, ihr Kehlkopf hüpfte unregelmäßig auf und nieder. Schließlich winkte sie unwillig ab. Das Laken unter ihrem Kinn war feucht geworden.

»Es ist schön, dass du kommen konntest«, hauchte Hanna. »Hübsch bist du geworden, noch hübscher als früher.« Sie verzog den Mund zu einem Lächeln, das Nora eher entsetzte als besänftigte. Ihr Gesicht war geschrumpft, die weißen, leuchtenden Zähne wirkten viel zu groß für ihren Mund. »Ehrlich gesagt habe ich gebetet, dass du mich diesmal nicht versetzt.«

Nora hörte den Vorwurf, der vermutlich gar keiner sein sollte. Es war die simple Wahrheit: Wie oft hatte sie ihren Besuch angekündigt und war dann nicht gekommen? Einem Ritual gleich hatte sie beinahe jedes Jahr vor Weihnachten dieses Theater aufgeführt. Ich komme … ich komme doch nicht … ich komme vielleicht … »Was willst du in diesem öden Dorf am Rhein?«, hatte Mike sie gefragt, ohne es jemals gesehen zu haben.

»Es gefällt mir im Haus«, sagte Nora, um ihre Tante ein wenig aufzuheitern. »Ich habe Klavier gespielt und bin auf der Promenade spazieren gegangen.« Dass Lukas sie begleitet hatte, verschwieg sie. Es war besser, ihn nicht zu erwähnen. Auch von dem Jungen und seinem stummen Vater sprach sie nicht. »Die ersten Klavierstunden sind ganz passabel gelaufen. Deine Schüler waren ein wenig erschrocken, als sie mich sahen, aber dann haben sie sich brav an den Flügel gesetzt, und ich habe mich an früher erinnert, an die ersten Stunden, die du mir gegeben hast.« Nora lachte leise, ohne genau zu wissen, warum.

Ihre Tante hatte den Blick wieder abgewandt und starrte auf ein Bild neben der Tür. Unbeholfene Sonntagsmalerei in einem gefliesten Krankenhausraum: Ein weißes Segelboot trieb, begleitet von zwei springenden Delphinen, auf einem blauen endlosen Meer. An ihren dunklen, reglosen Augen war abzulesen, dass Hanna das Gerede von ihren Klavierschülern keinen Deut interessierte. Über zwanzig Jahre lang hatte sie beinahe jeden Tag irgendwelche Schüler gehabt, aber nun schien das mit einem Schlag ohne Bedeutung zu sein.

»Ich werde so lange bleiben, bis du wieder gesund bist«, sagte Nora. Dann überlegte sie, ob sie von dem Kind in ihrem Bauch sprechen sollte. Ihr Kind wäre vielleicht ein Thema, mit dem sie Hanna auf andere Gedanken bringen könnte.

»Weißt du, dass man viel zu viel mit sich herumträgt«, sagte Hanna plötzlich, ohne die Augen zu bewegen. »Vielleicht wird einem dadurch das Herz so schwer. Vor achtunddreißig Jahren bin ich in den Orden eingetreten. Schon damals gab es da fast nur alte, wortkarge Frauen. Mitten in der Nacht mussten wir aufstehen, um zu beten, und früh am Morgen begann die Arbeit. Küchendienst, Wäsche waschen, anschließend Gartenarbeit. Den Novizinnen hat man nichts geschenkt, sondern hat sie im Gegenteil besonders hart angefasst. Ich hatte mir das Leben in einem Kloster anders vorgestellt, freundlicher, rücksichtsvoller, wenn du verstehst, was ich meine. Wahrscheinlich hätte ich es auch nicht bis ans Ende meiner Tage ausgehalten, wenn deine armen Eltern nicht verunglückt wären.«

Nora spürte, wie ihr Mund trocken wurde. So darfst du nicht reden, wollte sie sagen, brachte aber keinen Laut heraus. Stattdessen legte sie ihre rechte Hand auf Hannas bleichen schmalen Unterarm und schüttelte sie sanft, als sei sie eingeschlafen.

Hanna lächelte auf einmal vor sich hin, vielleicht gefiel ihr die Berührung, vielleicht war ihr auch ein schöner, vertrauter Gedanke durch den Kopf gegangen. »Bist du schon an ihrem Grab gewesen?«, fragte sie dann.

Nora schüttelte den Kopf. »Noch nicht«, erwiderte sie schuldbewusst, »aber ich gehe bestimmt bald hin.«

»Ich habe alles aufgeschrieben«, fuhr Hanna fort, als hätten sie Noras Worte nicht erreicht. Ihre Gedanken waren schon irgendwohin weitergeflogen. »In meiner Kommode im Schlafzimmer gibt es ein Geheimfach. Es ist nicht wirklich geheim. Man entdeckt es sofort, sobald man die Schubladen neben dem Spiegel herauszieht. In dem Fach liegt ein brauner Umschlag. Da findest du alles, was du wissen musst.«

»Ich glaube nicht, dass es schon an der Zeit ist, mir dein Testament anzusehen.« Nora versuchte vergeblich, leicht und beiläufig zu klingen. »Der Arzt hat mir gesagt, dass die Operation nicht so schwierig ist, eine neue Vene wird um das Herz …«

»Ich rede nicht von meinem Testament«, unterbrach Hanna sie mit festerer Stimme. »Die Dinge sind geregelt und liegen bei einem Notar in Bonn. Darüber muss sich niemand Sorgen machen. Ich rede von meinem Leben, wie alles so gekommen ist und warum ich dich immer beschützen wollte.«

Ihre Tante lächelte wieder und wandte die Augen von dem Bild an der Wand ab. Zum ersten Mal hatte sie wieder Ähnlichkeit mit dem Menschen, den Nora vor neun Jahren verlassen hatte. Sie schämte sich plötzlich und wurde gleichzeitig wütend auf Mike, als habe er sie stets mit Gewalt in Berlin zurückgehalten.

»Versprich mir, die Papiere zu lesen. Es dauert nicht lange, ein, zwei Stunden, mehr nicht, aber dann weißt du Bescheid.«

Nora nickte. Jede Geste kam ihr vor, als sei sie für

einen Abschied gemacht. Den Moment, um von ihrem Kind zu sprechen, hatte sie verpasst. »Du musst mir noch ein paar Lieder aufschreiben, die ich mit deinen Schülern üben soll«, sagte sie. »Alle sollen richtige Fortschritte gemacht haben, wenn du wiederkommst.«

Hanna streifte Noras Hand ab und zupfte an dem Bettlaken. »Übungsbücher findest du überall im Haus. Die klassischen Sachen mögen die meisten nicht. Am besten lässt du sie etwas spielen, das sie schon aus dem Radio oder von ihren Eltern kennen ...«

Eine Schwester öffnete die Glastür und warf einen argwöhnischen Blick herein, ohne allerdings etwas zu sagen. Dann schloss sie mit einem Ruck, der Ärger ausdrückte, wieder die Tür.

»Alle paar Minuten kommen sie herein«, sagte Hanna. »Ich glaube, sie haben Angst, ich könnte weglaufen.« Sie lachte und röchelte dann leise vor sich hin.

Nora erhob sich. Sie spürte die unangenehme Wärme des Raumes, die Geräusche der Maschinen und Monitore klangen plötzlich laut und eindringlich. »Ich komme morgen wieder. Soll ich dir etwas mitbringen? Möchtest du Musik hören?«

Hanna machte eine abwehrende Handbewegung, die Nora an ihr kannte. Nur keine Umstände, hieß diese Geste, ich möchte nicht, dass du dich zu sehr um mich kümmerst. Nora griff in die Tasche ihrer Jeans. Sie war überstürzt, mit leeren Händen gekommen und hätte nun gern etwas dagelassen, ein kleines Geschenk, das ihre Tante nicht beschämte. Sie ertastete den Engel aus Alabaster, den der Junge bei ihr verloren hatte. Für einen Moment überlegte sie, Hanna den Engel wie einen Beschützer auf den Nachtschrank zu stellen, dann jedoch dachte sie an den unfreundlichen Vater des Jungen und behielt ihn in der Tasche.

»Hast du Lukas schon gesehen, diesen verdammten Scheißkerl?«, fragte ihre Tante, als Nora schon an der Tür war.

Überrascht drehte sie sich um. Hanna hatte sich ein wenig aufgerichtet. Ihr Gesicht wirkte unverändert, aber ihre Stimme klang so streng, als sei jede Schwäche und Krankheit von ihr abgefallen. »Ich weiß genau«, sagte sie, »dass er es war, der dich vertrieben hat.«

8

Manchmal hörte Georg doch Musik. Es war, als habe er ein Geheimnis vor sich selbst. Er holte aus seinem Koffer, den er unter das Bett geschoben hatte, einen alten tragbaren Rekorder hervor. Tom wusste nichts von diesem Gerät. Wahrscheinlich hätte er es sofort mit seinen Märchenkassetten in Beschlag genommen. Er selbst besaß nur eine einzige Kassette: Frank Sinatra live mit dem Count Basie Orchestra. Er hatte keine Ahnung, woher die Kassette stammte. Wahrscheinlich hatte sie Eileen oder Leggewie gehört, und sie hatte noch im Auto gelegen. Eileen mochte Sinatra, sie hörte lieber Jazz und Rock als klassische Musik, und früher, bevor Tom zur Welt gekommen war, hatten sie gelegentlich in ihrem engen Wohnzimmer die Möbel beiseite geräumt und getanzt: Walzer, Swing, Cha Cha Cha. Eileen war eine gute Tänzerin gewesen. Er konnte sich erinnern, wie viel Wert sie auf Haltung gelegt hatte. Immer hatte sie den Kopf hoch erhoben gehalten, und wenn sie Tango tanzten, war sie ihm förmlich in den Arm gesunken. Manchmal hatten sie auch gemeinsam Tanzstunden genommen, und sie hatte ihn stets kritisiert, wenn er sich auf der Bühne falsch bewegt hatte. Für sie waren die meisten Opernsänger jämmerliche Tänzer und Schauspieler, dabei gehörte das alles zu einem gelungenen Spiel dazu: Stimme, Ausdruck, Bewegung, Choreographie. Am liebsten war ihm gewesen, wenn er ahnen konnte, dass Eileen bei den letzten Proben irgendwo hinten im Zuschauerraum saß, eine heimliche Zuschauerin, und ihm abends erzählte, was er alles falsch gemacht hatte.

Er stellte die Musik auf Zimmerlautstärke, damit niemand sie draußen hören konnte. Frank Sinatra sang wie beiläufig, als mache es ihm keine sonderliche Mühe, auf der Bühne zu stehen. Trotz der schlechten Tonqualität war es fast, als bewege er sich durch den Raum, tänzele um Georg herum. Die Hündin schien die Musik nicht zu registrieren, sie blinzelte schläfrig. Tom war in der Schule. Eigentlich hätte Georg an der Übersetzung des Tauber-Manuskripts arbeiten müssen, aber er wusste, dass er keinen vernünftigen Satz hinbekommen werde. Ganz tief in seinem

Innern hatte er das Gefühl, etwas tun zu müssen und doch nur warten zu können; warten, dass Eileen mit einem Anwalt oder ihrem Detektiv auftauchte, warten, dass sie ihm ein Papier vom Jugendamt unter die Nase hielt und dann mit gutem Gewissen begann, Toms Sachen einzupacken. Sie hatte ein Recht auf ihren Sohn, er hatte sich das Kind genommen und war abgehauen. Eine Art geduldete Kindesentführung, denn insgeheim hatte Eileen natürlich geahnt, was er geplant hatte. Sie konnte immer seine Gedanken lesen, während er nie begriff, was sie vorhatte. Vielleicht war er erneut in eine Falle getappt, die sie ihm gestellt hatte. Indem er Tom entführte, zeigte er, wie gewissenlos und unfähig er war, ein Kind zu erziehen. Sollte er doch wieder seine Koffer packen und weiterfahren, nach Italien oder Südfrankreich? Königswinter war längst nicht weit genug von Köln entfernt.

Was würde er tun, wenn Tom fort wäre? Er würde dasitzen, in die Leere um ihn lauschen, so wie in der Woche, als er aus dem Krankenhaus gekommen war. Da hatte er stundenlang mit der Stille experimentiert und versucht, einzelne Geräusche zu unterscheiden, Schritte im Flur, das Öffnen einer Tür draußen im Treppenhaus, das Surren einer Fliege, die gegen eine Fensterscheibe flog, das Rauschen einer Wasserleitung, das Piepen eines Weckers irgendwo im Haus; am Ende hatte er gemeint, wenn er nur reglos genug auf seinem Stuhl saß, sogar das Flimmern einer Glühbirne hören zu können. Nur Eileen hatte er nie zugehört. Depressiv hatte sie seinen Zustand genannt und ihm vorgeschlagen, Klavierlehrer zu werden, wenn er schon nicht an seiner Stimme arbeiten wollte. Er hatte sich vergeblich bemüht, sie nicht zu hassen.

Frank Sinatra sang »Fly me to the moon«, und Georg spürte, wie sich plötzlich seine Hände bewegten. Er wurde zum Schlagzeuger, schloss die Augen und schlug den Takt mit, als habe er zwei Schlagstöcke in der Hand. Die Band legte sich mächtig ins Zeug, trieb Sinatra vor sich her. Hart und präzise trommelte der Schlagzeuger, die Band richtete sich nach ihm aus, horchte auf den Rhythmus, den er vorgab. Georg konnte förmlich vor sich sehen, wie der Schlagzeuger und der Bassist sich konzentrierten und sich freundliche Blicke zuwarfen. Ein Pianist, mit dem er am Anfang seines Kölner Engagements kleinere Liederabende im Foyer der Oper gegeben hatte, war ein leidenschaftlicher Jazz-Fan gewesen. Er hatte ihm einmal erzählt, dass er spät am Abend oft in den Keller seines Hauses ging, wo er ein schalldichtes Studio besaß, und Schlagzeug spielte. Er schob eine Jazz-CD ein, setzte sich einen Kopfhörer auf und hockte sich hinter das Schlagzeug, und dann begleitete er die Großen des Jazz: Charlie Parker, Dizzy Gillespie oder Miles Davis. Sein eigenes Spiel mischte er sich in den Kopfhörer, sodass er tatsächlich ein Teil der Musik wurde. Es sei ein wenig wie fliegen und die beste Entspannungsübung, die man sich denken könne.

Georg hatte sich nie viel aus Jazz gemacht, aber nun spürte er die Kraft, die in dieser Musik lag.

Sinatra sang den Mond an, und das Schlagzeug trieb ihn vorwärts, Stück für Stück, als könnte ihn das Instrument tatsächlich auf den Mond befördern.

Als Georg mit einem Lächeln, das die Musik in ihm entzündet hatte, die Augen öffnete, sah er, dass Tom vor ihm stand und gleichfalls lächelte. Seine blonden Haare hingen ihm verschwitzt in der Stirn, als sei er nach Hause gerannt, und seine Augen funkelten blau und voller Tatendrang. Für einen Moment kam Georg sich ertappt vor. Es war eine lächerliche Pose, in der sein Sohn ihn überrascht hatte; noch dazu mit dem Kassettenrekorder, den er vor ihm verborgen hatte.

»Ich kenne das Lied.« Tom streifte seine Schultasche ab und kam näher. »Ich glaube, ich habe es manchmal im Auto gehört.« Er sagte es ohne Argwohn. »Ich fände es gut, wenn wir wieder ein bisschen Musik hören würden.« Dann grinste er, zeigte glücklich seine großen, makellos weißen Schneidezähne. »Rechnen ist ausgefallen. Können wir nicht heute mit dem Schiff auf die andere Seite fahren? Alle sind schon auf der anderen Seite gewesen, nur ich noch nicht.«

Georg nickte. Es tat ihm gut zu sehen, wie lebhaft und ungezwungen Tom sich in den letzten Tagen aufführte, wenn er aus der Schule kam. Vielleicht hatte er eine Freundin, das Mädchen, das ihn mit zur Klavierlehrerin genommen hatte.

Tom goss sich ein Glas Milch ein und trank hastig einen Schluck. »Außerdem hat mich vorhin ein Mann angehalten und gefragt, ob du früher Sänger warst. Ich habe erst mit dem Kopf geschüttelt und dann doch ja gesagt, weil ich nicht lügen wollte. Das war doch richtig, oder nicht?«

Brun, dachte Georg, nun läuft mir auch noch Brun hinterher. Oder Leggewie hat seine Warnung wahrgemacht und spioniert mir nach.

Jeden Tag hatte Nora Mordgedanken gehabt; vor allem deshalb, nicht weil sie sich schämte, war sie drei Monate nicht aus dem Haus gegangen. Sie hockte eingeschlossen in ihrem Zimmer, spielte den ganzen Tag »Stairway to heaven«, einen alten Song von Led Zeppelin, den Mari ihr vorgespielt hatte, und stellte sich vor, wie Lukas und die beiden anderen vor ihr knieten und sie ihnen eine schwarze, entsicherte Pistole in den Mund schob. Sie sollten an dem harten, stählernen Lauf lutschen, sollten Blut schwitzen, röcheln und würgen, während sie ihnen die Waffe immer weiter in den Rachen stieße. Dann, kurz bevor die Scheißkerle sich übergeben müssten, würde sie ihnen einen Kuss auf die schweißnasse Stirn drücken und den Abzug betätigen. Lukas würde das letzte Opfer sein. Sollte er sich vor Angst in die Hosen machen und zusehen, wie seine Kumpane sich an der Pistole verschluckten und schließlich mit einem lauten Knall krepierten. André und Steffen hießen die beiden, zwei arrogante Schönlinge, die angeblich Tennisprofis werden wollten und die sie bis zu diesem Abend nie zuvor gesehen hatte. Auch später waren sie ihr nie wieder begegnet.

Hanna hatte sofort geahnt, was passiert war. Wenn

ein neunzehnjähriges Mädchen von einer Party nach Hause zurückkehrte, auf einmal nichts mehr aß, sondern stattdessen einen Waschzwang entwickelte und stundenlang unter der Dusche stand, musste man nicht viele Vermutungen anstellen. Am Anfang hatte Hanna ihr keine Fragen gestellt, hatte das Lied von Led Zeppelin ertragen und mit erzwungener Ruhe abgewartet, ob Nora von sich aus beginnen würde zu reden. Dann, während ihre Verzweiflung zunahm, hatte sie sich häufiger zu Ortner, dem Pfarrer von Sankt Remigius, davongestohlen, um sich mit zu beraten. Ortner war ein leiser, schüchterner Mann, der allenfalls sonntags in seiner Kanzel die Stimme erhob. Doch auch mit seiner Hilfe war es Hanna nie gelungen, Nora zum Sprechen zu bringen. Über Lukas und das Ende ihrer Abiturfeier hatte sie nie ein Wort verloren.

Erst in Berlin hatten die Mordgedanken aufgehört. Da hatte Nora so tun können, als hätten Lukas und seine Tennisspieler gar nicht existiert. Niemand hatte nach Schweiß gerochen und betrunken lachend ihren Rock zerrissen, niemand hatte ihr die Augen zugehalten und war mit der Zunge gierig über ihre Schenkel gefahren, niemand hatte ihr »schöne, kalte Nora« ins Ohr geflüstert und ihr mit dem Zeigefinger wehgetan. Niemand hatte ihr seinen Schwanz in den Unterleib gerammt und ihr die Tränen von der Wange geleckt … In Berlin war alles Einbildung gewesen. Da hatte sie begonnen, Schauspielerin zu werden, um sich selbst loszuwerden und andere Rollen zu finden.

Seltsam – warum war sie, statt sich mit Mordgedanken in ihrem Zimmer einzuschließen, damals nicht zur Polizei oder zum alten Weber gegangen, dem Bürgermeister, der so auf seinen Ruf bedacht war und seinen Sohn wahrscheinlich halb totgeschlagen hätte? Warum hatte sie nicht ihrer Tante alles gebeichtet und Lukas und seine widerwärtigen Tennisspieler fertiggemacht? Warum hatte sie später nicht einmal Mike davon erzählt? Oder warum war sie nicht zu David gegangen, der verzweifelt auf ein Zeichen von ihr gewartet hatte?

Vielleicht, weil es so etwas wie »Vergewaltigung« damals überhaupt nicht gab, weil es unmöglich war, solch ein Wort in den Mund zu nehmen, ohne daran zu ersticken.

Als Nora aus der Straßenbahn stieg, die am Rhein entlang von Bonn nach Königswinter führte, hielt sie vorsichtig nach Lukas Ausschau. Für einen Moment fürchtete sie, ihre düsteren Gedanken könnten ihn angelockt haben und er wartete irgendwo auf sie. Tatsächlich lehnte da ein korpulenter, schwarzhaariger Mann am Geländer des Uferwegs und blickte auf den Fluss hinaus. Erst als ihr Herz schon wild bis in den Hals hinein schlug, bemerkte sie, dass der Mann ein kleines Kind an der Hand hielt und Lukas nicht einmal entfernt ähnlich sah. Trotzdem war es ein unangenehmes Gefühl, dass zwei Gedanken sich wieder verschränkt hatten, die sie fast zehn Jahre lang streng auseinandergehalten hatte: Lukas und die Nacht der Abiturfeier. Nein, eigentlich hatte sie diese Gedanken nicht nur getrennt, sondern in zwei Stahlfässer gesperrt und zweitausend Meter tief in einem Salzbergwerk versenkt, aus dem sie niemals wieder auftauchen sollten. Aber nun waren sie wieder da. Die todkranke Hanna hatte sie mit einem Fingerschnippen ans Tageslicht befördert.

Sie sollte zum Haus laufen, sagte eine Stimme plötzlich in ihrem Kopf, und ihre Sachen holen, die sie noch gar nicht richtig ausgepackt hatte, um schnell wieder zu verschwinden. Dieser Ort war nichts für sie: ein weiter, leerer Himmel, an dem eine Autobahn entlanglief, träge Spaziergänger auf einer Promenade, wo selbst die ordentlich gestutzten Bäume spießig aussahen, langweilige, stickige Cafés, Klavierschüler, deren Talent allenfalls für ein paar einfache Etüden reichte. In Berlin werde Mike sie mit offenen Armen empfangen, und an das Kind werde er sich auch gewöhnen.

Dann dachte sie an Hanna in ihrem furchtbar weißen Krankenhausbett, und ihr wurde klar, dass sie bleiben musste. Einen Augenblick später sah sie den Hund. Gemächlich trabte der hellbraune Labrador von der Fähre, die ein Stück vor ihr angelegt hatte, und ein paar Schritte hinter ihm folgte Tom mit seinem Vater. Dem Stummen schien die Hitze nichts auszumachen. Er trug wieder eine schwarze Hose und ein schwarzes Hemd, aber diesmal schienen er und Tom bester Laune zu sein. Der Kleine erzählte, fuchtelte mit den Händen, lief dann ein Stück voraus, duckte sich kurz und sprang dann hoch, wie ein Basketballspieler, wenn er einen Ball triumphierend im Korb versenkt. Der Stumme lachte und hielt dann einen Moment sein Gesicht in die Sonne, als sei er viel zu lange im Dunkeln gewesen. Als er in ihre Richtung blickte, wandte Nora hastig den Kopf, um nicht entdeckt zu werden.

Lässig, als hätten sie alle Zeit der Welt, überquerten die beiden mit ihrem Hund die Uferstraße, ein zufriedenes, hübsch anzuschauendes Paar, Vater und Sohn, die nichts auseinanderbringen konnte. Fehlte nur die Mutter, dachte Nora mit leichtem Spott, dann wäre die glückliche Familie komplett und sie könnten für ein Werbefoto posieren.

Offenbar ohne sie erblickt zu haben, verschwanden Tom und sein stummer Vater in der Seitenstraße, die zum Drachenfels hinaufführte. Klar, sie hatten einen Ausflug gemacht und schlenderten nun nach Hause. Nora spürte den Impuls, ihnen nachzulaufen. Es könnte nicht schaden, herauszufinden, wo der Stumme wohnte, sagte sie sich, für den Fall, dass er sich noch einmal einen so unfreundlichen Auftritt bei ihr erlaubte.

Tom und sein Vater hatten es nicht eilig, beinahe so, als würden sie auf ihre heimliche Verfolgerin warten. Der Junge hatte sich an einem offenen Verkaufsstand ein Eis gekauft und hielt es dem Stummen fürsorglich hin, doch der wehrte freundlich lächelnd ab. Einmal hatte Nora den Eindruck, er habe seine Lippen bewegt und seinem Sohn etwas zugeraunt, aber vielleicht hatte Tom die Fähigkeit entwickelt, seinem Vater von den Lippen abzulesen. Der Junge genoss sein Glück; er nahm sogar die Hand des Stummen und zog ihn vor ein Schaufenster, dann stürzte er auf den überraschten Hund zu und animierte ihn, zu bellen und an ihm hochzuspringen.

Nora ließ die beiden dreißig Schritte vor sich hergehen. Wie eine Detektivin war sie stets auf dem Sprung, in einen Hauseingang einzutauchen, sollte der Stumme ihren forschenden Blick spüren und sich unvermittelt umwenden. Aber er war ganz mit seinem Sohn beschäftigt und schien für nichts anderes Augen zu haben. Sie ertappte sich dabei, dass sie sich fragte, welchen Namen er trug und was er den ganzen Tag in seinem Haus tat. Lukas hatte nicht berichtet, dass er irgendeiner Arbeit nachging und dass eine Frau bei ihm war.

Kaum hatten Tom und sein Vater die Bahngleise betreten, begannen sich die Schranken mit dem typischen metallischen Läuten herabzusenken, das Nora früher mehrmals am Tag bis in ihr Zimmer hinauf gehört hatte. Der Labrador drängte sich ängstlich an seinen Herrn, der ein wenig eiliger voranschritt. Nora wusste, dass sie es nicht mehr schaffen würde, den Bahnübergang zu überqueren, doch sie kehrte nicht um. Wie jemand, der sah, wie ein Schiff ablegte, stand sie an der Schranke und blickte den beiden nach. Erst kurz bevor der Stumme in die Straße einbog, die zum Drachenfels hinaufführte, warf er einen Blick zurück. Sie war sich nicht sicher, ob er zögerte, weil er sie erkannt hatte, oder ob er innehielt, weil er den Moment erwartete, wenn der Zug mit ohrenbetäubendem Rauschen vorbeijagte. Tatsächlich stürzte ein paar Sekunden später eine Lokomotive heran, die seltsam geformte, silberfarbene

Tankwagen hinter sich herzog. Nora entdeckte ihre Ungeduld wieder, die sie an dieser Bahnschranke schon in ihrer Kindheit erlebt hatte. Als der letzte Waggon endlich vorbeigedonnert war, wirkte die Straße dahinter öde und verlassen.

Der Junge und sein Vater mussten bereits in ihrem Gartenhaus angekommen sein. Trotzdem eilte sie weiter, lief zur nächsten Straßenecke und verringerte ihr Tempo erst, nachdem sie die Talstation der Kabelbahn erreicht hatte. Die Gefahr, Lukas zu begegnen, war hier eindeutig am größten. Von hier aus karrte er Tag für Tag Hunderte von Touristen den Berg hinauf. Doch das Gleis war leer, keine Kabelbahn stand da. Argwöhnisch betrachtete Nora die Kasse, die unter dem Vordach der Station lag und ständig von zwei Neonleuchten erhellt wurde. Eine Person, die durch die reflektierende Glasscheibe nicht zu erkennen war, hockte reglos im Kassenhäuschen und schien noch auf letzte Kunden zu hoffen. Nichts hatte sich in den Jahren ihrer Abwesenheit verändert, allenfalls hatte die Station einen neuen hellgrünen Anstrich erhalten.

Knapp hinter dem Zugang zur Kabelbahn führte eine enge, gewundene Straße durch eine kleine Ansammlung von Häusern. Nora erinnerte sich, dass sie früher mit Lukas, Mari und ein paar anderen Mädchen im Sommer hierher gekommen war. Sie waren oft zur Drachenburg geschlichen, einem baufälligen, schlossartigen Gebäude, das auf halber Strecke zum Drachenfels lag und das sich irgendwann im letzten Jahrhundert ein wahnsinniger Bankier gebaut hatte.

Hier hatten sie bei Kerzenschein ihre erste Zigarette geraucht und Musik gehört.

Von Tom und seinem Vater war nichts mehr zu sehen. Auch kein einziger Tourist lief den Berg hinab. Irgendwo hinter einer dichten Hecke klang Musik, ein alter deutscher Schlager, ansonsten war bis auf das allgegenwärtige Rauschen von der nahen Autobahn kein Laut zu hören. Nora kam sich plötzlich bedroht vor. Eine seltsame Beklemmung erfasste sie, als sei sie in eine Falle gelockt worden, aber nein, ganz freiwillig war sie dem Stummen nachgelaufen, als habe er ein Geheimnis, das sie unbedingt ergründen musste. Sie erfühlte in ihrer Hosentasche den Engel aus Alabaster, den sie noch immer mit sich herumtrug. Wenn sie herausfand, wo Tom wohnte, würde sie ihm den Engel vor die Tür stellen und sofort wieder gehen.

Hundegebell ertönte in dem Garten vor ihr, und dann sprang eine Katze aufgescheucht über den Weg. Ein wunderbarer Zufall, den Nora sofort als ein gutes Zeichen begriff. Als sie die Zweige eines Ginsters beiseite schob, beobachtete sie, wie ein Labrador, der nur dem Stummen gehören konnte, zu einem Haus zurücktrottete und in einer halbgeöffneten Tür verschwand. Einen Moment später wurde die Tür geschlossen, ohne dass man sehen konnte von wem. Im Innern des Hauses war weder eine Bewegung noch ein Geräusch auszumachen. Es war ein einfaches, grün gestrichenes Holzhaus, das von Blumenbeeten umsäumt wurde, um die sich schon lange niemand mehr gekümmert hatte. Nur an einer Stelle wuchsen

Rosen an einem Rankgerüst in die Höhe. Ansonsten wucherte in den Beeten das Unkraut. Auch der Garten wirkte ungepflegt und vertrocknet. Eine rostige Badewanne stand mitten im hohen Gras, und an einem hohen Kirschbaum lehnte ein Fahrrad, dem der hintere Reifen fehlte.

So vorsichtig, wie es ihr möglich war, öffnete Nora die Gartenpforte, dann schritt sie den schmalen Kiesweg hinunter auf das Haus zu. Auf der Straße hatte der Hund einen harmlosen Eindruck gemacht, aber vermutlich verhielt er sich ganz anders, wenn ein Unbekannter über sein Grundstück lief. Nora zog den winzigen Engel hervor. Sie war nur gekommen, um dem Jungen seinen Schutzengel zurückzubringen, sagte sie sich, auch wenn sie wusste, dass es nicht stimmte. Sie war gekommen, um dem Stummen ins Gesicht zu sehen und herauszufinden, warum er nicht mehr sprechen konnte.

Als sie an dem einzigen Fenster vorbeilief, das zum Garten hinauswies, duckte sie sich, dann stand sie auch schon vor der Tür. Sie lauschte, kein drohendes Knurren eines Hundes drang aus dem Inneren. Der Engel lag in ihrer rechten Hand, als Nora ihren Arm hob, um gegen das Holz der Tür zu pochen. Eine Klingel schien es an einem solchen Holzhaus nicht zu geben. Nervös leckte sie sich über die Lippen. Ein erster Satz, dachte sie, ihr musste ein erster harmloser Satz einfallen, der ihr Eindringen erklärte. Dann hörte sie aus dem Haus die Stimme des Jungen, er sagte etwas von einem Radio. Durfte er das Radio anschalten? – »Ein

Radio? Welches Radio?«, erwiderte eine heisere, krächzende Stimme, die kaum zu verstehen war. Nora spürte, wie sich ein eisiger Schrecken in ihr ausbreitete, als könnte einem tatsächlich das Blut in den Adern gefrieren. Diese Stimme klang, als flüstere jemand Worte aus einem Grab, Untote in schlechten Filmen redeten so. Sie sah, wie ihre Hand mit dem Engel herabsank und wie sie sich mit der anderen am Türpfosten abstützte. Der Stumme war gar nicht stumm, er sprach nur nicht in der Öffentlichkeit, weil seine Stimme so schauderhaft zerstört war, dass sie jedem, der sie vernahm, ohne gewappnet zu sein, einen Schauer über den Rücken jagte. Er musste sich entstellt fühlen, ähnlich wie jemand, der nur noch ein halbes Gesicht hatte oder dem ein Buckel gewachsen war.

Sie hörte, dass der Junge etwas antwortete, während sie langsam ihre Hand zurückzog und überlegte, ob sie den Schutzengel auf die Schwelle legen sollte. Nein, besser nicht, dann könnte der Stumme sich denken, dass sie ihm nachgeschlichen war.

Als sie den zweiten Schritt zurückgemacht hatte, wurde mit einem Ruck die Tür aufgerissen. Der Hund streckte neugierig und ohne Feindseligkeit seinen Kopf heraus, aber eigentlich sah sie nur den Stummen, seine dunklen Augen, die sie voller Zorn und zugleich voller Wissen fixierten. Keinerlei Überraschung war in seinem Gesicht abzulesen. Hatte er sie gehört? In der einen langen Sekunde, in der er sie an seinem Blick festhielt, konnte sie sich eine Menge schrecklicher Dinge vorstellen: Er war wirklich ein

Untoter, ein Serienmörder, mit einem Kind als Tarnung, ein Vergewaltiger; nein, all das war er ganz bestimmt nicht …

Plötzlich begannen seine Kiefer zu mahlen, als kaue er an einem Wort, das er ihr gleich ins Gesicht speien wollte. Hastig streckte Nora ihm ihre Hand entgegen. Der Engel aus Alabaster tauchte ins Licht. Wie schlafend lag er da. »Ich wollte Ihrem Sohn seinen Talisman zurückbringen«, sagte sie in einem trotzigen Tonfall.

Mechanisch, mit erstaunlich zarten Fingern griff er nach dem Engel. Sie erkannte an seinem verwunderten Blick, dass er den Engel zum ersten Mal sah, aber sofort begriff, dass er tatsächlich seinem Sohn gehörte. Dann vernahm sie im Hintergrund Toms glockenhelle Stimme. Er fragte nach dem Hund, der offensichtlich eine Hündin war. »Bella – wo ist Bella?«

Im nächsten Moment schlug der Stumme die Tür zu, als wolle er verhindern, dass sein Sohn entdeckte, wer da vor ihrer Tür stand.

9

Spät am Abend setzte ein träger, gleichmäßiger Regen ein, und Martha kam. Sie kam immer, wenn Tom bereits im Bett lag, und parkte ihren Wagen unten am Parkplatz an der Bahnschranke, als dürfe niemand sehen, wen sie aufsuchte. Dabei gehörte das Haus ihr. Sie hatte es ihm als Versteck angeboten. Ihre Großeltern hatten es früher bewohnt, und in den letzten Jahren hatte sie es nur im Sommer für ein paar Tage benutzt.

Martha war der leiseste Mensch, den er jemals erlebt hatte. Sie schien auch Angst vor Geräuschen zu haben, klopfte so vorsichtig gegen das Fenster, dass ihm mehr der Schatten ihrer schmalen Hand als das Pochen selbst auffiel. Niemals besuchte sie ihn, ohne etwas mitzubringen, eine Flasche Wein oder Pralinen, nichts Teures und Auffälliges. Die Reste nahm sie wieder mit, umsichtig und ordnungsliebend, wie sie auch das Büro des Intendanten führte.

Sie saßen unter dem schmalen Wellblechdach auf der alten Holzterrasse. Einige Bretter waren so morsch, dass sie bereits eingebrochen waren und dringend erneuert werden mussten. Zum ersten Mal, seit Georg sie kannte, trug Martha keine graue Kleidung, sondern ein langes rotes Kleid ohne Ärmel. Ihre Arme waren fahl wie Porzellan, wodurch sie beinahe unmenschlich aussahen. Martha war ihm nie als sonderlich eitel erschienen, und wenn er sich nicht irrte, hatte sie sich auch noch nie geschminkt, doch nun glaubte er, im Licht der Öllampe, die unter dem Dach hing, zu sehen, dass sie ihre Augenlider mit einem Kajalstift nachgezogen hatte.

Höflich, als sei sie die Gastgeberin, öffnete sie eine Flasche Wein und füllte zwei Gläser. Sie wusste, dass er stets einige Zeit brauchte, bis er anfing zu sprechen. Neben Tom war sie die einzige, mit der er überhaupt ein Wort wechselte, weil sie seine furchtbare Stimme kannte und ertrug.

Der Regen fiel auf das Wellblechdach, und sie redete von der Oper, so leise, dass er beinahe die Worte von ihren Lippen ablesen musste. Die Spielzeit hatte mit der ersten Premiere begonnen, ein neu geschriebenes Stück über Paul Celan und dessen Gedicht »Die Todesfuge«. »Es ist keine richtige Oper«, flüsterte sie, »sondern es sind eher widerwärtig laute Geräusche, die pausenlos, ohne Erbarmen für das Publikum aneinandergereiht werden, Geigen wimmern, Bratschen vibrieren, und außer einem Chor treten nur fünf Sänger auf, die sich allerdings ihre Stimmen ruinieren werden, so laut müssen sie gegen den Lärm anschreien. In diesem Stück kann niemand glänzen, weil es eigentlich gar keine Rollen gibt. Der Intendant war nach der Generalprobe selbst entsetzt, dass so ein schlechtes Stück auf den Spielplan gekommen ist.« Entschuldigend blickte sie ihn an. »Verzeih mir«, sagte sie. »Ich weiß, dass du alles darum geben würdest, in einer Oper aufzutreten, in der man sich seine Stimme ruinieren kann.«

Er verzog das Gesicht und griff nach seinem Glas Wein, um sich mit einem kräftigen Schluck die ersten eigenen Worte leichter zu machen. »Spielt Brun mit?«, fragte er, ohne nachzudenken. Eigentlich durfte er den Namen »Brun« nicht aussprechen, musste einen großen Bogen um ihn machen.

Martha nickte, ohne ihn anzuschauen, als sei ihr diese Antwort peinlich. Nun, da Georg nicht mehr singen konnte, war Brun der gefeierte Tenor an der Oper. Er bekam alle großen Gesangsrollen, wahrscheinlich würde er bald nach München, Berlin oder vielleicht sogar New York gehen können. Eine Zeit lang war Georg überzeugt gewesen, dass Brun hinter dem Überfall gesteckt hatte, nein, eigentlich glaubte er das noch immer, solange der wahre Täter nicht gefasst war. Brun hatte als einziger ein Motiv. Eileen und er waren mehrmals zusammen gesehen worden.

»Es ist etwas passiert«, sagte er, um nicht weiter an Brun zu denken. Seine Stimme kam ihm furchtbar fremd vor; so war es immer, er konnte sich an dieses heisere Gekrächze nicht gewöhnen, als habe ein tausendjähriger Geist von ihm Besitz ergriffen, der Laute hervorpresste und hoffte, dass jemand sie tatsächlich verstand.

Martha zog die Augenbrauen zusammen. Auf ihrer glatten hohen Stirn zeigte sich eine einzige Falte.

Einen Moment zögerte er, ob er tatsächlich von der jungen Klavierlehrerin und ihrem plötzlichen Erscheinen sprechen sollte. Sie hatte ihn erschreckt, wie sie da mit dem Engel in der Hand vor ihm gestanden hatte, und er war sicher, dass sie seine Stimme gehört hatte. Er hatte ein starres, stummes Entsetzen in ihren Augen gesehen.

»Was ist passiert?«, fragte Martha, aufmerksam und beruhigend wie eine Krankenschwester.

»Eine Frau ist heute am Nachmittag gekommen«, flüsterte er. »Sie stand wie aus dem Nichts vor der Tür, weil sie Tom etwas bringen wollte.« Den Engel erwähnte er lieber nicht.

Martha nickte ihm zu, als wolle sie dadurch weitere Worte hervorlocken. Die Falte auf ihrer Stirn hatte sich vertieft. Ich bin immer noch krank, dachte Georg. Ich tue so, als sei es eine Katastrophe, wenn irgendjemand vor meiner Tür steht. Dabei wäre es nur eine Katastrophe, wenn diese Person Eileen hieße.

»Ich glaube, sie hat mitbekommen, wie ich mit Tom geredet habe«, fuhr er fort. »Sie ist die neue Klavierlehrerin unten im Ort.«

»Nicht jeder erschrickt, wenn er deine Stimme hört«, erwiderte Martha besänftigend. »Ich zum Beispiel fahre hundert Kilometer, nur um mit dir reden zu können.«

Er lächelte, dankbar für ihr Mitgefühl. »Außerdem ist hier gestern abend jemand herumgeschlichen, der wahrscheinlich Fotos gemacht hat. Leider ist der Kerl mir entwischt.«

Martha winkte ab und strich sich dann in einer seltsam mädchenhaften Geste über ihre Pagenfrisur. Sie wirkte grau und alterslos, eine Frau, die dreißig oder auch fünfzig sein konnte, nur ihre Hände verrieten eine heimliche Anmut. Kleine, zarte, perfekt geformte Hände, die sie ihm im Krankenhaus manchmal auf seine Wunde gelegt hatte. »Selbst wenn hier Detektive herumlaufen, werden sie dir nicht den Jungen wegnehmen.«

Er teilte ihre Zuversicht nicht, aber es tat gut, sie so reden zu hören.

»Außerdem bin ich sicher, dass der Junge gar nicht mehr zu seiner Mutter will. Sie hat ihn gehen lassen, kümmert sich nicht um ihn. In ein paar Wochen hat er sie ganz vergessen.«

Eine Weile schwiegen sie. Georg wusste, dass Martha unrecht hatte. Sie kannte Eileen nicht, ahnte nicht, wozu sie fähig war. Ein paar Vögel schienen neugierig um sie herumzuschweben, auch eine letzte Krähe war zu hören. Martha war wahrscheinlich die Einzige, der das Schweigen mit ihm nichts ausmachte. Sie sprach auch nie davon, dass er seine Stimme zurückgewinnen werde, wenn er nur daran glaubte und an sich arbeitete. Er hasste so ein Gerede, konnte es nicht ertragen. Vielleicht war er auch mehr vor diesem Gerede als vor allem anderen geflohen.

Als es absolut dunkel geworden war, blickte Martha auf die Uhr und nickte ihm auffordernd zu. Sie blieb nie lange, ein, zwei Stunden, obwohl zu Hause niemand auf sie wartete. Es hatte aufgehört zu regnen. Gemächlich, wie ein altes Ehepaar, gingen sie in den Ort hinunter. Martha hakte sich bei ihm ein und schien nur dem hallenden Klang ihrer Schritte zu lauschen. Er hatte keine Ahnung, was sie dachte. Die Kabelbahn lag im Dunkeln, allein ein paar Fenster in umliegenden Häusern und die Bahnschranke waren erleuchtet.

»Wenn du Geld brauchst, kann ich dir aushelfen«, sagte sie an ihrem Wagen und wandte ihm ihr Gesicht zu. Er schüttelte den Kopf und sah, dass ihre Nasenflügel bebten, und einen Moment später küsste sie ihn plötzlich auf den Mund. Zögernd erwiderte er den Kuss, der ihm wohl auf gewisse Art Trost spenden sollte.

»Ich werde auf dich aufpassen«, sagte sie, als sie sich von ihm gelöst hatte.

Er roch ihr Parfüm. Noch nie zuvor hatte er einen Duft an ihr wahrgenommen.

Nora genoss den Regen. Es hörte sich geheimnisvoll an, wie er in die trockenen, ausgedörrten Bäume fiel, wie ein mehrstimmiges Flüstern, als hausten lebendige, unsichtbare Wesen in den Bäumen. Solche Gedanken hatte sie auch als Kind oft gehabt und war manchmal heimlich bis in die höchsten Baumspitzen geklettert, um vielleicht doch einmal eines dieser Wesen zu entdecken. Der Mond lag hinter dichten Wolken verborgen. Kein einziges Licht war zu sehen, wenn sie in den Garten blickte. Nur gelegentlich blitzte irgendwo der Scheinwerfer eines Wagens auf. Den ganzen Abend hatte sie an Toms Vater gedacht, den Mann, der mit heiserer, gepresster Stimme sprechen konnte, auch wenn er vorgab, stumm zu sein, und der sie angestarrt hatte, als habe sie ihm ein beinahe tödliches Geheimnis entrissen. Außer seinem Sohn wusste vermutlich niemand im Ort, dass er gar nicht stumm war. Sprach er nicht, weil seine Stimme anderen Angst einjagen konnte, oder gab es einen viel komplizierteren Grund dafür? Am liebsten hätte sie ihre Tante im Krankenhaus angerufen, um etwas über ihn zu erfahren. Wie hieß er? Seit wann lebte er in der Stadt? Und was hatte er zuvor getan? Aber wahrscheinlich hätte ihr nicht einmal Hanna mehr sagen können.

Also musste sie seinen Sohn nach der Schule abpassen, um ihn ganz unverfänglich in ein Gespräch zu verwickeln, ohne dass es allerdings jemand mitbekommen durfte. Vielleicht hatte der kleine Tom erneut Schwierigkeiten mit seinem Vater bekommen, weil er seinen Engel verloren und ausgerechnet sie ihn gefunden hatte.

Als sie ihr Telefon anschaltete, sah sie, dass Mike dreimal auf ihre Mailbox gesprochen hatte. Sie hatte nicht erwartet, dass er tatsächlich aufgab, sie zu erreichen. Seine Laune hatte sich jedoch im Laufe des Tages wieder mächtig eingetrübt. Bei der ersten Nachricht hatte er noch richtig euphorisch geklungen. »Nora, Liebste«, sagte er atemlos, »ich habe eine gute Nachricht. Ich habe noch ein Angebot gekriegt, einen SuperJob für eine Filmproduktion. Ich soll mit den Ausstattern zusammenarbeiten. Sie drehen irgendeinen Psychothriller in einer alten Fabrik in Adlershof und müssen alles umbauen. Ich finde, jetzt könntest du dich endlich wieder melden.«

Die zweite Nachricht hatte er ihr drei Stunden später aufgesprochen. Er saß irgendwo in einem Café. Im Hintergrund waren Stimmen und gedämpfte Musik zu hören. »Nora, ich weiß nicht, was das soll. Willst du mich bestrafen oder mich zum Idioten machen? Wir hatten Streit, und du bist gegangen, okay, aber nun solltest du wieder Vernunft annehmen. Wenn du mich in der nächsten Stunde nicht anrufst, dann ...« Die Verbindung wurde unterbrochen. Vielleicht war ihm keine richtige Drohung eingefallen, oder jemand war an seinen Tisch gekommen.

Seine letzte Meldung war erst ein paar Minuten

alt. Nun klang Mike wütend und leicht angetrunken. »Hast du dein verdammtes Telefon irgendwo auf den Müll geworfen? Oder warum antwortest du nicht? Vielleicht ist es wirklich besser, wenn wir uns nicht mehr sehen. Deine Sachen kannst du dir ja irgendwann abholen.«

Es war merkwürdig, auf einer dunklen Terrasse zu sitzen und ihm zuzuhören; wie ein Signal aus einer fremden, fernen Welt, die sie mit einem Schlag nicht mehr sonderlich interessierte, kam Nora seine Stimme vor. Zu ihrem eigenen Erstaunen fürchtete sie nicht einmal, dass Mike durchdrehen und etwa ihre Sachen nehmen und aus dem Fenster werfen könnte. Aus Eifersucht hatte er einmal, weil sie sich mit einem alten Bekannten aus ihrer Schauspielschule verabredet hatte, eine kleine Tonstatue gepackt und in den Hinterhof geschleudert. Danach hatte sie ihn mehrere Tage lang vollkommen ignoriert. Die Statue war fast zehn Jahre alt gewesen, eine Frau ohne Unterleib, die sich mit einem träumerischen Gesichtsausdruck in ihr langes Haar griff. Zusammen mit ihren Freundinnen Mari und Nelli hatte sie im letzten Jahr vor dem Abitur vier Wochen an der Figur gearbeitet.

Einen Moment überlegte sie, ihn doch anzurufen und ihm zumindest zu sagen, wo sie war. Er würde sie ansonsten nicht in Ruhe lassen und immer wieder anrufen. Aber was sollte sie tun, wenn er sich tatsächlich auf den Weg nach Königswinter machte und vor ihrer Tür stand?

Das Telefon im Haus klang schrill und alarmierend. Ihr erster panischer Gedanke, während sie in das Wohnzimmer stürzte, galt Hanna. Mit dieser Angst, dass Hanna plötzlich sterben könnte, würde sie nun in jeder Sekunde leben müssen, doch als sie abhob und hastig ihren Namen nannte, hörte sie lediglich, wie jemand langsam, aber mit einer gewissen Erregung in den Hörer atmete.

»Was soll der Unsinn?«, fragte sie wütend. »Lukas, hör auf damit!« Der Jemand am Ende der Leitung schien kurz zu zögern. Nora war sich absolut sicher, dass nur Lukas sie um diese Zeit anrufen würde, ohne sich zu erkennen zu geben. Ihre Wut steigerte sich noch. Vielleicht stand er da draußen irgendwo und beobachtete sie. »Fang nicht an, mir nachzuspionieren«, sagte sie drohend, »ich bin kein kleines Mädchen mehr, dem man Angst einjagen kann.«

Sie legte auf und löschte die beiden einzigen Lampen im Haus, die sie überhaupt angeschaltet hatte. Trotzdem hatte sie das Gefühl, als verfolge jemand von draußen jeden ihrer Schritte. In der Dunkelheit verriegelte sie die Tür zur Terrasse und ging in das Schlafzimmer ihrer Tante hinauf. Das Haus war viel zu groß für eine Person. Überall knackte und knisterte es. Eine Uhr, die man bei Tag kaum hörte, tickte nun laut und vernehmlich. Nora hatte sich nie als schreckhaft empfunden, doch auf einmal hatte sie das Gefühl, es keine Nacht mehr allein in diesem Haus auszuhalten. Sie legte das eingeschaltete Mobiltelefon auf den Nachtschrank ihrer Tante und knipste eine winzige Leselampe über dem Bett an, die ein diffuses, gelbliches Licht verbreitete. Sogar

Mikes Stimme wäre ihr in diesem Moment ein Trost gewesen. Wahrscheinlich war er aber mittlerweile zu betrunken, um sich noch einmal zu melden. So war es fast immer; wenn sie ihn brauchte, war er abgetaucht und hockte mit seinem Kumpel Carlo in irgendwelchen Kellern und Lagerräumen herum und schmiedete Pläne, die immer nur Phantasiegebilde blieben.

Klein und ängstlich sah Nora sich im Spiegel der Kommode und dachte, dass da ganz tief in ihr das Kind war und wahrscheinlich auch Angst hatte. Nein, sie durfte keine Angst haben; irgendwo hatte sie einmal gelesen, dass sich die Gefühle der Mutter auf ihr ungeborenes Kind übertrugen. Sie wollte keinen Feigling als Tochter oder Sohn. Wenn sie ihr Kind schon alleine aufziehen musste, dann sollte es mutiger und stärker werden als alle anderen. Zum ersten Mal machte sie sich Gedanken darüber, wie es sein würde, ein Kind zu haben. So ein Kind war die größte Veränderung, die man sich vorstellen konnte. Ohne sie wäre ihre Mutter vielleicht eine berühmte Pianistin geworden und hätte in Paris, London, New York, einfach überall gefeierte Konzerte gegeben, aber dann hatte sie an der Musikhochschule ihren Vater kennengelernt, den schweigsamen, höflichen Geiger, und war schwanger geworden. So, mit einem Kind, endeten die meisten Geschichten. Aber das Schlimmste war, nur ein Kind zu haben. Wer ein Kind in die Welt setzte, musste auch dafür sorgen, dass es nicht allein blieb. Wie oft hatte sie sich einen Bruder gewünscht. Eine Zeitlang, nachdem ihre Eltern tot waren, hatte sie sich sogar vorgestellt, einen älteren Bruder zu haben, der Johann hieße, und hatte abends im Bett mit ihm beredet, was ihr am Tag widerfahren war. Der unsichtbare Johann war immer ihr Geheimnis geblieben. Weder Lukas oder Mari noch ihrer Tante hatte sie jemals von ihm erzählt.

Das Radio auf Hannas Nachttisch war auf einen Klassiksender eingestellt. In der obersten Schublade entdeckte Nora eine zerlesene Bibel und einen Rosenkranz. Auch nachdem sie das Kloster längst verlassen hatte, war ihre Tante im Grunde eine Nonne geblieben. Sie stand früh auf, aß kein Fleisch, redete wenig und ging häufig auf den Friedhof, als seien ihr die Toten näher als die meisten Lebenden. Nora erinnerte sich an den Tag, als sie die Ordenskluft, ein langes weißes Gewand aus grobem Stoff, im Schrank ihrer Tante entdeckt hatte. Da war sie zehn oder elf Jahre alt gewesen und hatte im ersten Moment gedacht, ein leibhaftiges Gespenst habe sich zwischen die Kleider geschlichen. Dann war ihr eingefallen, dass sie Hanna bei ihren seltenen Besuchen schon früher in dieser merkwürdigen Kluft gesehen hatte, aber da war die Tante eine andere gewesen, ein verhülltes Wesen ohne Haare, ohne einen Körper, nur mit einem leise, milde lächelnden Gesicht.

Als Nora den Kleiderschrank öffnete, erspähte sie das weiße Gewand sofort. Es hing noch immer da, hatte einen Ehrenplatz neben einem teuren Ledermantel und sah aus, als habe ihre Tante es erst gestern ausgezogen und nicht vor über zwanzig Jahren. Nora widerstand der Versuchung, sich das Ordenskleid überzustreifen. Das hätte Hanna nicht gefallen. Manche Dinge waren für sie todernst. Vorsichtig öffnete Nora die kleinen Schubladen an der Kommode und suchte nach dem Geheimfach. In der untersten Lade, unter alten Knöpfen, Reißverschlüssen und etlichen Rollen Nähgarn fand sie einen doppelten Boden. Darunter lag der braune Umschlag, von dem ihre Tante gesprochen hatte. Es war fast halb elf abends, als sie den Umschlag herausnahm. Er raschelte in ihren Händen, und sie hatte das Gefühl, eine Art Schatzkarte gefunden zu haben.

10

Liebe Nora,

diese Zeilen schreibe ich für Dich, auch wenn ich nicht weiß, ob Du sie jemals lesen wirst. Es ist vier Uhr in der Frühe. In einem Trappistenkloster, nicht weit von hier entfernt, beginnen nun die Nonnen mit den Vigilien, ihren ersten Gebeten. Jeden Morgen denke ich daran. Ich wache um kurz vor vier auf und stelle mir vor, wie sie müde und schweigend in die Kapelle hasten. Draußen ist es kalt und dunkel, nur ihre Schritte sind zu hören und manchmal im Sommer die ersten zaghaften Vogelstimmen, die sich wenig später zu einem wunderbaren Konzert zusammenfinden. Jeder Mensch hat eine Aufgabe im Leben, vor der er nicht weglaufen kann, selbst wenn er es versucht. Früher habe ich gedacht, meine Aufgabe sei es, im Kloster um Vergebung zu bitten und meinen Dienst an Gott zu tun, aber das stimmte nicht. Meine Aufgabe warst Du, und als Du gingst, nachdem Lukas, dieser Teufel, Dich mit falscher Liebe und brutaler Gewalt vertrieben hatte, besaß ich keine andere Aufgabe mehr, als zu warten, ob Du vielleicht zurückkehren und mich noch einmal brauchen würdest.

Ich hoffe, Du erschrickst nicht bei meinen Worten. Ich habe nicht sofort erkannt, was meine Aufgabe war, habe vielleicht auch manchmal gehadert, obschon ich alles in einem einzigen Moment hätte sehen müssen. In einem hellen Augenblick lag alles vor mir, als habe ein Engel mich gestreift und mir Einsicht verliehen. Es war jedoch kein glücklicher Moment, denn was ich klar und deutlich sah, war meine Schuld. Ich bin schuld am Tod Deiner Eltern. In gewisser Weise habe ich sie auf dem Gewissen.

Aber ich greife vor.

Aus der einen Schuld erwächst die nächste und die übernächste. Mit dem Schicksal, schuldig zu werden, kommen wir auf die Welt. Deshalb gibt es Gebete, um unsere Schuld zu sehen, zu bekennen und zu überwinden.

Ich bin eine alte Frau und will Dich nicht mit etwas langweilen, was Du vermutlich für Frömmelei hältst, aber am meisten habe ich das Ave Maria geliebt, die Hinwendung an die Frau, die Jesus auf die Welt gebracht hat. Dieses Gebet ist mir immer ein Trost gewesen. Ich spreche es heute noch jeden

Tag, und manchmal denke ich dabei, es ist auch eine Ansprache an meine eigene Mutter, die auf ihre Art ebenfalls eine Heilige war.

Es war nicht leicht, im Krieg und kurz danach ein Kind aufzuziehen. Noch dazu mit einem Mann, der bei einem Granatenangriff ein Bein verloren hatte und als Krüppel von der Front zurückgekehrt war. Wortkarg und gepeinigt von Phantomschmerzen, stand mein Vater in seiner Backstube. Er begann meistens schon früh am Morgen zu trinken, und wenn er betrunken war, konnte er wegen Lappalien in Wut geraten und schlug zu, sobald ihm etwas nicht gefiel. Noch heute verbinde ich den Geruch von frischem Brot auch mit dem Geräusch seiner Krücken auf dem glatten Steinboden der Backstube, wenn er wütend und schreiend hinter mir herhumpelte.

Bei Ruth, Deiner Mutter, die ja viel später als ich auf die Welt kam, war er nachsichtiger. Sie war sein Küken, das er vor der bösen Welt beschützen wollte. Aber meine Mutter und ich bekamen seine Härte und Brutalität zu spüren. Ich schreibe das nicht, um ihn anzuklagen. Er war ein armer, bemitleidenswerter Mensch, und in manchen Momenten konnte er Lieder singen und Geschichten erzählen und ganz sanft und verständnisvoll sein. Ich schreibe das, um zu erklären, wie ich ins Kloster geriet und warum ich es nach achtzehn langen, bitteren Jahren wieder verlassen wollte.

Nichts wünschte ich mir mit kaum neunzehn Jahren mehr, als unserem öden Dorf in der Eifel den Rücken zu kehren. Ich ging nach Frankfurt, um zu studieren. Lehrerin wollte ich werden. Ich spielte Klavier, malte ein wenig und wollte kleinen Kindern Lesen und Schreiben beibringen. In den ersten Ferien arbeitete ich als Bürohilfe bei der Army. Damals gab es sehr viele amerikanische Soldaten in Frankfurt. Sie waren ganz anders als die Deutschen, freundlicher, offener, optimistischer, und sie gaben jedem Menschen, mit dem sie zu tun hatten, das Gefühl, er sei wichtig und bedeutsam. Ich verliebte mich in einen Mann, der sich Michael nannte. Erst später erfuhr ich, dass er eigentlich Rupert hieß. Rupert war schwarz, nein, nicht richtig schwarz, eher hatte seine Haut die Farbe von warmer Milchschokolade. Er war das völlige Gegenstück zu meinem Vater. Rupert war nie schlecht gelaunt, er sang abends in Clubs und sonntags in einem Gospelchor, er fuhr Auto wie ein Rennfahrer und liebte es, ins Kasino oder auf die Rennbahn zu gehen. Er faszinierte mich wie noch nie ein Mensch zuvor.

Natürlich hatte ich Angst, ihn meinen Eltern vorzustellen. Sie hätten es nie verstanden, dass ich mit einem farbigen Soldaten aus New Jersey zusammen war. Zu einer Begegnung meiner Eltern mit Rupert ist es dann auch nie gekommen.

Als ich ihm eröffnete, dass ich schwanger war, verschwand er von einem Tag auf den anderen. Eine Zeitlang hielt er sich wohl noch in Frankfurt auf und ließ sich vor mir verleugnen, dann jedoch kehrte er tatsächlich nach New Jersey zurück und hängte seine Uniform an den Nagel. Alles, was er mir erzählt hatte, war eine bunte, schöne Lüge gewesen. Er besaß zusammen mit seinem Bruder eine Tankstelle an einem Highway, und er hatte eine Frau und zwei kleine Kinder, einen fünfjährigen Jungen und ein zweijähriges Mädchen. Er hatte mir sogar einmal ein Bild von ihnen gezeigt, sie aber als die Kinder seines Bruders ausgegeben. Niemals mehr bin ich einem Menschen begegnet, der so heiter und unernst und gleichzeitig so skrupellos war wie Rupert.

Ich wusste, dass ich meinen Eltern alles gestehen musste, je eher, desto besser, aber ich konnte mir auch leicht ausmalen, wie mein Vater reagieren würde. Von ihm konnte ich kein Verständnis erhoffen. Er würde einen Tobsuchtsanfall bekommen, mich an den Haaren durch die Backstube zerren, mich prügeln und in mein altes Zimmer unter dem Dach sperren. Woche um Woche zögerte ich meinen Besuch hinaus. Ich aß kaum noch etwas, ging nicht mehr zur Universität und verließ ohnehin kaum noch mein Zimmer im Studentenwohnheim. Nie in meinem Leben habe ich mich so allein und verloren gefühlt. Ich dachte sogar daran, mich in den Main zu stürzen, so melodramatisch, wie man es manchmal in Filmen sieht.

Kurz vor Weihnachten wurde ein Besuch unausweichlich. Meine Mutter sah auf den ersten Blick, dass mit mir etwas nicht stimmte. Unter Tränen gestand ich ihr alles – nur nicht, dass mein Kind schwarz sein würde. Dieses Detail prügelte erst mein Vater aus mir heraus. Er war misstrauisch und lebte nach dem Prinzip, immer mit dem Schlimmsten zu rechnen.

Sie beschlossen, mich in einer kleinen Pension an der belgischen Grenze unterzubringen, die einer

Verwandten meines Vaters gehörte. Auf keinen Fall durfte jemand im Dorf erfahren, dass die älteste Tochter des Bäckers Henrichs ein farbiges Kind auf die Welt bringen würde.

Im Frühling, drei Tage nach meinem einundzwanzigsten Geburtstag setzten die Wehen ein. Solche Schmerzen hatte ich noch nie zuvor auszustehen gehabt. Ich lag in meinem winzigen Pensionszimmer und versuchte, das Kind aus mir herauszupressen. Nur eine alte, mürrische Hebamme war bei mir, die fast kein Wort sagte und zwischendurch auf ihrem Hocker einschlief, weil sie beinahe genauso erschöpft war wie ich. Es war, als wollte mein Körper das Kind nicht hergeben. Nach fast vierundzwanzig Stunden war es dann soweit.

Die Hebamme legte mir einen winzigen schwarzen Jungen auf die Brust. Er war wunderschön anzusehen, ein dunkler Engel mit dichten schwarzen Locken. Er weinte und schrie nicht, sondern sah mich ganz aufmerksam an und suchte instinktiv meine Brust, doch bevor ich ihn anlegen konnte, nahm die Hebamme ihn mir weg.

»Es ist nicht gut, wenn er deine Milch trinkt«, sagte sie. »Du hast ihn geboren, aber du bist nicht seine Mutter.«

Sie wickelte den Jungen in ein Tuch, und dann trug sie ihn hinaus, ohne sich noch einmal umzusehen. Wenn ich die Augen schließe, kann ich sie noch immer sehen, wie sie streng und aufrecht auf die dunkle Tür zustrebt. Ich sehe einen abgetragenen weißen Kittel und ihr langes graues Haar, ich höre, wie das

Kind plötzlich anfängt zu schreien, als begreife es, was soeben mit ihm passiert, dass es von einer Welt in die andere verschwindet. Hinter der Tür war eine dumpfe, verhaltene Stimme zu hören. Dort wartete vermutlich schon seit Stunden jemand von einer Organisation, die Kinder an wohlhabende Ehepaare in ganz Europa vermittelte.

Tränen liefen mir über die Wangen, ich war erschöpft und voller Trauer und dachte, dass ich es nicht aushalten würde, den Jungen niemals wiederzusehen. Wenn es so etwas wie Gerechtigkeit gebe, hätte ich mit ihm in diese andere Welt verschwinden müssen.

Zwei Tage später kam mein Vater mit einem Volkswagen, den man eigens für ihn umgebaut hatte, damit er ihn steuern konnte, und holte mich ab.

Auf der ganzen Fahrt wechselte ich kein einziges Wort mit ihm. Der tiefe Schmerz, der Verlust, den ich spürte, ließ mich buchstäblich versteinern. Ich hatte einen großen dumpfen Gedanken im Kopf: Man hatte mir das Liebste weggenommen, das ich jemals auf der Welt besitzen würde. Gleichzeitig haderte ich auch mit mir. Ich hatte mich meinen Eltern unterworfen und war nicht für mein Kind eingetreten, wie jede richtige Mutter es getan hätte.

Zurück in unserem Dorf hätte ich mein altes Leben wieder aufnehmen und nach Frankfurt an die Universität zurückkehren können, um mein Studium zu beenden. Doch es gelang mir nicht. Mir wurde schon übel, wenn ich mir nur vorstellte, dass ich irgendwann fremde Kinder unterrichten sollte, wo ich doch mein eigenes Kind einfach aufgegeben hatte. Ich redete mit niemandem und verbrachte meine Tage damit, in der Bibel zu lesen, Klavier zu spielen und dem Organisten in unserer Dorfkirche zur Hand zu gehen. Er war fast achtzig, schwerhörig und sprach selbst kaum ein Wort. Sogar mein hartherziger Vater begann, Mitleid mit mir zu empfinden. Er machte mir Vorschläge, wollte mich auf eine lange Reise schicken, nach Italien oder Spanien, damit ich auf andere Gedanken käme. Ich hörte ihm gar nicht zu. Nachts redete ich mit meinem Kind. Ich hatte ihm den Namen »Jonas« gegeben, nach dem Propheten aus dem Alten Testament, der im Bauch eines Wales überlebt hatte. Ich malte mir aus, wie Jonas wuchs und größer wurde, wie er die ersten Zähne bekam und anfing herumzukrabbeln. Es war beinahe wie ein Wahn, das ferne Kind war mir näher als alle Menschen um mich herum.

Kurz vor Weihnachten, als auch meine Mutter mich immer heftiger bedrängte, endlich wieder ins Leben zurückzufinden, nahm mich unser Organist in ein kleines Trappistenkloster mit, nicht weit von unserem Dorf. Hier verlebte ich den ersten Tag, seit ich Jonas geboren und man ihn mir weggenommen hatte, an dem ich nicht an ihn denken musste. Vielleicht lag in diesem Vergessen auch der Grund, warum ich bei den Trappistinnen blieb. Hier, dachte ich, könnte ich mein Kind endlich freigeben, mich mit seinem Verlust abfinden und ein anderes Leben beginnen. Außerdem würde ich die Gelegenheit bekommen, Buße zu tun, für all die Schuld, die ich auf mich geladen hatte.

Ich will Dich nicht mit Einzelheiten langweilen, Nora, aber das Leben einer Nonne ist hart, viel härter, als die Menschen glauben. Nicht nur, weil Nonnen und Mönche sehr früh aufstehen müssen, viel arbeiten, Stunden im Gebet verbringen und keinen Müßiggang kennen. Am schlimmsten ist die Einsamkeit. Die Nonnen in meinem Kloster redeten kaum miteinander. Wir hatten kein Schweigegelübde abgelegt, aber wir hatten uns verpflichtet, nur dann das Wort zu ergreifen, wenn es notwendig war. Wann aber ist es unbedingt notwendig zu sprechen?

Achtzehn Jahre habe ich es in dem Kloster ausgehalten; ich erlebte auch schöne Stunden, erlebte innige Gemeinschaft in Gesang und Gebet, doch in einem wesentlichen Punkt hatte ich mich getäuscht. Es verging kaum ein Tag, an dem ich nicht an meinen schönen, schokoladenbraunen Sohn dachte, der irgendwo, fern von mir zu einem klugen, kräftigen Mann heranwuchs. Da ich mein Kind hatte verschweigen müssen, um in den Orden aufgenommen zu werden, gab es im Kloster niemanden, dem ich mich anvertrauen konnte. Selbst in der Beichte wagte ich nicht, von ihm zu sprechen.

Nora, ich will mich kurz fassen und nicht meine lange, achtzehnjährige Pein darlegen, doch an dem Tag, als Jonas seinen achtzehnten Geburtstag feierte, hatte ich das Gefühl, ich würde sterben, wenn ich ihn nicht bald wiedersehen würde. Ich beschloss, das Kloster zu verlassen und nach ihm zu suchen. Irgendwie, so dachte ich mir, würde ich eine Spur von ihm finden. Mein Vater war damals bereits tot, aber meine Mutter lebte noch und war eine alte, nachsichtige Frau geworden. Sie würde mir den Namen der Organisation verraten, die Jonas vermittelt hatte, und mir helfen, ihren Enkel zu finden.

Es gab einen Menschen, dem ich zuallererst meinen Entschluss eröffnen wollte. Ruth, Deine Mutter, sollte ihn vor allen anderen erfahren. Ich setzte mich in den Wagen, der unserer Oberin gehörte. Ich besaß zwar den Führerschein, doch ich war eine ungeübte Fahrerin. Im Kloster war ich für die Musik sowie für unsere kleine Buchbinderei zuständig, so kam es nicht häufig vor, dass ich unseren Hügel verließ.

Es dämmerte bereits, als ich mich auf den Weg machte, ein grauer, regnerischer Tag. Ich fuhr sehr langsam auf der Landstraße nach Königswinter dahin und suchte nach Worten, wie ich Ruth alles erklären konnte. Sie wusste nichts von meinem Sohn, selbst vor ihr war dieses Familiengeheimnis verborgen geblieben. Kurz vor Königswinter war eine Abfahrt gesperrt. Ich musste einen Umweg machen und in eine Straße einbiegen, die ich nicht kannte. Zu sagen, ich war nervös, wäre hoffnungslos untertrieben. Ich wollte ja nichts weniger, als mein ganzes Leben über den Haufen werfen. Zwischendurch betete ich auch laut, versuchte, meinem Schöpfer und mir zu erklären, was ich tat und warum ich nicht anders konnte. Vielleicht fuhr ich aus diesem Grund noch langsamer und hielt mich geradezu an meinem Lenkrad fest. Kaum hatte ich die Autobahn verlassen, blinkte jemand hinter mir immer wieder auf, ein Sportwagen mit grellen, mächtigen Scheinwer-

fern. Die Strecke war kurvig, doch der Fahrer setzte ständig zum Überholen an. Schließlich verlor er die Geduld und scherte aus. Ich sehe die Szene wie einen unwirklichen Traum vor mir. Zwei weiße Lichter auf der Gegenfahrbahn flogen in der Dunkelheit auf uns zu, wurden größer und größer. Eine Hupe dröhnte laut und alarmierend auf. Für einen Moment, der mir jedoch endlos vorkam, schienen die Lichter dann stillzustehen, bevor sie, wie von Geisterhand fortgewischt, im Nichts verschwanden. Eine Sekunde später schwenkte der Sportwagen wieder vor mir ein, als sei nichts gewesen, als hätten die Lichter nie existiert, und auch ich fuhr weiter. Ich war wie betäubt und mit einem Schlag aller Lebenskraft beraubt. Ich war soeben an einem schrecklichen Unfall beteiligt gewesen und konnte doch nicht anhalten, wie es meine Pflicht gewesen wäre. Stattdessen drückte ich so heftig auf das Gaspedal, dass der große, kastenförmige Volkswagen ins Schlingern geriet. Ich passierte Königswinter, so schnell ich konnte, suchte mir über Nebenstraßen, als müsse ich mich verstecken, einen Weg nach Bonn und nahm von dort die Autobahn zurück in die Eifel. Ich erklärte niemandem, wo ich gewesen war, und verbrachte die Nacht schlaflos in meiner Zelle. Vielleicht hatte ich alles nur geträumt, redete ich mir ein. Vielleicht war das nur ein schlechter alter Film, der in meinem Kopf abgelaufen war. Ich hatte das Kloster niemals verlassen, um einen törichten Entschluss auszuführen.

Nachts um drei, noch vor den Vigilien, kam die Oberin, um mir die Nachricht zu überbringen, dass meine Schwester Ruth und ihr Mann bei einem Autounfall ums Leben gekommen waren.

Niemand kann sich den Schrecken ausmalen, den ich bei dieser Nachricht empfand. Ich wusste, dass Gott mir mit diesem Unfall ein Zeichen gesandt hatte, aber nicht, dass es derart tragisch war. Was haben Deine Eltern auf dieser Straße gemacht? Köln lag in der anderen Richtung. Mussten auch sie wegen der gesperrten Ausfahrt einen Umweg fahren? Ich habe nie eine Antwort auf diese Fragen erhalten.

Gleichwohl hatte ich eine andere Antwort bekommen. Ich würde nie nach meinem Sohn suchen dürfen, sondern musste mich um Dich kümmern. Du warst nun mein Kind, die kaum neunjährige Nora, die sich vor allen versteckte und aufhörte zu sprechen.

Vielleicht kannst Du ermessen, wie sehr ich Dein Schweigen und Deine Trauer verstehen konnte. Ich liebte Dich vom ersten Augenblick und nahm Dich als meine Aufgabe an, und es war mir immer eine große Freude, Dich um mich zu haben, auch wenn es zuerst so aussah, als würdest Du Deinen Schmerz nicht überstehen.

Ich ließ mich von meinem Gelübde entbinden, das mir längst eine Qual geworden war, und verließ das Kloster, doch nun hatte ich einen anderen, viel einsichtigeren Grund als ein weit entferntes, uneheliches Kind.

Es war nicht einfach, sich im Haus Deiner Eltern einzurichten, doch mit der Zeit gelang es uns, vernünftig miteinander umzugehen. Ich wurde die ältliche, ein wenig kauzige Klavierlehrerin und Du das schöne, schweigsame Mädchen, dem alle Jungen sehnsüchtig hinterherblickten. Es sprach immer für Dich, dass Du Dir nie etwas auf Deine Intelligenz und Schönheit eingebildet hast, vielleicht weil Du schon so früh einen ungeheuren Verlust erleiden musstest. Es öffnete mir das Herz, Dich mit Deinen Freundinnen im Garten zu sehen, mit Lukas, dem Sohn des Bürgermeisters, der Dich schon als Zehnjähriger anhimmelte, was seinem Vater gar nicht gefiel.

Nie werde ich ihm verzeihen, was er Dir angetan hat. Du hast nicht mit mir darüber gesprochen, aber ich kann mir in etwa vorstellen, was in jener Nacht, als Ihr das Ende Eurer Schulzeit gefeiert habt, passiert ist. Ich weiß, dass Lukas daran beteiligt war. So viel konnte ich mir zumindest aus Deinem Verhalten und seinem Fernbleiben zusammenreimen. Wahrscheinlich hatte er gedacht, er sei nun endlich ein Mann und könne Dich besitzen. Dabei hat er Dich gar nicht gekannt, hat nicht gewusst, was für ein scheuer, zerbrechlicher Mensch Du in Wahrheit bist.

Erst nachdem Du fort warst, er Dich vertrieben hatte, habe ich beschlossen zu handeln. Hätte ich vorher zur Polizei gehen müssen? Hätte ich Dich gegen Deinen Willen irgendeinem Psychologen vorführen sollen? Hätte ich mit seinem Vater sprechen müssen? Aber vermutlich hätte der alte Weber seinen ganzen Einfluss eingesetzt, um alles zu vertuschen und einen Skandal zu vermeiden, der ihn sein Amt kosten konnte.

Ich redete mir ein, dass ich Lukas, den Widerling,

selbst bestrafen sollte. Ich lauerte ihm auf, lief ihm hinterher, schickte ihm Briefe ins Haus, in denen ich ihn beschimpfte. Ich ließ mich noch auf andere, törichte Dinge ein, die ich hier nicht vor Dir ausbreiten möchte. Vielleicht wäre ich in dieser Zeit, als ich einsam im Haus saß, sogar zu einem Mord fähig gewesen. Lukas sollte vor mir gestehen, dass er schuldig war und dass er Dich vertrieben hatte. Vielleicht würde sein Geständnis Dich ja zurückbringen.

Eines Abends, als ich vor seinem Haus stand, neben seinem Wagen, dessen Hinterreifen zerstochen waren, tauchte Pfarrer Ortner neben mir auf.

Er redete ganz sanft mit mir, fast als flüstere er mit sich selbst. »Ich weiß nicht genau, warum du das tust, Hanna«, sagte er, »aber es hilft niemandem, nicht dem Jungen, nicht Nora und dir auch nicht. Du machst dir nur das Leben schwer.«

Ich fühlte mich ertappt. Woher wusste Ortner, was ich tat? Hatten auch andere in der Stadt mich beobachtet? Ich beschloss, meinen Rachefeldzug einzustellen. Fortan ging ich Lukas aus dem Weg. Ich sah ihn manchmal mit traurigen Augen durch die Straßen schleichen. Er hatte Angst, mir zu begegnen, und war ein anderer geworden, ein junger Mann, der an seinem dunklen Geheimnis litt und es nicht loswurde. Er musste sein Studium aufgeben, weil er das Pensum nicht schaffte, und als sein Vater schwerkrank wurde, blieb ihm nichts anderes übrig, als die Kabelbahn zu übernehmen. Ehrlich gesagt war es mir ein Trost, dass er viel unglücklicher war als Du im fernen Berlin.

Warum ich Dir das alles aufschreibe? Vielleicht weil ich alt werde, weil mich zu vieles niederdrückt. Ich hätte offener zu Dir sein müssen, doch immer, wenn ich Dir die Wahrheit über mich, mein Kind und den Unfall sagen wollte, schreckte ich zurück. Es schien mir bequemer, die Dinge noch ein wenig so zu belassen, wie sie waren. Und irgendwann war der richtige Zeitpunkt vorüber. Nachdem die schrecklichen Dinge mit Lukas geschehen waren und Du nur noch geschwiegen hast, war es für mich und meine Geständnisse zu spät.

Ich bete, dass Du mich verstehst.

Hanna

11

Sie fand wenig Schlaf in dieser Nacht. Manchmal schreckten Geräusche sie auf, ein Knarren und Wispern, das sie sich wahrscheinlich einbildete, weil sie zu überreizt war, dann wieder war sie überzeugt, dass jemand tatsächlich um das Haus schlich und ihr auflauerte. Gegen sechs Uhr, als die Vögel ganz laut und aufgeregt kreischten, ging sie hinunter und setzte sich an das Klavier. Sie spielte, wie sie seit Jahren nicht mehr gespielt hatte, sie reihte Melodie an Melodie, die Hanna ihr beigebracht hatte. Beinahe so, als sei Hanna schon tot, als erinnere sie sich mit Musik an sie.

Aus ihrem langen Brief hatte sie erfahren, dass Hanna eine vollkommen andere Person gewesen war, nicht die ruhige Ersatzmutter, die einfühlsame und gleichzeitig strenge Klavierlehrerin, sondern jemand, den das Gefühl der Schuld niederdrückte. So hatte sie ihre Tante nie erlebt. Wahrscheinlich war es auch Unsinn, dass Hanna sich die Schuld am Tod der Eltern gab, redete Nora sich ein. Ein waghalsiger, rücksichtsloser Autofahrer hatte einen entgegenkommenden Wagen, in dem zufällig ihre Eltern saßen, von der Straße gedrängt. Dafür konnte ihre Tante nichts. Doch ganz in ihrem Innern überzeugte dieser Gedanke sie selbst nicht.

Als sie in der Küche saß und Kaffee trank, beschloss sie, den Brief zunächst zu ignorieren. Wenn sie später zu Hanna führe und an ihrem Krankenbett stünde, würde sie behaupten, ihn noch nicht gelesen zu haben, aber möglicherweise würde ihre Tante sie nicht einmal darauf ansprechen. Wie schon früher so häufig, würden sie ein stilles Übereinkommen treffen, gewisse Dinge nicht zu erwähnen. Nora wusste, dass sie eine Meisterin darin war, Unangenehmes nicht zu registrieren. Mike hatte sie einmal in ihrer eigenen Wohnung mit einer Frau betrogen, die am Hackeschen Markt in einem teuren, schrill gestylten Friseurladen arbeitete, und sie hatte darüber hinweggesehen. Auch wenn er ihr heimlich zwei, drei Geldscheine aus dem Portemonnaie nahm, hatte sie oft so getan, als bemerke sie es nicht.

Nein, dachte sie dann, sie musste Hanna die Wahrheit sagen. Eine alte Frau, die vielleicht bald starb, durfte man nicht belügen. Vielmehr war sie gezwungen, nun auch von ihrem Kind zu sprechen. Darin ähnelten sich Hannas und ihre Geschichte; auch sie hatte keinen richtigen Vater für ihr Kind. Hanna würde verstehen, warum sie wütend auf Mike war und ihn nicht mehr sehen wollte.

Plötzlich spürte sie wieder das eigentümliche Prickeln in ihrem Unterleib, und gleichzeitig breitete sich eine Art Gewissheit in ihr aus, dass ihr Kind ein Mädchen werden würde. »Hallo, Ruth«, sagte sie leise und ohne darüber nachgedacht zu haben. Ruth sollte ihr Kind heißen, wie ihre Mutter.

Sie zog sich an, zählte ihr letztes Geld, und als sie die Haustür zusperrte, erkannte sie, dass ihr Gefühl sie nicht getrogen hatte. Jemand war in der Nacht um das Haus herumgeschlichen und hatte einen Brief hinter die Türklinke gesteckt, damit sie ihn auf keinen Fall übersah. Es stand weder ein Adressat noch ein Absender auf dem weißen Umschlag, doch sie wusste trotzdem auf Anhieb, dass für solcherart Nachrichten nur Lukas in Frage kam. Widerwillig riss sie den Umschlag auf.

Liebe Nora, ich muss dringend mit Dir reden. Bitte rette mich! Lukas, stand da in der gestochenen Schrift eines Pedanten. Beinahe hätte sie gelacht. Ausgerechnet sie sollte Lukas retten, doch wovor? Vor seinem eigenen Schuldgefühl? Davor, dass er nicht aus seinem Kaff herausgekommen war und jeden Tag den Drachenfels hinauf- und hinunterfuhr, um ein paar Euro zu verdienen? Wahrscheinlich, dachte sie dann, diente ihm der Brief lediglich dazu, sich auf eine neue Art interessant zu machen. Niemals würde sie auch nur den kleinen Finger rühren, um Lukas vor irgendetwas zu retten.

Lass mich in Ruhe, kritzelte sie mit einem Bleistift darunter, den sie in der Hosentasche bei sich trug, und steckte das Papier zurück in den Umschlag. Früher hatte er in einer Gasse unten am Rhein, in dem alten, verwinkelten Haus seiner Eltern gewohnt, doch da wollte sie nicht vorbeigehen und riskieren, ihm geradewegs in die Arme zu laufen. Also schlug sie den Weg zur Station der Drachenfelsbahn ein, die so früh am Morgen noch verlassen dalag, schob den Brief unter der Tür zum Kassenraum hindurch und eilte dann weiter zum Friedhof.

Es war zehn Minuten nach acht. Die Pforte war noch verschlossen, sodass sie über die Mauer klettern musste. Sie hatte keine Ahnung, wann sie zuletzt am Grab ihrer Eltern gewesen war. Einmal hatte Hanna ihr sogar ein Foto nach Berlin geschickt, ein billiges Polaroid von blühenden Blumen vor einem großen marmornen Stein, der im Licht wie frisch poliert ausgesehen hatte. Nora hatte das Foto im Flur an ihren Spiegel geklebt, bis Mike es irgendwann ohne eine Erklärung abgerissen hatte. Er hasste Friedhöfe und Gräber und alles, was mit dem Tod zu tun hatte.

Der Friedhof war nicht sehr groß, trotzdem brauchte sie ein paar Momente, um sich zu orientieren. Ein Eichhörnchen stürmte einen Baum hinauf und schien vor ihr zu flüchten, und an einer besonders lichten, warmen Ecke flatterten weiße Schmetterlinge um eine Malve. Fünf Schritte weiter lag das

Grab. Es sah ganz anders aus als damals auf dem Foto: dunkle, vom nächtlichen Regen noch feuchte Erde mit üppigen gelben Blumen, deren Namen sie nicht kannte. Gelb war die Lieblingsfarbe ihrer Mutter gewesen. Auf dem Stein standen unter einem eingravierten Symbol, das eine Stimmgabel darstellen sollte, die Namen ihrer Eltern ohne Geburts- und Sterbedatum. Ruth und Martin Bergmann. Sie erinnerte sich, dass sie als Kind nicht verstanden hatte, warum eine Stimmgabel den Stein zierte, aber eigentlich hatte sie auch nicht begriffen, warum man überhaupt einen schweren Marmorklotz auf ein Grab stellte. Es war, als wollte man die Toten in der Erde einsperren.

Der Grabstein wies keine Zeichen von Verwitterung auf. Eher konnte man glauben, ein ordentlicher Steinmetz habe ihn erst gestern aus seiner Werkstatt hierher transportiert. Nora wusste, dass ihre Tante im Frühjahr Stunden damit verbrachte, ihn abzuwaschen und zu polieren. Einmal hatte sie gesehen, wie Hanna vor dem Grab gekniet, ihr Gesicht auf die schwarze Erde gelegt und Worte geflüstert hatte, die ihr wie eine Beschwörung vorgekommen waren. Sie hatte sich erschreckt, als habe sie ihre Tante bei einem verbotenen Ritual ertappt, aber nun begriff sie, warum Hanna sich so zu dem Grab hingezogen gefühlt hatte. Es war der Ort ihrer Schuld, wo sie beten und um Verzeihung bitten konnte.

Nora fiel kein Gebet ein, das sie still vor sich hin sprechen konnte. Stattdessen versuchte sie an ihre Eltern zu denken, versuchte sich die Stimme ihres

Vaters zu vergegenwärtigen und sah die sanften, kleinen Gesten ihrer Mutter vor sich. Abends war Ruth oft noch einmal in ihr Zimmer gekommen, um ihr langes Haar zu kämmen, oder sie hatte ein Bilderbuch unter dem Arm gehabt, um ihr eine Geschichte vorzulesen, auch noch, als sich Nora bereits viel zu alt dafür gefühlt hatte.

Als sie sich schon abwenden wollte, weil jemand, der wie ein Friedhofsgärtner aussah, den Hauptweg hinunterschritt, fiel ihr Blick auf das benachbarte Grab. Der Marmorstein wies eine ähnliche Maserung auf. Vermutlich hatte der Steinmetz ihn aus demselben Steinbruch geholt. Dann las sie den Namen und erschrak. *Johanna Henrichs,* stand da in schlichten goldenen Lettern.

Eine einzelne Krähe flog vor ihm zum Rhein hinunter. Sie stieß einen lauten, krächzenden Ruf aus, beinahe als wollte sie ihn grüßen. Krähen machten auch keine Musik, sie konnten niemanden mit ihrem Gesang erfreuen, sondern bestenfalls gefährliche Vögel wie Bussarde oder Habichte in die Flucht schlagen. Irgendwo hatte er gelesen, dass Krähen sich niemals trennten, wenn sie einmal ihren Partner gefunden hatten. Krähenliebe galt ein Leben lang.

Er schämte sich ein wenig, dass er Tom hinterherschlich. Den eigenen neunjährigen Sohn zu beschatten – so weit war es mit seiner Angst gekommen, jemand könnte ihnen nachstellen. Am frühen Morgen war Georg aufgewacht, weil die Hündin vor der Tür gelegen und gejault hatte, als habe sie einen

Eindringling gewittert. Im Garten hatte er zwar niemanden entdeckt, doch das bewies gar nichts. Ein guter Detektiv ließ sich nicht so ohne weiteres bei seinen Ermittlungen erwischen.

Tom trödelte auf dem Weg zur Schule. Er blickte lange in das Schaufenster eines Sportgeschäfts, aber es sah nicht so aus, als würden ihn Turnschuhe, Bälle oder Fitneßgeräte interessieren, vielmehr betrachtete er sich selbst, zupfte an seinem Hemd herum und strich sein Haar so, dass sich die ersten Strähnen über seiner Stirn aufrichteten. Georg trat in einen Hauseingang und musste unwillkürlich lächeln. Bisher hatte er an seinem Sohn keine Anzeichen von Eitelkeit bemerkt. Eileen wäre eine solche Entwicklung sofort aufgefallen. Ihr hatte immer ein Blick genügt, um zu wissen, wie Tom sich fühlte.

In dem Schaufenster einer Bäckerei überprüfte Tom seinen Gang, federnd wippte er auf den Fußballen auf und ab, und dann, als sei ihm ein spontaner Gedanke gekommen, trat er eilig in einen Zeitschriftenladen ein. Überrascht blieb Georg stehen. Was tat sein Sohn da? Noch nie hatte er sich einen Comic oder eine Zeitschrift gekauft. Tom schien mit Buchstaben und Wörtern eher auf Kriegsfuß zu stehen; seine Leistungen waren im letzten Schuljahr allenfalls mäßig gewesen. Georg wagte es, durch die Scheibe zu spähen, und beobachtete, wie sein Sohn sich von einem südländisch aussehenden Mann eine Packung Kaugummi geben ließ. Dann rannte Tom auf die Straße zurück. Georg wandte sich ab, blickte in das schmucklose Büro eines Versicherungsvertreters, doch seine Vorsicht wäre nicht nötig gewesen. Die Kaugummis wie eine Trophäe in der Hand haltend, lief sein Sohn, ohne auf irgendwelche Passanten zu achten, zu seiner Schule.

Georg schaute sich um. Niemand schien ein besonderes Interesse an seinem Sohn zu haben. Es war ein harmloser, sonniger Morgen. Er hatte sich ohne Grund Sorgen gemacht. Dann sah er die junge Klavierlehrerin, die ihm den kleinen Engel in die Hand gedrückt hatte. Für einen Moment war er ganz sicher, dass sie ihm gefolgt war. Gab es eine Verbindung zwischen ihr und Eileen? Hatte Eileen eine Einheimische engagiert, die sich, ohne Verdacht zu erregen, umhören und Erkundigungen über ihn einholen konnte? Mit ernster Miene schritt die Klavierlehrerin in Richtung Bahnhof. Sie tat so, als habe sie ihn nicht bemerkt, aber vielleicht war auch das nur ein kluges Täuschungsmanöver. Georg dachte daran, ihren Weg zu kreuzen und ihr einen unfreundlichen Blick zuzuwerfen, damit sie eindeutig registrierte, dass er sie entdeckt hatte. Dann fiel ihm ein, dass sie die einzige Person im Ort war, die seine Stimme gehört hatte. Ihr täuscht euch, hätte sie überall in der Stadt erklären können, dieser Mann ist gar nicht stumm, sondern zieht es vor, den Stummen zu spielen, weil seine Stimme so abstoßend und schrecklich klingt, wie man es sich gar nicht vorstellen kann. Nicht auszudenken, was passierte, wenn die Frau auch wüsste, dass er vor ein paar Monaten noch ein gefeierter Opernsänger gewesen war.

Auf einmal, während er der blonden Klavierlehrerin nachblickte, spürte er, wie eine tiefe Mutlosigkeit ihn erfasste. Von einem Moment auf den nächsten hatte er das Gefühl, keinen Schritt mehr tun zu können. Er würde für immer hier in einer Gasse in Königswinter stehenbleiben, weil es keinen Sinn hatte, überhaupt noch einen Muskel zu bewegen. Solche Gefühle hatten ihn nach seiner Operation am Kehlkopf häufig übermannt, doch nie schienen sie so wahr und endgültig wie in diesem Augenblick zu sein. Leggewie hatte recht: Er konnte nicht so weiterleben, so voller Argwohn und Angst, geklammert an ein neunjähriges Kind, eine unschuldige Geisel, die seinem Leben einen letzten Rest Sinn verleihen sollte.

Es ist schrecklich, wie ungerecht ich bin, dachte er. Vielleicht war doch alles eine Verkettung unglücklicher Zufälle gewesen; ein Raubüberfall, der schiefgegangen war, kein Racheakt, nichts, das irgendetwas mit Eileen zu tun hatte. Dann dachte er an das tote Mädchen. Nein, ein einfacher Raubüberfall war vollkommen ausgeschlossen.

Einmal hatte die Mutter des toten Mädchens ihn im Krankenhaus besucht, eine müde, vorzeitig gealterte Frau mit dem Gesicht eines Habichts. Sie hatte ihm die Hand geschüttelt und dann voller Argwohn gefragt: »Wissen Sie überhaupt, wie meine Tochter hieß?« Georg hatte genickt. In diesem Moment war er froh gewesen, keine Stimme mehr zu haben und nicht mit ihr reden zu müssen. Die Mutter des toten Mädchens hatte auch genickt, sie hatte Georg noch einmal die Hand gereicht, beinahe fürsorglich, doch in ihren Augen stand eindeutig geschrieben, wen sie für schuldig hielt, nicht nur den gesichtslosen, unbekannten Täter, sondern ebenso den Mann, den sie vor sich hatte. Liebend gern hätte Georg ihr von seinem Verdacht erzählt. »Hören Sie mir zu«, hätte er gesagt, wenn er denn intakte Stimmbänder gehabt hätte. »Brun war der Schuldige, er ist der Mörder Ihrer Tochter. Brun und meine Frau Eileen stecken unter einer Decke. Sie wollten mich aus dem Weg räumen, den Sänger, den Ehemann.« Nein, wahrscheinlich hätte die Mutter des Mädchens über ihn gelacht und ihm ebensowenig geglaubt wie die Polizei. Es reichte nicht als Beweis, einen Mann zu verdächtigen, den Georg zweimal mit seiner Frau im Operncafé gesehen hatte und der an der Oper sein Rivale war. Doch Georg wurde den Verdacht nicht los. Er hatte Fotos von Eileen und Brun gesehen, die ihm jemand anonym zugeschickt hatte. Selbst seiner Frau konnte er nicht mehr trauen. Hatte sie von Bruns Plan gewusst? Hatte sie sogar gemeinsam mit ihm den Überfall geplant?

Eine Woche nach ihrem Besuch hatte die Mutter ihm ein Foto ihrer Tochter geschickt. Ein gesundes Mädchen mit langen schwarzen Haaren und riesigen braunen Augen, das einen Hund im Arm hielt. »Meine Tochter hieß Stella«, stand in einer kleinen, gedrängten Schrift auf der Rückseite.

Die Klavierlehrerin verschwand in einer Seitenstraße. Sie hatte sich nicht einmal umgedreht und verstohlen in seine Richtung geschaut. Offenbar war sie doch ganz in Gedanken versunken gewesen. Es gelang Georg, seine Lähmung abzuschütteln, indem er zwei, drei hastige Schritte machte, bis er spürte, dass ihn jemand ansah, ein heißer, brennender Blick, der sich in seinen Rücken bohrte. Auf der anderen Straßenseite stand ein großer, korpulenter Mann mit schwarzen Haaren, der ihn anstarrte, buchstäblich mit offenem Mund, als sei er überrascht, Georg hier zu sehen. Ihre Blicke trafen sich; der Mann deutete ein schwaches, zaghaftes Nicken an, dann drehte er abrupt den Kopf und hastete weiter, der Klavierlehrerin nach, als dürfe er sie auf keinen Fall aus den Augen verlieren. Georg kannte den Mann. Am ersten Tag, kaum dass er seine wenigen Sachen in das Gartenhaus gebracht hatte, war er ihm an der Kabelbahn begegnet. Auch da hatte der Mann ihn angesehen, als habe sich vor ihm, gegen jedes Naturgesetz, ein Gespenst materialisiert.

Der Schwarzhaarige schien der Klavierlehrerin tatsächlich zu folgen. Er passte sich ihrem Tempo an und schlich eng an den Hauswänden entlang, um sich rasch in einem Eingang verbergen zu können, sollte sie Anstalten machen, sich nach ihm umzudrehen. Für einen Augenblick meinte Georg, Zeuge eines sonderbaren Spiels zu werden. Eine seltsame Gefahr ging von dem Mann aus; er wirkte nicht wie ein Krimineller, eher wie ein abgewiesener Liebhaber, den die Enttäuschung an den Rand des Wahnsinns trieb.

Solch einen Eindruck vermittelte er vielleicht auch, dachte Georg, wenn er vor Eileens Laden in seinem Wagen saß und sie beobachtete, um festzustellen, ob Brun oder irgendein anderer Mann bei ihr auftauchte.

Schon vor dem Überfall hatte er begonnen, an Eileen wie an ein seltenes, gefährliches Tier zu denken. Am Anfang hatte ihm gefallen, wie unberechenbar sie war. Während er beharrlich Klavier und Gesang studierte und nachts als Aufsicht in einem Parkhaus arbeitete, um sich Privatstunden bei dem alten Kammersänger Simon, der lediglich noch drei weitere Schüler hatte, leisten zu können, hatte sie sich alle paar Wochen ein anderes Leben zurechtgelegt. Nichts war ihr wirklich ernst, ohne dass man sie jedoch für oberflächlich oder naiv halten konnte. Im Gegenteil, sie war auf eine rätselhafte Weise interessant und schön, anders als ihre Schwester Eva, deren Ernsthaftigkeit wie ein Schutzschild wirkte. Eigentlich studierte Eileen in Düsseldorf Kunst, als er ihr auf einem Theaterfest begegnete, und besaß sogar mit ein paar anderen Malern ein Atelier, aber dann wieder wollte sie Kleider entwerfen, Schauspielerin werden oder Geräuschemacherin und Hörspiele produzieren. Mit vierzehn war sie schon eine Berühmtheit gewesen, die jüngste Tochter des Kunstprofessors Thomas Wolkenstein, der in Kassel, Berlin, New York und Paris Ausstellungen entwarf und sich am liebsten mit Eileen fotografieren ließ. Eva hatte ihren selbstherrlichen, eitlen Vater gehasst, der keine Regeln akzeptierte, die er nicht selbst aufgestellt hatte. Eileen hingegen hatte ihn geliebt und vergöttert. Bis zu dem Tag, als Wolkenstein mit dem Flugzeug abstürzte. Irgendwo über dem Atlantik, sodass man niemals seine Leiche gefunden hatte. Noch Monate später hatte sie insgeheim gehofft, dass ihr Vater irgendwann lächelnd und unversehrt vor ihrer Tür stehen und sie in die Arme schließen würde.

Georg wusste genau, dass Eileen ihn niemals geheiratet hätte, wenn ihr Vater nicht verunglückt wäre. Auf einmal brauchte sie ihn, einen verläßlichen Partner, der sie unterstützte und ihre Launen ertrug. Sie wurde ernster und misstrauischer und verlor ihren Ehrgeiz, eine wirkliche Künstlerin zu werden. Die Kunst überließ sie nun ihm. Sie hörte ihm zu, kam zu seinen ersten, schlecht besuchten Liederabenden, obwohl es ihr nicht gefiel, wenn er sich an Schubert oder Brahms versuchte. »Auf der Bühne siehst du wie ein Fremder aus«, hatte sie ihm einmal gesagt. »Diese Gesten kenne ich nicht an dir. Und deine Augen wirken ernst und abweisend.« Sie verstand nicht viel von Musik. Was er sang, fand sie altmodisch und belanglos. Auch darin unterschied sie sich von ihrer Schwester.

Das Kind sollte ihr über ihre Trauer hinweghelfen. Deshalb war sie schwanger geworden, und als Tom auf die Welt gekommen war, nach achtzehn qualvollen Stunden – weil er falsch lag und man sich im Krankenhaus nicht zu einem Kaiserschnitt entschließen konnte – hatte Eileen geweint. Georg hatte sie noch nie weinen sehen, nicht einmal, als man den leeren Sarg ihres Vaters begrub. Die Tränen hatten ihn gerührt und zugleich erschreckt, und zum ersten Mal hatte er gedacht, dass er Eileen kein bisschen kannte, dass sie für ihn genauso fremd war wie er für sie, wenn er mit falschen Gesten auf einer Bühne stand.

Er erinnerte sich daran, dass er abends manchmal Liebeslieder für sie gesungen hatte, in der dunklen Wohnung, die einzig und allein von zwei Kerzen am Fenster erhellt wurde, als gebe es nur sie und ihren winzigen Sohn, aber keine Welt jenseits ihrer Mauern. Zaghaft und leise mitgesungen hatte Eileen nur, wenn er das Wiegenlied von Brahms für Tom anstimmte. In der Rückschau kamen ihm diese Momente als die schönsten vor, die er überhaupt mit ihr erlebt hatte, aber irgendwann hatte all das aufgehört. Er hatte keine Ahnung, wann genau. Vielleicht lag es an seinem festen Engagement an der Oper, an den vielen Proben, den Auftritten, die zahlreicher wurden, an den ersten Gastspielreisen, die er auf sich nehmen musste. Das typische Leben eines Sängers, der noch kein Star war, aber einer werden konnte.

Nun fürchtete er Eileen. Hinter jeder Ecke konnte sie lauern, überall auf ihn warten, um Tom zurückzuholen. Er überlegte, ob er sie von einer Telefonzelle aus anrufen sollte, ohne sich zu erkennen zu geben. Wenn sie an den Apparat ginge, könnte er für ein paar Stunden beruhigt sein. Aber er untersagte sich diese Art von Paranoia und ließ von seinem Vorhaben ab. Außerdem hätte Eileen ihn selbst dann erkannt, wenn er nur einmal in den Hörer geatmet hätte.

Mit einer gewissen Ehrlichkeit musste er sich eingestehen, dass sein Problem möglicherweise auch ganz woanders lag. Es war absurd zu glauben, Eileen habe ihn umbringen wollen. Wenn sie gewollt hätte,

hätte sie ihn längst verlassen können. Er hatte vielmehr keine Ahnung, was er ohne Stimme und ohne Musik mit seinem Leben anfangen sollte; deshalb hatte er seine Sachen gepackt und war mit seinem Kind in Marthas Haus geflohen.

Eine Kirchenglocke begann zu schlagen, und er hörte wieder die Krähe, die allein heransegelte und Laute ausstieß, die wütend und angriffslustig klangen. Vom Drachenfels kam ihm ein Postbote auf einem gelben, schwer bepackten Fahrrad entgegen. Der Mann grüßte ihn freundlich, als seien sie alte Bekannte. Georg grüßte widerwillig zurück. So früh war hier selten jemand auf der Straße zu sehen. Erst gegen elf tauchten die unvermeidlichen Wanderer und Touristen auf, und dann wurden auch die Verkaufsstände auf dem Weg zur Burgruine und die Kabelbahn geöffnet.

Die Gartenpforte war nur angelehnt, obwohl er sicher war, sie geschlossen zu haben. Dann sah er, dass der Postbote ihm einen Besuch abgestattet hatte. Vor der Tür lag ein schmaler, ordentlich frankierter Umschlag. *G. Arden* und eine Adresse, die ihn irritierte, die aber offenkundig korrekt war, hatte jemand in schwarzen, sauberen Druckbuchstaben geschrieben. Ein Absender fehlte. Auch der Poststempel verriet nicht, wo der Brief abgeschickt worden war.

Für einen Moment wog er den Umschlag vorsichtig in der Hand, als könne er Sprengstoff enthalten und gleich explodieren. Nichts an der kantigen Schrift wies auf Eileen hin, aber was bedeutete das schon? Sie war klug genug, ihre Schrift zu verstellen oder jemanden zu bitten, die Adresse für sie zu schreiben. Georg dachte an Brun, dessen Handschrift er nie gesehen hatte, und dann überkam ihn eine eigentümliche Ahnung: Er durfte diesen Brief auf keinen Fall öffnen, sondern sollte ihn unverzüglich, ohne weiteren Gedanken mit dem Vermerk *Adressat unbekannt* zurück in einen Postkasten werfen. Andernfalls würde er sehen, dass der Überfall auf ihn nur der Anfang gewesen war, dass es weiterging und vielleicht demnächst ein neuer, noch brutalerer Angriff folgen würde.

Er spürte, wie seine Hände zu zittern begannen. Das Gefühl von Lampenfieber kannte er, die wenigen furchtbaren Minuten nach dem Einsingen, bevor er hinaus auf die Bühne musste, aber noch nie hatten ihm die Hände gezittert. Er hatte Angst, gleichzeitig jedoch wuchs seine Neugier. Es ist alles ganz harmlos, und für diesen Brief gibt es eine ganz einfache Erklärung, sagte er sich, obschon er wusste, dass es nicht stimmte. In seinem Zimmer hielt er den Umschlag gegen das Licht seiner Schreibtischlampe. Nichts war zu erkennen. Er konnte lediglich feststellen, dass es kein leerer Umschlag war, mit dem Eileen ihm auf unmissverständliche Weise eine Botschaft mitteilen wollte: Ich weiß, wo du dich versteckst.

Während er noch nachdachte, ob er den Brief über Wasserdampf öffnen sollte, hatten sich seine zitternden Hände schon an die Arbeit gemacht, als führten sie ein Eigenleben. Ein winziger Riss vergrößerte sich rasch, bis ein weißes, unbeschriebenes Blatt aus dem Umschlag segelte. Einen Augenblick lang wirkte es beinahe poetisch: Ein großer, gefangener Schmetterling aus Papier flog in die Freiheit und breitete seine Flügel aus. Dann sank das Blatt auf den Schreibtisch und offenbarte, was in ihm gesteckt hatte: ein dunkles unscharfes Foto, das anscheinend ohne ein Blitzlicht aus einiger Entfernung aufgenommen worden war.

Zuerst glaubte Georg, ein Foto aus irgendeinem Konzert in den Händen zu halten. Eine Bühne wurde in rötliches Licht getaucht. Dann bemerkte er die Kulissen und auf den zweiten, genaueren Blick sich selbst. Er trug zerrissene Kleidung, er war ein Gefangener: Florestan. »Fidelio« – die Generalprobe. Die Aufnahme konnte nur aus der Generalprobe stammen. Er war unruhig und unkonzentriert gewesen, weil er sich am Morgen mit Eileen gestritten hatte. Seit drei Wochen hatten sie getrennte Schlafzimmer gehabt. Eileen hatte ihm vorgeworfen, krankhaft eifersüchtig zu sein und sich in seiner Eifersucht Dinge einzubilden. Für ihn jedoch war es eine Tatsache gewesen, die sie nicht widerlegen konnte, dass plötzlich Brun auffällig oft in ihrer Nähe aufgetaucht war, in ihrem Geschäft eingekauft und sie ins Café eingeladen hatte. Er hatte eine Erklärung verlangt, aber sie hatte nicht über Brun sprechen wollen, sondern über ihn, über seinen fatalen Ehrgeiz, dem alles zum Opfer zu fallen drohte.

Das Foto zeigte einen Moment in seinem Leben, dessen wahre Bedeutung sich erst wenig später erschloss. Seinen letzten Auftritt als Sänger. Eine halbe Stunde danach, auf dem Weg zu seinem beinahe vergessenen Bruder, war vor ihm ein Mädchen getötet und seine Stimme zerstört worden.

Wie konnte Eileen an das Foto gelangt sein? Seine Hände hatten sich wieder beruhigt, aber nun schlug sein Herz wie nach einem langen, anstrengenden Lauf. Er versuchte, sich an alles zu erinnern. Wer war an jenem Abend in der Oper gewesen? Wie üblich eine Menge Leute, der Regisseur, Assistenten, der Intendant sogar, Inspizienten … aber ein offizieller Fotograf war nicht zugelassen gewesen. Für eine professionelle Aufnahme war dieses Foto auch viel zu schlecht. Jemand musste das Bild heimlich gemacht haben. Der Mann, der ihn überfallen hatte, dachte Georg, und dann wanderten seine Gedanken unweigerlich wieder zu Brun. Er war nicht besetzt worden, doch er konnte, ohne aufzufallen, irgendwo mit einer Kamera im Dunkel des Zuschauerraums gestanden haben, um die letzte Probe des Rivalen festzuhalten.

Aber warum sollte Brun ihm so ein Foto schicken? Wo lag der Grund dafür?

Georg hielt die Fotografie in das Licht der Schreibtischlampe. Dass es sich um eine Farbaufnahme handelte, konnte man nur an der rötlichen Ausleuchtung der Bühne erkennen. Ansonsten setzte sich das Bild im wesentlichen aus schwarzen und weißen Kontrasten zusammen. Er stand zweifellos im Mittelpunkt. Der Fotograf hatte ihn im Sucher gehabt, und trotzdem war rechts an der Bühne, kaum auszumachen, noch eine andere Gestalt zu sehen. Ein Bühnenarbeiter, der sich vielleicht für einen Moment aus den Kulissen nach vorne gewagt hatte, dachte er, aber dann meinte er zu erahnen, dass der Kopf der Gestalt im Verhältnis zu ihrem Körper unverhältnismäßig groß war, als stehe da ein Kind mit einem riesigen Schädel. Viktor Brun litt an einem gewissen Missklang seiner Proportionen. Für seinen dünnen Körper wirkte sein Kopf zu schwer und unförmig, weshalb man ihm am Anfang vor allem komische Rollen zugewiesen hatte.

Wer immer ihm dieses Foto geschickt hatte, wollte ihm einen klaren Beweis liefern, dass Brun an diesem Abend in der Oper gewesen war und ihn beobachtet hatte. Aber wer konnte das sein? Dieselbe Person, die ihm damals die Fotos von Eileen und Brun geschickt hatte? Wer wollte sein Misstrauen gegen Brun anstacheln? Und wie war dieser Unbekannte an Georgs Adresse gelangt?

Er schaltete das Licht aus und legte das Foto vor sich auf den Schreibtisch. Die Hündin kam herangetrottet und rieb, seine Aufmerksamkeit fordernd, ihre Schnauze an seinem linken Bein. Wahrscheinlich war sie wieder aus Toms Bett gekrochen, in dem sie manchmal schlief, wenn sie sich unbeobachtet glaubte oder allein im Haus war. Er strich der Hündin über den Kopf und entdeckte sein Spiegelbild in ihren großen braunen Augen. Er brauchte jemanden, der ihm einen guten Rat gab. Sollte er Leggewie anrufen oder noch einmal zur Polizei gehen und seine neuen Erkenntnisse gegen Brun vorbringen? Nach dem Überfall hatte man seinen Verdächtigungen nur wenig Glauben geschenkt. Vielmehr hatte man eher aus Verlegenheit denn aus Überzeugung angenommen, dass es sich um einen versuchten Raub gehandelt hatte. Leute aus Rumänien oder der Ukraine gingen nicht selten so brutal vor.

So lange er auch nachdachte – es gab lediglich einen Menschen, den er anrufen konnte. Eine wirklich beschämende Ausbeute für ein fast fünfunddreißigjähriges Leben. Martha hatte ihm für Notfälle die Nummer ihres Mobiltelefons gegeben. Mit ein paar Münzen machte er sich auf die Suche nach einer Telefonzelle. Einige Leute im Ort schauten ihn feindselig an; jedenfalls kam es ihm so vor. Unten am Rhein, in der Nähe des Anlegers fand er endlich ein funktionierendes Telefon.

Erst als er bereits die Nummer gewählt hatte, fiel ihm ein, wie absurd es aussehen musste, wenn ein Mann, der als stumm galt, in einer Telefonzelle stand. Martha war sofort am Apparat. Georg drückte sich mit dem Gesicht in eine Ecke der Zelle, damit ihn niemand entdeckte.

»Jemand hat mir ein Foto geschickt«, hauchte er heiser in den Hörer. »Da steht Brun am Abend der Generalprobe in der Oper und sieht mir auf der Bühne zu.«

Er war unsicher, ob sie seine krächzende Stimme verstanden hatte. Sie zögerte einen Moment, dann nannte sie leise und verschwörerisch seinen Namen.

»Ich habe immer gewusst, dass Brun ein Lügner ist«, sagte sie.

»Soll ich das Foto der Polizei übergeben? Es könnte ein wichtiges Beweisstück sein.«

»Beruhige dich«, flüsterte sie. »Wir müssen genau überlegen, was du als Nächstes tun kannst. Wenn ich es rechtzeitig schaffe, komme ich heute Abend vorbei, und wir denken gemeinsam nach.«

Als er auflegte und eilig die Telefonzelle verließ, fühlte er sich ein wenig erleichtert, beinahe, als habe er schon eine Lösung gefunden, was er mit dem Foto anstellen sollte.

12

Ganz behutsam hatte Hanna ihr wieder das Sprechen beigebracht. Nach dem Tod ihrer Eltern war das Haus viel größer und leerer geworden. Nora hatte das Gefühl gehabt, sie sei geschrumpft, seit ihre Eltern nicht mehr da waren. Überall war ihre Abwesenheit zu spüren. Manchmal saß sie in ihrem Zimmer, hielt den Atem an und lauschte auf die Stimme ihrer Mutter. Gleich würde ihre Mutter sie rufen. Ihre wunderbare Stimme würde durch das Haus fliegen, aus der Küche die Treppe hinauf zu ihr. Kleine, sanfte Befehle, die sie absichtlich nicht sofort befolgen würde. Sollte ihre Mutter doch zu ihr kommen oder ihren Vater schicken, wenn er im Haus war und nicht üben musste. Sie kannte das Spiel: Ihre Mutter öffnete die Tür, sie setzte allerdings keinen Schritt hinein, sondern stemmte die Arme in die Hüften und tat entrüstet, während Nora vorgab, nichts gehört zu haben. Doch wenn ihre Mutter nicht kam, wollte Nora mit niemandem mehr reden, ja, sie wollte nicht einmal ihr Zimmer verlassen, und sprechen würde sie nur noch mit ihren Puppen oder den Vögeln vor dem Fenster. Die Vögel konnten ihr von ihrer Mutter erzählen, die angeblich irgendwo weit weg über den Wolken war.

Hanna hatte kleine Zettel im Haus verteilt, als hinterlasse sie geheime Botschaften. *Nora, wie war es in der Schule?*, stand da, oder: *Hast Du Lust spazierenzugehen? Möchtest Du ein Eis essen?* Gelegentlich kritzelte Nora eine Antwort darunter, die immer aus einem *Nein* bestand, aber meistens nahm sie die Zettel lediglich mit und legte sie in eine Schublade in ihrem Schreibtisch.

Abends kam Hanna, setzte sich zu ihr ans Bett und las ihr eine Geschichte vor. Sie machte kein großes Aufheben darum, trat leise und grußlos ein, zog einen Hocker ans Bett und fing an zu lesen, während sie allenfalls einen flüchtigen Blick auf ihre Nichte warf. Nora hatte erst viel später begriffen, wie genau Hanna die Märchen ausgesucht hatte, die sie vortrug. Viele handelten vom verlorenen und wiedergefundenen Glück, doch nicht die Geschichten selbst waren es, die sie mit der Zeit einfingen, sodass sie abends begann, auf ihre Tante zu warten. Es war Hannas sanfte, nüchterne Stimme, die nie zur Übertreibung neigte, aber immer Verständnis und Geduld ausdrückte.

Vielleicht hatte ihre Tante auch sich selbst diese Geschichten vorgelesen, dachte Nora, und nicht in erster Linie einem unglücklichen neunjährigen Mädchen.

Hannas Bett auf der Intensivstation war leer. Ordentlich gefaltet und mit einem großen, blütenweißen Kissen versehen, erschreckte es sie weitaus heftiger, als hätte sie ihre Tante noch bleicher und schwächer als am Tag zuvor darin erblickt. Reglos, mit dem Gefühl, nicht mehr richtig atmen zu können, stand sie vor der Glasscheibe und sah in diesem leeren Bett das Sinnbild ihres Unglücks. Alles verging und verschwand. Ihre Eltern waren vor langer Zeit verschwunden, und bald würde auch Hanna, ihre letzte nahe Verwandte, sterben und sie zurücklassen. Nie hatte dieser Gedanke sie so bedrängt wie in diesem Augenblick. Dann schob sich eine junge Krankenschwester mit grellrot gefärbten Haaren mit hektischen Bewegungen heran.

»Ihre Tante wird operiert. Es ging ihr wieder so gut, dass die Ärzte sich entschlossen haben, mit der OP nicht länger zu warten.« Nach einem schnellen, freundlichen Kopfnicken eilte sie weiter. Mehr gab es anscheinend nicht zu sagen.

Wenig später hörte man eine laute, alarmierend schrillende Klingel. Zwei Pfleger hasteten aus einem Raum quer über den Gang. Nora sah ihr eigenes Gesicht in der Scheibe, die den Gang vom Krankenzimmer trennte. Sie hatte sich immer noch nicht von der Stelle gerührt. Sollte sie warten, bis man Hanna wieder zurück auf die Intensivstation brachte? Oder was konnte sie stattdessen tun? Eine alte Nonne in einem schwarzen Gewand, die so gar nicht in ein hochmodernes Krankenhaus passte, schlurfte auf einen Stock gestützt den Korridor entlang.

Plötzlich hatte Nora das Gefühl, auf einem schwankenden Schiff zu stehen. Der Boden unter ihren Füßen bewegte sich, als seien da irgendwo Wellen, die sie davontragen wollten. Sie sah eine Szene vor sich, die sie nie erlebt hatte, auch nicht vor über zwanzig Jahren. Sie war ein ängstliches Mädchen und wartete nachts in einem Krankenhaus darauf, dass man ihr die Todesnachricht ihrer Eltern überbrachte. Vor Angst biß sie sich die Lippe blutig und wollte doch gleichzeitig, dass man sie nicht belog. Aber so war es überhaupt nicht gewesen! Gab es nicht in jedem Menschen festgefrorene Momente, die er niemals überwand und die ihn daran hinderten, wirklich erwachsen zu werden? Ein Riese, der zugleich ein grün uniformierter Polizist mit harten, eckigen Gesichtszügen war, hatte ihr die Hand gedrückt und ohne jede Vorwarnung gesagt: »Kleine, bist du Nora? Deine Eltern sind tot. Sie sind mit ihrem Auto in einen Graben gerast.« Dann hatte er sich wieder von ihr abgewandt, weil da, mitten in der Nacht, noch jemand bei ihr war. Jahrelang hatte sie nicht mehr daran gedacht. Mari und deren ältere Schwester Helga hatten bei ihr im Haus geschlafen. Beide hatten auf Luftmatratzen vor dem Fernseher gelegen. Während Helga sofort angefangen hatte zu weinen, hatte Mari in einem weißen Turnhemd auf ihrem Schlafsack gesessen und stumm vor sich hin gestarrt. Als sich ihre Blicke trafen und Mari ungerührt die Augen zusammenkniff und ihr zunickte, glaubte Nora für eine Sekunde, den Polizisten falsch verstanden zu haben, und es sei nichts passiert. Mari war schon zehn, doch manchmal kapierte sie nicht sofort, was um sie herum vorging, oder sie blendete das aus, was sie nicht sehen wollte. Nora erinnerte sich zu ihrer eigenen Überraschung, dass sie in dem Moment, als sie vom Tod ihrer Eltern erfuhr, Mari am liebsten ins Gesicht geschlagen hätte. Wie konnte sie nur so gefühllos sein, so, als gehe sie das Unglück ihrer Freundin nichts an? Später aber, als ihre Tante in ihrem Nonnengewand gekommen war, hatte sie zwischen Helga und Mari unter einer Decke gelegen und versucht zu schlafen. Ihre Freundin hatte nach frischer Milch gerochen, und ihr halblanges Haar hatte ihr Gesicht fast ganz verdeckt. Der Geruch hatte Nora vertrieben; er war ihr falsch und unpassend vorgekommen, sodass sie, wenn sie sich richtig erinnerte, in den Wald hinaus geflohen und auf einen Baum geklettert war.

Tief in ihrer Jackentasche klingelte das Mobiltelefon. Hier war Telefonieren verboten, weil die Funkwellen die komplizierten medizinischen Geräte stören konnten. Sie überlegte einen Moment, das Telefon auszuschalten. Mike hatte offenbar seinen Morgenkaffee getrunken und nutzte nun die erste Gelegenheit, ihr wieder Vorwürfe zu machen. Doch selbst seine Vorwürfe wären ihr in dieser Sekunde ein Trost gewesen. Sie nahm das Gespräch an, während sie rasch auf den Ausgang zusteuerte, um ins Treppenhaus zu gelangen.

»Nora«, sagte eine lässige, weibliche Stimme. »Warum bist du auf einmal so exzentrisch geworden?«

Exzentrisch war das völlig falsche Wort, aber sie spürte, wie sie sich freute, Elsas Stimme zu hören, als hätten sie sich jahrelang nicht gesprochen.

»Liebste, ich mache mir Sorgen um dich«, fuhr Elsa fort. »Mike erzählt allen, dass du dich verdrückt hast. Habt ihr Stress gehabt?«

Sechshundert Kilometer lagen zwischen Berlin und Bonn, aber Elsas Lebendigkeit, deretwegen alle Welt sie liebte und stets ein Dutzend Verehrer auf Knien vor ihr herumkroch, übertrug sich sofort auf Nora.

»Meine Tante ist krank«, erwiderte sie und bemühte sich, mit angemessen gedämpfter Stimme zu sprechen. »Deswegen musste ich nach Hause fahren. Außerdem hat Mike sich ziemlich mies benommen …« Sie stockte, weil ihr auffiel, dass sie »nach Hause« gesagt hatte, als würde sie sich tatsächlich noch in Königswinter, dem Ort ihrer Kindheit, heimisch fühlen.

»Mike dreht ganz schön am Rad.« Elsa schien Noras Zögern nicht bemerkt zu haben. Sie lachte. »Er läuft in seinen Cowboystiefeln in der Gegend herum, als habe man ihm sein Pferd weggenommen … Oh, tut mir leid, Liebste. Ich wollte dich nicht beleidigen, aber er hat sogar mich zweimal angerufen, weil er wissen wollte, wo du steckst. Ich hätte ihn gerne angelogen. Leider hatte ich ja selbst keine Ahnung.«

Elsa hatte sich schon häufiger über Mikes Posen lustig gemacht, und früher hatte Nora diese Beiläufigkeit, mit der sie über ihn herzog, als so verletzend empfunden, dass sie ihr manche Dinge nicht erzählt hatte.

»Ich habe gedacht, du hättest wieder einen Drehtermin«, erklärte sie matt, »und seist gar nicht in der Stadt.«

Sie hörte, wie Elsa einatmete, als ziehe sie an einer Zigarette, aber manchmal blies sie sich auch nur eine Haarsträhne aus dem Gesicht, eine kokette, schnelle Bewegung ihrer Lippen, die niemand auf der Welt besser hinbekam als sie.

»Acht Drehtage hatten sie mir in Aussicht gestellt, irgendeine langweilige Familienserie, aber dann hat mich der Produzent angemacht, und ich konnte gleich wieder meine Sachen packen, als ich nicht so wollte wie er.«

Elsa redete manchmal so, als sei sie eine Aufschneiderin, die Dinge erfand, doch wenn sie zusammen unterwegs waren, musste Nora feststellen, dass sie eher untertrieb. Mit ihren langen schwarzen Haaren und einem ständig leicht gelangweilten Gesichtsausdruck musste sie nur ein paar Minuten allein an einem Tisch in einem Café sitzen, und schon schlich sich irgendein Schönling mit großen, wichtigen Gesten an sie heran. Dabei war ihr letzter Freund ein kleiner blasser Theaterwissenschaftler gewesen, der seit zwei Jahren an seiner Promotion arbeitete.

»Muss ich mir Sorgen um dich machen?«, fragte Elsa mit veränderter, nun betont ernster Stimme. Auch in einem privaten Telefongespräch blieb sie eine Schauspielerin. »Kommst du zurecht?«

Nora beobachtete einen noch jungen, vollkommen

kahlköpfigen Mann mit unecht wirkenden, strahlend blauen Augen. Als er in seinem Rollstuhl an ihr vorbeifuhr, lächelten sie sich kurz an, dann wandte sich Nora wieder dem Gespräch zu. »Klar«, sagte sie. »Ich glaube, es wird mir guttun, Mike eine Weile nicht zu sehen. Es ist so, dass wir …« Sie zögerte schon wieder, weil sie nicht wusste, wie sie, ohne zu dramatisch zu klingen, von ihrem Kind sprechen sollte. Für Elsa war ein Kind eine Art Alien, etwas, das allenfalls in Filmen vorkam, aber, dachte Nora, vor ein paar Wochen wäre es ihr selbst auch so gegangen.

»Könnte aber sein, dass es mit deiner Ruhe bald vorbei ist«, sagte Elsa. »Falls es stimmt, was ich gehört habe, dann ist Mike auf dem Weg zu dir. Vielleicht stellst du schon mal die Klingel ab und ziehst die Vorhänge zu, wenn du ihn nicht sehen willst.« Sie lachte, als habe sie einen besonders guten Witz gemacht. »Ansonsten wäre es wahrscheinlich das beste, sich zu überlegen, wie ihr euer Wiedersehen feiern wollt.«

Als Tom aus der Schule zurückkehrte, hatte er Fieber. Seine Wangen waren gerötet, und seine Pupillen zuckten unruhig hin und her. Hilfesuchend und ohne ein Wort zu sagen, blickte er seinen Vater an. Was tat man bei plötzlich auftauchendem Fieber? Georg war auf diese Frage nicht vorbereitet. Er ertappte sich selbst bei dem Gedanken, dass ein krankes Kind zu seiner Mutter gehörte. Ein Telefonanruf hätte genügt und Eileen wäre förmlich über die Autobahn geflogen, um zu ihnen zu kommen. Er brachte Tom in sein Bett, legte ihm einen feuchten Waschlappen auf die Stirn und eilte dann an den winzigen, halb verrosteten Herd, um ein Glas Milch warm zu machen. Milch mit Honig als Medizin gegen Fieber, daran meinte er sich zu erinnern. Immerhin hatte er beides im Haus.

Tom trank mit zitternden Händen. Seine Brust hob und senkte sich, als tue es ihm schon weh, nur ein- und auszuatmen. Georg fiel auf, wie dünn er war, ein bleiches, mageres Kind, das sich anscheinend überanstrengt hatte.

»Kannst du mir eine Geschichte erzählen?«, fragte Tom leise, nachdem er gehorsam seine Milch getrunken hatte. Er streckte Georg seine Hand hin, ganz wie ein Säugling, der Angst vor dem Einschlafen hatte.

»Irgendeine Geschichte?« Früher war es eine Abmachung zwischen ihnen gewesen, dass Georg am Abend, wenn er zu Hause war, Lieder vorsang oder eine Geschichte erfand, für die Tom das Personal vorgab: Ritter oder Elfen, mitunter auch ein sprechender Hase oder ein dreibeiniger Hund. Tom hatte sich oft Kreaturen ausgedacht, die einen leichten Defekt hatten, denen irgendetwas abhanden gekommen war.

Tom nickte. »Ich habe heute einen kranken Vogel gesehen. Vielleicht kann in der Geschichte ein kranker Vogel vorkommen und wieder gesund werden.«

»Klar«, flüsterte Georg. Wenn er flüsterte, kam ihm seine Stimme nicht so fremd und hässlich vor.

»Ich habe heute auch eine Zeitlang einen kranken Vogel beobachtet, eine Krähe, die sich in einen Raben mit schönen, schwarzen Flügeln verliebt hatte, aber der Rabe wollte leider nichts von ihr wissen.«

Es wurde eine simple Geschichte. Die Krähe tat alles, um den Raben von ihrer Liebe zu überzeugen; sie krächzte so laut sie konnte, sie machte die gewagtesten Kunstflüge, flog bis zur Sonne hinauf, und sie stahl alles Gold und Silber, was ihre scharfen Augen entdeckten, aber es half nichts. Der Rabe blieb unbeeindruckt. Als die Krähe schon ganz verzweifelt war, traf sie eine andere Krähe, die sich in eine Nachtigall verliebt hatte und nun vergeblich versuchte, genauso schön und klar zu singen. Da begriff die Krähe, wie dumm sie gewesen war. Sie war eine Krähe und würde nie einen Raben dazu bringen, sich in sie zu verlieben.

»Bist du auch eine Krähe?«, fragte Tom. Er hatte die Augen geschlossen und atmete, als schlafe er bereits.

»Ja«, antwortete Georg, verwundert über diese Frage. »Ich bin auch eine Krähe. Deshalb verstehe ich eine andere Krähe so gut.«

Er spürte, wie erschöpft er war. Sein Hals schmerzte. So viel hatte er schon seit Monaten nicht mehr geredet. Er wartete, dass Tom seine Hand losließ, und dann legte er sich neben ihn. Unten hörte er die Hündin rumoren, sie tappte auf und ab und trank einen Moment später geräuschvoll Wasser aus ihrem Napf. Ansonsten war es, als sei das Haus von Stille umhüllt.

Momente der absoluten Stille hatte es im Krankenhaus auch manchmal gegeben, aber in seinem Kopf war es nie so still gewesen wie in diesem Augenblick, während Tom fiebernd in seinen Armen lag. Der Tumult in seinem Kopf hatte sich erst gelegt, nachdem man ihm ein Schlafmittel verabreicht hatte. Unaufhörlich hatte er an den Überfall denken müssen, an das fremde tote Mädchen, das er lediglich für ein paar Sekunden gesehen hatte, und an Eileen und Brun. Mit jedem Tag, den er stumm, ohne Stimme dalag, ernährt durch eine Sonde im Arm, hatte sich sein Verdacht verstärkt, dass sie beide hinter diesem Überfall steckten. Wenn Eileen kam, meist im eleganten schwarzen Kleid, als trage sie Trauer, und immer sorgfältig geschminkt, konnte er sie kaum anschauen. Vergeblich versuchte sie ihn abzulenken, redete belangloses Zeug, ohne dabei das tote Mädchen und die Attacke auf ihn mit einem Wort zu erwähnen. Er begann zu ahnen, wie abgrundtief Hass sein konnte.

Leggewie war der erste, den er in seinen Verdacht einweihte. Er kritzelte ihm ein paar Sätze hin, die für ihn alles erklärten, doch für seinen Manager waren sie ohne Bedeutung. »Du siehst Gespenster, bildest dir Dinge ein«, sagte Leggewie. »Am besten überlässt du alles der Polizei. Sie werden den Täter bald finden.« Wie ein Geschäftsmann, der es verstand, aus allem einen Nutzen zu ziehen, brachte er bei seinen Besuchen eine Pressemappe mit. Sogar überregionale Zeitungen hatten über den Mord an dem Mädchen und den Überfall auf Georg berichtet. Zeugen waren verhört, Phantombilder von einem Mann erstellt worden, den man in der Nähe des Tatorts gesehen hatte. »Wenn du wieder singen kannst, wirst du eine richtige Berühmtheit sein. Dann wirst du dich vor Angeboten gar nicht mehr retten können.« Georg hatte keine Ahnung, ob Leggewie wirklich an seine Worte glaubte. Er selbst wusste genau, dass er nie wieder singen würde. Seine Stimmbänder waren ruiniert.

Die einzige, die ihm seinen Verdacht nicht auszureden versuchte, war Martha. Sie kam immer spät abends ins Krankenhaus, sobald sie sicher sein konnte, dass sein letzter Besuch gegangen war. Er gab ihr Aufträge, die sie selten ablehnte. Sie sollte für ihn Brun beobachten. Das Phantombild hatte leider keine Ähnlichkeit mit ihm gehabt. Was tat Brun? Verhielt er sich irgendwie auffällig? Wurde er gelegentlich zusammen mit Eileen gesehen? Um wirklich als Detektivin zu taugen, war Martha ein wenig zu brav und einfältig. Immerhin behielt sie Viktor Brun im Auge, berichtete, wie nervös er neuerdings wirkte und dass seinetwegen die Premiere von »Fidelio« erneut verschoben werden musste, angeblich, weil er nun ständig in der Angst lebe, jemand könne auch ihn überfallen.

Georg bemerkte, wie Tom sich unruhig in seinen Armen bewegte und dann unverständliche Worte vor sich hin murmelte. Flüsterte er den Namen seiner Mutter? Georg erschrak bei diesem Gedanken, auch wenn es nur natürlich war, dass ein fiebernder Neunjähriger sich nach seiner Mutter sehnte. Sie würden eine Abmachung treffen müssen, wie und wann Eileen den Jungen sehen konnte. Er nahm sich vor, ihr einen vernünftigen Brief zu schreiben, in dem er seine Flucht erklären und ihr gestehen würde, dass er den Jungen brauchte; zumindest sollte er noch für eine Weile bei ihm bleiben.

Die Stille machte ihn so schläfrig, dass er die Augen schloss. Endlich trieben in der Dunkelheit keine Gesichter heran, nicht Eileen, nicht Brun oder das tote Mädchen. Er versuchte, sich dem Atemrhythmus seines Sohnes anzupassen, als seien sie nicht zwei, sondern ein Körper, und dann, seinen Sohn im Arm haltend, empfand er zum ersten Mal, seit er seine Stimme verloren hatte, so etwas wie Zuversicht. Es würde sich alles zum Guten wenden; vielleicht sollte er wirklich an seiner Stimme arbeiten, sollte Klavierstunden geben oder als Regisseur an ein Theater gehen, wie Eva, Eileens Schwester, es ihm vorgeschlagen hatte …

Als er die Augen wieder öffnete, hatte sich das Licht im Zimmer verändert. War er eingeschlafen? Wieviel Zeit war vergangen? Tom atmete gleichmäßig. Das Fieber schien abgeklungen zu sein. Im Schlaf hatte er sein früheres, sanftes Kindergesicht zurückgewonnen und wirkte arglos in einen Traum versunken. Vorsichtig erhob Georg sich, und während er die schmale knarrende Treppe hinabstieg, spürte er, dass an der Stille im Haus etwas nicht stimmte. Sie war zu absolut, nicht wie sonst mit leisen, kaum wahrnehmbaren Geräuschen durchsetzt, die zumeist von der Hündin stammten.

Die Eingangstür stand eine Handbreit offen, und von der Hündin war nichts zu sehen.

»Bella?«, flüsterte er fragend und hoffte, sie würde mit müdem Blick aus irgendeiner Ecke hervorkriechen, doch nichts rührte sich.

Entweder war die Tür nur angelehnt gewesen, oder die Hündin hatte es geschafft, ihre Pfoten auf die Klinke zu legen und die Tür zu öffnen, wie sie es schon ein paarmal versucht hatte. Oder … Einen dritten Gedanken versuchte Georg beiseite zu schieben. Wer würde es schon wagen, am helllichten Tag in das Haus einzudringen und ihren Hund mitzunehmen? Und welchen Grund sollte es dafür geben?

Als er vor die Tür trat, unschlüssig, ob er die Hündin suchen sollte, zuckte ein Blitz vom Himmel, und ein Donner rollte heran. Die Szenerie erschien ihm vollkommen unwirklich, wie eine riesige Bühne, die mit den grellsten Scheinwerfern ausgeleuchtet wurde. Wie oft war er in so ein Licht getreten, hatte auf den Einsatz des Orchesters unten im Bühnengraben gewartet und zu singen begonnen! Dann, ein paar Sekunden später, fielen die ersten, schweren Regentropfen. Ein Unwetter brach herein.

13

Mike saß nicht vor dem Haus und wartete auf sie. Auch einen Wagen mit einem Berliner Nummernschild konnte sie nirgends entdecken. Nora spürte, wie erleichtert sie für einen

Moment war. Insgeheim hatte sie damit gerechnet, dass Mike mit einem großen Blumenstrauß im Arm vor ihrer Tür säße, aber ihm war auch zuzutrauen, dass er sich von seinem Freund Carlo nach Königswinter chauffieren ließ und die beiden lachend und Bier trinkend auf der Terrasse hockten, um Nora dann wie eine übermütig gewordene Ausreißerin zurückzuholen.

Sie schloss die Haustür hinter sich ab, ging durch die leeren Zimmer und spähte in den Garten hinaus. Eine weiße Katze saß da im diffusen Licht und leckte sich die Pfoten. Als bemerke sie, dass sie beobachtet wurde, hob sie sogar den Kopf und schaute provozierend teilnahmslos zum Haus hinüber. Es ist mir gleichgültig, ob du mich anschaust, schien ihr Blick zu sagen. Ich sitze in meinem Garten und lasse mich von niemandem stören.

Zum ersten Mal seit drei Wochen hatte Nora das Gefühl, unbedingt eine Zigarette rauchen zu müssen, vielleicht weil die selbstvergessene Katze ihr vor Augen führte, wie nervös sie seit Elsas Anruf war. Nun würde sie keine ruhige Minute mehr haben. Jeden Moment, ob am Tag oder mitten in der Nacht, könnte Mike auftauchen und ihr mit Vorwürfen oder Liebesbeteuerungen auf die Nerven gehen. Möglicherweise würde sein Erscheinen dafür sorgen, dass Lukas sie in Ruhe ließ und von der Bildfläche verschwand, aber ganz sicher würde Mike ihr ein paar andere, schwerwiegende Probleme bescheren. Sie konnte sich nicht vorstellen, dass er es auch nur einen Tag in diesem stillen, altmodischen Haus aushielte, ohne schlechte Laune zu bekommen. Oder er würde die Räume, die sich seit Jahren nicht verändert hatten, binnen Stunden auf den Kopf stellen, laute Musik hören und sich mit seinen Sachen ausbreiten, damit es aussah, als wohne er schon ewig dort.

Leider war es sinnlos, im Haus eine Zigarette finden zu wollen. Hanna hatte niemals für Gäste auch nur ein Gramm Tabak bereitgehalten. Raucher waren allenfalls auf der Terrasse geduldet worden. Was Alkohol anging, herrschte auch Fehlanzeige. Früher hatte ihre Tante zumindest einen Kräuterlikör dagehabt, um sich sonntags nach dem Essen ein Glas zu gönnen.

Als habe sie etwas alarmiert, richtete die Katze sich auf und sprang davon. Einen Moment später war in der Ferne ein Donner zu hören. Dunkle Wolken schoben sich eilig heran. Die Hitze, die schon seit Tagen anhielt, schien sich in einem Gewitter entladen zu wollen.

Nora öffnete die Tür zur Terrasse. Ein seltsamer, schwerer Geruch wehte ihr entgegen, als könne man tatsächlich spüren, dass verschiedene Luftmassen sich übereinandertürmten. Nach einem zweiten, noch kräftigeren Donner setzte der Regen ein und prasselte ohrenbetäubend auf das Glasdach über der Terrasse. Gleichzeitig zuckte ein Blitz am düsteren Horizont entlang. Als Kind war sie einmal bei einem heftigen Gewitter im Garten wie zur Salzsäule erstarrt; sie hatte die Augen krampfhaft geschlossen und sich nicht getraut, auch nur einen Schritt vor oder zurück zu machen, weil sie das sichere Gefühl hatte, irgendwo im Himmel würde jemand einen Blitz nach ihr werfen, sobald sie sich bewegte. Erst ihre Tante hatte sie aus der Starre befreit und ins Haus geführt.

Als sie einen kleinen, gedrungenen Schatten hinter ihrem Zaun bemerkte, dachte sie zuerst an ein Kind, das verloren den Weg entlangirrte. Dann sah sie, dass es die Hündin des Stummen war. Sie trottete hinter ihrem Gartentor vorbei, blieb dann stehen und reckte den Kopf, als müsse sie sich orientieren. Warum spazierte der Stumme bei diesem Wetter mit seinem Labrador zum Rhein hinunter? Ohne Schirm würde er in ein paar Sekunden naß bis auf die Haut sein.

Aber der Stumme kam gar nicht. Die Hündin lief weiter; unbeeindruckt von dem Gewitter und dem Regen und ohne dass ihr jemand folgte, trabte sie gemächlich in Richtung Uferstraße weiter. Nora beobachtete, wie das Tier hinter den dichten Büschen verschwand. Was machte die Hündin da draußen allein bei diesem Unwetter? Kurz entschlossen lief Nora in den Garten hinaus und eilte ihr nach. Ein Blitz teilte den Himmel mit einem Geräusch, als zerreiße altes, trockenes Papier. Der Regen wurde noch heftiger, und bevor sie die Gartenpforte erreicht hatte, war sie vollkommen durchnässt. Sie sollte die Hündin laufen lassen, dachte sie sich. Was ging sie ein Hund an, der vermutlich einen Moment unbeaufsichtigt gewesen war und nun die Gelegenheit nutzte, durch die Stadt zu streifen? Vom Drachenfels kam niemand den Weg herunter, aber das hatte Nora auch nicht erwartet. Wie ein grauer Vorhang schob sich der Regen zwischen sie und die Hündin. Wenn ein besonders greller Blitz herabfuhr, blieb der Labrador für einen winzigen Augenblick stehen und zog den Kopf ein.

Auf der Uferstraße rauschte eine hell erleuchtete Straßenbahn vorbei. Wasser sprühte aus tiefen Pfützen auf und reflektierte das Licht. Die Hündin schien ihr Ziel zu kennen. Als wittere sie den Fluss, wurde sie schneller.

»Bella!«, rief Nora. Zum Glück hatte sie sich an den Namen des Labradors erinnert. »Bella, bleib stehen!«

Sie hörte, wie sich ein Wagen näherte, Scheinwerfer erfassten die Hündin, und dann, als das Tier zu zögern schien, weil es seinen Namen von einer fremden Stimme gehört hatte, kam der Aufprall. Ein dumpfes metallisches Geräusch, gefolgt von einem schmerzvollen Jaulen, das sogleich wieder erstarb.

Zuckend, als werde ihr Körper von Stromstößen gepeinigt, lag die Hündin auf dem Pflaster und winselte vor sich hin. Nora spürte ein Entsetzen, das ihr Übelkeit verursachte, dann stürzte sie auf den Labrador zu und kniete sich neben ihn. Bella lag da und schaute sie an. Trauer und ein tiefes, schmerzvolles Unverständnis lagen in ihrem Blick. Ihre Hinterläufe zuckten noch immer wie in Krämpfen, aber eine äußerliche Verletzung war nicht zu erkennen.

Ein Mann beugte sich über Nora. »Können Sie nicht besser auf Ihren Hund aufpassen? Er ist mir genau vor den Wagen gelaufen!« Mitgefühl sprach nicht aus der Stimme, sondern Zorn und Ungeduld. Ohne ein weiteres Wort drehte der Mann sich um und ging wieder zu seinem Auto, einem silberfarbenen Kombi. Während sie der Hündin beruhigend über den Kopf strich, beobachtete Nora aus den Augenwinkeln, wie er einmal prüfend um seinen Wagen lief und dann wieder einstieg und davonfuhr.

Was tat man mit einem verletzten Hund? Passanten waren bei diesem Regen keine auf der Uferpromenade zu sehen. Lediglich in der offenen Tür eines Geschäftes auf der gegenüberliegenden Straßenseite stand eine Frau und blickte reglos zu ihr herüber.

»Keine Sorge«, flüsterte Nora dem Labrador zu, »ich helfe dir. Ich nehme dich mit und rufe einen Arzt.« Vorsichtig schob sie ihren linken Arm unter den Körper der Hündin. Bella begann zu hecheln, als habe sie eine große Anstrengung hinter sich. Dann legte Nora ihr den rechten Arm unter den Kopf, um sie hochzuheben. Die Hündin jaulte nicht einmal. Zitternd lag sie in Noras Armen und starrte vor sich hin.

Nora konnte das Herz des Tieres spüren, schnelle, flatternde Schläge voller Angst. Sie ließ einen vorbeifahrenden Wagen passieren und überquerte die Straße. Der Regen hatte nachgelassen, das Gewitter hatte sich über den Rhein nach Bad Godesberg verlagert, aber ob es regnete oder blitzte, ob sie fror und keinen Fetzen trockener Kleidung mehr am Leib trug, spielte nun ohnehin keine Rolle mehr.

»Gleich sind wir bei mir zu Hause, Bella«, flüsterte sie. Die Hündin hatte die Augen geschlossen und den Kopf weggedreht. Hoffentlich starb sie nicht in ihren Armen. Innere Blutungen konnten dafür sorgen, dass ein Tier binnen weniger Minuten qualvoll verendete. Nora versuchte, mit größeren Schritten schneller voranzukommen. Bella fühlte sich mit jeder Sekunde, die verging, immer schwerer an, und wären die schwächer werdenden Zuckungen in den Hinterläufen nicht gewesen, hätte man sie schon für tot halten können.

Ein paar Meter, bevor sie ihre Gartenpforte erreicht hatte, sah Nora den Stummen. Mit wirrem Gesichtsausdruck stürzte er auf sie zu und streckte die Arme aus, als wolle er ihr den Hund abnehmen.

Unwillig schüttelte Nora den Kopf. »Ein Unfall«, sagte sie atemlos. »Ihr Hund ist angefahren worden.«

Der Stumme nickte heftig, ohne einen Laut von sich zu geben. Nora spürte, wie sie trotz ihrer Erschöpfung wütend wurde. Für einen Moment trafen sich ihre Blicke, dann schlug der Stumme schuldbewusst die Augen nieder. Ein paar Schritte gingen sie nebeneinander her. Er war ebenfalls klatschnaß, hob die Arme wieder, wagte aber nicht, die reglose Hündin zu berühren.

»Warum sagen Sie nichts?«, keuchte Nora. »Ich weiß, dass Sie reden können.«

»Meine Stimme ist schauderhaft«, flüsterte der Stumme. »Ich schäme mich, wenn …« Er unterbrach sich und trat ihr in den Weg, als sie auf ihre Gartenpforte zusteuerte. »Tom ist krank«, krächzte er. »Ich kann ihn nicht allein lassen.«

Er zog sie am Arm, als sei sie ein kleines, unverständiges Kind. Nein, dachte Nora, als sie wieder in sein ernstes Gesicht aufblickte, er ist ein Verzweifelter, jemand, der ganz und gar aus Verzweiflung und Mutlosigkeit gemacht ist.

Mit Mühe folgte sie ihm den rutschigen Weg hinauf. Der Regen hatte endgültig aufgehört, aber nun rann das Wasser wie in einem Sturzbach den Berg herunter. Ihre Leinenschuhe waren vollkommen durchgeweicht, sodass sie kaum noch Halt fand. Die Hündin jaulte in ihren Armen leise auf, wenn sie sich besonders schwankend vorwärtsbewegte, und versuchte, zaghaft sich zu befreien. Vielleicht ein Zeichen, dass sie doch nicht so schwer verletzt war.

Als sie die befestigte Seitenstraße erreicht hatten, die zu seinem Haus hinaufführte, dirigierte der Stumme sie nicht in Richtung Drachenfels, sondern in den Ort hinunter. Vor einem alten, rostbraunen Volvo machte er Halt und öffnete die hintere Seitentür. Mit letzter Kraft und ohne die Vorsicht, die eigentlich nötig war, legte Nora die Hündin auf dem Rücksitz ab. Das Blut rauschte in ihren Ohren, und ihre Arme zitterten, als habe ein heftiger Schüttelfrost sie erfasst. Sie konnte sich nicht erinnern, wann sie sich das letzte Mal so verausgabt hatte. Mit einem Kind im Bauch hätte sie eigentlich vorsichtiger sein müssen.

Der Stumme strich ihr über den Arm, als müsse er sich so bemerkbar machen. »Ich kenne hier eine

Tierklinik«, hauchte er. »Bleiben Sie bei Tom ... bitte.« Das letzte Wort war wie nachgeworfen und kaum zu verstehen.

Nora nickte stumm und atemlos. Dann sah sie ihm zu, wie er um den Wagen herumlief, einstieg und mit heulendem Motor davonfuhr.

Während sie die grün lackierte Tür mit dem groben Messinggriff hinter sich schloss, hatte sie das Gefühl, das Haus zu kennen. Sie war schon einmal hier gewesen, kannte den Geruch von altem, trockenem Holz, aber sie konnte sich nicht erinnern, wann das gewesen sein sollte. Vermutlich in ihrer Kindheit, als sie sich mit irgendwelchen Sommergästen angefreundet hatte, die hier ihre Ferien verbrachten. Sie streifte ihre nassen Leinenschuhe ab und trat ein. Still war es im Haus. Von dem Jungen war nichts zu sehen. Durch die wenigen Fenster drang kaum Licht herein. Die Wände waren mit Kiefernholz vertäfelt. Überall hingen Porzellanteller mit kitschigen Rheinansichten sowie ein Ölbild von der Drachenburg, wie sie wohl kurz nach ihrer Fertigstellung ausgesehen hatte – ein protziges, verwinkeltes Gebäude mit vielen Erkern und Türmen, das aussah, als müsse gleich der deutsche Kaiser samt Dienerschaft auf seiner hochherrschaftlichen Freitreppe erscheinen.

Der Stumme schien nichts verändert zu haben. Nur ein Topf auf dem Herd deutete darauf hin, dass hier tatsächlich jemand wohnte. Nein, auch eine Schultasche an einem Stuhl, ein benutztes Glas und einen Napf und eine Decke für den Hund konnte

Nora entdecken. Trotzdem machte alles einen provisorischen Eindruck.

Sie nahm eine Kerze vom Fensterbrett, stellte sie auf den blanken Holztisch und zündete sie an, nicht, weil sie viel Licht verbreitete, sondern weil sie den Raum bewohnter wirken ließ. Dann rief sie leise nach Tom.

Eine Tür führte zu einem kleinen muffigen Wohnraum, der karg mit einem lackierten Holztisch und zwei zerschlissenen Sesseln eingerichtet war. Außerdem stand auf einer Kommode ein altmodisches Fernsehgerät. Die gute Stube für Feriengäste, um sich bei Regenwetter die Zeit zu vertreiben. Hinter der Tür befand sich eine steile Holztreppe.

Im Flüsterton rief sie noch einmal den Namen des Jungen, um ihn nicht zu erschrecken. Die Bretter knarrten unter ihren nackten Füßen. Hinter der ersten Tür lag ein winziges Badezimmer, das mit seinen Armaturen und einem geblümten Holzschrank rührend unmodern wirkte. Nora drehte sogar an einem der verzierten Wasserhähne, weil sie beinahe wie Attrappen aussahen. Kaltes, klares Wasser schoss mit einem gurgelnden Laut heraus.

Den Jungen erblickte sie hinter der zweiten Tür. Er schlief mit offenem Mund, atmete ruhig ein und aus. Nur seine geröteten Wangen verrieten, dass er krank war. Neben ihm, auf einem Holzbrett, stand der Alabasterengel, als schaue er ihn an und bewache seinen Schlaf. Ein kurzer Blick durch das Zimmer genügte, um zu wissen, dass der Junge wohl oder übel den kargen Lebensstil seines Vaters teilen musste

Ein hässlicher Kleiderschrank, ein Tisch, eigentlich nicht mehr als ein Brett auf zwei Böcken, mit ein paar Schulheften und ein alter Radiorekorder – viel mehr war nicht zu sehen.

Sie hausen wie Flüchtlinge, dachte Nora, während sie die Tür vorsichtig schloss, als hielten sie sich hier versteckt und lebten den ganzen Tag geduckt und mit angehaltenem Atem, damit niemand sie entdeckte. Eines verrieten die Räume ebenfalls: Wenn der Junge noch eine Mutter hatte, so hatte sie bisher keinen Schritt über die Schwelle gesetzt. Vielleicht ist seine Mutter tot, dachte Nora, und Vater und Sohn haben sich aus Trauer hierher zurückgezogen. Konnte man aus Trauer seine Stimme verlieren? Nein, Lukas hatte von einem Unfall gesprochen, den der Stumme gehabt hatte.

Nora ging die Treppe hinunter. Sie spürte, dass sie in ihren nassen Kleidern zu frieren begann. Nach dem Regen war die Temperatur schlagartig gesunken. Sie hüllte sich in eine Decke, die sie in dem Raum mit dem Fernseher fand, und setzte sich vor die Kerze an den Tisch. Über der Tür hing eine altmodische weiße Küchenuhr. Gleichmütig sprang ein goldener Zeiger von einer Sekunde zur nächsten.

Vermutlich war die Hündin so schwer verletzt, dass es Stunden dauern würde, bis der Stumme zurückkehrte. Ihr fiel ein, dass sie nicht einmal die Terrassentür geschlossen hatte. Auch ihr Mobiltelefon hatte sie in ihrer Eile nicht mitgenommen. Wenn Lukas nun zum Haus schlich, könnte er sich ungehindert umsehen. Dieser Gedanke bereitete ihr größtes

Unbehagen. Trotzdem rührte sie sich nicht von der Stelle. Allmählich kehrte die Wärme in ihren Körper zurück, und der Schein der Kerze ließ den Raum nicht mehr so leer und trostlos wirken. Eine seltsame Stille ging von der Kerze aus. Es war, als gebe es zwei völlig unterschiedliche Arten von Stille im Haus; eine grobe, abweisende Stille, die sich, grau und lähmend, in jeder Ecke, in jedem Winkel eingenistet hatte, und die warme, wohlige Stille der brennenden Kerze. Langsam schien diese Stille das Haus zu durchdringen. Für einen Moment schloss Nora die Augen. Sie dachte an den schlafenden Jungen und an Hanna, die nun aus der Narkose erwacht sein musste, falls es nicht zu irgendwelchen Komplikationen gekommen war. Konnte es sein, dass gewisse Ereignisse in Zusammenhang standen, tragische Zufälle – ein Hund wurde angefahren, während eine alte Frau bei einer Operation starb? Nein, solche schicksalhaften Verknüpfungen existierten nicht, versuchte sie sich einzureden, auch wenn gelegentlich solche Geschichten erzählt wurden. Als ihre Eltern starben, hatte sie mit ihrer Freundin Mari und deren Schwester fröhlich vor dem Fernseher gesessen. Erst später, kurz bevor die Polizei gekommen war, hatte sie ein Geräusch gehört, das sie sehr erschreckt hatte und von dem sie nicht wusste, ob es wirklich war oder ob es ihren Traum durchzog. Eine Tür klapperte, schlug unentwegt gegen das Schloss.

»Was tust du hier? Wo ist mein Vater?« Der Junge stand plötzlich vor ihr, ohne dass sie ihn kommen gehört hatte. Er trug ein weißes Unterhemd und eine kurze schwarze Hose. Wie ein bleicher, schmächtiger Turner sah er aus.

Nora richtete sich in ihrem Stuhl auf und versuchte zu lächeln. »Dein Vater musste kurz weg. Euer Hund ... ist auch krank«, sagte sie zögernd und mit dem Gefühl, nicht die richtigen Worte gefunden zu haben.

»Hat mein Vater mit dir geredet?« Der Junge schaute sie an, als halte er sie für eine Lügnerin. »Er redet sonst nie mit jemandem.«

Sie entschied sich, ehrlich zu sein. »Ihm blieb nichts anderes übrig. Euer Hund ist vor einen Wagen gelaufen, und ich soll hier auf dich aufpassen, bis dein Vater zurückkommt.«

Nora sah, dass der Junge den Alabasterengel in seiner linken Hand hielt. Die andere streckte er ihr höflich entgegen. »Ich heiße Tom«, sagte er. Dann setzte er sich und stellte seinen Engel neben der Kerze ab. »Ist Bella etwas Schlimmes passiert?«

»Nein, wahrscheinlich nicht.« Nora erklärte kurz, was geschehen war, aber der Junge schien ihr gar nicht richtig zuzuhören. Er starrte in die Flamme und verfolgte gebannt jede ihrer winzigen Bewegungen, als sei er Zeuge eines einzigartigen Experiments. Nora legte ihm ihre Decke über, und dann stand sie auf und ging zum Herd.

»Habt ihr Milch da? Vielleicht auch Kakao?«, fragte sie.

Der Junge wandte sich um. »Ich habe auch ein paar Kerzen. Meinst du, ich darf sie anzünden, solange mein Vater nicht da ist?«

Als sie nickte, lief er, lächelnd und ohne die Decke abzustreifen, an ihr vorbei. Mit hastigen Schritten tappte er die Treppe hinauf. Das Haus war so hellhörig, dass sie ihn in seinem Zimmer rumoren hörte. Anscheinend hatte er in jeder Ecke ein Versteck angelegt.

Die Küche war doch nicht so spartanisch eingerichtet, wie es auf den ersten Blick den Anschein hatte. Immerhin gab es einen gut gefüllten Kühlschrank. Nora nahm eine Tüte Milch heraus. Kakao, Honig und Kaffee fand sie in einem Vorratsschrank neben dem Herd.

Sie machte einen starken, süßen Kakao und kochte sich dann noch einen Kaffee, indem sie das Pulver einfach in brodelndes Wasser löffelte. Schwere, angenehme Düfte breiteten sich aus. Fast war sie versucht, noch etwas zu kochen, aber damit hätte sie die Gastfreundschaft des Stummen vielleicht ein wenig zu sehr strapaziert.

Tom kehrte mit einem Beutel voller Kerzen zurück. Unter den Arm hatte er sich den altmodischen Radiorekorder geklemmt. Er lächelte, dann breitete sich Zweifel auf seinem Gesicht aus. »Glaubst du, dass ich wirklich alle Kerzen anzünden darf?«

»Natürlich.« Nora schüttete den Kakao in zwei Tassen. »Ich erlaube es dir. Ich bin schließlich eine Erwachsene. Oder sehe ich etwa wie ein kleines Kind aus?«

»Nee, gar nicht.« Er holte seine Kerzen hervor und stellte sie auf den Tisch. Mit der Decke über den Schultern ähnelte er nun einem eifrigen Zauberlehling, der seinen ersten Trick erproben wollte. Die meisten Kerzen waren schon ziemlich heruntergebrannt.

»Woher hast du die Kerzen?«, fragte Nora. Sie schaltete das Radio an. Zu ihrer Verwunderung war es auf einen Klassiksender eingestellt.

»In meiner alten Schule haben wir einmal Kerzengießen gemacht, und da waren ein paar Kerzen übrig, die ich mitgenommen habe.«

Nora suchte ein paar Untertassen heraus. Dann entzündete sie die erste Kerze und zeigte dem Jungen, dass er ein wenig heißes Wachs auf die Untertasse tropfen lassen musste, um der Kerze auf dem Teller Halt zu geben. Eifrig probierte er es danach selbst aus.

»Wo war deine alte Schule?«

»Am Manderscheider Platz in Köln, aber nun gehe ich hier in Annikas Klasse.«

»Und wo ist deine Mutter? Ist sie tot?« Nora bemühte sich, ihrer Stimme einen beiläufigen Klang zu geben, aber sie konnte ihre Neugier nicht im Zaum halten.

Der Junge hielt inne. Drei Kerzen hatte er bereits angezündet und im Raum verteilt, eine rote für die Fensterbank, zwei weiße für die Arbeitsplatte neben dem Herd und für eine Holztruhe an der gegenüberliegenden Wand, den einzigen Gegenstand in der Küche, der aussah, als könnte er etwas wert sein.

»Nein, sie ist nur im Moment nicht da«, sagte er leise, während er sich schon wieder der vierten Kerze zuwandte. Er schob geräuschvoll einen Stuhl neben den Herd, um die Kerze auf dem Kühlschrank zu platzieren. Die restlichen drei stellte er auf den Tisch.

»Fast wie Weihnachten«, sagte er. Sein Gesicht glühte, aber nicht mehr vom Fieber. Im Hintergrund lief Mahler, schöne, ein wenig zu schwermütige Musik.

Sie tranken den honigsüßen Kakao. Zwischendurch nippte Nora an ihrem schwarzen Kaffee, und Tom begann Fragen zu stellen, er wollte alles über sie wissen, wie sie hieß, woher sie kam und warum sie im Haus ihrer Tante lebte. Zuletzt erkundigte er sich sogar, ob sie einen Freund hatte.

»Willst du es genau wissen?« Nora spürte, dass sie lange nicht mehr in so guter Stimmung gewesen war. Vielleicht lag es an dem Duft von Kaffee und Kakao, dem Schein der Kerzen und der unschuldigen Neugier des Jungen. »Eigentlich habe ich einen Freund, aber irgendwie ist er nicht mehr so wichtig. Soll ich dir ein Geheimnis verraten?«

Der Junge lächelte. »Du kriegst ein Kind.«

»Wie hast du das erraten? Man sieht es doch noch gar nicht! Ja, ich bin schwanger, aber außer dir und meinem Freund weiß niemand etwas davon.«

»Du hast keinem was erzählt?«, rief Tom so vehement, dass die Flammen der Kerzen auf dem Tisch in einen wilden Tanz gerieten.

»Nein.« Nora schüttelte den Kopf. Für einen Moment glaubte sie, ihr könnten Tränen in die Augen treten. »Mein Freund hat sich nicht sehr gefreut. Wahrscheinlich war das der Grund.«

»Wie groß ist das Kind? Kann man es schon fühlen?« Tom sprang von seinem Stuhl und baute sich vor ihr auf.

»Es ist noch ganz klein, zwölf Wochen alt, da kann man noch nichts spüren, obwohl ich manchmal das Gefühl habe, als hätte ich zu viel prickelnden Champagner getrunken.«

Tom lehnte sich an sie, und dann, als führte sie ein Eigenleben, schob sich seine winzige linke Hand vor und begann Nora vorsichtig über den Bauch zu streichen. Eine ungeheure Wärme ging von seinen Fingern aus. Langsam glitten sie über ihr T-Shirt, das mittlerweile getrocknet war, und hielten gelegentlich inne, als erspürten sie tatsächlich etwas.

»Weißt du schon, wie das Kind heißen soll?« Plötzlich flüsterte Tom, als seien sie nun Verschwörer, die ein Geheimnis teilten.

Nora starrte auf seine sanfte, bleiche Hand, die sich nun eine Stelle gesucht hatte, um auf ihrem Bauch auszuruhen. »Einen Namen? Ein Mädchen wird vielleicht Ruth heißen wie meine Mutter, und ein Junge …«

Mit einem Krachen, als habe sich jemand gegen sie geworfen, flog die Tür auf und ließ sie beide zusammenzucken. Der Stumme stand mit der Hündin im Arm da und sah sie mit wirrem, ratlosem Blick an. Seine Augen schienen sich erst einen Weg durch den Raum ertasten zu müssen, bevor er selbst einen Schritt machen konnte.

Nora versuchte zu lächeln. »Wir haben ein paar Kerzen aufgestellt und Kakao getrunken«, sagte sie in einem betont beiläufigen Tonfall. Gleichwohl verriet ihre Stimme Unsicherheit. Die Küchenuhr zeigte, dass fast drei Stunden vergangen waren, seit sie ins Haus gekommen war.

Der Stumme nickte und trat ein. Endlich löste sich auch Tom aus seiner Starre. Nora konnte ihm ansehen, dass er wegen seiner hervorgeholten Kerzen ein schlechtes Gewissen hatte, oder vielleicht war es ihm auch peinlich, in welcher Pose sein Vater ihn erwischt hatte – mit der Hand am Bauch einer fremden Frau.

»Ist Bella wieder gesund?«, fragte er kleinlaut und lief halbherzig auf den Stummen zu.

Ohne zu antworten, legte der Stumme die Hündin auf ihrer Decke neben dem Napf ab. Sie jaulte kurz auf. Ihre Hinterläufe steckten in einem komplizierten Streckverband.

»Eine schwere Prellung«, krächzte der Stumme. »Aber nichts gebrochen.«

Argwöhnisch ließ er den Blick noch einmal von Kerze zu Kerze wandern, offenbar voller Zweifel, ob ihm gefiel, was er sah, oder er ernste Einwände vorbringen sollte. Die Stille im Raum hatte sich gewandelt. Nun herrschte wieder kühles, unbehagliches Schweigen vor.

Nora spürte, dass ihre Erschöpfung zurückgekehrt war. »Ich muss gehen«, sagte sie und erhob sich. »Ich habe vorhin nicht einmal meine Terrassentür zugesperrt.« Sie bedachte den Jungen mit einem matten Lächeln, das er ebenso kraftlos erwiderte, und ging zur Tür.

»Vielleicht kommen Sie einmal wieder«, hauchte der Stumme, während sie sich ihre nassen Leinenschuhe überstreifte. Mehr Freundlichkeit konnte er anscheinend nicht aufbringen.

Sie bemerkte, dass Tom sie flehentlich ansah. »Ja, vielleicht«, sagte sie, bevor sie die Tür öffnete.

Draußen war es längst dunkel geworden. Die Abendkühle ließ sie frösteln. Immerhin hatte es aufgehört zu regnen. Der Schrei einer einzelnen Krähe drang herüber. Während Nora an den zwei schmalen Fenstern vorbeiging, beobachtete sie, wie der Stumme mit vorwurfsvollem Gesicht die Kerzen ausblies und das Radio abschaltete. Wie konnte seine Mutter zulassen, dass Tom den ganzen Tag den Launen eines strengen, lieblosen Vaters ausgesetzt war? Ein paar Sekunden verharrte sie vor dem Fenster. Vater und Sohn sprachen kein Wort. Geduckt machte Tom sich daran, die Kerzen einzusammeln und in seinem Beutel zu verstauen. Am liebsten hätte Nora kehrtgemacht und den Jungen mit zu sich genommen. Plötzlich, als spüre er ihren Blick aus der Dunkelheit, schaute der Stumme zu ihr herüber. Sie wich hastig zurück und verließ den Garten. Die Wege waren so aufgeweicht, dass sie ihre Leinenschuhe auszog und barfuß weiterlief. Früher hatte sie es geliebt, ohne Schuhe am Rhein lang zu laufen, doch selbst diese Erinnerung an ihre Kindheit konnte ihre Stimmung in diesem Moment nicht heben.

Die Pforte zu ihrem Garten war nur angelehnt. Wie bedrohliche Wächter blickten ihr die Bäume entgegen. Wind fuhr durch die Blätter, sodass es sich wie ein langes, gespenstisches Flüstern anhörte. Das Gefühl, dass etwas nicht stimmte, beschlich Nora, als sie das verlassene Haus erblickte. Sie glaubte die Anwesenheit eines anderen Menschen zu spüren. Jemand war da, hatte eine unsichtbare Grenze überschritten und versteckte sich irgendwo in der Dunkelheit.

»Mike!«, rief sie, weil sie meinte, eine Gestalt auf der Terrasse auszumachen. »Mike, sag etwas!« Es war ihr lieber, nach Mike statt nach Lukas zu rufen, den sie eher hier vermutete, aber so oder so war jeder Name wie eine Warnung.

Die Tür stand weit offen, genau wie zu dem Zeitpunkt, als sie das Haus verlassen hatte. Es war ein Irrsinn gewesen, einfach so in den Regen hinauszulaufen. In der Zwischenzeit hätte jemand das komplette Haus ausräumen können.

Niemand saß auf der Terrasse. Sie hatte einen alten Sonnenschirm für einen menschlichen Schatten gehalten. Ein wenig ruhiger wandte sie sich dem Haus zu, doch als sie es betreten wollte, entdeckte sie ein riesiges Loch in der Fensterscheibe. Wie ein gezackter Schlund sah das Loch aus, als lauere da ein Tier, das jeden, der näher trat, verschlingen wollte.

Nora vergaß vor Entsetzen einen Moment zu atmen. Sie täuschte sich nicht. Jemand hatte ihre Fensterscheibe zertrümmert.

14

Als Sänger hatte er sich nicht viele Fehler erlaubt. Er hatte sich auch nie irgendwelche Extravaganzen gestattet, wenn einmal eine positive Kritik über ihn in den Zeitungen gestanden hatte. Niemals war es vorgekommen, dass er seinen Text nicht gelernt hatte, gleichgültig, in welcher Sprache er singen musste. Um besser auf Italienisch singen zu können, hatte er sogar einen Sprachlehrer aufgesucht. Außerdem hatte er immer seine Grenzen gekannt, hatte stets gewusst, was er seiner Stimme zutrauen konnte und was nicht. Der alte Simon war ein exzellenter Lehrmeister gewesen. Bis den Kammersänger ein Schlaganfall an den Rollstuhl gefesselt hatte, war er mindestens einmal in der Woche zu ihm gegangen. Wie ein einfacher Schüler hatte er ihm vorgesungen, hatte sich von ihm kritisieren lassen, und manchmal hatten sie auch nur Schallplatten gehört, meistens alte Aufnahmen von Fritz Wunderlich, den Simon verehrt hatte wie keinen zweiten. Fehler waren unverzeihlich, selbst wenn das Publikum im Parkett sie nicht merkte.

Aber nun, da er keine Stimme mehr besaß, beging er nur noch Fehler, als sei ihm mit seiner Stimme auch der Kompass abhanden gekommen, nach dem er sich richten konnte. Vielleicht war es das Kerzenlicht gewesen, das ihn so erzürnte, oder die komplizenhafte Vertrautheit, die zwischen Tom und der jungen Klavierlehrerin geherrscht hatte. Tom hatte vor ihr gestanden, als habe er sie umarmt oder ihr etwas ins Ohr geflüstert. Hatte er sich beklagt, dass er der Gefangene seines Vaters war, dass er seine Mutter sechs lange Wochen nicht mehr gesehen hatte? Georg hatte genau gespürt, welch misstrauische Blicke die Klavierlehrerin ihm nachgeworfen hatte, als sie aus dem Haus gegangen war. Trotzdem hätte er sie nicht einfach so wegschicken dürfen. Wenn er noch länger als ein paar Wochen bleiben wollte, brauchte er eine Verbündete in der Stadt. Er musste viel genauer wissen, was um ihn herum geschah. Redeten die Leute über ihn? Gab es jemanden, der ihn kannte und von seinem Schicksal wusste?

Immerhin konnte Tom ihm den Namen der Klavierlehrerin nennen. Sie hieß Nora und lebte im Haus ihrer kranken Tante.

Tom lag schon wieder im Bett, als Martha an der Tür klopfte. Beinahe wortlos hatte er seine Kerzenstummel genommen und sich zurückgezogen.

Martha trug ein schwarzes, mit weißen Punkten gemustertes Kleid und hatte ihre Haare mit drei Kämmen hochgesteckt. Es sah beinahe wie eine Frisur für eine Opernpremiere aus. Zögernd trat sie ein, als habe sie Angst, Tom oder einem Gast zu begegnen.

»Es riecht nach Kaffee?«, fragte sie. »Hast du Besuch gehabt?«

Georg schüttelte den Kopf, ohne genau zu wissen, warum er log. »Die Hündin ist angefahren worden. Da habe ich ausnahmsweise einen Kaffee gebraucht.« Seine Stimme kam ihm noch rauer und krächzender vor als in den letzten Tagen. Nie würde er sich an ihren schrecklichen Klang gewöhnen.

Marthas Blick streifte skeptisch den Herd und das

Spülbecken, in dem noch die schmutzigen Tassen und Untertassen standen. Sie glaubte ihm nicht und wollte ihm ihre Skepsis eindeutig vor Augen führen. Am liebsten hätte er sie auf der Stelle weggeschickt, doch dann fiel ihm ein, dass es ihr Haus war. Sie konnte ihn jederzeit vor die Tür setzen.

»Ich habe schlechte Nachrichten«, sagte sie, während sie dort Platz nahm, wo eine Stunde zuvor die Klavierlehrerin gesessen hatte. »Deine Frau ist beim Intendanten gewesen. Ich habe nicht alles mithören können, doch ich bin sicher, dass sie mit ihm über eine Scheidung und über deinen Sohn gesprochen hat. Gekommen ist sie allerdings, um zu erfahren, ob wir etwas über deinen Aufenthaltsort wüssten, ob du wenigstens uns Bescheid gesagt hättest.«

Dass Eileen zum Intendanten ging, hatte er schon lange erwartet. Es überraschte ihn nicht sonderlich, aber warum redete sie ausgerechnet mit dem Leiter der Oper über eine Scheidung? Das ergab keinen Sinn.

»Ich muss Brun überführen«, erwiderte er. »Alles andere wird sich dann finden.« Er zog das Foto hervor, das er in dem Briefumschlag die ganze Zeit bei sich getragen hatte, und legte es ihr hin. Zum Glück hatte der Regen dem Bild nichts anhaben können.

»Eine miserable Aufnahme«, sagte sie, nachdem sie das Foto eingehend betrachtet hatte, »aber es ist Brun, zweifellos.«

»Das ist ein wichtiger Beweis.« Georg spürte, dass Marthas Worte ihn Hoffnung schöpfen ließen. »Brun ist noch am Abend des Überfalls in der Oper gewesen. Bisher hat er immer gesagt, er habe die Proben bereits am späten Nachmittag verlassen.«

»Wer könnte dir das Foto geschickt haben?«

»Keine Ahnung, aber manchmal habe ich das Gefühl, dass ich verfolgt werde, dass mich jemand auf Schritt und Tritt beobachtet.«

»Hast du schon einmal daran gedacht, einen Detektiv einzuschalten?« Martha warf das Foto vor sich auf den Tisch, eine Geste, die verriet, dass sie diesem vermeintlichen Beweis nicht halb soviel Bedeutung zumaß wie er.

»Ich glaube, dass Eileen einen Detektiv angeheuert hat.«

»Ein Grund mehr, es auch zu tun.«

»Was sollte ein Detektiv schon machen? Brun Tag und Nacht beschatten, um zu sehen, ob er Eileen trifft, ob sie ein Liebespaar sind?« Allein die Frage auszusprechen bereitete ihm Schmerzen.

Martha antwortete nicht. Sie erhob sich und schritt den Raum ab. Am Kühlschrank machte sie halt. Da stand noch eine einzelne Kerze, die Tom vergessen hatte.

»Du solltest vorbereitet sein, solltest wissen, was die beiden vorhaben, und wenn Brun tatsächlich derjenige war, der dich niedergeschlagen oder den Angriff in Auftrag gegeben hat, findet der Detektiv vielleicht noch einen Hinweis.« Martha nahm die Kerze und stellte sie sofort wieder zurück.

Ihre Anwesenheit störte ihn mit jeder Sekunde mehr. Er wollte, dass sie wieder ging, wollte ein paar Dinge durchdenken. Wie kam er aus der Sackgasse heraus, in die sein Leben geraten war – ohne Stimme, ohne Kraft, eine neue Zukunft aufzubauen?

Die Hündin begann zu winseln, dann versuchte sie sich aufzurichten. Georg half ihr auf die Hinterläufe. Wahrscheinlich hatte sie Schmerzen und musste sich erleichtern. Unbeholfen stakste sie zur Tür und schaute ihn kummervoll an.

»Ich kann dir jemanden schicken, einen Bekannten, der eine eigene Detektei hat«, sagte Martha.

Georg nickte, ohne jedoch ein Wort zu sagen, und öffnete die Tür. Steifbeinig trippelte Bella hinaus. Er folgte der Hündin und hörte, wie Martha hinter ihm die Tür schloss. Er spürte, dass sie sich ihm näherte, und dann schob sie vorsichtig ihre Hand in seine. Zögernd ließ er es geschehen. Zum ersten Mal hatte er das Gefühl, dass sie all dies nicht nur aus Freundschaft oder Mitleid mit ihm tat. Zumindest war er für sie kein halber Mensch, seit er seine Stimme verloren hatte. Im Gegenteil, als er verzweifelt und mutlos im Krankenhaus lag, hatte sie die barmherzige Samariterin in sich entdeckt. Das konnte niemals ausreichen, um sich in sie zu verlieben, aber eine gewisse Sympathie sollte er für sie aufbringen. Sie wirkte wie eine Frau, die nie wirklich jung gewesen war. Der gute Geist, die zuverlässige, umsichtige Sekretärin, mit der niemand auch nur eine Affäre anfangen würde, das war ihre Rolle. Manche Menschen kamen schon grauhaarig auf die Welt.

Schweigend gingen sie ein paar Schritte in Richtung Kabelbahn. Die Hündin humpelte ihnen voraus. Der Abend war ungewöhnlich still. Selbst von der Autobahn irgendwo über ihnen drangen kaum Geräusche herüber.

Wenn ich einen einzigen Satz sage, dachte er, dann würde vielleicht doch alles anders werden. Ich habe Angst, könnte dieser Satz lauten, oder genauer: Ich bin ein kleiner Junge und ängstige mich zu Tode. Aber diesen Satz würde er niemals aussprechen, nicht Eileen, schon gar nicht Martha gegenüber. Dabei war dieser Satz schuld, dass er Sänger geworden war. Mit den Liedern war er verschwunden, doch nun war er zurückgekehrt.

Es war seine erste Erinnerung. Eine weite Wiese in Bayern, er war vier Jahre alt und ganz allein, weggelaufen aus dem Elternhaus, wo sein Bruder auf ihn aufpassen sollte, weil er irgendetwas von einer Kirmes gehört hatte, aber nicht das jagte ihm Angst ein. Es war der endlos blaue Himmel. Wie ein schweres Tuch hing der Himmel über ihm, als könne er jeden Moment auf ihn herabfallen. Er war so winzig und unbedeutend unter diesem riesigen Himmel. Nichts gab es da, keine Wolken, keine Vögel, kein Flugzeug, nichts als Leere. Zu seinem Unglück konnte er nichts rufen, brachte kein Wort über die Lippen, um seine Angst loszuwerden oder zumindest die Eltern anzulocken. Sie hatten ihn dann doch gefunden, wie er lautlos weinend auf der Wiese stand. Vermutlich war er der einzige Junge, der sich jemals vor einem wolkenlosen Himmel gefürchtet hat.

»Wenn du Angst hast, musst du singen«, hatte seine Mutter ihm gesagt. »Singen vertreibt die Angst. Darum singt man auch im dunklen Wald.«

Unmittelbar nach dem Überfall, nach dem Luftröhrenschnitt, nachdem die schrecklichen, grellen Schmerzen und die Atemnot ein wenig abgeebbt waren, hatte er sich wieder so gefühlt wie der stumme Junge unter dem furchterregend blauen Himmel.

Aus dem Ort drang ein Martinshorn herauf, das dann abrupt abgeschaltet wurde, sodass sein Echo langsam verwehte. Martha wandte hastig den Kopf, und er nutzte den Augenblick, um seine Hand zurückzuziehen.

»Ich glaube, es wäre eine gute Idee, wenn sich mein Bekannter ein wenig umhören würde«, sagte Martha.

»Der Detektiv?«

Sie nickte. Anscheinend hatte sie diesen Gedanken lange hin und her gewendet.

An ihrem Auto verabschiedeten sie sich, diesmal ohne einen Kuss, sondern nur mit einem kurzen Händedruck. Als Martha davonfuhr und Georg sich wieder abwandte, hörte er einen Moment später seine Stimme in der Nacht. Aus einem Mercedes, der langsam den Berg hinaufrumpelte, dröhnte laut und kraftvoll die Arie des Tamino aus der »Zauberflöte«: »Dies Bildnis ist bezaubernd schön …«

Seine Überraschung war noch größer als sein Entsetzen. Er hatte nicht gewusst, dass es von dieser Aufführung Tondokumente gab.

Leggewie lehnte sich lässig aus dem Fenster. »Es war ganz schön schwer, dich zu finden«, sagte sein Manager lächelnd. »Aber nun können wir endlich reden.«

Nora konnte vor Wut nicht schlafen. Mürrisch hatte sich der Polizist, den sie gerufen hatte, die zerstörte Fensterscheibe angesehen und etwas von einem bösen Jungenstreich gemurmelt. Vandalismus komme mittlerweile auch in Königswinter vor. Weil man das Haus für verlassen hielt, habe jemand einen Blumenkübel von der Terrasse genommen und in das Fenster geschleudert. Von den Nachbarn, allesamt betagte Leute, hatte niemand etwas Verdächtiges beobachtet.

Sie hatte die Scherben zusammengefegt und notdürftig eine Plastikplane, die sie im Keller gefunden hatte, über das Loch geklebt.

Warum tat Lukas so etwas? Sie war sicher, dass nur er dahinterstecken konnte. Erst umgarnte er sie und versuchte es auf die sanfte Tour, als bereue er die Dinge, die geschehen waren, aber dann schlug seine vorgebliche Zuneigung wieder in Hass um. Wusste er von Mike? Hatte er möglicherweise gehört, dass sie einen Freund hatte, der auf dem Weg nach Königswinter war?

Erst spät am Abend hatte sie im Krankenhaus angerufen und erfahren, dass Hanna die Operation gut überstanden hatte. »Der Zustand Ihrer Tante ist einigermaßen stabil«, erklärte eine Nachtschwester lakonisch.

Die Nacht verbrachte Nora, eingehüllt in eine Decke, in einem Lehnstuhl auf der Terrasse. In Hannas Schlafzimmer war es so stickig, dass sie kaum atmen konnte. Außerdem hatte das Haus nun eine Wunde; es war nicht mehr unversehrt. Lukas hatte ihr gezeigt, dass er sich gewaltsam Zutritt verschaffen konnte, wenn er wollte. Nichts und niemand würde ihn aufhalten.

Als es hell wurde, begannen die Vögel zu singen und weckten sie. Milchiges Licht legte sich über den Garten. Aus dem dunkelgrauen Nachtdunst tauchten die Bäume und Büsche auf. Nora fühlte sich zerschlagen und alleingelassen. Ein paar Tage hatten ausgereicht, und sie war aus ihrem alten Leben gefallen. Aber was war ihr altes Leben noch wert? Sie hatte nun ein Kind und musste einen neuen Anfang finden. Nicht einmal nach einer solch furchtbaren Nacht sehnte sie sich nach Mike. Vielmehr sehnte sie sich nach ihrer Freundin Mari und nach dem jungen, anderen Lukas, echten Freunden, wie man sie anscheinend nur in der Kindheit hatte.

Sie zog eine andere Hose und ein frisches T-Shirt an und lief durch den Ort. Niemand war um diese frühe Stunde auf den Beinen. Lediglich zwei Autos fuhren die Uferstraße hinunter, und aus einem Lastwagen lud ein Mann Zeitungen ab. In einer winzigen Gasse an der Pfarrkirche hatte Mari früher gewohnt. Ihr Vater war Schaffner gewesen, ein unfreundlicher, wortkarger Mann, der den Schichtdienst nicht vertrug und der ihre vier Schwestern und sie windelweich prügelte, wenn sie ihn in seinem Schlaf gestört hatten. Nach und nach waren alle ihre Schwestern ausgezogen, allein Mari war geblieben. An ihrer Laune konnte man immer ablesen, ob ihr Vater zu Hause oder unterwegs war. Mari war ein stilles, aufmerksames Mädchen, das nie im Mittelpunkt stand und außer vor ihrem Vater vor nichts Angst hatte. Die Mutproben, die Lukas sich stets für sie ausdachte, hatten ihr nie etwas ausgemacht. Sie war sogar, ohne sich anzuseilen, in den Felsen am Drachenfels herumgeklettert, um irgendwelche angeblich seltenen Blumen zu pflücken.

Für einen Moment war Nora verblüfft, dass an der Klingel nicht mehr *Runholt* stand. Lebten nicht einmal mehr Maris Eltern hier? Dann fiel ihr ein, dass Hanna ihr vor ein paar Jahren, kurz nachdem sie nach Berlin gezogen war, von einem Feuer erzählt hatte. Der Dachstuhl des Hauses war abgebrannt, vermutlich Brandstiftung. Jeder im Ort hatte den alten Runholt in Verdacht gehabt, sein eigenes Haus angesteckt zu haben, um die Versicherung zu betrügen, aber Beweise dafür waren nie gefunden worden. Mari war nach München oder Wien gegangen. Sie hatte sich für Mode und Design interessiert, für eine Welt, die sie in Königswinter nie kennenlernen würde.

Am nächsten Haus lag ein Hund knurrend hinter der Gartentür. Nora eilte zum Rhein hinunter. Ein einsamer Läufer zog die Uferpromenade entlang. Aus der Entfernung sah der Mann wie der Stumme aus. Sie wandte sich ab, um ihm nicht ins Gesicht schauen zu müssen, aber als er an ihr vorbeilief, registrierte sie, dass der Mann viel älter war und die Figur eines ausgezehrten Marathonläufers hatte.

Grau und noch ein wenig schläfrig trieb der Rhein dahin. Kein Schiff ließ sich blicken, nur ein paar Möwen drehten schon ihre Kreise. Nach ein paar

Schritten nahm Nora einen ungewöhnlichen Geruch wahr. Noch eine Erinnerung aus der Kindheit, unauslöschlich in ihrem Gehirn vergraben. Der Duft von frischem Brot wehte zu ihr herüber. Lukas hatte neben einer Bäckerei gewohnt. Wenn sie spät nachts mit ihm an seinem Haus vorbeigegangen war, hatte die ganze Straße wie eine große, wunderbare Backstube gerochen.

Die Bäckerei war hell erleuchtet, und eine Verkäuferin in einem weißen Kittel räumte Brotlaibe in Regale ein. Das Haus daneben hatte sich verändert. Statt einer Treppe führte eine Rampe zu der Eingangstür hinauf. Nora sah, dass auch der Name *Lukas Weber* auf dem Klingelschild stand, allerdings mit dem Hinweis *Hinterhaus*. Seine Reise in die große Welt hatte ihn also nur bis in den Hinterhof seines Elternhauses geführt. Langsam ging sie eine gepflasterte Einfahrt hinauf. Früher hatte es hier kein Hinterhaus gegeben. An zwei Mülltonnen vorbei steuerte sie auf die Garage zu. Nein, man hatte das große Metalltor herausgerissen und ein Fenster sowie eine schmale Eingangstür eingesetzt. Lukas war in die alte Garage gezogen.

Unterhalb des Fensters lag ein einzelner roter Backstein, wie dafür gemacht, eine Scheibe zu zertrümmern. Nora bückte sich und wog den Stein in der Hand. Niemand würde Verdacht schöpfen, wenn sie den Stein ins Fenster warf und anschließend davonlief. Einzig Lukas würde wissen, dass sie sich nicht mehr alles gefallen ließ, sondern dieses Mal zurückschlug. Auge um Auge, Zahn um Zahn. Sie war kein naives, verschüchtertes Mädchen mehr, das unfähig war zu begreifen, wie jemand, den sie für ihren Freund hielt, plötzlich über sie herfallen konnte.

Ohne wirklich nachzudenken, ließ sie den Stein fallen und pochte gegen die Tür. Es mochte halb sieben sein, eine Zeit, in der Lukas noch friedlich schlummern würde, bevor er in seine Kabelbahn stieg, doch das war ihr gleichgültig. Sie wollte sein verschlafenes Gesicht sehen, wollte ihn anschreien, dass er sie endlich in Ruhe lassen solle.

Nach dem dritten Schlag gegen die Tür begann sich etwas zu regen. »Was ist denn?«, rief eine dumpfe, verschlafene Stimme. Dann wurde ein Schlüssel herumgedreht und die Tür einen Spalt geöffnet. Eine Frau blickte heraus, die ihre besten Jahre eindeutig bereits hinter sich hatte. Sie hatte langes schwarzes Haar, das ihr strähnig über die Schultern hing. Die Wimperntusche unter ihren Augen war zerlaufen. Sie war nackt, ein verblühter, bleicher Körper, und musterte Nora müde.

»Was wollen Sie?«, fragte die Frau.

Früher war diese Frau das schönste Mädchen der Schule gewesen – Noras Konkurrentin. Nelli hatte schon mit dreizehn Jahren angefangen, zu tanzen und Ballettunterricht zu nehmen. Ihre langen schwarzen Haare waren wie Samt gewesen, und sie hatte auch als erste in der Klasse einen Freund gehabt, einen Studenten aus Bonn mit langen blonden Locken, der freitags in einem gelben VW-Bus vor der Schule gewartet hatte, um mit ihr wegzufahren.

»Nelli«, sagte Nora erstaunt. »Was tust du hier?«

Nelli schaute sie an. Tiefe Falten hatten sich unter ihre Augen gegraben. »Ich heiße Annabel«, sagte sie feindselig. »Was willst du? Warum reißt du uns aus dem Schlaf?«

Für einen Moment war Nora versucht, sich zu entschuldigen, dann erblickte sie Lukas. Mit einer hässlichen weißen Unterhose bekleidet, lag er auf dem Bett, die Augen geschlossen, sein fetter, bleicher Oberkörper hob und senkte sich rhythmisch.

»Sag Lukas, dass ich ihm die Polizei auf den Hals hetze, wenn ich ihn noch einmal an meinem Haus sehe.«

»Polizei?«, fragte Nelli, als habe sie dieses Wort noch nie gehört.

»Noch einmal auf deutsch: Ich will, dass er einen großen Bogen um mich und mein Haus macht.«

Nora bemerkte, wie Lukas die Augen aufriss. Ihre Stimme war in seinen schönen, sanften Traum gefahren. Er brauchte einen Moment, dann stürzte er zur Tür.

»Verschwinde«, sagte er zu Nelli und schob sie achtlos beiseite. »Am besten ziehst du dich an und gehst.«

»Was soll das? Was will Nora von dir?« Nelli war anscheinend nicht gewillt, ihren Posten an der Tür so schnell aufzugeben.

»Zieh dich an!«, wiederholte Lukas und versetzte ihr einen groben Schlag auf die Schulter. »Ich habe etwas zu besprechen.«

»Nein«, sagte Nora. »Ich glaube nicht, dass wir etwas zu besprechen haben. Ich möchte nur, dass du mich in Frieden lässt, statt mir die Fenster einzuschlagen.«

»Fenster einschlagen?« Lukas fuhr sich durch sein schwarzes Haar, das ihm in die Stirn hing. »Ich verstehe nicht.«

Nora sah, wie Nelli im Hintergrund ein paar Kleidungsstücke auflas und dann aus ihrem Blickfeld verschwand. Früher hätte sie sich nie so herumkommandieren lassen, nicht einmal von einem Jungen wie Lukas, der als Sohn des Bürgermeisters eine gute Partie war. Zum ersten Mal nahm sie den Geruch wahr. Es roch nach Bier und Marihuana.

»Jemand hat mir als besonderen Gruß einen Blumentopf ins Fenster geworfen«, erklärte Nora mit einer großen Portion Spott in der Stimme. »Und irgendwie werde ich den Verdacht nicht los, dass du etwas damit zu tun hast.«

Lukas verzog das Gesicht, als habe ihn ein unsichtbarer Schlag getroffen. Beinahe weinerlich tasteten seine Augen Noras Gesicht ab. »Ich weiß davon nichts«, sagte er leise. »Außerdem würde ich nie ...« Er verstummte abrupt, vielleicht weil er nichts mehr zu sagen wusste oder weil Nelli wieder aufgetaucht war. Sie hatte sich ein billiges, rosafarbenes Sommerkleid übergestreift, das ganz zerknittert war.

»Ich bin heute den ganzen Tag im Hotel. Kommst du heute Mittag zum Essen?« fragte sie tonlos, während sie sich an ihm vorbeizwängte, aber er beachtete sie gar nicht.

»Es ist dieser Stumme«, sagte er. »Hast du etwas mit ihm zu tun gehabt?«

»Hör auf«, erwiderte Nora. »Der Stumme ist ein armer Kerl.« Sie sah Nelli nach, die sich im Gehen ihre Schuhe anzog, sich dann noch einmal umwandte und einen Fluch ausstieß.

»Nein.« Lukas streckte eine Hand aus. »Du täuschst dich. Der Stumme ist gefährlich.«

»Was redest du da?« Nora hätte beinahe gelacht. Was sollte Toms Vater mit ihrer zertrümmerten Fensterscheibe zu tun haben? Er war beim Tierarzt gewesen, während sie auf seinen Sohn aufgepasst hatte.

»Es ist nur so ein Gefühl«, erklärte Lukas lahm. Jetzt erst schien ihm aufzufallen, dass er halbnackt war und keinen besonders imposanten Anblick bot. Er schloss die Tür ein wenig.

»Lukas!«, rief eine Stimme von der Straße. »Was machst du für einen Lärm?«

Nelli war verschwunden. Eine andere, viel ältere Frau schritt die Einfahrt hinauf. Sie trug plüschige Hausschuhe, einen unmodernen geblümten Kittel und hatte kurzes graues Haar. Einen Moment musterte sie Nora feindselig, dann glitt ein glückliches Lächeln über ihr Gesicht.

»Nora?«, rief sie fragend. »Hannas kleine Nora ist wieder da?«

Es war Lukas' Mutter, die auf Nora zueilte und sie wie eine verlorene Tochter in die Arme schloss.

Teil 2

Zwei Tage später

15

Mike stand vor der Klinik und sah wartend auf die Uhr. Nora zögerte einen Moment und überlegte, einen anderen Ausgang zu nehmen. Wieso lauerte er ihr hier auf? Warum hatte er sich nicht schon in Königswinter zu erkennen gegeben? Dann schritt sie ihm langsam, mit teilnahmslosem Gesicht entgegen. Hanna wusste nun von ihrem Kind. Sie hatte sich sogar gefreut und Pläne geschmiedet, als glaube sie, Nora und das Kind könnten bei ihr bleiben. Über eine Stunde hatte Nora mit ihr sprechen dürfen. Dann hatte sich gezeigt, wie geschwächt Hanna nach der schweren Operation noch war. Ihren langen Brief über ihr verlorenes Kind hatte Nora nicht erwähnt, und auch von Lukas und dem zertrümmerten Fenster hatte sie ihr lieber nichts erzählt, um sie nicht unnötig aufzuregen.

Man konnte Mike seine Nervosität ansehen. Er rauchte, blickte erneut auf die Uhr und warf seine Zigarette achtlos hinter sich. Sie konnte sich leicht vorstellen, was in ihm vorging: Einerseits wollte er sie wiederhaben, andererseits war er wütend, dass er ihr überhaupt hinterherreisen musste. Sanftmut und Zorn lagen im Widerstreit, wie es oft bei ihm vorkam. Am Ende siegte der Jähzorn. Er würde sich niemals ändern, auch wenn er sich das Haar geschnitten hatte, ein weißes Hemd trug und seine Stiefel auf Hochglanz poliert waren.

Als die elektronische Tür vor ihr aufschwang, konnte er sie endlich auch sehen. Während er sich zu ihr umwandte, lächelte er bereits, dass seine Augen blitzten, und breitete die Arme aus. Früher war sein blaues, funkelndes Lächeln seine beste Waffe gewesen.

»Hallo, Mike«, sagte sie.

»Du bist nicht überrascht?« Er küsste sie auf die Wange und versuchte, sie in den Arm zu nehmen.

Keineswegs, wollte sie ihm sagen, eigentlich hatte ich dich viel früher erwartet, aber dann nickte sie lediglich.

»Einer deiner Nachbarn hat mir gesagt, dass du hier sein könntest. Was macht deine Tante?«

»Es geht ihr besser«, antwortete sie. »Vielleicht kann sie schon Ende nächster Woche entlassen werden.«

Sie gingen nebeneinander her, als hätten sie tatsächlich dasselbe Ziel. Wenn er in den nächsten Sekunden sagt, dass es ihm leid tut, dachte Nora, wenn er sagt, dass er sich einen Namen für unser Kind ausgedacht oder zumindest einen Gedanken daran verschwendet hat, wie es sein könnte, Vater zu sein, dann gibt es vielleicht doch noch eine Chance für uns.

»Hört sich gut an«, sagte Mike, ohne zu begreifen, dass er wieder eine unsichtbare Grenze überwunden hatte und mit diesem Satz heillos in eine falsche Richtung lief. »Dann musst du ja doch nicht so lange bleiben, und wir können endlich unseren kleinen Streit vergessen.«

»Mike, es war kein kleiner Streit. Glaubst du, ich verlasse dich wegen einer Lappalie?«

Er geriet für einen Moment aus dem Tritt. Anscheinend war ihm nie die Idee gekommen, Nora könnte ihn wirklich verlassen.

»Ich weiß«, sagte er. »Deshalb bin ich ja hier. Ich dachte, ich könnte vielleicht eine Weile bleiben, und wir würden gemeinsam nachdenken.«

Mike hatte sein Schmuckstück, einen roten, zwanzig Jahre alten Citroën mit schwarzem Verdeck, schräg in einer Zufahrt geparkt. Es verursachte Nora beinahe Übelkeit, den Wagen nur anzuschauen, wie er da stand, eilig abgestellt, ohne Rücksicht, ob er jemanden störte oder nicht. Es kümmert mich nicht, was ihr von mir denkt, schien der Citroën zu sagen und dabei ständig Ausschau zu halten, ob man ihn registrierte oder vielleicht sogar bestaunte.

»Worüber sollen wir gemeinsam nachdenken?«, fragte Nora.

»Es ist nicht so, dass ich grundsätzlich gegen das Kind bin.« Mike schloss den Wagen auf und öffnete ihr von innen die Beifahrertür. Widerwillig ließ sich Nora in den Sitz fallen. »Aber es würden sich so viele Dinge ändern, und da sollte man ganz sicher sein, dass man damit auch fertig wird.«

Der Wagen sah aus, als habe Mike in den letzten drei Tagen in ihm gewohnt. Hemden, Handtücher, leere Flaschen und zwei Pizzakartons lagen auf der Rückbank.

Mike startete den Motor, und Nora dirigierte ihn betont lustlos zur Autobahn nach Königswinter.

»Eigentlich hatte ich mir Bonn schlimmer vorgestellt, irgendwie kleiner, dörflicher, so mit engen, verwinkelten Straßen.« Mike lächelte. Es sollte ein versöhnlicher Satz sein, um eine kleine, unverfängliche Unterhaltung zu beginnen, aber für Nora klang es falsch und arrogant. Sie schloss für einen Moment die Augen. Wenn sie hexen könnte, dann hätte sie Mike jetzt wieder nach Berlin gehext. Nicht einmal der Gedanke, dass sie sich mit ihm im Haus sicherer fühlen werde, tröstete sie. Immerhin war gestern ein Glaser dagewesen und hatte an der Terrasse eine neue Fensterscheibe eingesetzt. Lukas hatte sie auch nicht mehr gesehen; nur Nelli war einmal durch die Straße gelaufen, mit einem Strohhut, den sie sich tief ins Gesicht gezogen hatte, und war vor dem Haus stehengeblieben, als wisse sie nicht, ob sie klingeln sollte oder nicht.

Mike fuhr zu schnell und hektisch. Er begann von Berlin zu reden, von seiner Renovierung in Friedrichshain und dass er tatsächlich jemanden getroffen hatte, der in den Studios von Adlershof als Kulissenbauer arbeitete. »Leider kein Typ, der viel zu sagen hat, aber vielleicht ergibt sich trotzdem etwas.« Als gebe sein Auto ihm die Sicherheit, die ihm vor ein paar Momenten auf der Straße noch gefehlt hatte, redete er wieder nur von seinen Plänen, in denen ein Kind augenscheinlich nicht vorkam. Er wollte sie beeindrucken, wollte ihr zeigen, dass er möglicherweise auch etwas für ihre Karriere als Schauspielerin tun könnte.

In Königswinter bat sie ihn, langsamer zu fahren. Interessiert blickte Mike sich um, als sie die Uferstraße hinaufrollten. »Alles ein bisschen spießig«, sagte er, »aber für ein paar Tage sicherlich ganz erholsam.«

Nora fühlte sich fast versucht, die Stadt zu verteidigen. Stattdessen sagte sie: »Du kannst nicht im Haus wohnen. Wenn du bleiben willst, musst du dir eine Pension suchen.«

Mike bedachte sie mit einem langen, verärgerten Blick. »Nora, ich weiß nicht, warum ein Kind alles zwischen uns verändern muss. Wir waren doch früher glücklich.«

»Nein«, erwiderte sie, eine Spur zu schnell und zu laut, »dein Glück hat eigentlich immer anders ausgesehen als meins. Wir haben so in den Tag hinein gelebt, aber vielleicht möchte ich das nicht mehr. Vielleicht bin ich deswegen froh, dass das Kind gekommen ist.«

Mike verzog das Gesicht, ohne etwas zu erwidern. Er parkte vor dem Haus. Ein paar Momente saßen sie schweigend da, als sei schon alles gesagt. Die ersten Momente nach der Liebe, wenn sich die Leere auftat und alles zu verschlucken drohte.

»Hast du jemanden kennengelernt?«, fragte Mike unvermittelt. »Bist du deswegen so merkwürdig?«

Nora schüttelte den Kopf. Sie war kein bisschen überrascht, dass Mike auf so einen Gedanken gekommen war. Für ihn mussten stets die einfachsten Erklärungen herhalten.

Sie dachte daran, wie sie ihn zum ersten Mal gesehen hatte. Sein Hintern hatte ihr gefallen und seine wasserblauen Augen. Er hatte ihr erzählt, dass er Boxer sei, und auf ihre Reaktion gewartet – welche Frau machte sich schon etwas aus Boxern? –, aber er schätzte das Risiko. Meistens tat er so, als sei sein Leben ein permanentes Glücksspiel: Setze auf die richtige Zahl und du gewinnst! Und wenn du verlierst, spiele, so schnell du kannst, das nächste Spiel!

Wahrscheinlich hatten ihr dieser Unernst und dieses Gefühl gefallen, Mike könne auch durchs Feuer gehen, wenn es sein müsse.

»Gut«, sagte er und seufzte. »Aber zu einem Kaffee könntest du mich wenigstens einladen. Ich bin seit sechs Uhr auf den Beinen, habe in einem dreckigen Motel übernachtet, weil mir unterwegs die Karre verreckt ist. Die Benzinpumpe hat ihren Geist aufgegeben, war schon ein schlechtes Omen …«

»Klar«, erwiderte Nora versöhnlicher. »Ich mache dir einen Kaffee. Ich habe auch noch Brot und Käse im Haus.«

Der Stumme schritt so aufgeregt die Straße hinunter, dass die Hündin ihm kaum folgen konnte. Ihre Hinterläufe steckten noch immer in dem kompliziert geschlungenen Verband. Ohne sie zu entdecken, stürmte der Stumme an dem Citroën vorbei, aber er lief nicht die Straße zum Fluss hinunter, sondern steuerte mit vorwurfsvollen, anklagenden Bewegungen auf ihre Eingangstür zu.

»Wer ist dieser Typ?«, fragte Mike, während er dem Stummen nachblickte.

»Ein Nachbar«, entgegnete Nora vage. »Sein Sohn kommt manchmal zu mir.«

Mike zog die Augenbrauen hoch und blickte in den Rückspiegel. »Was will er von dir? Er sieht wie ein Irrer aus.«

»Er hat keine richtige Stimme mehr«, sagte Nora. »Er kann nur noch krächzen.« Wieder hatte sie das Gefühl, sich verteidigen zu müssen.

Als sie die Tür öffnete und ausstieg, sah sie, dass der Stumme bei ihr Sturm klingelte. Hatte er den Verdacht, dass Tom schon wieder beim Klavierunterricht seiner Freundin dabeisaß? Doch es war erst Mittag, viel zu früh für eine Klavierstunde.

»Suchen Sie Tom?«, rief sie zum Haus hinüber.

Der Stumme zuckte herum und musterte sie panisch, voller Verzweiflung.

»Was ist passiert? Ist etwas mit Tom?«

Mike eilte an ihre Seite, als müsse er den Beschützer spielen. Er tastete nach ihrer Hand, doch sie wich ihm aus, indem sie die erste Stufe der Treppe hinaufsprang.

Der Stumme bedachte Mike mit einem kurzen, flackernden Seitenblick. »Haben Sie Tom gesehen?«, flüsterte er Nora dann zu. Seine Stimme klang rauer und unverständlicher als bei ihrer letzten Begegnung.

»Nein. Ist er nicht in der Schule?« Nora spürte, wie ansteckend die Panik des Stummen war. Schnell und hart schlug ihr das Herz bis in den Hals hinauf.

Der Stumme schüttelte den Kopf. »Ich glaube, sie hat ihn abgeholt.«

»Sie müssen sich beruhigen«, erklärte Mike betont

lässig, dann streckte er dem Stummen die Hand entgegen, als seien sie Geschäftspartner, die sich zum ersten Mal trafen. »Kinder verschwinden schon mal. Das ist nichts Ungewöhnliches.«

Verächtlich starrte der Stumme Mike an, ohne dessen Hand zu ergreifen.

»Ich verstehe nicht ganz«, sagte Nora. »Wer hat Ihren Sohn abgeholt?«

»Eileen, Toms Mutter.« Der Stumme strich der Hündin fahrig über den Kopf. Sie machte einen ebenso kummervollen Eindruck wie er. »Ich habe immer damit rechnen müssen.«

»Wahrscheinlich irren Sie sich.« Nora sah, dass ihm Schweißperlen auf der Stirn standen. »Ist Tom noch nie zu spät nach Hause gekommen?«

»Schon«, erwiderte der Stumme, »aber diesmal ist es etwas anderes. Ich weiß es genau.«

Nora überlegte einen Moment. »Ich werde Ihnen bei der Suche helfen«, sagte sie dann. »Ich muss nur kurz meinem Freund das Haus zeigen, damit er sich zurechtfindet.«

Sie öffnete die Haustür und ging geradewegs in die Küche. Mike folgte ihr mit deutlichem Widerwillen. »Bist du komplett verrückt geworden«, zischte er ihr zu, »mit diesem durchgedrehten Typen seinen Sohn zu suchen?«

»Ich mag den Jungen«, sagte sie und ignorierte seinen zornigen Tonfall. »Koch dir in der Zwischenzeit einen Kaffee! Im Kühlschrank findest du auch etwas zu essen. Es wird nicht lange dauern.«

An der Tür drehte sie sich noch einmal um und

hauchte Mike mit einem spöttischen Lächeln einen Kuss zu. Ihr gefiel seine Ratlosigkeit. Wie ein kleines, ausgesetztes Kind stand er in Hannas altmodischer Küche und blickte sich um. Sein Erscheinen in Königswinter hatte er sich anders ausgemalt: ein großer Auftritt mit anschließender Versöhnung und möglichst baldiger Abreise nach Berlin.

»Nora«, sagte er bedrohlich leise, »ich finde …«

»Wenn du willst, kannst du auch Musik hören«, unterbrach sie ihn. »Meine Tante besitzt jede Menge klassische CDs: Beethoven, Mahler und Mozart, alles, was du willst.« Sie schloss die Haustür hinter sich und hörte noch, wie Mike voller Verwunderung und Zorn ihren Namen schrie.

Es war seltsam, neben einer fremden Frau zu sitzen. Nora saß ganz aufrecht da, ihre Hände vor sich auf dem Schoss. Ein angenehmer Geruch ging von ihr aus. Manchmal fuhr sie sich durch ihr kurzes, blondes Haar, als habe sie Angst, es könnte zu ordentlich liegen, ein Tick, der ihm gefiel. Georg spürte, dass er ein wenig ruhiger geworden war, einfach, weil er etwas tat und sich nicht stumm in seinem Haus verschanzte. Wie von ihm befürchtet, hatten sie Tom in Königswinter nicht gefunden, aber nun waren sie auf dem Weg nach Köln. Nora hatte ihm angeboten, mit Eileen zu sprechen. Ein glücklicher Umstand: Eine Frau konnte in so einem Fall vermutlich eher vermitteln. Auch eine Mutter besaß nicht das Recht, ihren Sohn zu entführen. Toms Fieber war verflogen, er war am Tag zuvor beinahe heiter und ausgelassen gewesen, offenbar hatte er begonnen, sich an die neue Situation zu gewöhnen.

»Wird Ihr Freund nicht wütend sein, wenn er erfährt, dass wir noch nach Köln gefahren sind?« Georg wunderte sich, wie schweigsam Nora war, als wolle sie ausgerechnet ihm das Sprechen überlassen.

»Wir haben gewisse Probleme«, sagte sie. »Da kann es nicht schaden, wenn ich ihm ein wenig Zeit zum Nachdenken gebe.«

»Ich verstehe«, erwiderte er, obwohl es nicht stimmte. Schließlich wussten sie so gut wie nichts voneinander. Nora hatte ihm keine einzige Frage gestellt, und als er ihr seinen Vornamen nannte, hatte sie diese Vorstellung lediglich mit einem Nicken quittiert.

Sie will gar nicht hinter mein Geheimnis kommen, oder sie versucht, mich durch ihr Schweigen aus der Reserve zu locken, dachte er. Oder nein, sie weiß längst, dass ich ein Sänger ohne Stimme bin.

»Hat Tom Ihnen viel über mich erzählt?«, fragte er zaghaft, während er die Geschwindigkeit seines Wagens drosselte, um nach Köln hineinzufahren. Die hell erleuchteten Spitzen des Domes waren schon in der Ferne zu sehen. »Hat er sich beklagt?«

Nora schaute ihn mit strenger Miene an. »Es liegt mir nicht, kleine Kinder auszuhorchen«, sagte sie. »Wenn ich etwas wissen will, frage ich die Leute selbst – oder ich warte, bis sie mir von sich aus etwas erzählen.«

Georg bemerkte die Zurechtweisung und Aufforderung, die in diesen Worten lagen. »Da haben

Sie recht«, flüsterte er, allerdings so leise, dass sie ihn wahrscheinlich gar nicht verstehen konnte. Es ist nicht wichtig, ob sie mich versteht oder nicht, dachte er, aber das stimmte nicht. Auch wenn es ihm schwerfiel, musste er ihr ein paar Dinge erklären, bevor sie mit Eileen sprach.

»Vielleicht haben Sie sich gewundert, dass ich allein mit Tom in dem Haus lebe«, begann er. Seine Stimme war heiser und zerbrechlich, er hörte, wie sie zitterte. Noch bevor er richtig angefangen hatte, drohte er, den Faden zu verlieren. Es hatte keinen Sinn. Er war ein anderer Mensch geworden, jemand, der sich nicht mehr verständlich machen konnte.

»Ja«, sagte Nora. Sie drehte an einem Ring mit türkisfarbenem Stein, der ihre linke Hand zierte. »Ich habe mich gefragt, was Sie durchgemacht haben müssen, um so abweisend und unfreundlich zu werden.«

Georg lächelte schwach. Er begriff, was Tom an der Klavierlehrerin gefallen hatte. Sie machte sich nichts aus falscher Höflichkeit und Verstellung. Trotzdem kamen seine Worte schleppend und voller Zögern. »Kennen Sie die Oper in Köln? Es gibt da einen Seitenausgang, der auf eine kleine Straße hinausführt. Spät abends ist es in dieser Gasse ziemlich dunkel und einsam, obwohl sie mitten in der Stadt liegt. Dort hat man mir vor fünf Monaten meine Stimme geraubt.«

Es dauerte mehr als eine Viertelstunde, bis er alles erzählt hatte. Er sprach von Eileen und Tom, von Viktor Brun und seinem schrecklichen Verdacht, der die Polizei allerdings nicht sonderlich interessiert hatte, und von seiner Flucht nach Königswinter. Währenddessen rollte er kreuz und quer durch die Stadt, fuhr an Eileens Laden vorbei, der aber schon geschlossen war, und sogar auf die andere Seite des Rheins, als dürfe er sich seiner alten Wohnung nur auf Umwegen nähern.

Nora hörte ihm aufmerksam zu. Gelegentlich schaute sie ihn von der Seite an, als müsse sie seinen Gesichtsausdruck prüfen, um festzustellen, ob er die Wahrheit sagte.

»Gibt es keine Hoffnung, dass Ihre Stimme zurückkehrt, dass Sie dann wieder singen können?«, fragte Nora, als er geendet hatte.

»Nein«, sagte er. »Solche Wunder gibt es nicht.« Ein Glühen hatte sich in seiner Brust ausgebreitet, als liege da ein großer, heißer Stein. Er starrte vor sich auf die Straße, registrierte den Verkehr, aber in Gedanken war er bei Tom. Was würde er ohne seinen Sohn tun? Vielleicht würde er es schaffen, ohne Stimme zu leben, aber alleine, ohne Tom würde er es in dem einsamen Haus keine Woche aushalten.

»Und wenn Sie sich irren und Ihre Frau gar nichts mit dem Überfall zu tun hat?« fragte Nora. Ihre Stimme klang forschend und zugleich mitfühlend. »Vielleicht sind Eileen und Brun nur gute Freunde, vielleicht mögen sie sich auch ein wenig mehr, aber das muss keineswegs bedeuten, dass er sich gleich mit einer Eisenstange auf Sie stürzt.«

»Wer könnte sonst einen Grund haben, meine Stimme zu zerstören?«

»Ja«, sagte Nora, »das ist die entscheidende Frage. Wer könnte Sie so sehr hassen, dass er dieses Risiko auf sich nimmt? Es ist keine Kleinigkeit, sich abends mit einer Eisenstange bewaffnet auf die Straße zu stellen und auf jemanden einzuprügeln. Ein falscher Schlag und Sie wären tot gewesen, wie das Mädchen, das Ihnen helfen wollte.«

Das schmerzhafte Glühen in seiner Brust nahm zu und ließ ihn rasch und ungehalten antworten. »Ganze Nächte habe ich wach gelegen und darüber nachgedacht. Wer sonst sollte mich so hassen? Es gibt niemanden.« Auch der wortkarge dunkelhäutige Polizist hatte ihm diese Frage gestellt, immer und immer wieder: Wer könnte ein Motiv haben, Sie so sehr zu hassen, dass er vor einem Mord nicht zurückschreckt? Anfangs schien der Kommissar den Verdacht gehabt zu haben, dass er sich mit irgendwelchen gefährlichen Leuten eingelassen hatte, Russen, die das illegale Glücksspiel in Köln kontrollierten, oder Albanern, denen einige Clubs gehörten, in deren Hinterzimmern Prostituierte besonders ausgefallene Wünsche erfüllten. Erst seine Kollegen an der Oper hatten diesen Verdacht ausräumen können. Opernsänger verkehrten nicht in geheimen Bordellen, sie gingen nach der Vorstellung brav nach Hause und schonten ihre Stimme.

Nora schwieg und machte ein nachdenkliches Gesicht. Anscheinend begriff sie nun, worauf sie sich eingelassen hatte. Zu wissen, dass Tom wirklich bei Eileen war, würde nicht genügen. Tom musste mit ihnen nach Königswinter zurückkehren.

»Wir sind gleich da«, flüsterte Georg voller Anspannung. Er bog von der Hauptstraße ab und wurde noch langsamer. Der Wagen rumpelte über Kopfsteinpflaster. In dieser engen Allee standen die Autos zu beiden Seiten. Hier einen Parkplatz zu finden war fast unmöglich.

Nora schaute sich um. »Schöne Gegend«, sagte sie vor sich hin. »Früher habe ich auch davon geträumt, in solch wunderbaren Altbauten zu wohnen.«

Georg nickte. Insgeheim erwartete er, Brun irgendwo zu sehen. Eileen würde wissen, dass er aus seinem Versteck hervorkäme, und auf der Lauer liegen. In der Zufahrt zu einer Weinhandlung stellte er den Wagen ab und deutete auf das stattliche Wohnhaus auf der anderen Straßenseite.

»Die Nummer zehn«, sagte er leise. »Wenn Sie nichts dagegen haben, warte ich hier.«

Ich muss völlig verrückt geworden sein, dachte Nora, als sie die Treppe hinaufging. Der Vater meines Kindes sitzt in einem leeren Haus, doch ich laufe einem fremden Jungen hinterher. Sie hatte keine Ahnung, was sie gleich sagen würde, wenn sie Toms Mutter gegenüberstand: Hallo, tut mir leid, aber ich will Ihren Sohn wieder zu seinem Vater bringen? Es wäre ein aussichtsloses Unternehmen, man würde sie auslachen und aus dem Haus jagen, aber vielleicht begriff Mike, während er auf sie wartete, ein paar Dinge. Irgendwie tat sie das auch für ihn, um ihm zu zeigen, wie sehr ein richtiger Vater an seinem Kind hing. Konnte sie sich ein Leben mit ihm noch vorstellen?

Wenn sie ehrlich war, lautete die Antwort nein. Sie liebte ihn nicht mehr. Sie wollte nicht, dass er neben ihr lag, dass er sie berührte, seine Hand auf ihren Bauch legte und, statt an ihr Kind zu denken, von Autos, Renovierungen oder Urlaubsplänen sprach.

In der dritten Etage stand eine Tür offen. Nora blickte in einen langen düsteren Flur. Abstrakte, grell farbige Bilder hingen rechts und links an den Wänden, ein gepflegter Parkettboden schien sich irgendwo in der Dunkelheit zu verlieren. Sie wagte nicht einzutreten, sondern rief vorsichtig Toms Namen.

Eine Frau erschien am Ende des Flurs. Nora erspähte zuerst ihre nackten Füße, die sich grazil in ihre Richtung bewegten, dann ein eng anliegendes, schwarzes Kleid, das bis zu den Knöcheln reichte. Es war wie der Auftritt einer Schauspielerin in einer griechischen Tragödie.

»Wer sind Sie?«, fragte die Frau ohne jede Aufregung. »Hat Georg Sie geschickt?«

Nora musste sich eingestehen, dass sie gegen ihren Willen beeindruckt war. Die Frau hatte ein markantes, knochiges Gesicht mit langen schwarzen Wimpern und straff nach hinten gebürstetes Haar. Sie sah wie eine schöne, unnahbare Künstlerin aus.

»Er wartet unten im Auto«, sagte Nora. »Es geht um Tom.«

Die Frau lächelte. Sie hatte große, stolz funkelnde Zähne. »Natürlich geht es um Tom. Ich habe Georg schon erwartet. Sind Sie seine Freundin?«

»Aber nein.« Der Gedanke, dass man sie für die

Freundin des Stummen halten könnte, war ihr gar nicht gekommen.

»Ich bin eine Nachbarin und habe mich ein wenig mit Tom angefreundet.«

»Der Junge ist nicht hier«, sagte die Frau und machte eine einladende Handbewegung. »Eileen ist mit ihm für ein paar Tage weggefahren. Das wird ihnen beiden guttun.«

»Sie sind gar nicht Toms Mutter?«

Die Frau schüttelte den Kopf, was auch eigenartig theatralisch wirkte. »Ich bin Eva. Toms Mutter ist meine Schwester.« Sie schloss die Tür hinter Nora und bat sie in den ersten Raum, der von dem Flur abzweigte, offenbar eine Art Ess- und Musikzimmer. An der Wand befand sich ein antikes Holzregal mit Schallplatten, CDs und Noten, die ordentlich in beschriftete Fächer eingeordnet waren. Auf einem Sekretär standen zwei Teetassen und eine Kanne auf einem Stövchen bereit, ein Arrangement wie für einen unverfänglichen Verwandtenbesuch. Die Frau deutete auf einen Stuhl. Dann ging sie zum Fenster, das offenbar auf die Straße hinauswies, und schaute hinunter.

»Warum kommt er nicht selbst?«, fragte sie in einem warmen, freundlichen Tonfall. »Hat er Angst, Eileen zu begegnen? Oder tut er wieder so, als würde er keinen Ton herauskriegen?«

»Ich weiß es nicht.« Nora setzte sich. Sie hatte beschlossen, so aufrichtig wie möglich zu sein. »Ich weiß nur, dass er den Jungen braucht. Ohne seinen Sohn verliert er den Boden unter den Füßen.«

»Georg hat den Boden unter den Füßen längst verloren. Er versteckt sich, redet mit niemandem, beantwortet keine Briefe. Wie soll es ein Kind bei einem solchen Mann aushalten?«

»Er hat sich sehr um den Jungen gekümmert. Ich glaube, Tom hat sich ganz wohl bei ihm gefühlt, er hat sogar erste Freundschaften geschlossen.«

»Mag sein.« Eva nahm ihr gegenüber Platz. Wenn man sie genau anschaute, bemerkte man, wie tief und langsam sie atmete, als habe sie eine Art Atemschule gemacht. »Aber Sie als Frau werden verstehen, dass eine Mutter andere Rechte als ein Vater hat. Das sehen übrigens das Jugendamt und das Gericht genauso. Eileen hat einen Anwalt eingeschaltet.«

»Georg ist überzeugt, dass seine Frau hinter dem Überfall steckt.« Nora stockte unwillkürlich, als sie ihn zum ersten Mal nicht den »Stummen« nannte. So vertraut fühlte sie sich nicht mit ihm, dass sie ihn beim Vornamen nennen wollte.

»Ich weiß, welchen Unsinn er der Polizei erzählt hat.« Eva schaute sie an, ihre schwarzen Wimpern waren für einen Moment wie erstarrt. Dann schenkte sie Nora elegant eine Tasse Tee ein. »Ich mag Georg. Eigentlich habe ich dafür gesorgt, dass er Eileen überhaupt kennengelernt hat. Vor dem Überfall hatte er eine wunderbare Stimme. Aus seinem Mund klangen selbst die einfachsten Worte erhaben und voller Bedeutung. Manchmal habe ich Tränen in den Augen gehabt, wenn ich ihm zuhörte. Aber was seine Kollegen betraf, war er immer von einem Wahn besessen. Überall hat er Rivalen gesehen, die ihm eine Rolle neideten oder sich an Eileen heranmachen wollten. Dabei war er es, der seine Frau betrogen hat.«

Ihr letzter Satz klang keineswegs vorwurfsvoll, eher wie eine zarte Aufforderung, nach Einzelheiten einer Affäre zu fragen, die sie nur allzu genau kannte, doch Nora ließ sich nicht darauf ein. Sie trank von ihrem Tee und begann, sich unbehaglich zu fühlen. Es war eindeutig falsch gewesen, hierher zu kommen und sich in Dinge einzumischen, die sie nichts angingen. Immerhin hatten sie nun Klarheit, dass Tom nicht irgendwohin verschwunden, sondern bei seiner Mutter war.

»Wenn nicht dieser andere Opernsänger Georg niedergeschlagen hat? Wer war es dann?«, fragte Nora. »Warum hat die Polizei nie etwas herausgefunden?«

»Anscheinend hat Georg Ihnen ein paar Dinge nicht erzählt.« Eva schlug kurz die Augen nieder und schien in sich hineinzulächeln. »Die Dinge, die ihm nicht gefallen, sieht er nicht. Er verdrängt sie, konzentriert sich auf das, was für ihn wesentlich ist. Für einen Künstler ist das vielleicht eine Stärke, aber für einen Polizisten wäre es eine unverzeihliche Schwäche. Seit ungefähr acht Jahren gibt es solche Überfälle in Köln. Ein Irrer läuft herum und schlägt mit einer Eisenstange wahllos Männer nieder. Siebenmal hat es solche Überfälle gegeben. Allerdings ist dabei niemals jemand umgebracht worden. Das Mädchen war eine unliebsame Zeugin, die zur falschen Zeit am falschen Ort war.«

»Und es gab nie eine Spur oder Zeugen?«

»Nein. Am Anfang hat man sogar geglaubt, da sei eine Frau am Werk, die ihren Hass auf Männer auslebt, aber für eine Frau waren die Schläge zu hart und zu gut platziert.«

Nora trank ihren Tee aus und stellte ihre Tasse mit einer harten, entschlossenen Geste ab, ein unmissverständliches Zeichen, dass sie ihren Besuch sehr bald als beendet betrachten würde. »Es wird ihm die Tränen in die Augen treiben, wenn Georg erfährt, dass sein Sohn mit seiner Mutter weggefahren ist.« Sie erhob sich.

Eva nickte verständnisvoll. »Gewiss, aber er hat zu viele Fehler gemacht. Er hätte mit Eileen reden müssen, statt mit Tom wegzulaufen. Eileen versteht ihn, vielleicht liebt sie ihn sogar noch. Ihren Sohn lässt sie sich jedoch von niemandem wegnehmen.« Sie folgte Nora mit zufriedenem Gesicht zur Tür. Vermutlich hatte sie eine schreckliche Szene, einen heftigen Streit mit ihrem Schwager erwartet. Stattdessen hatte sie sich ruhig und gesittet mit einer jungen fremden Frau unterhalten.

»Woher haben Sie eigentlich gewusst, dass Georg nach Königswinter gezogen ist? Ich dachte, er habe zu niemandem ein Wort gesagt.«

»Toms Lehrerin hat Eileen angerufen. Er habe sie gefragt, ob er nicht einmal seine Mutter besuchen dürfe.«

Nora trat ins dunkle Treppenhaus. »Wissen Sie zufällig den Namen der Lehrerin?«

»Sie heißt Strösser oder Schlösser, aber ihr darf

Georg keinen Vorwurf machen. Was geschehen ist, hat er sich selbst zuzuschreiben.«

Plötzlich begriff Nora, was sie bei aller Faszination, die Eva ausstrahlte, an ihr störte; es war ihre betont sanfte Freundlichkeit, hinter der nichts anderes verborgen lag als der Triumph der Siegerin.

»Es ist eine Lüge! Eine gottverdammte Lüge!«, zischte Georg. Er geriet so heftig außer sich, dass sie sein Krächzen kaum verstehen konnte. »Tom würde niemals mit seiner Lehrerin über Eileen reden. Außerdem heißt seine Lehrerin gar nicht Schlösser oder Strösser. An der ganzen Schule gibt es niemanden, der so heißt.«

Sein Kopf sank kraftlos auf das Lenkrad. Er wirkte, als sei er im Schrecken versteinert und hole nicht einmal mehr Atem.

Nora blickte hinaus und entdeckte Eva in der dritten Etage am Fenster. Selbst ihrer reglosen Silhouette war anzumerken, wieviel Stärke und Gleichmut sie ausstrahlte. Gegen Eva und ihre Schwester Eileen würde Georg niemals gewinnen können.

»Sie dürfen nun nicht die Nerven verlieren, sondern müssen sich jeden Schritt genau überlegen«, sagte Nora. »Noch ist nichts verloren. Auch eine Mutter muss sich an Gesetze halten. Außerdem liebt Tom Sie. Er wird es nicht sehr lange ohne Sie aushalten können.« Sie merkte selbst, wie müde und mutlos sie klang.

Eine lange Minute verstrich. Schließlich blickte Georg auf und schaute sie an, ein leerer, blinder Blick.

Er sah aus, als lausche er irgendeinem Geräusch, das längst verklungen war oder das nur in seinem Kopf existiert hatte. Dann tat er etwas, das sie erschreckte. Er griff nach ihrer Hand, führte sie rasch zu seinem Mund und küsste sie. Nora spürte flüchtig seine kühlen, ein wenig feuchten Lippen. Einen Moment später startete er den Wagen.

Auf der Fahrt zurück schwiegen sie. Dunkelheit brach herein, die Sonne im Westen glühte feuerrot, ein zauberhafter, vor rotem Licht flirrender Himmel. Georg fuhr langsamer und starrte vor sich hin, als müsse er sich besonders konzentrieren, um seinen Weg nicht zu verlieren. Nora konnte seine Gedanken lesen. Er dachte darüber nach, was er tun werde, wenn Tom nicht zurückkäme. Vielleicht würde er sich umbringen, mit hundert Stundenkilometern gegen einen Brückenpfeiler rasen, oder er würde im Rhein schwimmen, so lange, bis ihn die Kräfte verließen und ihn die Strömung verschluckte.

»Darf ich Ihnen etwas erzählen?«, fragte Nora in das Schweigen hinein, das sie beide einhüllte. »Glauben Sie, dass gewisse Familientragödien sich wiederholen können, dass es Dinge gibt, die man nicht loswird?« Georg sagte nichts, aber sie hatte auch keine Antwort erwartet. »Meine Tante liegt im Krankenhaus. Sie hat mir ein großes Geheimnis anvertraut. Wahrscheinlich hat sie noch nie jemandem davon erzählt. Sie ist ins Kloster gegangen, weil sie vor über dreißig Jahren ihr Kind zur Adoption weggeben musste. Der Vater des Jungen war ein Farbiger, ein amerikanischer Soldat, der in seine Heimat verschwand, als er von dem Kind erfuhr. Und nun bin ich schwanger und will mit dem Vater meines Kindes nichts mehr zu tun haben. Merkwürdig, finden Sie nicht? Meine Eltern kamen ums Leben, als ich neun war. Kinder scheinen es in unserer Familie verdammt schwer zu haben.«

Er hielt das Lenkrad fest umklammert und wandte sich ihr für einen Moment zu. Sein Blick streifte ihr Gesicht und wanderte dann zu ihrem Bauch.

»Bis zur Geburt vergehen noch ein paar Monate«, sagte sie und bemerkte in der Windschutzscheibe vor sich, wie sie lächelte. »Ich weiß gar nicht, warum ich Ihnen das erzählt habe.« Nein, sie wusste es genau, sie wollte ihn aus seinen Gedanken reißen, ihm zeigen, dass auch andere Menschen ein paar ernste Probleme hatten.

»Ich werde Tom nicht aufgeben«, flüsterte er. »Ich werde ihn zurückholen, gleichgültig, was es mich kostet. Eileen wird mir nicht alles nehmen.« Nun klang er, als habe er ihr gar nicht zugehört. Für ihn spielte es keine Rolle, dass sie neben ihm saß. Eigentlich war er allein in seinem Wagen, verbarrikadiert hinter schweren, immer gleichen Gedanken. Möglicherweise hatte Eva, die Schwester, doch recht, und er war tatsächlich von einer fixen Idee besessen. Niemand außer ihm glaubte offenbar, dass seine Frau etwas mit dem Überfall auf ihn zu tun gehabt hatte.

Als sie nach Königswinter hineinfuhren, war Nora sich nicht sicher, wie sie reagieren würde, wenn er sie zu einem Kaffee einladen würde, aber ihm schien solch eine Einladung, ein kurzer Dank völlig fremd zu sein. Mit harter, ausdrucksloser Miene fuhr er die dunkle Uferstraße entlang. Für einen Moment tauchte Nelli im Scheinwerferlicht auf, als sie die Straße vor ihnen zum Fluss hin überquerte. Sie trug ein enges rotes Kleid, und zum ersten Mal sah sie wieder wie das Mädchen aus, das Nora in der Schule gekannt hatte und mit dem sie manchmal im Schwimmbad gewesen war: wild und auf eine Weise schön, die provozierend wirkte. Lukas folgte ihr hastig und ungelenk und rief ihr etwas nach, das verdächtig nach einer Beschimpfung klang. Es mussten merkwürdige Dinge geschehen sein, wenn die beiden tatsächlich ein Liebespaar waren.

Georg bog in Hannas Straße ein. Der Citroën stand noch immer vor dem Haus. Mike hatte sich zu ihrer Überraschung offenbar nicht vom Fleck bewegt. Er würde mittlerweile so wütend sein, dass der Abend nur in einem hässlichen Streit enden konnte.

Georg reichte ihr förmlich die Hand zum Abschied. »Ihr Freund wartet noch«, sagte er. »Vielleicht versuchen Sie es doch noch mal mit ihm.«

Sie zuckte mit den Achseln. »Wenn ich Tom und Ihnen helfen kann, lassen Sie es mich wissen«, sagte sie, dann stieg sie aus und wartete, bis die Rücklichter des Volvos am Ende der Straße verschwanden.

Das Haus lag in völliger Dunkelheit da. Mike würde ohne Licht in der Küche sitzen und rauchen, eine Zigarette nach der anderen, und dabei immer schwärzere Gedanken in seinem Kopf hin und her schieben. Sie kannte dieses Spiel längst. Er konnte sich in Vorwürfe wie in einen Rausch hineinsteigern. Sie war plötzlich an allem schuld, sie war davongelaufen, und als er guten Willen gezeigt hatte und ihr hinterhergefahren war, hatte sie ihn wieder stehengelassen wie einen kleinen, dummen Jungen. Einen Moment lang erwog sie, noch einen Spaziergang zu machen, bevor sie sich diesem unausweichlichen, ermüdenden Streit stellte. Dann dachte sie daran, in den Garten zu schleichen und die alte Kastanie hinaufzuklettern. Vielleicht konnte sie die halbe Nacht im Baum verbringen und warten, bis Mike eingeschlafen war. Sie könnte auch Johann wieder erfinden, den Jungen, den es nie gegeben hatte, dem sie aber als Kind sämtliche Geheimnisse verraten hatte, die sie vor allen anderen verschwieg.

Sie schritt um das Haus herum. Plötzlich spürte sie ein schmerzhaftes Ziehen in ihrem Unterleib. Das Kind, dachte sie, ihm gefiel es nicht, wenn sie selbst zu viele negative Gedanken hegte.

Aus dem Garten strich ihr ein heftiger, feuchter Wind entgegen. Blätter rauschten, und die Gartenpforte schlug sacht gegen das Schloss, ohne einzurasten.

Mike würde mit ihr schlafen wollen. Zum Zeichen, dass der Streit vorbei war, würde er eine Hand auf ihre Schulter legen und sie ein wenig an sich heranziehen, um ihr einen Kuss zu geben, der so eine Art Eröffnung sein sollte, das Signal zur Versöhnung. Sie kannte auch diese Szene; es gab soviel, das sie an ihm kannte.

Kein Licht fiel in den Garten. Mike hatte nicht

einmal eine Kerze angezündet, aber Kerzenschein hätte ihn vermutlich noch melancholischer gestimmt. Nora erkannte in der Dunkelheit einen Igel, der durch das feuchte Gras kroch.

»Mike!«, rief sie eine Spur zu laut. »Ich bin zurück. Tut mir leid, dass es so lange gedauert hat.«

Die Tür zur Terrasse war halb geöffnet. Ein winziger Rest Mondlicht spiegelte sich in der Scheibe. Aus dem Haus drang keine Antwort. Er wollte sie erschrecken, oder vielleicht war er doch ausgegangen, wollte ihr ihre Abwesenheit heimzahlen und hockte in irgendeiner trostlosen Eckkneipe, wie es sie an jedem Ort gab, flüchtete sich in ein paar freundliche Lügen und erzählte dem Wirt, was für ein großartiger Kulissenbauer und Filmausstatter er war.

Als sie vorsichtig mit den Fingerspitzen die Terrassentür aufstieß, hörte sie ein Geräusch, wie sie es noch nie gehört hatte. Kein Mensch hatte je so einen schwachen, kraftlosen Laut von sich gegeben: ein Wimmern, ein leises, schmerzvolles Einatmen.

Dann nahm sie einen eigentümlichen, metallischen Geruch wahr, der einer plötzlichen Ahnung nach nur von Blut stammen konnte. Sie drehte sich um und sah Mike, zusammengesunken auf dem Leinenstuhl auf der Terrasse. Er sah aus, als würde er jeden Augenblick nach vorne sinken und zu Boden fallen, doch er fiel nicht. Irgendetwas schien seinen Körper zurückzuhalten. An seinem Hinterkopf klaffte eine große, furchtbare Wunde, wie Nora selbst bei dem wenigen Licht erkennen konnte.

16

Er hätte sie küssen sollen, dachte Georg, als er die Straße zum Drachenfels hinauffuhr. Sie hatte auf ein Zeichen von ihm gewartet, eigentlich hatte sie nicht zurück zu ihrem Freund gewollt. Er hatte die Gelegenheit nicht genutzt, weil er nur an seinen Sohn denken konnte und an die Leere, die Tom hinterließ. Dabei hatte ihr Geruch ihm gefallen, und ihre Stimme war melodiös, fast, als sei sie selbst einmal Sängerin gewesen.

Die Hündin hüpfte ihm schwanzwedelnd entgegen, als er die Tür zum Haus aufsperrte. Ihr ging es allmählich besser. Georg ließ sie in den dunklen Garten hinaus, damit sie ihr Geschäft dort verrichten konnte. Er schaltete alle Lichter ein, und dann suchte er nach dem Radio. Wo war der alte Radiorekorder? Er brauchte etwas gegen die Stille. Während er durch die Räume lief, versuchte er sich vorzustellen, wo sich Eileen nun mit Tom aufhielt. Sie würden nach Holland ans Meer gefahren sein, wo Eileen das große Programm starten würde: Wie gewinne ich meinen Sohn zurück? Das Rezept war einfach: tagsüber, solange das Wetter schön war, am Strand liegen, Sandburgen bauen, abends Pizza essen und ins Kino gehen und am besten keine Fragen beantworten.

Wenn er allerdings ehrlich war, hatte er auch nie eine Frage beantwortet, sondern war allen Erklärungen, die Tom forderte, ausgewichen.

Er schaltete den Radiorekorder ein, wilde, hektische Geigen ertönten, und dann, als er die Hündin wieder ins Haus rief, entdeckte er einen braunen Umschlag neben der Türschwelle.

Martha war dagewesen, was ihn nicht sonderlich überraschte. Sie hatte ihm in ihrer unverkennbaren krakeligen Handschrift eine kurze Notiz geschrieben. Ihr Bekannter, der gelegentlich als Detektiv arbeitete und den sie gebeten hatte, sich ein wenig um Brun zu kümmern, hatte eine Serie von Fotos geschossen. Man sah, wie Brun in Eileens Geschäft ging. Konspirativ schaute er sich nach allen Seiten um, als habe er Angst, gesehen zu werden. Auf den nächsten Aufnahmen waren die Silhouetten von zwei Gestalten im Laden zu erkennen, die sich umarmten.

Die Fotos steigerten seinen Hass. Plötzlich war er sicher, dass Eva sie belogen hatte. Eileen war nirgendwo hingefahren. Wahrscheinlich hatte sie im hinteren Teil der Wohnung mit Tom in seinem alten Zimmer gesessen, hatte ihn abgelenkt und darauf gewartet, dass Nora wieder ging. Vielleicht war sogar Brun bei ihr gewesen, wenn er keine Vorstellung hatte.

Der Gedanke, Tom und Brun könnten sich zusammen in einem Raum aufhalten, quälte ihn mehr als alles andere. Tom würde sich überaus höflich verhalten, weil er schüchtern war und jedem mit Höflichkeit begegnete und weil er nicht wusste, was für ein Verbrechen Brun begangen hatte. Zumindest vor dem Jungen hatte Georg seinen Verdacht stets verheimlicht. Eileen gegenüber war er jedoch noch im Krankenhaus deutlicher geworden. Einmal hatte er sich dazu hinreißen lassen, auf ein großes Blatt Papier zu schreiben: *Wenn ich eine Waffe habe, erschieße ich Brun.* Sie hatte das Blatt in viele kleine

Schnipsel zerrissen und geschrien: »Hör auf damit! Ich ertrage das nicht mehr! Du bist krank, krank im Kopf!« Während sie schrie, hatte sie die Schnipsel wie Konfetti in den Raum geworfen und sich dann die Hände auf ihre Ohren gepresst, als erschrecke sie ihre eigene kreischende Stimme.

Die Hündin legte sich zu seinen Füßen, während er noch immer die Fotografien anstarrte, und begann zu jaulen, als leide auch sie bereits unter Toms Abwesenheit. Georg begriff, dass er nicht im Haus bleiben konnte, zumindest nicht in dieser ersten Nacht. Er nahm seine Jacke, und sofort sprang die Hündin auf. Sie spürte seine Unruhe und wurde gleichfalls von ihr erfasst. Er würde nach Köln zurückfahren, würde vor Eileens Tür Posten beziehen und alles beobachten, was vor sich ging.

Einen Mord zu begehen war nicht so schwer. In Gedanken hatte er es wiederholt durchgespielt: auf Brun zutreten, seine Überraschung registrieren und sein Entsetzen ausnutzen, aus nächster Nähe anlegen, abdrücken und rasch wieder verschwinden, ohne dem Toten noch einen Blick zu gönnen. Klar, dass die Polizei zuallererst ihn verdächtigen würde, aber seine Schwäche bestand schon darin, dass er es nicht schaffte, sich eine Waffe zu besorgen. Einmal hatte er in einer Bar, in der es angeblich heimliche Pokerrunden gab, einen untauglichen Versuch unternommen. Man hatte ihn, als er nach einem Revolver gefragt hatte, für einen bemitleidenswerten Irren gehalten und ihm die Tür gewiesen.

Er lehnte an seinem Wagen und blickte hinauf. In Eileens Wohnung war lediglich ein Zimmer erleuchtet: das Musikzimmer mit dem Sekretär und den Noten. Früher, in einem anderen Leben, hatte er da seine Gesangsübungen abgehalten. Das warme Licht, das auf die Straße fiel, machte ihm zu schaffen. Es sah aus, als könne es hinter diesem Fenster nur Harmonie und Glück geben. Einmal beobachtete er auch, wie sich ein Schatten bewegte. Eine Frau durchquerte den Raum. Es beruhigte ihn, dass er in der Silhouette Eva zu erkennen glaubte. Was tat sie in der Wohnung? Wartete sie auf ihn?

Er überlegte, ob er zu Brun fahren sollte. Die Unruhe kehrte zurück. Am liebsten wäre er an drei Orten gleichzeitig gewesen. Würde Eileen es wagen, gleich die erste Nacht mit Tom bei Brun zu verbringen?

Ein paar Tage, nachdem er aus dem Krankenhaus entlassen worden war, hatte er vor dessen Haus gewartet. Er hatte immer noch Schmerzen und konnte nicht einmal krächzen, aber irgendwie hatte er geglaubt, dass allein sein Auftauchen Brun einen heillosen Schrecken einjagen würde. Brun wohnte in einer Touristengegend in der Altstadt von Köln, wo eigentlich kein Mensch freiwillig hinzog, in einer Gasse mit Kopfsteinpflaster, in der sich im Sommer Tausende von Menschen zum Rhein hinunterschoben. Als Brun ihn erkannte, zögerte er für einen Moment. In den Wochen, in denen Georg ihn nicht gesehen hatte, war er gealtert und wirkte noch kleiner und hagerer. Er hatte immer einen Körper gehabt, in dem eigentlich keine richtige Stimme wohnen konnte. Sein zu großer Kopf, der über seinem dürren Hals schwebte, ließ ihn wie ein altes Kind erscheinen. Kann Eileen so einen Menschen lieben? hatte Georg gedacht, und zum ersten Mal waren ihm ernsthafte Zweifel gekommen.

Nach kurzem Zögern schritt Brun auf ihn zu. »Ich habe dich immer bewundert«, sagte er leise, als dürfe es sonst niemand hören, »aber warum tust du das? Hetzt mir die Polizei auf den Hals?«

Georg starrte ihn an und versuchte vergeblich, Angst in seinen Augen zu entdecken. Dann tat Brun etwas Überraschendes. Er spreizte seine Finger und streckte den Arm vor. Aus einem Instinkt heraus glaubte Georg an einen schnellen, impulsiven Hieb. Stattdessen drückte Brun ihm die Hand, wie jemand, der am Grab einem Hinterbliebenen sein Mitleid aussprechen. Anschließend drehte er sich um, sein großer Kinderkopf ruckte nach vorn, und Brun steuerte auf sein Haus zu und verschwand hinter der hölzernen Tür.

Beschämt war Georg wenig später gegangen. Brun hatte ihn mit diesem Händedruck entwaffnet. Später hatte dieses Gefühl seinen Hass noch gesteigert.

Aus einer Wohnung auf der anderen Straßenseite drang unvermittelt Musik auf die verlassene Straße. Schuberts »Winterlied«. Hatte Eva ihn bemerkt und wollte ihn auf diese Weise in die Flucht schlagen? Oder war es doch Eileen, die durch die Wohnung lief? Er hörte, wie die Hündin hinten in seinem Wagen zu knurren begann, und überlegte, ob er sich wieder hinter das Steuer klemmen und wegfahren sollte. Plötzlich legte sich ihm eine Hand auf die Schulter.

»Ich wusste, dass du kommen würdest«, sagte Eva nahe an seinem Ohr. Ihre knochige Hand auf seiner Schulter bewegte sich nicht. »Was hast du da für ein Mädchen geschickt? Deine neue Freundin?« Sie klang spöttisch und neugierig zugleich.

Georg trat einen Schritt vor, um ihre Hand abzuschütteln. Die Hündin gab ein kurzes Knurren von sich, das durch die Glasscheibe zu hören war, dann, vielleicht weil sie Eva erkannt hatte, rollte sie sich wieder hinten in seinem Wagen zusammen.

»Wo ist Tom?«, fragte er. »Hat Eileen ihn versteckt?«

Eva lächelte ihn an. »Wie lange stehst du schon hier? Eine Stunde oder noch länger?«

Er blickte zum erleuchteten Fenster hinauf. Kein Schatten war mehr zu sehen, der sich durch das Zimmer bewegte. Warum hatte er Eva nicht bemerkt, wenn sie tatsächlich aus der Wohnung gekommen war?

»Ich muss wissen, wo Tom ist«, sagte er heiser.

Eva breitete die Arme aus. Sie trug ein langes schwarzes Kleid und war barfuß. Man konnte immer noch sehen, dass sie eine Tänzerin gewesen war. Kaum Brust, knochige Schultern, ein schmales Becken. Sie hatte sich in den letzten Jahren nicht verändert, nur die Falten um ihren Mund waren tiefer geworden und ihre grünen Augen misstrauischer. Manchmal hatte sie ihm mit Gesten, kleinen Blicken zu verstehen gegeben, dass sie ihn eigentlich mehr liebte, als ihre Schwester es tat, dass sie ihn und seine Kunst auch viel besser verstand.

»Er ist nicht da«, sagte sie. »Wir können hinaufgehen, wenn du mir nicht glaubst.«

Ein Vorschlag, der sogleich sein Herz schneller schlagen ließ. Als er mit Tom gegangen war, hatte er sich geschworen, nie wieder einen Fuß in die Wohnung zu setzen, die ihm in den drei Wochen vor seiner Flucht zu einem schrecklichen Gefängnis geworden war.

Langsam schüttelte er den Kopf. »Ist Tom bei Brun?«

Eva nahm seine Hand und zog ihn ein Stück mit sich. Sie gingen die Straße hinunter. Als er an seinem Wagen vorbeistreifte, sah er, dass die Hündin sich wieder aufgerappelt hatte und ihm traurig nachblickte.

»Bist du immer noch nicht von deiner absurden Theorie abgerückt? Ich kann es dir schriftlich geben: Viktor Brun hat nichts damit zu tun. Eileen kennt ihn nicht einmal richtig. Wenn du dir noch etwas aus ihr machst, solltest du eher auf Leggewie aufpassen.« Eva ließ seine Hand nicht los. Wie ein altes Liebespaar schlenderten sie weiter.

»Warum ausgerechnet Leggewie? Er ist mein Freund.« Georg spürte, dass er viel zu müde für so ein Gespräch war. Von Brun hatte er Fotos mit Eileen gesehen, nicht von Leggewie. Außerdem war es lächerlich, einen Zwerg wie Leggewie mit Eileen in Verbindung zu bringen.

»Weil Leggewie fast jeden Tag zu Eileen kommt und weil er ihr verraten hat, wo du dich versteckt hältst. Die Geschichte mit der Lehrerin und dem Anruf, die ich deiner kleinen Freundin erzählt habe, war eine Lüge. Leggewie hat über die Schulbehörde herausgefunden, wo Tom neuerdings gemeldet ist, und hat es Eileen gesagt.«

Er wollte ihr nicht glauben, obwohl er wusste, dass es sehr wahrscheinlich stimmte, was sie sagte. Vor sich sah er die breite Luxemburger Straße. Eine hell erleuchtete Straßenbahn zog vorbei, Autos jagten vorüber. Er kannte diese Szenerie. Ein Spiel wechselnder Farben und Lichter. Wie oft war er spät abends noch zum Kiosk an der Ecke gegangen, hatte sich nach der Vorstellung die Zeitung für den kommenden Tag geholt, die hier bereits ab neun Uhr abends zu haben war. Sehnsucht nach seinem alten Leben überfiel ihn.

Eva ließ seine Hand behutsam los. »Ich weiß, dass es dich verrückt macht, nicht mehr singen zu können«, sagte sie, »aber es war eine irrsinnige Idee zu glauben, du könntest dir Tom nehmen und irgendwohin verschwinden. Ein paar Wochen – mehr Zeit hätte Eileen dir niemals mit ihm gelassen. Es ist schließlich ihr Sohn.« Sie sagte das mit einer Bestimmtheit, als könnte es einen begründeten Zweifel daran geben, dass Tom auch sein Sohn war.

Er zögerte einen Moment und dachte über Leggewie nach. Bei seinem plötzlichen Besuch in Königswinter hatte der Manager ihm einen Urlaub vorgeschlagen, eine lange Reise in ein Heilbad im

Süden, ohne Tom und ohne einen Zeitpunkt für die Rückkehr. Er hatte sogar angeboten, ihm das Geld dafür zu geben, doch Georg hatte alles vehement abgelehnt.

»Was hat Eileen mit Tom vor?«

Der türkische Besitzer stand wie üblich in seinem Kiosk und nickte ihm freundlich zu, als sie an ihm vorbeigingen.

»Ich darf dir nichts sagen, wie du dir denken kannst«, erwiderte Eva. Ihre Stimme hatte sich verändert und klang nun nicht mehr so leicht. Er bemerkte, dass ihre nackten Füße ganz schmutzig geworden waren. »Ich soll dir aber etwas ausrichten: Du wirst Tom nicht wiedersehen, wenn du nicht zwei Dinge tust: Lass Viktor Brun in Ruhe und hör auf, ihn zu beschuldigen! Und gehe zu dem einzigen Menschen, der dir vielleicht helfen kann.«

»Wer soll das sein? Soll ich zu einem Psychologen rennen?« Er schaute Eva wütend an. Es war alles ein gut vorbereitetes Spiel. Sie hatte sich zu Eileens Unglücksbotin machen lassen.

Sie starrte ihm in die Augen. Härte und Entschlossenheit funkelten da. »Ersauf nicht in deinem Selbstmitleid«, sagte sie. »Es gibt jemanden, der schon lange auf dich wartet: der alte Simon, dein Gesangslehrer.«

»Aber Simon ist halb gelähmt und sitzt im Rollstuhl.«

Eva verzog den Mund. War es ein missglücktes Lächeln oder ein Ausdruck von Ungeduld und Ärger? Ihm fiel wieder das eine Mal ein, als er mit ihr geschlafen hatte. Sie beide hatten dieses Geheimnis bewahrt, sogar voreinander, nie hatten sie eine Andeutung auf diese eine Nacht gemacht. »Es geht ihm besser«, erklärte sie. »Simon will, dass du ihn anrufst.«

Tief und schmerzhaft hatte sich der Schrecken in ihre Eingeweide gefressen. Sie hatte noch zum Telefon hasten und die Polizei anrufen können, aber dann war sie zusammengesunken. Ihre Beine gaben einfach nach, wie bei einer Marionette, bei der man die Fäden gekappt hatte. Nora spürte den Parkettboden kalt und fremd an ihrer Wange und versuchte, zur Terrasse zu kriechen. Mike lebte noch. Sie musste ihm helfen. Alles in ihr krampfte sich zusammen. Heftige, pulsierende Schmerzen gingen von ihrem Unterleib aus. Mike stirbt, wenn ich ihm nicht helfe, dachte sie und lauschte, ob er irgendein Geräusch von sich gab. Im nächsten Moment nahm ein neuer Schmerz ihr den Atem, der sie wie eine Welle durchfuhr. So ähnlich musste man sich wohl Wehen vorstellen. Sie war plötzlich sicher, dass ihr Kind kommen werde. Eine Frühgeburt im vierten Monat. Sie würde das Kind verlieren. Kinder hatten in ihrer Familie kein Glück.

Nora schloss die Augen und konzentrierte sich auf ihre Atmung. Sie durfte an nichts denken, sagte sie sich, nicht an Mike, nicht an das Kind. Das konnte alles gar nicht sein, was sie gesehen hatte. Ein Irrsinn, ein Trugbild. Wer sollte Mike niederschlagen, den niemand in Königswinter kannte?

Nach drei tiefen Atemzügen fühlte sie sich ein wenig besser und hörte, wie der Klang einer Sirene heranflog. Auf die Polizei war Verlass. Man hatte ihren Anruf nicht als sinnloses Gestammel einer Betrunkenen oder Irren abgetan. Es gelang ihr, sich aufzurichten, indem sie sich an einem alten Sessel hinaufzog, und als es vorne an der Haustür klingelte und gleichzeitig ein Lichtkegel draußen um das Haus strich, stand sie in der Terrassentür und hielt sich mühsam am Rahmen fest.

Dem ersten Lichtkegel folgte ein zweiter, der sie vorsichtig streifte. »Sie haben uns alarmiert?«, rief fragend eine Stimme. Nora nickte. Ein neuerlicher Schmerz schüttelte sie, als sie zu Mike hinüberblickte. Er hatte sich nicht gerührt. Im Schein der Taschenlampe konnte sie für einen Moment das Blut an seinem Hinterkopf sehen. An einer Stelle war sein Haar ganz rot gefärbt. Dann beugte ein Polizist in Uniform sich über ihn. Der zweite kam auf Nora zu und nahm sie am Arm, um sie ins Haus zu führen.

»Ich glaube, er lebt noch«, flüsterte sie. Plötzlich hatte sie Tränen in den Augen.

Der Polizist roch nach Zigarettenrauch und Kaffee. Seltsam, dass sie so etwas wahrnahm. Er musterte sie voller Argwohn. Seine Augen tasteten sie ab, während sie wie eine Schwerkranke langsam einen Fuß vor den anderen setzte. Ihr kam der Gedanke, dass er möglicherweise glaubte, sie sei es gewesen, die Mike so schwer verletzt hatte. Ein Paar, das sich trennen wollte, ein heftiger Streit, in dessen Verlauf einer der beiden handgreiflich wurde und der andere zum erstbesten Gegenstand griff, um sich zu wehren … Für so eine Vorstellung benötigte man nicht viel Phantasie.

»Mein Kind …«, stammelte sie, um ihren Zustand zu erklären, und krümmte sich wieder zusammen. »Es sind Wehen.«

»Beruhigen Sie sich«, sagte der Polizist. Er klang viel jünger als sein Kollege, aber genauso förmlich und unaufgeregt.

Dann spürte Nora nur noch, wie sie lang und seufzend ausatmete. Irgendetwas, das nicht in ihren Körper gehörte, presste ihr die Luft aus den Lungen, und sie wurde von einem schwarzen Loch verschluckt.

17

Sie trieb ganz leicht dahin, reglos, in einem dunklen, warmen Wasser. Es fiel ihr schwer, die Augen zu öffnen, doch eigentlich gab es auch keinen Grund dafür. Das Wasser würde sie ewig tragen. Sie musste sich keine Sorgen machen, sich nie mehr über irgendetwas den Kopf zerbrechen. Die Leichtigkeit würde niemals von ihr abfallen, solange sie das Wasser nicht verließ. Nur weit entfernt vernahm sie gelegentlich dumpfe Stimmen, die allerdings nichts besagten, und einmal wischte ein grelles Licht über sie hinweg.

Als Nora erwachte, hörte sie ein Knistern und

Prasseln. Zuerst dachte sie an ein Feuer, das irgendwo wütete, aber dann begriff sie, dass es wieder regnete. Sie erlebten einen heißen, regenreichen Sommer. Regentropfen schlugen gegen das Dachfenster. Es war immer noch dunkel. Sie lag angekleidet auf dem Bett ihrer Tante. Ihr linker Arm schmerzte, und während sie sich aufrichtete, fiel ihr Mike ein, den sie mit einer blutenden Wunde am Kopf auf der Terrasse entdeckt hatte. Eilig versuchte sie, ihre Beine aus dem Bett zu heben, doch dabei geriet ihre Koordination durcheinander, und sie rutschte seitlich auf das Laken zurück.

Ein Mann in einem weißen Kittel kam ins Zimmer. Er trug einen silberfarbenen Koffer. »Geht es Ihnen besser?«, fragte er.

Nora nickte langsam. Die Leichtigkeit war aus ihrem Körper verschwunden. Sie fühlte sich wie betäubt, als sei sie aus einem viel zu langen Schlaf erwacht. »Was ist mit meinem Kind? Und wie geht es Mike?«, fragte sie mit schwankender Stimme.

Der Mann stellte den Koffer ab und griff routiniert nach ihrem Handgelenk, um ihren Puls zu ertasten. »Sie haben einen Schwächeanfall erlitten, hervorgerufen durch die Aufregung«, sagte er, als habe er ihre Frage nicht gehört. »Daher habe ich Ihnen ein leichtes Beruhigungsmittel gespritzt, aber keine Angst, Ihrem Kind ist nichts passiert. Ich habe die Herztöne regelmäßig abgehört.« Er lächelte. Sein Haar war grau und feucht, als sei er durch den Regen gelaufen.

Nora erkannte auf seiner Uhr, dass es fünfzehn

Minuten nach zwei Uhr war. Tiefste Nacht. Sie musste mehrere Stunden ohnmächtig gewesen sein.

Der Arzt nickte zufrieden, als er ihren Arm wieder losließ. Dann schaute er sie müde an. »Der Verletzte ist ins Krankenhaus gebracht worden. Vermutlich eine schwere Schädelfraktur. Mehr kann ich Ihnen leider nicht sagen.«

Nora versuchte aufzustehen. Mike lebt, dachte sie, aber im nächsten Moment war sie sicher, dass der Arzt sie anlog, damit ihre Wehen nicht wieder einsetzten.

»Ich möchte zu ihm ins Krankenhaus«, flüsterte sie, ohne den Mann anzuschauen, und stand auf.

Als sie die Tür erreicht hatte, spürte sie, wie sehr sich das Haus verändert hatte. Gedämpfte Stimmen drangen herauf. Helle Schatten zogen unten hin und her, Blitzlichter flackerten auf. Eine fremde Macht hatte das Haus besetzt und richtete sich ein.

»Die Spurensicherung ist am Werk«, erklärte der Arzt. »Sie sollten besser hier oben bleiben. Eigentlich hätte ich Sie ins Krankenhaus einweisen müssen.«

»Ich habe Durst«, entgegnete Nora, während sie barfuß auf den schmalen Flur hinausging und dann die Treppe hinunter. Irgendjemand hatte ihr Schuhe und Strümpfe ausgezogen.

Sie spürte, wie ihr Herz zu flattern begann, und bemühte sich, ihre Gedanken zu sammeln. Sie hatte Mike allein in diesem Haus zurückgelassen, und in der Zeit, als sie mit dem Stummen unterwegs war, hatte ihn jemand heimtückisch von hinten niedergeschlagen. Nein, so konnte es unmöglich gewesen sein. Niemand in diesem Ort kannte Mike, niemand außer dem Stummen hatte gesehen, dass er im Haus war.

Der Arzt folgte ihr mit besorgter Miene, und plötzlich hatte sie das Gefühl, dass er sie bewachte. Er hatte sie nicht ins Krankenhaus eingewiesen, weil man sie tatsächlich für die Täterin hielt. Das war die einfachste Erklärung: Sie hatte ihren Exfreund erschlagen und war dann, als sie begriff, was sie getan hatte, zusammengebrochen.

»Gehen Sie in die Küche, nicht ins Wohnzimmer und auf die Terrasse!« Der Arzt langte nach ihrem Arm, als wolle er sie zurückhalten. Seine Stimme verriet nun eine deutliche Anspannung.

Nora klebte die Zunge am Gaumen. Sie bemerkte, dass der Garten hell erleuchtet war, und schritt über die kalten Fliesen in die Küche, in der die Neonröhren unter der Decke und über dem Herd ein grelles Licht verströmten. Diese Art Beleuchtung hatte es bei ihrer Tante nie gegeben. Beide Lampen anzuschalten hätte Hanna auch als Verschwendung empfunden.

Die Küche hatte sich ebenfalls verändert. Zwei breite schwarze Taschen standen neben einer unförmigen Kabelrolle an der Tür. Auf dem Tisch lag neben einer leeren, unbenutzt aussehenden Kaffeetasse eine überdimensionale Taschenlampe. Nora drehte an der Spüle den Hahn auf, trank gierig und ließ das kalte Wasser dann über ihr Gesicht rinnen.

Sie hatte nicht auf den Arzt geachtet. War er ihr bis in die Küche gefolgt? Als sie sich aufrichtete, ohne sich das Gesicht abzutrocknen, sah sie eine Gestalt in der Tür stehen: einen unrasierten Mann mit ersten grauen Strähnen in seinem zu langen, schwarzen Haar, der einen hellgrauen, unmodernen Trenchcoat trug. Auf den Schultern verrieten dunkle, feuchte Flecken, dass der Mann vor kurzem noch achtlos durch den Regen gelaufen war. Er bedachte Nora mit einem langen, forschenden Blick, in dem ein tiefer Hauch einer Müdigkeit lag, die nichts mit der Uhrzeit zu tun hatte, dann glitt ein Lächeln über sein Gesicht, und sie erkannte ihn endlich.

»Hallo, Nora«, sagte er, scheinbar ohne die Lippen zu bewegen. So leise und eindringlich hatte er schon früher sprechen können.

Sie rieb sich die Augen. Noch jemand war nach Königswinter zurückgekehrt. David, der Italiener, stand vor ihr und musterte sie. Er war Polizist, fiel ihr ein, nicht in Bonn, sondern in Köln, wie sein Bruder, der Taxifahrer, ihr erzählt hatte.

»Wir haben uns lange nicht gesehen«, sagte Nora. Sie ging zum Tisch und setzte sich kraftlos.

Er nickte, ohne sich von der Stelle zu rühren. »Das letzte Mal habe ich dich beobachtet, wie du zum Bahnhof gegangen bist, ganz früh morgens, mit einer grünen Leinentasche und einem kleinen schwarzen Rucksack. Ich habe genau gewusst, was du vorhattest, und habe mich trotzdem nicht getraut, dich anzusprechen und zurückzuhalten.«

Sie dachte daran, wie er sie damals, ein paar Wochen nach der Abiturfeier auf der Fähre geküsst und ihr eine goldene Kette um den Hals gelegt hatte.

Er hatte ihr Retter sein wollen. Vor Beklemmung schnürte sich ihr die Kehle zu.

»Was machst du hier?«, fragte sie. »Weißt du, was mit Mike ist?«

»Die Kollegin aus Bonn hat mich angerufen«, sagte er. »Ich bin mit dem Fall ›Stella Winter‹ befasst, ein Mädchen, das in Köln mit einer Metallstange getötet worden ist. Es gibt Parallelen.«

Nora spürte, dass ihr plötzlich die Tränen kamen. »Lebt Mike? Wie schwer ist er verletzt?«

David blieb an der Tür stehen, als traue er sich nicht, das Zimmer zu betreten. Die meisten Männer nahmen zu, wenn sie die dreißig überschritten hatten; er hingegen war magerer geworden, ausgezehrt sah er aus, beinahe, als sei er todkrank.

»Ich kann es dir nicht sagen. Die Ärzte operieren ihn. Ist er dein Freund oder dein Ehemann?«

Ein Polizist in einem weißen Papieranzug tauchte hinter David auf. Er betrachtete Nora und sagte mit mürrischer Stimme: »Sie ist wach? Wir brauchen ihre Fingerabdrücke.«

»Später«, erklärte David, während er Nora nicht aus den Augen ließ. Sein gelassener Ton verriet, wie viel Autorität er besaß. Ohne ein weiteres Wort verschwand der weiße Polizist wieder aus ihrem Blickfeld.

»Ich muss wissen, wie es Mike geht«, sagte Nora voller Dringlichkeit. Sie meinte immer noch, sie werde in der nächsten Sekunde in Tränen ausbrechen. Gleichzeitig jedoch wuchs das Gefühl, auf der Hut sein zu müssen. »Mike ist mein Freund aus Berlin. Er hat mich besucht. Es ist meine Schuld, dass er hier allein im Haus war.«

David zog eine Zigarette aus seiner Manteltasche hervor. Sie versuchte sich zu erinnern, ob er schon früher eine Vorliebe für solche Trenchcoats gehabt hatte. »Ich werde es dir sagen, sobald wir etwas wissen. Aber vielleicht kannst du mir erst einmal erzählen, was heute Abend passiert ist.«

Aus der anderen Tasche holte er ein kleines, silberfarbenes Diktiergerät hervor und überprüfte es mit einem schnellen Griff. Dann traute er sich doch in das Zimmer hinein und stellte den Apparat auf den Tisch. Sie erinnerte sich an seine Hand. Er war der erste Mann mit einem nahezu vollkommen beharrten Handrücken gewesen, dem sie begegnet war.

»Wer hat Mike niedergeschlagen?«, fragte sie, während sie auf das leise Geräusch lauschte, das aus dem Gerät drang. David hatte es tatsächlich angeschaltet, wie bei einem richtigen Verhör. »Gibt es eine Spur?«

»Nora«, sagte er in einem schroffen Tonfall, den sie an ihm nicht kannte, »ich werde dir nichts darüber mitteilen. Hier arbeiten zwanzig Polizisten, sichten Spuren, drehen jeden Stein um, befragen Nachbarn, suchen im Garten nach Hinweisen, und wenn dabei etwas herauskommt, wirst du es sicher nicht als Letzte erfahren.«

Er nahm das Diktiergerät, spulte das Band mit einer raschen, geübten Handbewegung zurück und legte es wieder auf den Tisch, allerdings ohne es anzuschalten. Dann steckte er sich seine Zigarette an und nahm einen ersten, tiefen Zug. Sie fühlte sich unbehaglich unter seinem Blick und hätte am liebsten alles beiseite geschoben und ihn gefragt, was er in den letzten neun Jahren getan hatte. Warum war er nach Köln gegangen? War er verheiratet? Hatte er Kinder? Seine Finger waren dunkel und schlank und ohne jeden Schmuck.

»Wenn du nicht reden willst, kann ich dir vielleicht ein wenig auf die Sprünge helfen.« Seine linke Hand glitt mit einer schnellen, unfreundlichen Bewegung in seine Manteltasche und brachte ein zerknittertes, abgegriffenes Foto zum Vorschein. Ein junges Mädchen mit langen dunklen Haaren hielt einen Cocker Spaniel im Arm und blickte lächelnd in Richtung Kamera. Eine schlechte, amateurhafte Aufnahme, wie es sie millionenfach gab. Kein Bild von Bedeutung. »Weißt du, wer das ist? Dieses Mädchen ist eines Abends mit einer Eisenstange erschlagen worden, einfach so, weil sie einem Mann zu Hilfe kommen wollte. Sie war siebzehn Jahre alt, superintelligent, die beste Schülerin ihrer Schule, ein Mathematikgenie. Leider ist sie einem idiotischen Musiker hinterhergereist und hat sich so aus irgendeinem Kaff an der Weser nach Köln verirrt. Seit fünf Monaten suchen wir ihren Mörder. Wahrscheinlich hat derselbe Täter vorher schon ein paar Mal zugeschlagen. In acht Jahren gab es sieben solcher Überfälle in Köln. Der Täter sucht sich einsame Männer in verlassenen Straßen aus, schlägt sie scheinbar ohne Grund nieder und verschwindet, doch auf einmal hat er eine Grenze überschritten.« Mit einer müden Handbewegung steckte David das Foto wieder ein. »In den ersten Wochen nach dem Mord waren wir fünfundzwanzig Polizisten, dann dreizehn, dann fünf. Mittlerweile, nach fünf langen Monaten, in denen wir kaum etwas herausgefunden haben, bin nur noch ich übrig. Ich bin die Sonderkommission ›Stella Winter‹. Und jetzt, heute Nacht ist wieder jemand, vermutlich mit einer Metallstange, schwer verletzt worden. Darum hat man mich geholt!«

Die letzten Worte hatte er voller Emphase, wie ein echter Redner hervorgestoßen, dann brach er unvermittelt ab und schwieg. Schon früher hatte er träumerisch und nachdenklich gewirkt, ein schöner, schweigsamer Junge, der vermutlich Gedichte schrieb und sich dafür schämte, aber nun hatte sich dieses In-sich-gekehrt-Sein in eine düstere Ernsthaftigkeit verdichtet.

Nora spürte seine braunen Augen, die vorwurfsvoll auf ihr ruhten. Sie dachte daran, wie sie sich erschreckt hatte, damals auf dem Schiff, als sie sich selbst, ihr ängstliches Gesicht in seinen dunklen Pupillen gesehen hatte.

»Es tut mit leid, doch es ist alles so verwirrend«, sagte sie leise. Sie fasste sich ein wenig und versuchte einen klaren Gedanken neben den anderen zu reihen. Es konnte kein Zufall sein; alles musste mit dem Stummen zu tun haben. Vor fünf Monaten in Köln war er auf der Straße gewesen, als das Mädchen getötet wurde, und nun war er wieder in der Nähe, während jemand auf Mike eingeprügelt hatte. »Ich werde dir alles erzählen. Ich war mit dem Stummen zusammen, mit dem Opernsänger, dem damals in Köln der Angriff gegolten hat.«

Seine Augenbrauen zuckten in die Höhe, und dann schaltete David mit einer raschen Handbewegung das Diktiergerät wieder ein.

»Erzähl mir von diesem Sänger! Woher kennst du ihn? Was genau hast du mit ihm gemacht?« Obwohl er ganz offenbar wie ein routinierter Polizist klingen wollte, war in seiner Stimme deutlich ein Unterton von Aufregung und Neugier wahrzunehmen.

Nora berichtete von Georg Arden, von seiner Geschichte, die sie selbst erst vor ein paar Stunden erfahren hatte, und von ihrem gemeinsamen Besuch in Köln. Zwischendurch schloss sie gelegentlich die Augen, lauschte ihren eigenen Worten nach und wunderte sich, wie unglaubwürdig und ungeheuerlich alles wirken musste, was sie sagte. Der Stumme und Mike – wo bestand da die Verbindung?

David stellte keine Fragen mehr. Er schaute sie an, ließ sie reden und rauchte eine zweite und dritte Zigarette, die er mit düsterer Miene in der Kaffeetasse vor sich ausdrückte, und einmal ging ein anderer Polizist, der ebenfalls einen weißen Papieranzug trug, an der offenen Tür vorbei und starrte sie kurz an, als müsse er sich erinnern, wer sie sei.

Dann, kaum dass Nora ihre kurze Schilderung geendet hatte, wie sie Mike gefunden hatte und mit heftigen Krämpfen zusammengebrochen war, schob sich eine Frau ins Zimmer. Sie trug keinen Papieranzug, sondern eine schwarze Lederjacke und ausgebleichte Jeans. Ihr halblanges Haar war rot gefärbt, das übliche Henna, das man auf zehn Schritt Entfernung als unecht erkennt. Die Frau stellte sich hinter David und legte ihm die Hand auf die Schultern, als wollte sie ihn massieren. Nora hatte den Verdacht, dass sie die ganze Zeit im Flur neben der Tür gelauscht hatte.

David bedachte dic Frau mit einem flüchtigen Blick. Ihre Berührung schien ihn nicht zu überraschen oder ihm etwas auszumachen. »Das ist Hauptkommissarin Monika Weihe. Sie leitet die Ermittlungen.«

Die Frau war ein paar Jahre älter als David, einige winzige, spitze Falten hatten sich um ihre Augen eingenistet. Als sie den Mund öffnete, bemerkte Nora, dass sie makellos weiße Zähne hatte. Ihre Augen waren dezent geschminkt, und ein sanft aufgetragener Lippenstift verlieh ihr eine gewisse Eleganz. Sie sah nicht wie eine Polizistin aus. Vermutlich hatte sie ein Verhältnis mit David, oder etwas anderes gab ihr das Recht, ihn zu berühren.

»Ich wollte Sie nicht stören und habe vom Flur aus zugehört«, sagte Monika Weihe mit dunkler, rauchiger Stimme. Sie nahm ihre Hände von Davids Schulter zurück. »Es war dunkel auf der Terrasse. Ihr Freund hat auf Sie gewartet, hat geraucht oder vielleicht sogar ein kleines Schläfchen gehalten. Er hat nicht bemerkt, wie sich jemand an ihn herangeschlichen hat. Aber könnte es sein, dass der Überfall gar nicht Ihrem Freund galt, dass man ihn in der Dunkelheit mit einer anderen Person verwechselt hat?«

David schaute Nora an, taxierte sie geradezu. Er

machte keine Anstalten, das Diktiergerät auszuschalten. Die Befragung war noch keineswegs zu Ende, wie sie gehofft hatte. In ihrem Unterleib spürte sie wieder ein leichtes Rumoren. Ließ die Spritze nach, begannen die Krämpfe oder Wehen erneut? Am liebsten hätte sie sich sofort wieder hingelegt und die Augen geschlossen, um zu schlafen. Sie fühlte sich wie ein kleines, ängstliches Kind und blickte David in seine braunen, stummen Augen, flehend, damit er ihr zu Hilfe komme. Dann fragte sie: »Aber mit wem sollte man Mike verwechselt haben?«, obwohl sie die Antwort bereits kannte.

Die Kommissarin wartete einen Moment. »Vielleicht mit Ihnen«, sagte sie und zeigte erneut ihre wunderbar ebenmäßigen Zähne. »Vielleicht gibt es jemanden, der Ihnen schaden will.«

Er lag auf seinem Bett, hörte den Regen auf das Dach prasseln und spürte Evas Kuss auf seinen Lippen, ein Kuss, der nach Rotwein und Zigaretten schmeckte und nach einem Versprechen. Das Versprechen hieß nicht, ihm zu helfen, Tom zu finden, sondern dass sie sich noch einmal neben ihn legen und mit ihm schlafen würde, wenn er es wollte. Wo Eileen mit Tom hingefahren war, hatte er auch nach dem dritten Glas Wein, das sie in einem leeren Lokal an der Luxemburger Straße tranken, nicht aus ihr herausgebracht. Eva hatte ihm ihre Zunge tief in den Mund geschoben, hatte sich an ihn geklammert, als sei sie die Verzweifelte in diesem Spiel, nicht er. Für einen Moment hatte er tatsächlich erwogen, mit ihr in ein

Hotel zu fahren. Sie waren beide einsam, und möglicherweise hätte Eva ihm doch etwas verraten, einen Hinweis gegeben, wo Tom sein könnte, aber dann, nach dem Kuss, während sie sich voneinander lösten, hatte sie ihn voller Spott angesehen, als könne sie seine Gedanken lesen.

»Geh zu Simon!«, hatte sie gesagt, als sie sich verabschiedeten. »Bring dein Leben wieder in Ordnung!«

Er hörte draußen, ganz nah in seinem Garten einen Nachtvogel schreien; es klang aufgebracht, als stoße der Vogel einen Warnschrei aus. Schlich wieder jemand um das Grundstück?

Georg erhob sich und spähte zum Fenster hinaus. Der Regen hatte aufgehört. Eine Gestalt schritt im Licht der einzigen Laterne seelenruhig, wie ein Spaziergänger, den nichts zur Eile antrieb, den Drachenfels hinunter und verschwand hinter einer Hecke. Es war Viertel nach zwei. Anscheinend war er keineswegs der einzige, der nicht schlafen konnte.

Wie brachte ein Sänger, der keine Stimme mehr hatte, sein Leben in Ordnung?

Die Antwort war einfach, dachte er, trostlos einfach. Solch ein Leben konnte man nicht mehr in Ordnung bringen. Für einen Sänger, der stumm geworden war, gab es nirgendwo auf der Welt einen Platz.

Als suche er etwas, ging er in Toms Zimmer hinüber und legte sich auf dessen Bett. Die Dunkelheit beherrschte diesen Raum auf andere Art und Weise.

Ein silbriges, flirrendes Licht fiel durch das kleine Dachfenster herein. Georg sah, dass Tom die schäbige Tapete mit dem bräunlichen Rautenmuster an einigen Stellen abgerissen hatte. Irgendwo in den Decken hing noch der helle, kindliche Geruch seines Sohnes. Georg fühlte, dass die Sehnsucht sein Leben wieder durcheinanderbrachte. Eigentlich war er nur in der Musik ganz bei sich gewesen, auf der Bühne, die Musiker hinter ihm oder tief unten im Orchestergraben; wenn seine Stimme wie ein Vogel aufflog und über ihm kreiste. Mit der richtigen Musik konnte man sich ein Stück über sein kleines Leben erheben, legte für ein paar Momente die Gesetze der Schwerkraft ab und verwandelte sich. Eileen hatte diese Verwandlung nie verstanden. Sie hatte ihm zugehört, hatte zufrieden genickt, wenn ihm ein Lied passabel gelungen war, und vielleicht ein Funkeln in den Augen gehabt, aber was Musik an einem Menschen vollbringen konnte, hatte sie nie begriffen. Trotzdem hatte er sie geliebt und nicht Eva.

Nein, einmal war Eileen tatsächlich beeindruckt gewesen. Im letzten Winter hatte Leggewie ein paar Musiker engagiert und ihn überredet, ins Studio zu gehen, um etwas auszuprobieren. Georg hatte ein paar Jazzstandards gesungen, das typische Frank-Sinatra-Repertoire, selbst das unsägliche »My Way« hatte man ihm nicht erspart. Anfangs war er unsicher gewesen. Wenn Opernsänger etwas anderes sangen, taten sie es meistens mit zu viel Pathos, schwelgten im Bombast ihrer Stimme und meinten, Caruso noch übertreffen zu müssen; Brun war jemand, der immer einen stillen Wettkampf mit Caruso zu führen schien. Er hingegen wollte die Sinatra-Lieder einfach singen, schnell und ein wenig gehetzt, so wie er sich Songs aus einer schmutzigen, hektischen Großstadt vorstellte. Eileen hatte ihm den Daumen entgegengereckt, und Leggewie hatte bereits Pläne gemacht und von einer Konzertreise geschwärmt. Einen Tag danach war das erste Foto von Eileen und Brun aufgetaucht, anonym in seiner Garderobe, und wenig später hatte er die beiden zusammen im Operncafé gesehen.

Er versuchte zu schlafen, aber es gelang ihm nicht. Eileens Geruch suchte ihn heim. Seit Jahren benutzte sie ein eigenwilliges, altmodisches Parfüm, das nur noch in wenigen Geschäften geführt wurde. Wenn er diesen Duft roch, hörte er sich selbst wieder singen, aber nicht so, als stehe er auf einer Bühne. Seine Stimme klang leise, ein wenig verweht. So hatte er manchmal an Toms Bett gesessen, dachte er im Halbschlaf, und ein Schlaflied vor sich hin gehaucht.

Als es langsam hell wurde und die Vögel zu singen begannen, stand er auf. Das Haus kam ihm noch verlassener vor als am Abend. Morgens hatte er sich dem Gefühl hingeben können, ein ganz normales Leben zu führen: Er weckte seinen Sohn, bereitete ihm das Frühstück zu, während Tom sich anzog, und trieb ihn zur Eile an, damit er nicht zu spät zur Schule kam. Danach machte er mit der Hündin einen Spaziergang zum Drachenfels hinauf. Manchmal hatten Tom und er sogar mehr als nur ein paar Worte gewechselt.

Auf einmal begriff er, wie sehr ihm auch diese Alltäglichkeit fehlen würde. Dann, als er Wasser aufsetzte, um sich einen Kaffee zu kochen, erblickte er den Alabasterengel auf dem Fensterbrett. Der winzige Engel war recht grob gearbeitet, sein Gesicht hatte kaum Konturen, und doch schien er ihn mit wachen, offenen Augen anzusehen. Georg hatte nie an Zeichen geglaubt, aber nun kam es ihm vor, als spreche der Engel ihm Mut zu; ja, als habe Tom seinen Talisman nicht vergessen, sondern ihn absichtlich ans Fenster gestellt, damit Georg ihn sah.

Er nahm den Engel und legte ihn an seine Lippen. Vielleicht hatte Eva doch recht, er sollte zum alten Simon fahren. Georg dachte an den Alten mit seinen wässrigen blauen Augen und seinen Gebärden wie ein Zirkusdirektor. Er war ein echter Künstler, der genau wusste, was man mit seiner Stimme anstellen konnte, und das hatte er Georg mit Zuckerbrot und Peitsche beigebracht.

Unwillkürlich, ohne es selbst wirklich zu registrieren, begann Georg zu summen, während er den Engel noch immer leicht an seine Lippen presste. Einen Moment später spürte er, wie zwei starrende Augen ihn durchs Fenster fixierten. Georg verstummte schlagartig, er kam sich ertappt vor, und gleichzeitig war es, als erahne er eine Gefahr, die sich näherte. In der nächsten Sekunde jedoch war das Gesicht, das er gerade noch gesehen hatte, wieder verschwunden, als habe es nie existiert.

Die Hündin gähnte hinter ihm und streckte sich.

Hatte ein Geräusch sie aufgeschreckt? Dann klopfte es.

»Polizei!,« rief eine mürrisch klingende Stimme.

Der Mann vor der Tür trug einen altmodischen Trenchcoat. In den wenigen Monaten, in denen Georg ihn nicht gesehen hatte, war er über Gebühr gealtert. Sein Haar war zu lang, und seine letzte Rasur musste mindestens zwei Tage zurückliegen.

Georg starrte den Kommissar an. Er sah wie ein Südländer aus, dabei trug er den typisch deutschen Namen Bauer. Hatte Bauer seinen Fall nun doch gelöst? Wussten sie endlich, wer das Mädchen getötet und ihn überfallen hatte? Aber nichts in der Miene des Kommissars nährte diese Hoffnung.

»Sie wohnen hier?«, fragte Bauer und blickte auf die Hündin, die sich ohne ein Knurren in den Türspalt zu zwängen versuchte. Auch sie schien den Polizisten wiederzuerkennen.

»Nur vorübergehend«, antwortete Georg krächzend. Er ließ die Hündin an dem Polizisten vorbei in den Garten laufen.

Bauer zog die Augenbrauen in die Höhe. Er wirkte übernächtigt und feindselig. Sie hatten sich nie gemocht. Gegen Brun hatte Bauer nur nachlässig ermittelt. Bereits wenige Tage nach dem Überfall hatte er ihn von der Liste der Verdächtigen gestrichen und Georg das Gefühl gegeben, er sei ein Lügner, der genau wusste, wer ihn überfallen hatte, aber aus Angst vor einem weiteren Überfall einen falschen beschuldigte.

»Ich muss Ihnen ein paar Fragen stellen«, sagte

Bauer. Er verzog den Mund und lächelte, ohne dass sich der düstere Ausdruck in seinen Augen veränderte. »Ich hätte auch nichts dagegen, wenn Sie mich hereinbitten würden.«

Georg überlegte, ihm den Eintritt zu verwehren, dann jedoch ließ er die Türklinke los und gestattete dem Polizisten, an ihm vorbei ins Haus zu treten.

»Haben sich neue Dinge ergeben?«, fragte er, während er zum Herd ging und das Gas ausschaltete. Weshalb kam ein Polizist morgens um sieben zu ihm? Dann keimte eine andere Hoffnung in ihm auf. Konnte Bauer von dem Foto wissen, das ihm jemand geschickt hatte? »Ich habe ein Foto bekommen, dass Brun in der Oper zeigt, am Tag des Überfalls ...«

Bauer wandte sich abrupt um. Seine Augen verengten sich. »Hören Sie zu!«, sagte er laut und noch ein wenig feindseliger. »Bei allem, was wir hier bereden, lassen Sie Ihren Kollegen aus dem Spiel. Es ist erwiesen, dass er nichts mit dem Mord zu tun hat. Er kann es nicht gewesen sein. Wann begreifen Sie das endlich?« Er drehte sich um und schien abzuwägen, seit wann Georg hier wohnte und ob er allein war. »Wer hat Ihnen das Foto geschickt? War es wieder eine anonyme Sendung?« Bauer starrte ihn an, als erwarte er das Geständnis, dass Georg sich das Foto selbst geschickt hatte.

»Ja, wieder ohne Absender.« Georg nickte.

»Interessant.« Bauer setzte sich und rieb sich über das Gesicht. Seine braunen Lederschuhe waren ganz schmutzig und hatten auf dem Linoleum feuchte Abdrücke hinterlassen. »Wäre wirklich interessant zu erfahren, wer Ihnen solche Fotos schickt. Wer weiß, dass Sie hier wohnen? Ich brauche jeden Namen.«

Georg nahm ebenfalls am Tisch Platz, jedoch so weit wie möglich von Bauer entfernt. Er hatte das Gefühl, dass Bauer seine Müdigkeit nur vortäuschte. In Wahrheit war er hellwach und lauerte auf seine Reaktion. »Außer der Frau, die mir dieses Haus vermietet hat, weiß niemand, dass ich hier bin«, erwiderte er. »Nein«, verbesserte er sich, weil ihm einfiel, dass diese Lüge einer Überprüfung kaum standhielt. »Eileen … Meine Frau und mein ehemaliger Manager haben herausgefunden, wo ich bin, und wie ich sie kenne, werden sie es noch ein paar anderen Leuten erzählt haben, meiner Schwägerin zum Beispiel. Aber warum wollen Sie das wissen?«

Bauer klopfte eine Zigarette aus einer Schachtel und steckte sie sich in den Mund, ohne sie anzuzünden. »Es wäre schön, wenn Sie mich die Fragen stellen ließen, Herr Arden«, sagte er voller Sarkasmus. Dann zog er sein Diktiergerät hervor, schaltete es ein und legte es auf den Tisch. Georg kannte dieses Ritual bereits. Bei seiner ersten Vernehmung, die noch im Krankenhaus stattgefunden hatte, war Bauer ebenfalls mit seinem Diktiergerät aufgetaucht und hatte es ihm dicht vor den Mund gehalten, als dürfe er keinen seiner heiseren, gekrächzten Laute verpassen.

»Erzählen Sie mir, welchen Kontakt Sie zu Nora Bergmann pflegen! Ich weiß bereits, dass Sie sich kennen und dass Sie mit ihr gestern Abend in Köln gewesen sind.«

So wie Bauer es sagte, klang es wie ein ernster Vorwurf. Georg spürte selbst, wie er zusammenzuckte. Was war mit Nora? War sie mit ihrem Freund in einen ernsten Streit geraten, weil sie ihn nach Köln begleitet hatte? Er versuchte eine beiläufige Antwort zu geben. »Ich habe Nora durch meinen Sohn kennengelernt. Deshalb habe ich sie auch gebeten, mit mir zu fahren. Ich hatte mir eingebildet, sie könnte meine Frau vielleicht überreden, mir den Jungen zurückzugeben.«

Bauer hörte reglos zu. Sein Blick schien nun beinahe gelangweilt auf den Alabasterengel auf dem Fensterbrett gerichtet zu sein, während Georg seinen Abend in Köln schilderte. Nur dass er noch einmal zurückgefahren war und Eva getroffen hatte, verschwieg er, ohne selbst zu wissen warum.

Als Georg geendet hatte, rührte Bauer keinen Finger, um das Diktiergerät abzuschalten. Die Zigarette klebte noch immer kalt in seinem Mundwinkel. Schon früher hatte Georg gedacht, dass es ein Trick war, den Bauer perfekt beherrschte. Sobald er das kleine silberfarbene Gerät hervorgeholt hatte, klang alles plötzlich gewichtig und offiziell. Für ein paar Sekunden war lediglich zu hören, wie das Band sich in der winzigen Kassette weiter und weiter abspulte.

Georg fühlte sich erschöpft und durstig. »Sagen Sie mir, was los ist!« Seine Stimme war kaum zu verstehen. »Ist Nora etwas passiert?«

Bauer schaute ihn wieder an. In seinen dunklen Augen stand eine arktische Kälte. »Wie kommen Sie darauf, dass Nora etwas passiert sein könnte?« Dann nahm er seine Zigarette und legte sie vor sich hin. »Kennen Sie den Freund von Nora?«, fragte er.

Georg nickte und zögerte dann. »Ich bin ihm kurz begegnet.«

»Der Mann heißt Mike Hanke. Er ist gestern mit seinem Wagen aus Berlin gekommen. Während Sie mit seiner Freundin unterwegs waren, hat ihm jemand vermutlich mit einer Metallstange den Hinterkopf zertrümmert. Wenn kein Wunder geschieht, wird er den heutigen Tag nicht überleben.« Bauer wartete ab, welche Reaktionen seine Worte hervorrufen würden. Als Georg seinem Blick standhielt und es schaffte, nichts zu entgegnen und die Übelkeit, die in ihm aufstieg, zu unterdrücken, fuhr der Polizist fort. »Ich beginne mich zu fragen, was Sie damit zu tun haben könnten. Ist es nicht äußerst seltsam, dass ausgerechnet Sie mit der Freundin des Opfers zusammen sind, während der Täter auf eine ähnliche Art und Weise zuschlägt wie bei Ihnen vor fünf Monaten in Köln?«

18

Sie überraschte sich selbst, wie gut sie noch immer die Lüge beherrschte. Kaum hatte Nora das Krankenzimmer ihrer Tante betreten, schlüpfte sie in eine Rolle, spielte eine gutgelaunte junge Frau, deren einzige Sorge dem Zustand ihrer Angehörigen galt. Hanna saß auf dem Bett. Sie schaffte es sogar zu lächeln und mühte sich ab, um Nora ein paar Schritte entgegenzugehen.

»Wenn alles gut verläuft, darf ich in der nächsten Woche für ein paar Tage nach Hause.« Hanna ließ sich bereitwillig am Arm fassen und zu einem Stuhl führen. Die zweite Frau im Zimmer, eine hagere Alte, die stets ein Kopftuch trug, vermutlich um ihren kahlen Schädel zu verbergen, lag auf ihrem Bett und schlief geräuschvoll mit offenem Mund.

Nora gelang es, ein paar freundliche Belanglosigkeiten zu sagen. Sie erzählte von Klavierschülern, die es in Wahrheit gar nicht mehr gab. Am Morgen hatte sie ein Schild in das Fenster zur Straße gehängt: *Leider muss der Unterricht bis auf weiteres ausfallen, gez. Nora Bergmann.* Aber wahrscheinlich wäre ohnehin niemand mehr gekommen. Dass in ihrem Haus die Polizei ein und aus ging, weil beinahe jemand umgebracht worden war, hatte sich wie ein Lauffeuer im Ort verbreitet. Sie würde mit den Ärzten reden müssen, dass Hanna auf keinen Fall zu früh entlassen wurde.

»Ich habe etwas geträumt«, sagte Hanna, als Nora für einen Moment verstummte, weil es schwierig wurde, weitere kleine Lügen zu erfinden. Nach einem Blick auf die Alte, die noch immer vor sich hin schnarchte, fuhr ihre Tante leiser fort: »Hast du meinen Brief gelesen?«

Nora nickte, auch wenn sie versucht war, den Kopf zu schütteln, aber zumindest diese Lüge wollte sie Hanna ersparen.

»Glaubst du, dass wir meinen Jungen wiederfinden

können?«, fragte Hanna. »Ich habe geträumt, dass wir zwei Kinder bekommen. Du bringst ein Mädchen zur Welt, und ich sehe meinen Sohn wieder.«

»Ich weiß nicht recht«, sagte Nora. Plötzlich spürte sie, wie ihr Tränen in die Augen krochen. Offensichtlich gab es Schmerzen, die niemals vergingen. Auf einmal musste sie an Mikes Mutter in Berlin-Pankow denken, bei der an diesem Morgen zwei Beamte vor der Tür gestanden hatten, um ihr eine wirklich schlechte Nachricht zu überbringen.

»Ich bin sicher, dass der Verein noch existiert, der damals die Adoption übernommen hat.« Hanna schaute Nora fragend an und versuchte, ihr Zögern zu ergründen. »Trotzdem wird es nicht einfach sein, den Jungen ausfindig zu machen, aber wir könnten es zumindest versuchen. Meinst du nicht?« Ein aufforderndes Funkeln trat in ihre Augen, das Nora so bei ihrer Tante noch nie gesehen hatte. Es war, als sei durch die erfolgreiche Operation oder durch Noras Rückkehr und ihr Geständnis, schwanger zu sein, eine Sehnsucht in ihr aufgebrochen, die sie all die Jahre sogar vor sich selbst verheimlicht hatte.

Statt Hanna leichthin zuzustimmen und ihr die erhoffte Antwort zu geben – »ja, wir werden deinen Sohn finden, kein Problem« –, glaubte Nora für einen Moment, mit allen ihren Lügen aufräumen zu müssen: Sie war nie eine Schauspielerin gewesen, der Vater ihres Kindes war in ihrem Haus überfallen worden und lag schwerverletzt in einem anderen Flügel dieses Krankenhauses, und sie hatte keine Ahnung mehr, was sie mit ihrem Leben anfangen sollte.

Als sich die Tür öffnete und ein Mann den Raum betrat, dachte sie zuerst an David, der nach ihr suchte, doch es war Ortner, der sich mit einem unsicheren Lächeln näherte. Nie war sie dankbarer gewesen, den alten Pfarrer zu sehen. Er hatte sich kaum verändert, ein kleiner, scheuer Mann mit hoher Stirn und falschen Zähnen, die viel zu groß für seinen schmalen Mund wirkten.

Ortner reichte Nora zaghaft die Hand und umarmte dann ihre Tante, indem er sich über sie beugte und ihr über den Rücken strich. Für einen Moment sahen die beiden wie ein altes Ehepaar aus, das sich ungelenk berührte. Offensichtlich hatte Ortner noch nichts von dem Unglück mitbekommen, das in ihrem Haus geschehen war, oder er hielt es auch für ratsamer, darüber zu schweigen.

Hanna begrüßte den Pfarrer einsilbig und zu seiner Überraschung so unhöflich, dass er irritiert blinzelte und Nora einen fragenden Blick zuwarf, den sie jedoch ignorierte. Stattdessen erhob sie sich.

»Tut mir leid, dass ich nicht mehr bleiben kann«, sagte sie, »aber ich muss noch einiges für die Klavierstunden vorbereiten.«

Hanna schaute sie argwöhnisch an, als durchschaue sie ihre Lüge; vielleicht ahnte sie auch nur, dass Nora die günstige Gelegenheit zur Flucht nutzte.

Als Nora schon an der Tür war, rief Ortner ihr mit sanfter Stimme nach: »Lukas ist bei mir gewesen. Er würde gern einmal mit dir sprechen. Du solltest ihm bald die Gelegenheit dazu geben.«

Vor Mikes Krankenzimmer saß ein uniformierter Polizist mit kurzen, blond gefärbten Haaren und blätterte gelangweilt in einem Taschenbuch. Er gestattete Nora lediglich, einen kurzen Blick in das Zimmer zu werfen. Mike wurde künstlich beatmet. Eigentlich war von ihm nicht viel mehr als ein überdimensionaler, leuchtend weißer Kopfverband zu sehen, als liege da kein Mensch, sondern eine große Puppe, an der irgendwelche Erste-Hilfe-Kurse absolviert wurden. Tränen traten ihr in die Augen, und ein Kälteschauer schüttelte sie. Der Schrecken, der sie umklammert hielt, nahm nicht ab, nein, er wurde noch stärker, und mit ihm wuchs auch das Nicht-Begreifen. Es konnte doch nicht sein, dass ihre Welt so leicht aus den Fugen geriet.

Plötzlich wurde ihr mit einer Sicherheit klar, die ihr einen zweiten Schock versetzte, dass der Anschlag möglicherweise tatsächlich ihr gegolten hatte. Wer konnte schon gewusst haben, dass Mike im Haus auf sie wartete? Der Stumme und vielleicht Lukas, wenn er sie weiterhin beobachtet hatte. Den Gedanken an Lukas hatte sie sich bisher verboten, mit keinem Wort hatte sie ihn David gegenüber erwähnt. War Lukas fähig, ihr eine Eisenstange auf den Schädel zu schlagen?

Sie hatte Angst vor ihrer eigenen Antwort. In der Nacht ihrer Abiturfeier hatte er keine Skrupel gehabt, sie in die Turnhalle zu locken, wo seine beiden Komplizen es sich schon mit einer Flasche Wodka gemütlich gemacht hatten. Nicht André und Steffen, die beiden arroganten Tennisspieler, sondern Lukas hatte sie im Vorraum auf die Matte geworfen und so getan, als sei es ein Spiel. Er hatte gelacht und ihr den ersten hässlichen Kuss auf die Wange gedrückt. Ein Judas-Kuss, der wie ein Signal gewesen war, dass auch die beiden anderen sich über sie hermachen konnten.

Ihre Erinnerung an diese furchtbare Nacht war so klar, wie sie in all den Jahren nie gewesen war. Sie sah das blasse Mondlicht, das durch blinde Milchglasscheiben fiel, sah die schönen, teuren Tennisschuhe der beiden Schönlinge, sah, wie Lukas seinen gelben, geschmacklosen Pullunder auszog. Musik, harte Beats, dröhnten aus dem Foyer der Schule herüber. Irgendwo brannten auch ein paar Kerzen. Kerzen? Ja, manchmal war ein Licht aufgeflammt, als seien da irgendwo Kerzen, die ins Flackern gerieten. Nora begriff mit einem Mal, dass sie sich die ganze Zeit getäuscht hatte. Es war gar nicht spontan gewesen, keine betrunkene, aus jugendlichem Übermut entstandene Tat. Nein, Lukas hatte alles vorbereitet gehabt. Vielleicht hatte er seine beiden Kumpane wegschicken wollen, aber am Anfang brauchte er sie, um sich hervorzutun und den großen Aufreißer zu mimen. Dann, als sie sich wehrte, war alles aus dem Ruder gelaufen.

Einen Moment überlegte sie, ob sie Ortner vor dem Zimmer ihrer Tante abpassen sollte. Was wollte Lukas von ihr? Warum war er mit dem Wunsch, sie zu sprechen, sogar zum Pfarrer gelaufen? Dann bemerkte sie David in Begleitung eines recht jungen, glatt rasierten Arztes den Gang hinunterschreiten.

Beide machten besorgte, düstere Mienen. David trug noch immer seinen langen Mantel und sah nicht aus, als habe er eine Stunde Schlaf erwischt. Die rothaarige Kommissarin schien diesmal nicht dabeizusein.

Nora wusste nicht, ob David sie entdeckt hatte. Er reichte dem Arzt förmlich die Hand, dann tauchte der Arzt in einen Nebenraum ab, und David kam langsam auf sie zu. Erst als er sie fast erreicht hatte, hob er den Blick. Er lächelte müde und machte eine Handbewegung, als wolle er ihr eine Haarsträhne aus dem Gesicht streichen. Dann überlegte er es sich anders und zog seinen Arm zurück.

»Die Ärzte meinen, dass sich in den nächsten vierundzwanzig Stunden zeigen wird, ob er es überlebt«, sagte er. Für eine Spur von Mitleid in der Stimme schien er zu müde zu sein.

Nora nickte. Immerhin hatte sich ihre schreckliche Ahnung noch nicht bewahrheitet. Mike lebte noch. »Habt ihr schon etwas herausgefunden?«

David ging mit ihr an dem Polizisten vorbei, grüßte ihn flüchtig und steuerte auf einen Kaffeeautomaten am Ende des Flures zu. »Ich habe mit dem Sänger gesprochen«, sagte er leise, während er eine Münze in einen Metallschlitz warf und einen Milchkaffee wählte. »Arden hat eure Geschichte bestätigt, aber sonst scheint er keine Ahnung zu haben, was vor sich geht. Er hat nur seinen verschwundenen Jungen im Kopf.«

Im Innern der Maschine begann es zu rumpeln. Ein Plastikbecher glitt mit dampfendem Kaffee in ein Sichtfenster, das sich eine Sekunde später öffnete.

David nahm den Becher und reichte ihn ihr. Eine Vertrautheit lag in dieser Bewegung, als sei es allenfalls ein paar Tage und nicht neun Jahre her, dass sie sich zuletzt gesehen hatten. Dann wählte er für sich einen Espresso mit einer doppelten Portion Zucker und wartete, bis ein zweiter Becher in dem kleinen Fenster erschien.

Zwei Krankenschwestern strichen an ihnen vorbei und musterten sie seltsam unfreundlich, als seien sie hier ganz und gar fehl am Platze.

»Ich weiß nicht, was ich tun soll«, sagte Nora. Der Kaffee war so heiß, dass sie ihn kaum in der Hand halten konnte. »Glaubst du auch, dass der Überfall eigentlich mir galt?«

»Wir müssen alles in Erwägung ziehen«, antwortete er. Zum ersten Mal sah sie, dass er unter seinem Mantel tatsächlich eine Waffe in einem Holster trug. »Aber warum sagst du uns nicht alles? Warum müssen wir von einem deiner Nachbarn erfahren, dass man dir vor drei Tagen ein Fenster eingeschlagen hat?«

»Wahrscheinlich war es nur ein dummer Streich.« Sie wollte sich selbst beruhigen. »Hat auch der Polizist im Ort gemeint.«

»Vielleicht war das eine Warnung, die du nicht beachtet hast. Vielleicht gibt es jemanden, der dich aus Königswinter vertreiben will.« David sah sie forschend an.

Lukas, dachte sie, nun war der Augenblick gekommen, von Lukas zu sprechen, von der Nacht in der Turnhalle, von der Rose, die er vor die Haustür gelegt hatte, seinem Brief, von der Bettelei, sie sehen zu dürfen. Aber irgendwie kam ihr der Name nicht über die Lippen. David war zwei Jahre älter als Lukas. Er hatte ihn stets mitleidig belächelt, den einzigen Sohn des Bürgermeisters, der immer meinte, sich großtun und andere beeindrucken zu müssen. Eine Zeitlang hatten sie sogar zusammen in der Schulmannschaft Volleyball gespielt, aber auch da hatten sie sich wie Konkurrenten verhalten.

»Warum sollte man mich vertreiben? In ein paar Wochen, sobald es meiner Tante besser ginge, wäre ich ohnehin wieder nach Berlin verschwunden.«

David zögerte einen Moment, als müsse er über diese Antwort nachdenken, dann nippte er an seinem Espresso. »Es ergibt keinen Sinn«, sagte er. »Wo ist das Motiv? Warum hasst jemand einen Menschen so sehr, dass er ihm den Schädel einschlägt?«

»Warum hat jemand auf den Sänger eingeschlagen? Hat es da ein Motiv gegeben?« Sie dachte an den Stummen und seine Verzweiflung darüber, dass die Polizei seinen Verdächtigungen keinen Glauben geschenkt hatte.

»Du hast recht, auch da haben wir kein Motiv, aber vielleicht haben wir es mit zwei verschiedenen Tätern zu tun, selbst wenn es nach wie vor Parallelen gibt. Vieles deutet darauf hin, dass die sieben Überfälle in Köln, auch den auf Arden und das Mädchen, ein Linkshänder verübt hat. Deshalb kam der andere Sänger, dieser angebliche Rivale, nie wirklich in Betracht, obwohl Arden das nicht begreifen wollte. Was den Angriff gestern Abend angeht, so können wir uns noch kein richtiges Bild über den Tathergang machen, aber eigentlich muss der Täter ein Rechtshänder gewesen sein. Andernfalls hätte er gar nicht richtig ausholen können, weil der Lehnstuhl, in dem dein Freund saß, viel zu nah am Geländer der Terrasse stand. Jemand, der die Waffe in der linken Hand hielt, hätte sich regelrecht hinter den Stuhl schieben müssen.«

Nora verzog das Gesicht. Es verursachte ihr Übelkeit, sich diese Szene vorzustellen. Verdammt, warum hatte Mike sich nicht gewehrt, warum hatte er überhaupt da draußen gesessen?

»Wenn ich nicht mit Georg Arden nach Köln gefahren wäre, hätte das alles nicht passieren können«, sagte sie leise.

David griff nach ihrer linken Hand und umschloss ihre Finger, als sei sie eine Blinde, die er vorsichtig führen müsse. »Wir sollten dich in einem Hotel einquartieren«, sagte er. »Es ist vielleicht klüger, vorerst nicht in das Haus deiner Tante zurückzukehren.«

Sie schüttelte den Kopf, auch wenn sie ahnte, dass ihr Mut sie in der Nacht wieder verlassen würde. »Nein, ich glaube, das ist keine gute Idee«, sagte sie und fügte lebhafter hinzu: »Vielleicht bleibe ich auch bei Mike im Krankenhaus, wenn man mich lässt.«

»Wie du willst, aber ich werde in jedem Fall einen Beamten vor deinem Haus postieren.« David ließ ihre Hand los. Er trank an seinem Espresso und starrte sie an. Seine braunen Augen waren noch dunkler als früher. Damals hatten sie mitunter träumerisch und entrückt gewirkt, nun waren sie kühl und forschend.

Er war ein Polizist, der allem mit Misstrauen begegnete. ›Wie ist es dir in den letzten Jahren ergangen?‹, wollte sie ihn fragen, tat es aber nicht. ›Gibt es jemanden, der sich um dich kümmert?‹

Als ein Telefon klingelte, griff sie unwillkürlich in ihre Hosentasche, um ihr Handy hervorzuziehen. Mike, dachte sie in einem kurzen Moment des Irrtums, dem ein neuerlicher tiefer Schmerz folgte.

David hatte viel schneller reagiert und meldete sich mürrisch, als fühle er sich ernstlich gestört, an seinem Mobiltelefon. Konzentriert lauschte er. Nora meinte, die Stimme der Kommissarin zu vernehmen, die hastig auf ihn einsprach. Sie sah, wie sich seine Stirn in Falten legte und er sich ein wenig abdrehte. »Habt ihr die Stimme auf Band?«, fragte er leise. Dann hörte er wieder ein paar Sekunden angestrengt zu, ohne jedoch etwas zu entgegnen.

Als er das Gespräch beendete, schaute er sie durchdringend an.

»Wir haben einen anonymen Anruf erhalten«, sagte er. »Eine offenbar männliche Stimme hat uns einen Tip gegeben: Wenn wir den Täter finden wollen, müssten wir den stummen Sänger fragen – und seine heimliche Geliebte.«

»Wer sollte das sein – die heimliche Geliebte des Sängers?« Nora versuchte möglichst ironisch zu klingen, als komme ihr bereits die Frage absurd vor, geschweige denn eine ernstgemeinte Antwort darauf.

David tat, als habe er ihre Ironie nicht bemerkt,

oder er betrachte sie als Teil ihrer Verstellung. »Bist du gemeint, Nora?«, fragte er mit Nachdruck, als habe er in ihr eine wirkliche Verdächtige vor sich. »Bist du Ardens Geliebte?«

»Nein, verdammt! Hast du den Verstand verloren?« Sie starrte ihn an, aber plötzlich begriff sie, dass es für ihn auch eine andere Wahrheit geben konnte. Der stumme Sänger und sie hatten sich abgesprochen. Beinahe alles stimmte an ihrer Geschichte: die gemeinsame Fahrt nach Köln, die Suche nach dem verschwundenen Sohn, die Rückkehr nach Königswinter, doch dann gab es zwei Minuten, die sie gelöscht hatten: Georg Arden hatte sie nicht vor dem Haus abgesetzt, sondern war mit hineingegangen, und da war Mike auf sie zugesprungen, wütend, weil sie ihn versetzt hatte und mit einem anderen Mann herumgezogen war, und es war zum Streit gekommen …

»Du glaubst doch nicht im Ernst, dass der Sänger und ich es fertigbringen würden, Mike etwas anzutun?«

»Nein«, erwiderte David, beinahe ohne die Lippen zu bewegen, »ich glaube gar nichts.«

Von seinem Wagen aus sah Georg, dass Leggewie bereits in seinem Büro saß, eine Art Glaskasten, der wohl Modernität und Eleganz ausstrahlen sollte. Leggewie störte sich nicht an Zuschauern, die vereinzelt auf der Straße entlangliefen. Er hatte die Füße lässig auf seinen Schreibtisch gelegt, rauchte und telefonierte, indem er sich den Hörer unter das Kinn klemmte. Zwischendurch strich er sich fahrig über seinen grauen Zopf. Der Computer hinter ihm, dekorativ unter einem riesigen abstrakten Bild platziert, leuchtete geschäftig. Leggewie war ein Frühaufsteher. Eigentlich wusste man nie, wann er schlief. Mehr als vier, fünf Stunden die Nacht konnten es nicht sein. Er hatte den Ehrgeiz, jeden seiner Klienten mindestens einmal in der Woche anzurufen, um den Eindruck zu erwecken, dass er sich um alles kümmerte. Er nannte sich Medienagent und vertrat vier bekannte Schauspieler, von denen einer sogar in einer Nebenrolle in einem Hollywood-Film aufgetreten war, dazu eine Handvoll mittelmäßiger Theatermimen und ein paar Sänger, die sich mehr schlecht als recht durchschlugen. Georg war einer der wenigen gewesen, der über längere Zeit ein festes Engagement gehabt hatte.

Eva musste sich irren, oder sie hatte mit Absicht eine Lüge in die Welt gesetzt. Warum sollte sich Leggewie plötzlich mit Eileen treffen? In all den Jahren waren sie sehr reserviert miteinander umgegangen. Eileen war meistens sogar nur widerwillig zu der Party mitgekommen, die Leggewie in jedem Sommer für seine Klienten gab. Er hatte Wolkenstein, ihren Vater, gekannt und angeblich vor vielen Jahren einige Semester bei ihm studiert. Vielleicht war das der Grund gewesen, warum Eileen ihn auf Distanz gehalten hatte. Sie schätzte es ganz und gar nicht, wenn man sie mit banalen Erinnerungen an ihren genialischen Vater überfiel.

Allerdings redete Leggewie fast nie über sich; er verstand es, Anekdoten über berühmte Künstler und

Regisseure zu erzählen, aber er selbst kam nicht in seinen Geschichten vor. In seinem Haus irgendwo im Süden Kölns, da, wo es ruhiger und vornehmer wurde, empfing er keine Gäste, und seine Frau, von der ein Gerücht besagte, dass sie an einer unheilbaren Muskelkrankheit litt, hatte Georg nur einmal zufällig in der Oper getroffen. Sie war übermäßig geschminkt gewesen, wie jemand, der mit einem aufdringlichen Make-up das Alter in die Flucht schlagen will, und hatte kaum einen Gruß über die Lippen gebracht.

Nachdem Leggewie den Telefonhörer aufgelegt und sich zu seinem Computer gedreht hatte, stieg Georg aus dem Wagen. Er würde nicht gehen, bevor Leggewie ihm nicht verraten hatte, wo Tom sich aufhielt.

Eine Straßenbahn fuhr vorbei. Georg wartete einen Moment, und als er wieder freie Sicht auf das Büro hatte, bemerkte er, wie sich sein Herzschlag beschleunigte. Eine Frau mit langen blonden Haaren war in den Raum getreten, und Leggewie sprang hinter seinem Schreibtisch auf und machte zwei Schritte auf sie zu. Er war kleiner als die Frau, ein grauer Zwerg, der sich einer Prinzessin näherte. Mit einem überraschten Lächeln küsste er sie auf die Wange und griff gleichzeitig nach ihrer rechten Hand.

Eileen versteifte sich bei seiner Berührung, sie zog die Schultern ein wenig hoch, ein sicheres Zeichen, wie unangenehm ihr dieser Kuss war. Sie trug ein dunkelbraunes, eng anliegendes Kleid, das viel zu elegant und förmlich für einen gewöhnlichen Besuch wirkte.

Georg eilte über die Straße. Wo war Tom? Hatte sie ihren Sohn nicht mitgebracht? Er überlegte, zuerst in der Tiefgarage, die sich unter dem Haus befand, nach ihm zu suchen, aber dann stürmte er durch die Glastür in das Büro. Eine junge Frau, die er noch nie bei Leggewie gesehen hatte, saß hinter einem Tresen am Empfang und blickte erschreckt von einem Magazin auf.

»Guten Morgen«, sagte sie, eine kalte, puppenhafte Schönheit, und zwang sich zu einem geschauspielerten Lächeln. Sie konnte allenfalls Anfang Zwanzig sein, bemühte sich aber, älter und geschäftsmäßiger zu wirken. »Haben Sie einen Termin?«

Mit einer unwirschen Handbewegung lief Georg weiter und riss die Tür zu Leggewies Büro auf. Lediglich am Rande registrierte er, dass die Frau ihm etwas nachrief, das beinahe wie eine Warnung klang. Die Wut, die ihn durchströmte, wuchs mit jedem Schritt. Gleichzeitig erfüllte sie ihn nicht ganz. Während sein Körper sich wie vor einer großen Anstrengung anspannte, spürte er auch eine gewisse Fremdheit in sich. Was tat er hier? Was hatte er vor?

Leggewie starrte ihn entsetzt an. Er war im Begriff gewesen, sich wieder zu setzen, und erhob sich nun erneut in plötzlicher Panik. Als habe er ein wildes Tier vor sich, das er besänftigen musste, streckte er die Hände aus. Doch eigentlich achtete Georg viel mehr auf Eileen.

Sie saß vor dem mächtigen, gläsernen Schreibtisch, ohne sich zu rühren. Weder drehte sie sich um, noch stand sie auf. Georg brauchte einen Moment, um zu begreifen, dass sie ihn längst in einem Glasschrank erspäht hatte, der sich ein Stück hinter Leggewies Schreibtisch befand. Eileen beherrschte eine Kunst, die ihm bisher nur bei großen Sängern und Schauspielern aufgefallen war: Allein durch ihre Anwesenheit konnte sie einen Raum ausfüllen; alle Blicke schienen von ihr angezogen zu werden und bei ihr zu enden.

»Beruhige dich«, rief Leggewie ihm entgegen und fuchtelte erneut mit seinen gelblichen Nikotinfingern herum, als habe er ihn tatsächlich mit Eileen in einer verfänglichen Situation ertappt. »Wir versuchen nur eine Lösung zu finden, für das Problem, das du …«

»Wo ist Tom?« Seine Stimme war fast nicht zu verstehen. Kaum mehr als ein Stöhnen drang über seine Lippen.

»Hör zu«, erwiderte Leggewie hastig. »Wir wollen keinen Ärger. Ich versuche nur zu vermitteln, zwischen dir und …«

Eileen brachte ihn mit einem Blick zum Schweigen. Dann richtete sie sich auf. Ihre Bewegungen verrieten keine Hast und keine Aufregung. Sie musterte Georg mit ihren wachsamen, grünen Augen. »Hallo«, sagte sie leise. »Ich dachte mir beinahe, dass du kommen würdest.« So hatte ihn gestern auch ihre Schwester Eva begrüßt. Eileen machte eine Handbewegung, als sei sie die Gastgeberin, und lud ihn ein, sich auf den zweiten Stuhl neben sie zu setzen. Ein Ring mit einem quadratischen, orangefarbenen Stein, den er noch nie gesehen hatte, blinkte an ihrem Finger.

Georg blieb reglos stehen. Er wunderte sich über die Sanftheit in ihren Augen. Ihre letzten Begegnungen waren anders verlaufen; voller Schweigen und stummer Vorwürfe. Sie waren umeinander geschlichen, weil sie im Grunde nur darauf gewartet hatten, sich verletzen zu können, aber nun konnte sie sich ihre Sanftheit auch wieder erlauben. Sie hatte triumphiert: Tom war wieder bei ihr.

»Wo ist Tom?«, wiederholte Georg. Die Zunge klebte ihm am Gaumen, und er hatte auf einmal Schwierigkeiten zu atmen. Brun, fiel ihm ein, er hätte gestern abend doch zu Brun fahren sollen.

Eileen las seine Gedanken. Ihre Augen färbten sich noch eine Spur dunkler. »Du musst mit diesem Wahn aufhören. Tom ist bei Eva, weil ich einige Dinge zu erledigen habe. Dann werden wir über das Wochenende wegfahren, und am Montag wird er hoffentlich wieder in seine alte Schule gehen.« Die Warnung klang beiläufig. Wie eine Löwenmutter würde sie Tom keine Sekunde aus den Augen lassen. »Eva hat dir ausgerichtet, was ich von dir verlange. Bring dein Leben in Ordnung – geh zum alten Simon und arbeite an deiner Stimme!«

Er lachte kurz auf. Es war albern und absurd. Seine Stimme war ruiniert, er würde nie wieder auf einer Bühne stehen, allenfalls könnte er einen Stummen mimen, der den Mund zu einem Playback auf und zuklappte.

»Ich würde dir eine Wohnung in der Stadt besorgen«, fügte Leggewie beflissen hinzu. »Dann kannst du aus diesem furchtbaren Holzhaus ausziehen.« Es sah ihm nicht ähnlich, aber nun schien er ernsthaft besorgt zu sein.

Für einen Moment standen sie wie Schauspieler da, die ein Regisseur in Position gestellt hatte und die dann nicht wussten, wie sie weiter agieren sollten.

In das Schweigen hinein sagte Georg etwas; Worte, die ihn selbst überraschten, weil sie wie ein Geheimnis, das er unbedingt hüten wollte, aus seinem Mund fielen: »Ich muss endlich wissen, wer mich überfallen hat.«

Ja, das war im Grunde das größte Rätsel, das ihn niederdrückte, noch größer als die Frage, wann Eileen aufgehört hatte, ihn zu lieben.

»Niemand weiß es«, erwiderte Eileen nach einem tiefen Atemzug. »Es hat mehrere dieser Überfälle gegeben, immer auf Männer Anfang Dreißig, unauffällige, unbescholtene Geschäftsleute, zwei Lehrer …«

Er winkte ab. Er kannte all diese Ergebnisse einer mittelmäßigen, fruchtlosen Polizeiarbeit. Dann zog er wie Spielkarten die Fotos hervor, die Martha ihm geschickt hatte. Brun beim heimlichen Betreten des Ladens, Brun als Schattenriss, wie er Eileen umarmte. Er reichte ihr die Fotos in einer müden Geste, ohne Zorn und Vorwurf.

Eileen betrachtete die Fotos mit gerunzelter Stirn, als halte sie ein Dokument in den Händen, das sie nur mit Mühe entziffern konnte. »Du spionierst mir nach?«, sagte sie dann. Ein grünes Feuer loderte in ihren Augen. »Du lungerst vor meinem Geschäft herum und machst Fotos?« Verächtlich hielt sie ihm die Bilder hin, die er jedoch nicht nahm. »Das ist nichts«, sagte sie lauter und zorniger. »Ein Mann betritt einen Laden und begrüßt eine Frau, die er seit ein paar Jahren kennt. Ich könnte dir sogar erklären, wie es zu diesen Aufnahmen gekommen ist, aber wahrscheinlich würdest du es nicht einmal verstehen wollen.«

»Erklär es mir«, sagte er. Seine Stimme gewann ein wenig Halt. Es tat ihm gut, zu sehen, dass sie ein gutes Stück ihrer Selbstsicherheit verlor. »Vielleicht geschieht ja ein Wunder, und ich verstehe endlich etwas.«

»Frag Bauer!« Sie funkelte ihn an und sprach zu laut und zu schnell. »Kommissar Bauer hat Viktor in mein Geschäft bestellt, weil er gemeinsam mit uns reden wollte. Doch dann hat er angerufen und gesagt, dass er verhindert sei. Viktor hat sich nach dir erkundigt und ist fünf Minuten später wieder gegangen. Das ist die ganze Geschichte dieser Fotos.«

Er registrierte mit einem bitteren Lächeln, dass sie Brun beim Vornamen nannte. »Warum sollte Bauer ausgerechnet Brun in deinen Laden bestellen, um mit ihm zu reden?«

»Ich weiß es nicht.« Ihre Nasenflügel bebten, als könne sie sich nur mühsam unter Kontrolle halten. »Ruf ihn an und frag ihn!«

Wusste sie, dass er Bauer erst am frühen Morgen gesehen hatte, oder rechnete sie damit, dass er einen Polizisten, der ihm unsympathisch war, niemals anrufen würde? Früher hatten sie ihre Streitigkeiten dadurch gelöst, dass sie sich unvermittelt in den Arm nahmen oder küssten oder dass einer von ihnen anfing zu lachen, weil ihr Streit plötzlich zu schwer und scheinbar zu bedeutsam geworden war, als dass sie ihn noch ernst nehmen konnten.

»Ihr solltet lieber über Tom nachdenken«, sagte Leggewie. Er hatte sich eine Zigarette angezündet und war zwischen sie getreten. »Der Junge leidet am meisten unter der Situation.«

Georg spürte den Impuls, Leggewie für seine Altklugheit und seinen Verrat ins Gesicht zu schlagen. Hätte er sich nicht eingemischt, wäre Tom noch immer bei ihm in Königswinter und sie hätten Zeit gehabt, sich einzurichten. »Ihr versteht gar nichts«, hörte er sich erwidern. »Ich muss Tom bei mir haben, zumindest so lange, bis sich alles geklärt hat.«

»Nein«, sagte Eileen mit stahlharter Stimme. »Tom will gar nicht zu dir zurück. Außerdem ist er krank und liegt im Bett.« Sie fixierte ihn mit den Augen, als sei er nicht mehr als ein störrisches, begriffsstutziges Kind.

Er wusste, dass sie log. Sie hatte noch nie vor einer Lüge zurückgeschreckt, wenn es ihr nutzte. Mit einer harten, schnellen Bewegung, die sie abrupt zurückweichen ließ, riss er ihr die Fotos aus der Hand. Dann drehte er sich herum und verließ das Büro. Neben der Tür hing eine gerahmte Porträtaufnahme, die ihn für eine Sekunde innehalten ließ: »Rusalka«; er als trauernder Prinz, vor fünf Jahren, ein Gastspiel an der Oper in Düsseldorf, sein Durchbruch als Solist, die erste bedeutsame Rolle. Leggewie musste das Bild erst kürzlich aufgehängt haben. Die Erinnerung an einen Sänger, den es nicht mehr gab. Bei seinem letzten Besuch vor ein paar Wochen war das Foto jedenfalls noch nicht dagewesen.

19

Er fühlte sich so leer und erschöpft, dass er sich am liebsten in eine große Kirche gesetzt und einer Orgel zugehört hätte, deren Klänge wie Wellen über ihn hinweggeströmt wären, um ihn dann schließlich mit sich zu reißen, heraus aus der Gegenwart, aus seinen düsteren Gedanken und sinnlosen Fragen. In Fürstenfeldbruck hatte er als Schüler auch manchmal Orgel spielen dürfen, nicht im Gottesdienst, sondern am Nachmittag, weil da selten jemand in der Kirche war, den er mit seinem wilden, aufbrausenden Spiel stören konnte, oder auf Begräbnissen in der kalten zugigen Friedhofskapelle, wenn er versprochen hatte, sich an ein bestimmtes Repertoire zu halten. Er hatte Fürstenfeldbruck gehasst und verachtet, genauso wie er Rudolf, seinen verkrüppelten, älteren Bruder, und seine Eltern verachtet hatte. Er war immer sicher gewesen, dass er etwas finden werde, das größer war als das Leben, das seine Eltern sich für ihn vorstellten. Der Sohn des Friedhofsgärtners, der im Kirchenchor sang, der schmächtige, wieselflinke Bruder eines Krüppels. Der Geruch von Tannennadeln und verblühten Blumen im Haus widerte ihn an, die Nähe zum Friedhof, wo alte Frauen umherhuschten, als gebe es keinen anderen Platz mehr für sie auf der Welt, Hände voller Erde, die niemals sauber wurden, so sehr man sie auch schrubbte. Ihren Dialekt verabscheute er und bemühte sich darum, bei jeder Gelegenheit Hochdeutsch zu sprechen, was ihm allerdings nur halb so gut gelang, wie er selbst glaubte. Als Student hatte er zu allem anderen auch noch Sprechunterricht nehmen müssen, um überhaupt die Aussicht auf ein Engagement als Sänger zu haben. Wenn er ehrlich war, hatte er am Anfang mit besonderem Eifer Klavierspielen geübt, weil sein Bruder ihn glühend darum beneidet hatte. Mit seiner missgestalteten rechten Hand konnte Rudolf sich nicht einmal die Schuhe zubinden, geschweige denn Klaviertasten bedienen. Manchmal bettelte er darum, dreihändig mit ihm zu spielen, aber was hätte anderes dabei herauskommen sollen als eine unvollständige, unvollkommene Musik? Später, als man in der Schule seine Stimme entdeckte, hatte auch Rudolf Gesangsstunden nehmen wollen, doch selbst die Mutter, die sonst immer auf Ausgleich und Harmonie bedacht war, musste erkennen, wie aussichtslos es war, die Stimme ihres ältesten Sohnes fördern zu wollen.

Fast vierzehn Jahre hatte Georg seine Eltern nicht mehr gesehen. Als er begann, in Köln Gesang zu studieren, weit genug von Fürstenfeldbruck entfernt, hatte er geglaubt, sich neu erfinden zu können. Er hatte keine Eltern mehr, sie lebten in einem anderen Universum; nein, eigentlich hatte er sich selbst auf die Welt gebracht. Seine Eltern hatten ihn nie besucht, sie hatten verstanden, dass der Kontakt ihm lästig war. Allein sein Bruder war gelegentlich vorbeigekommen, hatte sich kunstbeflissen gegeben, doch hatte Georg ihn nie jemandem vorgestellt. Selbst Eileen war seiner Familie allenfalls drei- oder viermal begegnet, und Tom hatte seine Großeltern nie kennengelernt.

Wenn er überlegt hatte, wer ihn hassen könnte, hatte Georg stets an Rivalen und Neider an der Oper gedacht, aber niemals an seine Familie. Dabei hätten sie allen Grund dazu gehabt. Ein Telefonanruf im Jahr und eine Postkarte zu Weihnachten. Er hatte sie verlassen und verraten, wie ihn nun Eileen verlassen und verraten wollte.

Er ging mit der Hündin zur Rheinpromenade unterhalb des Kölner Doms und schaute sich um, als könne sein Bruder tatsächlich irgendwo auf der Lauer liegen. Dann dachte er an seine Mutter und hatte plötzlich Sehnsucht nach ihr. Jedes Mal, wenn er von den Klavier- und später den Gesangsstunden nach Hause zurückgekehrt war, hatte eine Schale mit geschältem Obst in seinem Zimmer gestanden. Nachdem sein Bruder sich einmal an den Äpfeln und Apfelsinen bedient hatte, durfte Rudolf vier Wochen lang weder ein Fußballspiel im Fernsehen anschauen noch sich seine geliebte Sportzeitung kaufen.

Martha wartete an dem ersten Schiffsausleger auf ihn. Sie trug eine Sonnenbrille, lehnte am Geländer und blickte versonnen auf das Wasser. Wie schon bei ihren letzten Begegnungen bemerkte er kleinere

Veränderungen an ihr. Ihr gelbes Kleid sah aus, als habe sie es für einen horrenden Preis bei Eileen in der Boutique gekauft, und auch ihr Haar wirkte eine Spur blonder als gewöhnlich.

Sie hat einen Freund, kam es ihm in den Sinn. So eine Wandlung konnte in der Regel nur ein Mann auslösen. Missmutig registrierte er, dass ihm diese Erkenntnis einen Stich versetzte. Er wäre nie auf einen Mann eifersüchtig, in den Martha sich verliebte, aber sie war die Einzige gewesen, der er in den letzten Wochen vertrauen konnte, und er hatte Angst, dass sie nun keine Zeit mehr für ihn haben werde.

Bella sprang ihr begeistert, wie einer alten Freundin entgegen, und auch Georg begrüßte sie freudiger, als er es eigentlich vorgehabt hatte. »Schön, dass du kommen konntest«, sagte er leise, als bestehe die Gefahr, dass irgendjemand sie belauschte.

Martha legte kurz den Arm um seine Schulter. Sie roch wieder nach Parfüm. »Ich habe dem Intendanten gesagt, dass ich einen Termin beim Frauenarzt habe.« Sie lächelte. »Das funktioniert immer. Da traut sich nie jemand nachzufragen. Die neuen Besetzungslisten kann ich auch noch morgen schreiben.«

Ein weißes Ausflugsschiff schaukelte träge und verlassen im Sonnenlicht. Zwei Frauen auf Rollerblades rauschten an ihnen vorbei. Ansonsten herrschte noch nicht viel Betrieb am Ufer, als sie die Promenade hinunterschritten.

»Gibt es eine Spur von Tom?«, fragte sie. Am

Telefon hatte er ihr bereits ein paar Dinge erklärt, die sich ereignet hatten.

Er schüttelte den Kopf. »Nein, aber ich habe Eileen gesehen.«

Martha hatte ihre Sonnenbrille nicht abgelegt. Ohne Regung nahm sie diese Nachricht entgegen. Sie kannte ihn mittlerweile gut genug, um zu wissen, dass sie lediglich abwarten musste, bis er ihr die ganze Geschichte erzählte.

Klein und blass fand er sein Gesicht in den dunkelbraunen Gläsern ihrer Brille gespiegelt. »Ich bin zu Leggewie gefahren, und da saß sie schon. Sie hat mich wieder belogen.« Er berichtete ihr von den Fotos und der Erklärung, die Eileen sich daraufhin zurechtgelegt hatte. Einmal nahm Martha seine Hand und drückte sie kurz.

»Als ich Eileen so vor mir stehen sah, in der Hand die Fotos, die alles verrieten, ihren ganzen Betrug«, sagte er, »da habe ich plötzlich gedacht, dass es mir besser ginge, wenn sie gar nicht mehr existierte, wenn sie sich mit einem Schlag in Luft auflösen würde. Dann wäre Tom bei mir, ich könnte in meine alte Wohnung zurückkehren und …« Er verstummte abrupt. Wohin hatten seine Gedanken ihn getrieben? Hegte er tatsächlich Mordgelüste? Oder machte ihm nur die Verzweiflung den Kopf schwer und verwirrte ihn?

Martha war für einen Moment stehengeblieben. Sie warf ihm einen Seitenblick zu, bevor sie weiterging. »Ich verstehe, was du meinst«, sagte sie dann, »aber sie ist auch Toms Mutter.«

»Ja, es war nur … ein Gedanke, der … nichts bedeutet.« Er geriet ins Stottern, sein Hals begann zu schmerzen, und er ärgerte sich auf einmal, dass Martha ihre Sonnenbrille nicht abgenommen hatte. Er hätte gerne ihre Augen gesehen, matte, graue Augen ohne Ausdruck und Leidenschaft. Ihre Augen waren genauso verbindlich wie sie selbst, sie schien unentwegt die Welt zu ordnen, alle Dinge in Kategorien einzuteilen, so wie sie in ihrem Büro Briefe, Besetzungspläne und Verträge sortierte, ablegte, archivierte. Wahrscheinlich herrschte auch in ihrer Wohnung der höchste Grad an Ordnung und Sauberkeit.

Weil die Hündin ein paar Meter zu weit vorausgelaufen war, pfiff er sie ärgerlich heran. Das Tier gehorchte mit eingezogenem Schwanz, ein willenloses Opfer seines Unmuts.

»Hast du schon einmal daran gedacht, Urlaub zu machen?«, fragte Martha zaghaft. Sie schien zu spüren, wie sehr sich seine Laune von einem Moment auf den anderen verschlechtert hatte. »Ich habe eine Freundin, die ein Haus auf Mallorca besitzt. Wenn du willst, könnte ich dich begleiten.« Sie lächelte hinter ihrer dunklen Brille. »Das Haus hat drei Schlafzimmer und ist so groß, dass man sich fast verlaufen kann.«

Ein alter, glatzköpfiger Mann in kurzen Hosen kam ihnen auf einem Fahrrad entgegen. An seinem Lenker hing ein unförmiger, uralter Rekorder. Richard Tauber sang mit voller Lautstärke: »Dein ist mein ganzes Herz …«

Das Manuskript, fiel Georg ein, seine letzte Niederlage. Über Seite fünf des Filmskripts war er nie hinausgelangt. Richard Tauber auf dem Totenbett, umringt von zwei Frauen, die ihn einmal geliebt hatten. Ja, vielleicht war es wirklich keine schlechte Idee, für einige Zeit zu verschwinden, auf Mallorca in der Sonne zu sitzen und auf das endlose, stille Meer zu blicken.

»Wie würdest du deinem Freund erklären wollen, dass du mit einem fremden Mann wegfährst?«, fragte er mit heiserem Spott in der Stimme. Es war ein Schuss ins Blaue. Er wollte sehen, ob sie verlegen wurde und irgendeine Ausflucht suchte.

Martha sah auf den Fluss hinaus. »Ich würde es ihm schon beibringen«, erwiderte sie ungerührt. »So oder so.« Sie machte eine vage Handbewegung.

»Ich muss erst Tom zurückholen«, sagte er entschlossen. Er blickte an ihr vorbei und versuchte sich Tom vorzustellen, wie er mit ihm an einem weiten Strand entlanglief. »Vorher kann ich nicht verreisen, aber ich bin sicher, dass es ihm am Meer gefallen würde.«

Sie stellte sich brav an die Kasse der Drachenfelsbahn, wartete hinter einer Gruppe japanischer Touristen, die unentwegt aufeinander einredeten, zog dann einen Geldschein hervor und trat vor die Glasscheibe.

»Einfach, ohne Rückfahrt«, sagte Nora. Ihr Herz klopfte, und erneut rumorte es unangenehm in ihrem Bauch. Ihr Kind schien die Aufregung auch zu fühlen, die ihren ganzen Körper erfasst hatte

Nelli saß hinter der Glasscheibe. Sie trug eine rote, verwaschene Bluse mit langen Ärmeln und hatte ihre Haare nachlässig zusammengebunden. Sie sah müde und übernächtigt aus. Durch keine Regung verriet sie, ob sie Nora erkannt hatte. Ihre zarten Finger, deren lange Nägel sie schwarz lackiert hatte, tauchten in einer winzigen Durchreiche auf, sie griffen routiniert nach dem Geldschein und schoben Nora einen grünen, altmodischen Fahrschein zu, der irgendwie unecht aussah, als habe man damit den Eintritt in ein Märchenland für Kinder gelöst.

Erst als Noras rechte Hand sich auf den Fahrschein legte, zischte Nelli ihr zu: »Was willst du von ihm? Verschwinde! Lass Lukas in Ruhe! Er dreht sonst noch völlig durch!« Feindselig starrte sie Nora in die Augen. »Du hast schon früher alles durcheinandergebracht – die schöne Prinzessin, die sich bewundern ließ und umschwärmt werden wollte.«

»Ich weiß nicht, was du meinst«, sagte Nora und wandte sich ab.

Nelli war auf eine törichte Art eifersüchtig. Früher waren manche ihrer Freundinnen nicht damit fertig geworden, dass Nora interessanter war als andere Mädchen, dass Jungen wie Lukas ihren Kopf auf die Schienen legten, um sie zu beeindrucken, obschon ein Zug heranraste.

Lukas stand in einer Art Uniform hinter der Sperre zur Drachenfelsbahn. Er kontrollierte die Fahrscheine, indem er sie mit einer kleinen Metallzange abknipste. Als Nora an der Reihe war, hob er kurz den Kopf, was er bei den anderen Fahrgästen nicht getan hatte. Kannte er sie so gut, dass er noch wusste, wie ihre Hände aussahen? Er öffnete den Mund, aber dann sprang nur sein Adamsapfel auf und ab, und er nickte ihr stumm zu, ohne ihr in die Augen zu schauen.

»Ich muss mit dir reden«, flüsterte Nora, während sie an ihm vorbei auf die Bahn zuging. Als sie sich umdrehte, bemerkte sie, dass Nelli ihr von der Kasse aus nachblickte. Argwohn lag auf ihrem Gesicht, und beinahe schien es, als überlege sie, ob sie aufstehen und Nora in die Bahn folgen sollte.

Die Drachenfelsbahn hatte sich keinen Deut verändert. Wie seit eh und je wurde man auf alten, harten Holzbänken den Berg hinaufgekarrt. Selbst die altmodischen Warnhinweise waren noch dieselben. Nicht einmal den Anstrich im Inneren hatte man erneuert.

Nachdem er die letzten drei Fahrgäste kontrolliert hatte, die ebenfalls zu der japanischen Gruppe gehörten, schloss Lukas die Sperre und schritt auf den ersten Eingang zu. Mit den Augen suchte er den Wagen ab, bis er Nora auf dem ersten Platz hinter dem Fahrersitz entdeckte. Er bewegte sich langsam, wie ein Herzkranker, der sich vor jeder Anstrengung fürchtet. Ein dunkler Bartschatten zeichnete sich auf seinem Gesicht ab, und seine glänzenden Haare verrieten, dass er sie seit Tagen nicht mehr gewaschen hatte. Wenn sie diesen Lukas sah und mit dem Jungen verglich, den sie in Erinnerung hatte, dann mussten weit mehr als neun Jahre vergangen sein. Der junge Lukas hatte irgendwann sein Leben verlassen und hatte das eines anderen, viel älteren Mannes angenommen.

Lukas kletterte hinter seinen Fahrersitz und betätigte einen Knopf, um die Türen zu schließen. Nora spürte, dass er sie im Spiegel ansah. Die Japaner begannen aufgeregt loszuschnattern, als die Bahn sich ächzend in Bewegung setzte.

»Was willst du?«, fragte Lukas mit tonloser Stimme ihr Bild in seinem Rückspiegel.

Nora erhob sich und trat neben ihn. Mühsam ratterten die Ketten und zogen die beiden Waggons den Berg hinauf. »Ich dachte, du wolltest mich sprechen.«

»Ja«, sagte er, »das habe ich Pfarrer Ortner gesagt, aber vielleicht hat es sich erledigt.«

»Was ist mit Nelli?«, fragte Nora. »Wenn sie deine Freundin ist, warum läufst du dann hinter mir her?«

»Sie ist nicht meine Freundin.« Lukas sprach so leise, dass sie ihn kaum verstehen konnte. »Nelli hat viel Pech gehabt. Sie ist krank, deshalb klammert sie sich an mich. Ihre Nieren sind kaputt.«

Jahrelang hatte Nora geglaubt, dass sie Lukas hasste, dass sie ihm nie wieder unter die Augen treten wollte – oder wenn, würde sie ihm das Gesicht zerkratzen, ihm sein selbstsicheres Grinsen aus den Mundwinkeln prügeln, aber nun dachte sie, dass sie Mitleid mit ihm haben musste. Kraftlos lagen seine fetten, bleichen Hände auf den Steuerknüppeln, sinnlose Werkzeuge, zu nichts anderem zu gebrauchen, als jeden Tag mehrmals einen guten Kilometer einen öden Berg hinauf- und wieder hinunterzufahren.

Die Japaner hinten im Wagen fingen an, Fotos zu schießen. Einige kicherten dabei.

»Es ist etwas Furchtbares passiert«, sagte Nora. »Jemand hat meinen Freund überfallen und ihm mit einer Eisenstange auf den Kopf geschlagen. Er liegt schwerverletzt im Krankenhaus.«

Tränen stiegen ihr wieder in die Augen. Trotzdem wandte sie sich nicht von Lukas ab. Er starrte ohne Regung vor sich hin. Nur gelegentlich zuckte sein Blick zu dem Rückspiegel hinauf, als habe er keine friedlichen Japaner, sondern eine weitaus gefährlichere Fracht an Bord, die er keinen Moment unbewacht lassen durfte.

»Weißt du etwas darüber?«, fragte sie mit drängender Stimme und versuchte, die Tränen zu unterdrücken.

Sein Unterkiefer begann zu mahlen, und zum ersten Mal sah er Nora an. In seinen Augen stand eine Leere, als sei er gar nicht bei sich, wie bei einem Drogensüchtigen, den nur ein besonders kräftiger Schuss für Momente in die Realität zurückbringen konnte.

»Was sollte ich darüber wissen?«, erwiderte er fast trotzig.

»Ein Mann hat bei der Polizei angerufen, ohne seinen Namen zu nennen«, sagte Nora. »Er hat der Polizei den Hinweis gegeben, wenn sie etwas über den Überfall herausfinden wollten, müssten sie den stummen Sänger und dessen heimliche Geliebte befragen.« Sie machte eine kleine Pause, dann fügte sie noch ernster hinzu: »Ich glaube, dass du dieser Anrufer warst, Lukas.« Sie hatte sich diesen Verdacht erst zusammengereimt, während sie ihn aussprach. »Wolltest du, dass man mich verdächtigt?«

Sein Adamsapfel hüpfte noch heftiger auf und ab, und er wischte sich mit einer fahrigen Bewegung über die Stirn. »Wie kommst du darauf?« Sein Blick verirrte sich zu ihr und zuckte panisch zurück. »Glaubt die Polizei auch, dass ich angerufen habe? Meinen sie vielleicht sogar, ich hätte deinen Freund überfallen?«

»Noch habe ich ihnen nichts von meinem Verdacht erzählt. Ich wollte erst mit dir reden.« Nora entdeckte, dass vorne auf der Ablage über seinem Steuerpult ein Mobiltelefon und ein Buch lagen: *Kanada – ein Paradies für Auswanderer.*

»Ich habe nichts damit zu tun.« Mit Mühe gelang es ihm, seine Stimme fester klingen zu lassen. »Ich habe die Polizei nicht angerufen, und gestern war ich den ganzen Abend mit Nelli zusammen. Sie hat Ärger mit dem Gericht, weil sie irgendwelche Arztrechnungen nicht bezahlen kann.«

Die Ketten unter dem Waggon ratterten immer lauter. Nun zogen sie die Bahn das steilste Stück den Berg hinauf. Noch eine Kurve, dann würden das Restaurant und die Aussichtsplattform auf dem Drachenfels in Sicht kommen. Ein paar Japaner hinter ihnen kreischten auf wie Kinder in der Geisterbahn.

»Ich bin sicher, dass du lügst«, sagte Nora. »Ich habe es früher immer gewusst und weiß es auch heute. Vielleicht sollte ich die Polizei bitten, deine mit der Stimme des Anrufers zu vergleichen, oder möglicherweise reicht es auch schon, wenn sie sich dein Handy genauer ansehen.« Sie wollte in einer schnellen Bewegung nach seinem Telefon greifen, doch er fing ihr Handgelenk ab und umklammerte es mit einem überraschend festen Griff.

»Nora, hör auf damit!« Mit engen, zusammengekniffenen Augen sah er sie im Rückspiegel an und drückte noch kräftiger zu. Er wollte ihr wehtun und sie einschüchtern; sie gab jedoch keinen Laut von sich, während sie beobachtete, wie er sich erneut verwandelte und zu einem bösartigen, alterslosen Mann wurde, der sich angegriffen fühlte und ausdrückte, dass er sich wehren werde.

Dann ließ er plötzlich ihren Arm los und schleuderte ihn von sich. »Soll ich dir sagen, wie sehr mir diese eine Nacht leid tut? Jeden Tag denke ich an diese verdammte Nacht. Ich würde meinen rechten Arm dafür geben, wenn ich alles rückgängig machen könnte. Diese Nacht hat mein ganzes Leben zerstört.«

Unvermittelt kam die Bahn zum Stehen. Hinter ihnen kletterten die Japaner von den Holzbänken, und vor ihnen lagen die schmucklose Aussichtsplattform und ein wunderbar blauer Himmel, in dem zwei Krähen wirre Kreise flogen.

Lukas drückte auf einen Knopf, und die Türen öffneten sich. Laut und erwartungsfroh lachend stiegen die Japaner aus.

»Erinnerst du dich noch, wie wir früher in der alten Drachenburg herumgeklettert sind?«, fragte er, als Nora sich bereits abgewandt hatte, um auszusteigen. »Wir haben Kerzen mitgenommen und deinen alten Kassettenrekorder. Manchmal hatten wir auch eine Flasche Wein dabei. Ich hatte immer das Gefühl, dass ich nie einen anderen Menschen finden würde, der mich so gut versteht wie du.«

»Da hast du dich geirrt«, sagte Nora eine Spur zu hart, aber er klang so schrecklich sentimental.

Lukas nickte müde und starrte in den leeren Himmel hinaus. »Heute Abend, gegen neun, sobald es einigermaßen dunkel geworden ist, warte ich auf der Terrasse vor der Drachenburg auf dich. Dann habe ich mir genug Mut angetrunken und erzähle dir, wer die Polizei angerufen hat und warum.«

Einen Plan, dachte Georg, er brauchte einen Plan, wie er Tom zurückholen könnte. Es würde nicht ausreichen, ihn einfach an der Schule abzufangen und mit ihm nach Königswinter zurückzufahren. Er musste dafür sorgen, dass Tom bei ihm bleiben durfte, ganz nach Recht und Gesetz. Ein neuerliches Versteckspiel hatte keinen Sinn mehr. Vermutlich kannte Leggewie einen Anwalt, der in solch einer schwierigen Angelegenheit Rat wusste, aber ihm konnte Georg nun nicht mehr trauen. Leggewie hatte ihn verraten und sich auf Eileens Seite geschlagen.

Wenn er nachweisen könnte, dass Eileen doch mit dem Überfall auf ihn zu tun hatte, wäre sie erledigt, dann hätte er bei jedem Gericht der Welt beste Aussichten, dass man ihm seinen Sohn zusprach.

Er spürte selbst, wie vergiftet seine Gedanken waren. War er tatsächlich von einem Wahn besessen? Wollte er die Schuld an seinem Unglück unbedingt bei Eileen abladen, weil er glaubte, dass sie aufgehört hatte, ihn zu lieben? Aber stimmte es nicht, dass sie sich in den letzten Monaten mehr um ihr Geschäft und irgendwelche prominenten Kundinnen als um ihn gekümmert hatte? Anders als Eva war sie nicht einmal mehr zu seinen Premieren gekommen, und wenn er ihr bestimmte, schwierige Passagen vorsingen wollte, die er den Tag über einstudiert hatte, war sie meistens zu Tom ins Zimmer geflohen, hatte sich an sein Bett gesetzt und ihm vorgelesen. Wann waren sie an ihre Grenze gelangt – an das Ende der Liebe? Dabei war seine Karriere nie besser gelaufen als in den Wochen vor dem Überfall: Er bekam die größten Soloparts, Viktor Brun hatte er eindeutig den Rang abgelaufen, in den Kritiken wurde sein Name zuerst genannt, und es hatten sich schon Intendanten und Regisseure aus Berlin und Hamburg bei Leggewie nach ihm erkundigt. Selbst eine Einladung zu den Bayreuther Festspielen war angeblich im Gespräch. In heimlichen Momenten hatte er sich sogar vorgestellt, wie es wäre, nach Fürstenfeldbruck zurückzukehren, indem er zumindest für ein Gastspiel nach München an die Staatsoper ging – der verlorene Sohn vor dem Haus seiner Eltern, denen er nun beweisen konnte, wie recht er gehabt hatte, sie und ihre kleine, enge Stadt zu verlassen.

»Dein Ehrgeiz widert mich an«, hatte Eileen gesagt. »Du bist blind geworden vor Arroganz und Eitelkeit.«

Vielleicht hatte es ihr zu schaffen gemacht, dass sie, die schöne Tochter vom großen Wolkenstein, sich längst nicht mehr für eine Künstlerin halten konnte – sie war lediglich die Besitzerin einer teuren Boutique, und er war der Sänger, dessen Foto in der Zeitung abgebildet war.

Nein, er musste sich diese Gedanken verbieten; sie verwirrten ihn und zogen ihn immer weiter in einen Strudel hinein, der ihn von allem davontrieb.

Eine Weile kreuzte er ruhelos durch die Stadt, fuhr an Eileens Laden vorbei, ohne sich allerdings zu vergewissern, ob sie schon da war, und passierte auch das schmucklose Mietshaus in der Südstadt, in dem der alte Simon wohnte, doch statt auszusteigen und bei ihm zu klingeln, gab er wieder Gas. Was für einen Sinn hätte es, dem Alten seine zerstörte Stimme vorzuführen? In einem Geschäft am Chlodwigplatz besorgte er sich ein Mobiltelefon, indem er lediglich auf einen bunten Prospekt deutete, der auf dem Ladentisch auslag. Der Verkäufer wollte ihm all die Funktionen des winzigen Telefons erklären, doch nach drei Versuchen, nachdem Georg ungeduldig abgewinkt hatte, gab er es entnervt auf und schien ihn für einen verrückten Taubstummen zu halten, der sich einen für ihn völlig überflüssigen Apparat kaufte.

Eine halbe Stunde später, nachdem sein Telefon freigeschaltet war, wählte er seine alte Nummer, in der Hoffnung, dass vielleicht Tom ans Telefon gehen würde, doch nach dem dritten Klingeln meldete sich Eileens Stimme mit einer unpersönlichen Ansage vom Anrufbeantworter. »Hier ist der Anschluss von Eileen und Tom …« Ihn hatte sie nun endgültig aus ihrer Ansage gelöscht.

Dann rief er Martha an und bat sie, ihrem Bekannten, dem Detektiv, den offiziellen Auftrag zu erteilen, Eileen zu beschatten und ihm zu berichten, was sie und Tom unternahmen.

In Königswinter fielen ihm zwei Streifenwagen auf, die langsam durch die engen Gassen rollten, und vor Noras Haus stand ein dunkelblauer Kombi, der auffällig nach Polizei aussah. Er überlegte anzuhalten und sich nach ihrem Freund zu erkundigen, aber dann fürchtete er, Bauer zu begegnen. Der Kommissar würde noch immer versuchen, Verbindungen zwischen ihm und der Attacke auf Noras Freund zu ziehen, auch wenn es da keinen Zusammenhang geben konnte. Georg nahm sich vor, ihre Telefonnummer herauszufinden und Nora am Abend anzurufen. Vielleicht konnten sie sich unauffällig irgendwo treffen.

Als er unterhalb der Kabelbahn parkte und die Hündin aus dem Kombi springen ließ, bemerkte er einen Mannschaftswagen der Polizei, der in einer Einfahrt stand. Ein uniformierter Polizist saß hinter dem Steuer und rauchte. Gelangweilt starrte er vor sich hin. Ansonsten war der Wagen leer.

War Noras Freund gestorben und suchte die Polizei nun einen Mörder? Anders war die auffällige Polizeipräsenz kaum zu erklären. Auch die Hündin schien Unheil zu wittern. Sie hielt ihre Schnauze in den Wind und lief dann den Berg hinauf. Noch immer bewegte sie sich ein wenig ungelenk und zog einen Hinterlauf nach. Kurz vor der Pforte zu seinem Grundstück blieb sie stehen und begann aufgeregt zu kläffen.

Ein Polizist in einem grünen Kampfanzug stand auf der anderen Seite des Gartenzauns. Er mochte kaum zwanzig sein, ein echtes Milchgesicht, das noch nicht wusste, wie wichtig es sich nehmen sollte, und blickte Bella argwöhnisch an. In der Hand hielt er ein Gerät, das wie ein Geigerzähler aussah.

Georg packte die Hündin am Halsband, damit sie aufhörte zu bellen, dann öffnete er das Tor, ohne den Polizisten aus den Augen zu lassen.

»Bedaure«, rief der Polizist und setzte sich in Bewegung. »Sie können hier nicht rein. Polizeieinsatz!«

Georg schüttelte den Kopf. »Ich wohne hier«, brachte er krächzend heraus. Dann entdeckte er zwei weitere Polizisten, die durch den Garten streiften. Einer hatte sich mit einem Stock bewaffnet, mit dem er unter die Büsche fuhr und die Zweige anhob.

Der junge Polizist runzelte zweifelnd die Stirn. »Sie sind nicht etwa der Sänger?«, fragte er beinahe ungläubig, als habe er nicht erwartet, dass das Wild, dem sie hinterherjagten, sich von selbst einstellte.

»Was tun Sie hier?«, entgegnete Georg, statt zu antworten. Der dritte Polizist machte sich an der rostigen Badewanne zu schaffen, die unter einem Apfelbaum stand. Mit einem kräftigen Tritt sorgte er dafür, dass die Wanne auf die Seite fiel.

»Hören Sie auf damit!«, rief er dem Mann wütend zu, aber der Polizist schien seine heisere Stimme gar nicht gehört zu haben. Seelenruhig begann er das hohe Gras abzutasten, das sich unter der Badewanne befunden hatte.

»Binden Sie Ihren Hund an, und dann kommen Sie bitte ins Haus!« Bauer stand in der Eingangstür und schaute ihn an. Er trug seinen Mantel, den er anscheinend nie ablegte, und darunter ein weißes T-Shirt, das in der Sonne wie ein Segel leuchtete.

Sie hatten sich Zugang verschafft, hatten die Tür aufgebrochen und waren in sein Haus eingedrungen. Georg spürte, wie ihm für einen Moment der Atem stockte. Dann blitzte ein anderer Gedanke in seinem Kopf auf: Sie hielten ihn für den Täter, glaubten, dass er Noras Freund niedergeschlagen hatte.

Die Hündin trippelte nervös auf der Stelle und setzte wieder an zu bellen. Er strich ihr beruhigend über den Kopf, raunte ihr ein paar leise Worte ins Ohr und leinte sie an dem Zaun zum Nachbargrundstück an.

Der junge Polizist nickte ihm aufmunternd zu und machte eine Handbewegung, als müsse er ihn zum Haus geleiten.

»Es tut mir leid«, erklärte Bauer, »aber wir mussten im Zuge unserer Ermittlungen leider die Tür öffnen lassen.« Lässig, als begrüße er einen alten Bekannten, streckte er eine Hand aus.

Georg ignorierte die Hand des Kommissars und schritt an ihm vorbei. Anscheinend hatte man die Tür nicht aufgebrochen, sondern das Schloss fachmännisch abgeschraubt und zerlegt. Eine rothaarige Frau saß am Tisch. Vor ihr lag eine Plastiktüte, in der sich ein silberner, länglicher Gegenstand befand. Sie schien Bauers Vorliebe für Diktiergeräte zu teilen. Den Apparat ganz nah an ihre Lippen gepresst, murmelte sie vor sich hin. Georg glaubte das Wort »Tatwerkzeug« zu verstehen. Als sie seinen Schatten bemerkte, der sich über sie senkte, stellte sie das Gerät ab und wandte sich um. Ihre Augen glänzten grünlich, und um ihren Mund spielten Falten, als würde sie für gewöhnlich spöttisch lächeln.

Wie ein höflicher Gastgeber stellte Bauer sie vor. »Monika Weihe, meine Kollegin, leitet die Ermittlungen im Fall Hanke«, sagte er.

Einen Moment lang war es still, und Georg konnte hören, dass oben jemand mit schweren Stiefeln umherschritt. Ein weiterer Polizist, der sich die beiden Schlafräume vorgenommen hatte.

»Was suchen Sie?«, fragte Georg. »Wie kommen Sie dazu, hier in mein Haus einzudringen!« Seine Stimme spielte ihm wie so häufig einen Streich; die Worte klangen rau und unsicher, als sei er kurzatmig und müsse zwischendurch Luft holen.

Bauer trat neben ihn und bedeutete ihm, sich zu setzen. Plötzlich kam Georg das Haus, das doch kaum mehr als eine Hütte war, seltsam fremd und trostlos vor. Die holzvertäfelten Wände, mit kitschigen Bildern und Sprüchen behangen, der alte, zerschrammte Herd, die winzige Spüle mit dem tropfenden Wasserhahn. Konnte es tatsächlich sein, dass er hier schon mehr als sechs Wochen verbracht hatte?

»Es war Gefahr im Verzug, da waren wir leider gezwungen zu handeln«, erklärte der Kommissar. »Zumal wir nicht wussten, wo Sie sich aufhielten.« Sein letzter Satz war wie ein Vorwurf und eine Rechtfertigung zugleich.

Georg setzte sich. Die rothaarige Polizistin musterte ihn mit starrem Gesicht.

»Wir haben einen Tipp bekommen«, sagte sie, »und dann haben wir diesen Gegenstand bei Ihnen auf dem Grundstück gefunden.« Sie hatte eine tiefe, unaufgeregte Altstimme und klang wie eine bekannte Schauspielerin, deren Namen Georg vergessen hatte.

Der Gegenstand schimmerte bedeutungsvoll in der Plastiktüte, ein schwerer Knüppel aus Metall.

»Ein sogenannter Totschläger«, sagte Bauer, »auf Ihrem Grundstück versteckt. Könnte die Tatwaffe sein, mit der jemand Mike Hanke den Schädel eingeschlagen hat. Sie werden verstehen, dass wir da ein paar Fragen an Sie haben.«

»Das ist Irrsinn«, flüsterte Georg. »Nichts als Irrsinn.« Er sah, wie Bauer seine behaarte Hand ausstreckte, das Diktiergerät in die Mitte des Tisches schob und mit dem Daumen anschaltete, aber eigentlich funktionierte seine Wahrnehmung kaum noch, eigentlich hätte dieses winzige silberfarbene Ding auch eine Bombe sein können, die der Kommissar soeben entschärft hatte, damit sie gleich explodierte.

»Was genau meinen Sie mit Irrsinn?«, fragte die Polizistin sanft. Ihre weißen, gepflegten Hände schoben die Plastiktüte mit dem Knüppel wie beiläufig ein wenig beiseite.

›Der Irrsinn besteht darin, dass ich das Opfer bin und nicht der Täter‹, wollte er ihr ins Gesicht schreien, ›dass man mich überfallen und mir die Stimme geraubt hat, dass Eileen mich nicht mehr liebt und mir meinen Sohn wegnehmen will‹, aber stattdessen spürte er nur, wie sich seine Zunge stumm und pelzig in seinem Mund hin und her wand.

Er schloss vor Erschöpfung, die ihn mit einem Schlag übermannte, die Augen, und in der Dunkelheit sah er Eileen, Eva und Brun und Leggewie und sogar seinen Bruder Rudolf und andere namenlose Gestalten wie einen Chor aus Gespenstern um ihn stehen. Sie waren aus den schwarzen Kulissen getreten, hatten ihn umzingelt, eingekerkert mit ihrem Schweigen, und warteten nun stumm darauf, dass er sich ergab, eine Schuld einräumte, die er noch immer nicht verstand.

Dann, als Bauer sich ungeduldig räusperte, öffnete er die Augen wieder. Nein, er durfte keine Gespenster sehen. Er musste herausfinden, warum dieser Jemand, der ihm die Stimme genommen hatte, ihn nun auch noch zum Verbrecher machen wollte.

»Kann ich ein Telefonat führen?«, fragte er, und als Bauer stumm nickte, holte er sein Mobiltelefon hervor und rief Martha in der Intendanz an. »Kennst du einen guten Anwalt?« Seine Frage klang wie ein verzweifelter Hilferuf.

20

Sich in einen Baum retten – wäre sie noch ein junges Mädchen und keine Frau, in der selbst ein Kind heranwuchs, hätte sie sich den höchsten Baum am Drachenfels ausgesucht und wäre hinaufgeklettert, um die nächsten Tage und Nächte dort zu verbringen. Ja, sie hätte mit den Wolken und Sternen geredet und wäre erst wieder heruntergestiegen, wenn die Dinge sich verändert hatten, wenn es Mike besser ging und der Täter gefasst war, und mit Lukas würde sie sich niemals in irgendwelchen dunklen Ecken treffen.

Die Aussicht vom Drachenfels auf das Rheintal war überwältigend, als habe man einen besonders gesegneten Ort aufgesucht. Kein Wunder, dass noch immer Tausende von Touristen hier heraufkamen. Trotzdem hatte Nora keinen richtigen Blick dafür. Irgendwo jenseits des Rheins war im Dunst Bonn auszumachen. Der gläserne Turm der Post-Zentrale ragte wie eine gleißende Säule aus Licht aus der Ebene. Mike lebte noch, aber eine untrügliche Ahnung sagte ihr, dass er niemals wieder gesund werden würde. Als sie mit David die Klinik verlassen hatte, waren sie am Schwesternzimmer vorbeigegangen, und da hatte Nora in einem Plastikbeutel die Kleidung entdeckt, die Mike zuletzt getragen hatte. Seine zerschrammten, abgelaufenen Stiefel, ohne die er sogar im Hochsommer keinen Schritt machte, hatten unter einem Plastikstuhl gestanden. Dieser flüchtige Anblick seiner Schuhe, verlassen und achtlos irgendwo abgestellt, hatte sie beinahe mehr erschreckt, als ihn selbst mit einem Kopfverband im Krankenbett zu sehen.

Sie machte sich an den Abstieg und versuchte dabei, den lärmenden, fröhlichen Wandergruppen auszuweichen. Dabei hätte sie gerne mit jemandem geredet, jemandem, der sie kannte und ihr zuhören würde. Früher hätte sie nur bei ihrer Freundin Mari vorbeilaufen und einen Stein gegen ihr Fenster werfen müssen. Mari war wie ein treues Hündchen, sie bewunderte Nora und wäre sofort gekommen und hätte ihr beigestanden, gleichgültig, ob es am Tag war oder mitten in der Nacht. Sie schien auch nie wirklich zu schlafen, aber vielleicht lag ihre Ruhelosigkeit auch an der Furcht vor ihrem Vater, dem Schlafwagenschaffner, der zu jeder Tageszeit betrunken und gewalttätig zu Hause auftauchen konnte. Wo lebte Mari nun? Wohin war die Familie Runholt verschwunden? Nora nahm sich vor, Ortner zu fragen. Ein Pfarrer könnte wissen, ob Mari noch einmal zurückgekehrt war. Die letzte Postkarte hatte sie vor neun Jahren von ihr erhalten. Den Text kannte sie noch immer auswendig: *Hallo Nora, ich bin in Rom. Meine Haut ist ganz braun und mein Haar richtig blond. Ich glaube, so schön bin ich noch nie gewesen. In drei Wochen fahre ich nach München, um Modedesign zu studieren. Ich hoffe, Dir geht es besser. Herzliche Grüße – Deine mAri*

Es war ein Tick von ihr gewesen, ihren Namen immer anders zu schreiben. Einmal, an ihrem Geburtstag, nachdem Nora sich mit Mike gestritten hatte und er mit Carlo verschwunden war, hatte sie Maris Namen in eine Suchmaschine im Internet eingegeben, ein sentimentaler Akt, als habe sie tatsächlich erwartet, dass ihre alte Freundin plötzlich aus der Versenkung auftauchen und ihr gratulieren werde. Sie hatte Mari nicht gefunden, nirgendwo eine Spur von ihr, keine große Modeschöpferin, die so hieß und mit ihren Kreationen Erfolge in Rom, Paris und New York feierte. Vielleicht aber war Mari längst verheiratet, hatte ihren Namen abgelegt und plagte sich mit zwei, drei quengelnden, ewig kränklichen Kindern herum.

Nora passierte die Drachenburg. Bei Tage sah das verschnörkelte Gebäude aus wie ein Märchenschloss in Kinderfilmen. Beinahe erwartete man, einen Zauberer mit Umhang und Zauberhut durch den Kamin davonfliegen zu sehen. Den Park hatte man wieder hergerichtet, wie sie auf einem Schild lesen konnte, das am Eingang stand, und die Burg selbst wurde mit großem Aufwand seit einigen Jahren restauriert. Noch war das Betreten verboten, aber irgendwann sollte da ein Museum einziehen. Nora verzichtete auf einen Spaziergang durch den Park. Statt sich mit Lukas hier in der Dunkelheit zu treffen, sollte sie besser dafür sorgen, dass die Polizei sich in seinem Hinterhaus umschaute und wenigstens sein Mobiltelefon beschlagnahmte.

Zwischen den Bäumen konnte sie auf der anderen Seite des Weges die Bahn sehen, die wieder den Berg hinaufratterte. Lukas saß mit leerem Blick hinter dem Steuer. Seine Gesichtsfarbe verriet sogar auf diese Entfernung, dass er an irgendeiner Krankheit litt oder zumindest einen äußerst ungesunden Lebenswandel führte. Zu viel Alkohol, zu viele Zigaretten. Ihr Entschluss, ihm auf keinen Fall allein in der Drachenburg gegenüberzutreten, geriet ins Wanken. Aber was tat sie, wenn er ihr nur eine Falle stellen wollte? Wenn er so betrunken war, dass er noch einmal über sie herfiel? David, fiel ihr ein, sie könnte ihn als Geleitschutz mitnehmen, doch dann würde Lukas wahrscheinlich sofort das Weite suchen. Schon in der Schule hatten die beiden kaum ein Wort miteinander wechseln können, ohne sich anzufeinden.

Als das grüne Holzhaus des Stummen auftauchte, wusste sie die Lösung. Sie würde Georg bitten, sie zu begleiten und sich diskret im Hintergrund zu halten. Ihm konnte sie auch irgendeine Geschichte erzählen – von einem alten Schulfreund, der sie treffen wollte, einem unberechenbaren Säufer, mit dem sie einmal Ärger gehabt hatte. Wahrscheinlich würde Georg nicht einmal Genaueres wissen wollen.

Kurz bevor sie in den schmalen Kiesweg abbog, der zum Haus des Sängers führte, tauchte eine Frau auf, die den Berg hinaufeilte. Sie hatte ihre dunklen Haare streng zurückgekämmt und trug eine weite schwarze Hose, die sich im Wind bauschte. Ein rotes Tuch lag um ihre mageren Schultern. Ihre Bewegungen zeugten von einer Hast und Zielstrebigkeit, die den Wanderern am Drachenfels für gewöhnlich fremd war. Als die Frau den Blick hob, erkannte Nora sie. Eva, die Schwägerin des Stummen, zögerte und geriet aus dem Tritt. Sie überlegte offenbar, ob sie umkehren sollte, den Rückzug antreten und so tun, als habe sie Nora nicht bemerkt, dann entschied sie sich jedoch für ein vages Lächeln, das allerdings nicht verbergen konnte, wie unbehaglich ihr diese Begegnung war.

»Hallo«, sagte sie ein wenig außer Atem. »Ich wollte mit Georg reden.«

Nora nickte. Die heimliche Geliebte, dachte sie plötzlich, vielleicht ergab der Tipp des anonymen Anrufers doch einen Sinn, vielleicht war Eva weit mehr als die freundliche Tante und Schwägerin. Aber was hätte sie über den Überfall auf Mike wissen sollen?

Eva reichte ihr die Hand. »Sind Sie zufällig hier?«

»Nein«, entgegnete Nora in einem unfreundlichen Tonfall, der sie selbst überraschte, »ich hatte vor, Georg um einen Gefallen zu bitten.«

Eva runzelte die Stirn, als missbillige sie diese Auskunft. »Ich will ein paar Sachen für Tom holen. Der Junge ist ziemlich durcheinander. Er hat Fieber bekommen und muss das Bett hüten.« Man sah ihr nicht an, ob sie die Wahrheit sagte oder log.

Gemeinsam bogen sie in den schmalen Fußweg. Nach ein paar Schritten, die sie beinahe gehetzt zurücklegten, als seien sie Rivalinnen in irgendeinem Spiel, standen sie vor der Gartenpforte. Mit einem schnellen Griff öffnete Eva das Tor und schob sich als erste hindurch.

»Er ist anscheinend nicht da«, sagte Nora. Von dem Haus ging eine seltsame Stille aus, als verberge sich jemand in ihm und halte den Atem an.

Eva schüttelte den Kopf. »Sein Volvo steht unten an der Bahnstation, ein wenig versteckt, aber so parkt er ja immer.« Sie schien tatsächlich nicht zum ersten Mal hier zu sein.

Die Tür war verschlossen, doch hinter ihr war ein sonderbar raschelndes Geräusch zu vernehmen. Die Hündin, dachte Nora. Bella war im Haus und lag hinter der Tür. Als sie durch das Fenster hineinblickte, das sich über dem Herd befand, erspähte sie den Schatten des Labradors.

»Er hat die Hündin allein zurückgelassen«, sagte sie verwundert.

Eva zuckte mit den Achseln. »Sie haben nicht etwa einen Schlüssel?«

Nora warf ihr einen düsteren Blick zu. »Was glauben Sie, wer ich bin? Die heimliche Freundin Ihres Schwagers oder vielleicht seine Therapeutin?«

So leicht war Eva nicht einzuschüchtern. Sie lächelte spöttisch und hob ihre sehnigen bleichen Arme in einer theatralischen Geste der Abwehr. »Ehrlich gesagt, ich habe keine Ahnung, wer Sie sind. Ich sehe nur, dass Sie sich ziemlich oft in Georgs Nähe aufhalten.«

Statt zu antworten, ging Nora um das Haus herum. Auf der anderen Seite gab es einen kleinen Schuppen. Die Tür stand offen, und im Innern herrschte ein heilloses Durcheinander: Holzbretter, Kanister, eine alte Schiefertafel, Werkzeug, ein Gartenschlauch, rostige Ersatzteile für ein Fahrrad – jemand hatte alles durcheinandergeworfen.

»Wie hat Georg es hier aushalten können?« Eva war neben sie getreten. Ein schwerer Lavendelduft hüllte sie ein, als habe sie sich vor ein paar Minuten noch kräftig parfümiert. »In so einer windschiefen Hütte, ohne ein Klavier, ohne jeden Komfort.«

»Ich glaube nicht, dass ihm der Sinn nach Klavierspielen stand. Er hat sogar seinem Sohn verboten, sich einem Klavier auch nur auf fünf Schritte zu nähern.«

Eva seufzte. »Georg ist voller Extreme. Bei ihm ist etwas entweder heiß oder eiskalt. Deshalb hat meine Schwester es auch nicht mehr mit ihm ausgehalten.« Sie klang, als habe sie weit mehr Verständnis für Georg als für seine Frau.

Im Innern des Hauses begann unvermittelt die Hündin zu jaulen. Als Nora sich schon abwenden wollte, sah sie einen hellbraunen Handschuh, der einsam an einem Nagel hing. Der Handschuh bestand aus brauner Wolle, eine einfache, schmucklose Handarbeit, und anders als die anderen Dinge im Schuppen war er überhaupt nicht schmutzig, nirgendwo eine Spur von Staub oder Spinnweben, als habe ihn jemand erst vor kurzem dort hingehängt. Nora kannte den Handschuh. Donnerstags in der fünften und sechsten Stunde – Handarbeiten bei Frau Haarstrich, einer flüsternden, vollbusigen Kunstliebhaberin, die ihnen, einem Kurs von vierzehn Mädchen und einem Jungen, ständig etwas von Paul Klee, Max Ernst und Picasso vorgeschwärmt hatte. In Picasso war sie regelrecht verliebt gewesen. Manchmal hatte sie sogar aus Briefen vorgelesen, die der Maler seinen jugendlichen Geliebten geschrieben hatte. Kurz vor Noras Abitur war Frau Haarstrich plötzlich gestorben. Beharrlich hatte sie Schmerzen im Unterleib ignoriert, bis es zu spät gewesen war. Gebärmutterkrebs im fortgeschrittenen Stadium. Für den Handschuh hatte Frau Haarstrich ihr eine Zwei gegeben, eine solide, etwas langweilige Arbeit. Nelli und Mari hatten viel kunstvollere Handschuhe angefertigt, aus verschiedenfarbigen Lederstücken und mit indianischen Mustern, und Lukas … Er war der einzige Junge im Kurs gewesen. Die Anfeindungen der anderen hatten ihm nichts ausgemacht; im Gegenteil, er hatte es genossen, der Hahn im Korb zu sein.

Wie kam ihr Handschuh an diesen rostigen Nagel?

»Stimmt etwas nicht?«, fragte Eva.

Nora griff nach dem Wollhandschuh, steckte ihn ein, als gehöre er noch immer ihr, und schüttelte den Kopf. »Wo kann Georg sein? Er würde doch nicht ohne die Hündin spazierengehen.«

»Bei Georg kann man nie wissen, was er als Nächstes tut. Vielleicht lauert er wieder Brun auf. Er begreift nicht, dass es ein Zufall war, dass er das Opfer eines Irren geworden ist.«

Als sie wieder an der Tür vorbeigingen, warf Eva sich dagegen, als könne sie sich so Einlass verschaffen, doch sie sorgte lediglich dafür, dass Bella anfing zu bellen. Ein Kratzen verriet, dass die Hündin außerdem aufgebracht an der Tür hochsprang, als wolle sie sich selbst aus ihrem Gefängnis befreien.

»Vielleicht lockt ihn die Kläfferei ja an«, sagte Eva. Sie ging zu der alten Badewanne, die umgestürzt im Garten lag, und setzte sich auf den Zinkrand. »Ich werde noch ein paar Minuten auf ihn warten, aber ich habe nichts dagegen, wenn Sie mir dabei keine Gesellschaft leisten wollen.« Sie gab sich nun nicht mehr die Mühe, höflich zu erscheinen.

»Was wollen Sie von Georg?«, fragte Nora. »Warum lassen Sie ihn nicht in Ruhe? Sie haben doch jetzt seinen Sohn, mehr wollten Sie doch gar nicht.«

Eva schloss die Augen und hielt ihr Gesicht in die Sonne. »Sie brauchen Georg nicht zu verteidigen«, sagte sie gleichmütig. »Wir wollen, dass er wieder ein Mensch wird, mit dem man vernünftig reden kann. Er muss mit seinen sinnlosen Vorwürfen aufhören und begreifen, dass er, wenn nicht ein Wunder passiert, nie wieder auf einer Bühne stehen wird.«

»Aber das hat er längst begriffen«, entgegnete Nora. »Darum ist er doch aus der Bahn geraten.«

Das Bellen der Hündin war in ein Winseln übergegangen. Wenn Georg sich irgendwo am Drachenfels aufhielt, hätte er eigentlich mitbekommen müssen, dass Bolla verrückt spielte.

Nora fiel ein, dass sie Georg nicht gefragt hatte, was genau er gesungen hatte. Tenor oder Bariton? Hauptrollen, oder war er nicht mehr als ein besserer Chorsänger gewesen? Sie hätte ihn gerne einmal auf der Bühne gesehen. Vielleicht kannte Hanna ihn sogar, sie war gelegentlich nach Köln in die Oper gefahren.

Eva hielt ihre Augen geschlossen, und die Hündin schnaufte nur noch laut und verzweifelt. Sie schien mit der Schnauze genau vor dem Türspalt zu liegen.

Nora beschloss, nicht zu gehen, ohne Georg eine Nachricht zu hinterlassen, aber das einzige Papier, das sie bei sich hatte, war die Visitenkarte, die David ihr aufgedrängt hatte, damit sie ihn zu jeder Tages- und Nachtzeit anrufen konnte.

Ein alter Mann, bleich und nur mit einem dünnen Kranz weißer Haare um den Schädel, hielt vor dem Garten inne und beugte sich dann zögernd über die Pforte. Seine Augen steckten hinter einer dicken Hornbrille. Trotzdem schob er den Kopf vor, als könne er kaum etwas erkennen.

»Pardon, die Damen«, rief er heiser. »Wenn Sie auf den Herrn warten, der hier wohnt, dann werden Sie kein Glück haben.« Er sprach im breiten rheinischen Dialekt.

Eva richtete sich abrupt auf und öffnete die Augen. »Haben Sie gesehen, wie Herr Arden weggegangen ist?«, fragte sie.

Der Alte nickte. »Ich bin der Nachbar. Sogar bei mir ist die Polizei gewesen. Ich konnte ihnen aber nicht viel sagen. Nur, dass bis vor kurzem noch ein Junge hier gewohnt hat. War genauso schweigsam wie sein Vater.«

»Was wollte die Polizei?« Nora machte drei Schritte auf den Mann zu, um Eva zuvorzukommen.

Der Alte kniff die Augen zusammen, als tue ihm das helle Sonnenlicht weh. Er wollte sich schon abwenden, dann jedoch ruckte sein magerer Greisenkopf noch einmal herum, und er starrte Nora hinter seinen dicken Brillengläsern an. Vielleicht kam sie ihm bekannt vor, oder er versuchte sich an sie zu erinnern. »Sie haben den Garten durchsucht«, sagte er dann mit Flüsterstimme, wie um zu betonen, dass er nicht indiskret erscheinen wollte, »und später haben sie ihn mitgenommen, als wäre er ein Verbrecher.«

21

Ihr Kind redete mit ihr. Sie konnte es nicht sehen, aber wie in einer Komödie, wenn die Schauspieler einander immer verpassten, schien es vor ihr herzulaufen und sie mal hierhin, mal dorthin zu locken. Ja, sie verirrte sich, rannte zwischen Bäumen umher, ein Labyrinth aus Bäumen, unter denen es immer dunkler wurde, und dann wurde aus der Kinderstimme die Stimme ihrer Mutter. »Warum passt du nicht auf das Kind auf?«, sagte die Mutter in einem vorwurfsvollen Ton. »Warum bist du nicht aufmerksamer und liebevoller zu deinem Kind?« Vielleicht klang ihre Mutter auch wie Hanna, wenn sie zornig war. Sie wusste es nicht. Sie hatte so viele Stimmen in ihrem Kopf und kannte sich überhaupt nicht mehr aus. Dann erstarb die Stimme, verschwand in einem schrillen Laut, der sich wie ein Schmerz in ihre Ohren bohrte.

Nora schlug die Augen auf. Das Telefon klingelte. Es war dunkel um sie herum, und das Klingeln verklang, als habe es allein dazu gedient, sie aufzuwecken. Ein langgezogenes Echo schien irgendwo im Raum zu verhallen. Sie hatte einen bitteren Geschmack auf den Lippen, wie nach einem langen, arbeitsreichen Abend im »Cibo matto«, wenn sie mitten in der Nacht aufschreckte, weil Mike betrunken neben sie gekrochen war und wieder einmal laut zu schnarchen begann.

Sie lag auf dem Sofa in Hannas Wohnzimmer. Ein sanftes silbernes Licht schwebte über dem Garten, die Bäume warfen lange Schatten, als seien sie lebendig. Es war zwölf Minuten nach einundzwanzig Uhr.

Lukas wartete an der Drachenburg auf sie, kam ihr in den Sinn. Vielleicht hatte er sie angerufen, weil er geahnt hatte, dass sie eingeschlafen war, und wollte ihr mitteilen, dass er sich nun auf den Weg mache. Ja, vermutlich hatte er den Polizisten vor der Tür gesehen, den David dort postiert hatte, und sich nicht zu ihrem Haus getraut.

Sie ging in das winzige Bad neben der Küche und wusch sich das Gesicht mit kaltem Wasser. Sie hatte keine Ahnung, was sie tun sollte. Ins Krankenhaus fahren, um bei Mike Wache zu halten? Oder sollte sie sich doch mit Lukas treffen? War er eine Gefahr für sie, oder hatte er doch ein Geheimnis, das er ihr offenbaren wollte? Zu viele Fragen schwirrten ihr durch den Kopf. Am liebsten hätte sie sich wieder hingelegt, hätte so getan, als sei sie gar nicht aufgewacht, aber dann fiel ihr der braune Handschuh ein und dass Georg in Schwierigkeiten steckte.

Am Nachmittag hatte sie, kaum dass sie vom Drachenfels zurückgekehrt war, David auf seinem Mobiltelefon angerufen. Er hatte auf ihre Fragen äußerst wortkarg reagiert, aber der Alte hatte recht gehabt. Sie hatten Georg mit auf das Präsidium in Bonn genommen. »Es geht lediglich um eine Befragung«, hatte David unwillig erklärt. »Wir haben auf dem Grundstück einen verdächtigen Gegenstand gefunden und müssen klären, wie er dort hingelangt ist.«

Sie begriff sofort, dass er von der Tatwaffe sprach.

»Aber das ist ein verdammter Trick!«, hatte sie in den Hörer geschrien. »Georg kann damit gar nichts zu tun haben. Er war die ganze Zeit mit mir zusammen.« Doch da hatte David die Verbindung bereits mit einem knappen »Adieu, ich muss arbeiten!« unterbrochen. Anschließend hatte sie auf der Krankenstation angerufen und erfahren, dass Mikes Zustand sich nicht verändert hatte. Er schwebte noch immer zwischen Leben und Tod.

Vor der Tür parkte noch immer Mikes Citroën, der seltsam traurig und verlassen aussah. Außerdem stand da nun ein dunkler Ford. Die Ablösung musste irgendwann gegen Abend gekommen sein. Ein Mann, der nur als Schattenriss zu erkennen war, saß im Auto und blätterte beim Schein einer winzigen Leselampe in einer Zeitung. Nora entschied sich, über die Terrasse zu verschwinden, auch wenn sich die Tür nicht verriegeln ließ, doch möglicherweise hatte der Polizist Order, ihr zu folgen. Nicht auszuschließen, dass sie bereits eine Verdächtige geworden war.

Ein leichter, kühler Wind wehte, als sie zur hinteren Pforte lief. Der Sommer ging endgültig zu Ende. Der Mond stand rund und silbern am Himmel und wurde nur gelegentlich von lockeren Wolken verdeckt. Im feuchten, zu hohen Gras sahen ihre Spuren aus, als sei ein großes Tier durch den Garten gelaufen. Feenlicht, hatte ihre Tante dieses kalte, klare Licht genannt, und tatsächlich sah es so aus, als könnten gleich irgendwelche Märchengestalten auftauchen. Erst als sie die Bäume am Drachenfels erreicht hatte und den Pfad hinauflief, wurde es schlagartig dunkel um sie. Nun wurde es schwieriger, sich zu orientieren, und ihr fiel ein, wie nützlich eine Taschenlampe gewesen wäre.

Sie hatte sich noch immer nicht entschlossen, ob sie Lukas wirklich gegenübertreten sollte, obwohl sie sich beinahe sicher war, dass er die Polizei angerufen hatte. Vielleicht wusste er auch, wie die Tatwaffe auf Georgs Grundstück gekommen war. Doch welche Verbindung konnte es zwischen ihm und dem Stummen geben? Es ergab keinen Sinn. Georg wohnte erst seit ein paar Wochen in der Stadt.

Das Gehen den Berg hinauf strengte sie an. Manchmal waren nur ihre eigenen Schritte zu hören, nichts sonst, außer das allgegenwärtige Rauschen der Autobahn, das nachts besonders nahe und eindringlich klang. Von der Uferstraße blinkten gelegentlich ein paar Scheinwerfer herauf. Früher war sie nachts gerne am Drachenfels umhergelaufen, doch da war sie auch nie allein gewesen. Lukas, Mari, deren Schwester Helga, ein paar andere Freundinnen aus der Schule, manchmal sogar die wilde Nelli, hatten ihr immer Gesellschaft geleistet. In der Drachenburg hatten sie einen Kellerraum, eine Art Verlies, in Beschlag genommen und eingerichtet. Sie hatten sich Matratzen und alte Stühle besorgt; Lukas hatte sogar einen Tisch angeschleppt, der früher bei ihnen im Wohnzimmer gestanden hatte. Hier waren sie absolut ungestört gewesen; eine Welt, zu der nur ein paar Jugendliche Zutritt hatten. Wenn es ihnen zu kalt wurde, zündeten sie ein Feuer an und konnten so tun, als seien sie irgendwo auf einer einsamen Insel gestrandet. David hatte nie dazugehört, er war zwei Jahre älter als die anderen. Außerdem wirkte er zu ernst und verschlossen und sah nicht aus, als würde er sich etwas daraus machen, abends in der Drachenburg Musik zu hören, zu rauchen und billigen Rotwein zu trinken.

David hatte eines Nachmittags vor der Tür gestanden. Er hatte sich telefonisch zum Klavierunterricht bei ihrer Tante angemeldet. Er war schon fast achtzehn, viel älter als die meisten anderen Schüler, die mit neun oder zehn von ihren ehrgeizigen Eltern zu Hanna abkommandiert wurden, und er hatte nicht einmal ein Klavier zu Hause, sondern lediglich ein gebraucht gekauftes Keyboard, eine bessere Heimorgel. Hanna verachtete solche Schüler für gewöhnlich und spulte mit ihnen nur ihr übliches Programm ab, weil sie wusste, dass diese Schützlinge nicht durchhielten und bereits nach ein paar Monaten wieder verschwanden, doch David behandelte sie außerordentlich höflich und zuvorkommend. Natürlich hatte sie sofort durchschaut, warum er in Wahrheit kam. Er interessierte sich nicht für Musik, seine Finger waren zwar lang und zart, aber er übte zu wenig, konnte kaum Noten lesen, und manchmal hatte er sich beim Volleyball so schwer verletzt, dass seine Hände bandagiert waren. David war der schönste Junge, den Nora jemals gesehen hatte. Er kümmerte sich nicht um irgendwelche Moden, trug sein tiefschwarzes Haar halblang, mit einem Mittelscheitel. Seine braunen Augen waren immer ernst, und wenn er lachte, dann lachte nur sein Mund. Nora hatte lediglich ein paar Mal erlebt, dass sein

Lachen auch seine Augen erreichte und ihnen Glanz verlieh.

Nach den Klavierstunden blieb er manchmal noch, wechselte ein paar Worte mit ihr, während er ihr in der Schule meistens nur zunickte und weiterging, umgeben von den Jungen aus seiner Volleyballmannschaft. Als er die Schule verließ und irgendwo in einem Altenheim seinen Zivildienst machte, merkte Nora zum ersten Mal, dass er ihr fehlte. Sie begann in dem Notizbuch ihrer Tante nachzusehen, wann er sich für den Unterricht angemeldet hatte. Er kam immer seltener und wirkte noch stiller und erwachsener. Mari machte sich lustig über sie, wenn sie manchmal wie zufällig an seinem Haus vorbeiging und nachschaute, ob sein Motorrad dastand, aber wahrscheinlich war sie insgeheim selbst in David verliebt wie viele andere Mädchen aus ihrer Schule. Sogar Nelli hatte sich manchmal auf dem Schulhof nach David umgedreht, was sie sonst bei keinem anderen Jungen getan hatte.

Erst in den Monaten vor ihrem Abitur begannen sie sich zu verabreden. Einmal war ihre Tante nicht dagewesen, weil Ortner eine Nierenkolik bekommen hatte und sie nach ihm sehen musste, und da waren sie gemeinsam zum Rhein hinuntergegangen. Es war sehr schwül für Ende April, aber vom Wasser wehte gelegentlich eine kühle Brise herüber. Er hatte ein wenig geredet, über seine Pläne, über die Musik, die er zuletzt gehört hatte, belangloses Zeug, das man einem Mädchen bei einem ersten Rendezvous erzählte, um nicht zu viel von sich preiszugeben und etwas Falsches zu sagen. Jedes Wort war wie ein Stein, den er ins Wasser warf, um noch ein Stück weiter auf einen See hinauszulaufen. Nora hatte den Eindruck gehabt, dass er nicht viel über Mädchen wusste. Obwohl er gut aussah und so interessant wirkte wie kein anderer Junge, schien er wenig Erfahrung zu haben. Sie hatte ihn auch noch nie mit einem anderen Mädchen gesehen. Als sie ihn kurz berührte, sich auf ihn stützte, weil sie ihre Schuhe ausziehen wollte, um ein Stück barfuß zu gehen, fiel er ein paar Sekunden später in Ohnmacht. Plötzlich stöhnte er auf und sackte zusammen, sodass sie voller Panik glaubte, er habe einen Herzschlag erlitten und werde vor ihr auf den Steinen des Uferweges sterben. Später war es ihm peinlich, und er behauptete, eine Wespe habe ihn gestochen. Er reagiere allergisch auf Wespenstiche, doch sie hatte kein einziges Insekt am Ufer herumschwirren gesehen.

Vier Wochen nach diesem Ohnmachtsanfall hatte sie ihm die Drachenburg gezeigt. Nach dem Schwimmen im Freibad war sie mit ihm auf das Gelände geschlichen. Niemand sollte sie sehen. Es dämmerte bereits. Ein paar Krähen sammelten sich über dem Drachenfels. Musik drang aus den Gärten im Tal herüber. Sie hatten nichts mitgenommen, keinen Wein, keine Kerzen, und eigentlich war sie auch nicht sicher, ob sie wirklich mit ihm schlafen wollte. Es war eine Probe, doch sie wollte nicht ihn, sondern sich selbst auf die Probe stellen. Kurz bevor sie in das Kellergewölbe hinabstiegen, sah sie einen leuchtend weißen Schmetterling; er bewegte sich seltsam, wie trunken, schien in der Luft zu hüpfen, als trieben da kleine, unsichtbare Inseln, von denen er sich abstieß. Da wusste sie, dass alles gut werden würde.

Davids Augen leuchteten im Dunkeln. Sie fanden nur eine halb abgebrannte Kerze, die sie entzünden konnten. Er summte vor sich hin, tat, als sei er ein Musiker, als dirigiere er ein Orchester. Sie sollte die Lieder erkennen, die er anstimmte. Meistens gelang es ihr nicht. Dann küsste er sie und zog sie langsam aus. Es war kalt im Keller, viel kälter als draußen. Die Matratze fühlte sich feucht und klamm an. Er flüsterte ihr etwas ins Ohr, das sie gar nicht verstehen wollte, weil sie ihn lieber ganz an sich zog, weil sie sich wünschte, dass seine Haut sie ganz und gar einhüllte. So ein Gefühl hatte sie noch nie gehabt, und für einen winzigen Moment, bevor er in sie eindrang und ein neuer, unbekannter Schmerz in ihr aufflammte, hatte sie das Bild ihrer Mutter vor Augen, wie sie in der Tür zu ihrem Zimmer lehnte und lächelte. Nie war Nora seither wieder so glücklich gewesen.

Viel später, als sie längst nach Berlin geflohen war und niemanden mehr sprach und traf, der etwas mit ihrer Schulzeit zu tun hatte, war ihr eingefallen, dass Lukas sie möglicherweise mit David beobachtet hatte. Lukas war argwöhnisch und eifersüchtig. Außerdem lief er nachts häufiger in der Gegend herum und rauchte in der Drachenburg heimlich Marihuana, das ihm Freunde aus Holland mitbrachten. War er deshalb über sie hergefallen, weil sie mit David in das Kellergewölbe gegangen war?

Hatte er sie nun deshalb ausgerechnet in die Drachenburg bestellt? Nora sah, dass in dem Gartenhaus des Stummen kein Licht brannte. Anscheinend war Georg immer noch bei der Polizei. Ihn konnte sie nicht um Hilfe bitten, aber wenn sie ehrlich war, hatte sie das gar nicht mehr vorgehabt. Zögernd ging sie weiter. Sie würde Lukas auf Distanz halten, redete sie sich ein. Er dürfte sich ihr höchstens auf drei Schritt Entfernung nähern, und falls er betrunken war, würde sie gleich wieder gehen. Nein, vorher würde sie ihm noch eine Frage stellen: Hast du zugesehen, wie ich mit David geschlafen habe? Bist du eifersüchtig gewesen? Ist das der Grund für all den Irrsinn gewesen, der später passiert ist? Aber vielleicht kam er ja auch nicht allein, vielleicht hatte er wieder Nelli im Schlepptau, die auf ihn aufpasste.

Der dunkle Umriss der Drachenburg tauchte vor ihr auf, als ihr Telefon klingelte. David, dachte sie beinahe erleichtert, er schien zu spüren, dass sie sich in Gefahr begab, doch es meldete sich eine andere, vor Zorn beinahe schrille Stimme.

»Wo bist du?«, fragte ein Mann. »Warum bist du nicht hier im Krankenhaus?«

Sie brauchte einen Moment, um zu begreifen, dass es Carlo war, Mikes bester Freund. Sie hatte ihn nie ausstehen können, seine forsche Sprache, seine heimlichen Geschäfte und die Art, wie er sie manchmal ansah, als kenne er sie und durchschaue sie bis auf den Grund, aber nun verstand sie seinen Zorn. Statt bei Mike am Bett zu sitzen, lief sie durch die Nacht, um sich mit einem Mann zu treffen, der sie einmal vergewaltigt hatte.

»Ich bin auf dem Weg«, log sie. »Ich musste mich ein wenig ausruhen.« Sie unterdrückte den Impuls, auch ihr Kind zu erwähnen. Vermutlich wusste Carlo längst von ihrer Schwangerschaft, aber sie wollte ihr Kind nicht als Ausrede gebrauchen. »Wann bist du gekommen?«

»Vor einer Stunde«, antwortete Carlo ein wenig ruhiger, doch noch immer vorwurfsvoll. »Ich habe Mikes Mutter hergefahren. Sie musste sich im Schwesternzimmer hinlegen. Als sie Mike so daliegen sah, mehr tot als lebendig, hat sie einen Schwächeanfall bekommen.«

»Ich bin in einer Stunde in der Klinik«, sagte Nora. Der Gedanke, Mikes Mutter gegenübertreten zu müssen, verursachte ihr Übelkeit. Sie waren sich immer aus dem Weg gegangen. Mikes Mutter hatte ihren Sohn allein großgezogen, eine verhärmte, unglückliche Frau, die sich als Verkäuferin durchschlagen musste und oft arbeitslos gewesen war. Für Nora und ihre Pläne, Schauspielerin zu werden, hatte sie nur eine mühsam unterdrückte Verachtung übrig gehabt.

»Was war das für ein Überfall?«, fragte Carlo. »Wer hat Mike den Schädel eingeschlagen? Und warum warst du nicht da? Mike ist gekommen, um dich nach Hause zu holen. Weißt du das? Ist dir das überhaupt klargeworden?« Er klang, als weine er beinahe vor Zorn und Verzweiflung.

»Ich erkläre dir später alles«, erwiderte sie und

unterbrach die Verbindung. Kraftlos lehnte sie sich gegen den letzten Laternenpfahl und schaltete ihr Telefon ab. Vermutlich würde Carlo nicht sofort aufgeben und sie gleich wieder anrufen. Er gab ihr die Schuld, dass Mike mit zertrümmertem Schädel im Koma lag, und wahrscheinlich hatte er sogar recht damit.

Als sie aus dem Lichtkegel trat und zur Drachenburg blickte, meinte sie, eine Taschenlampe im Park aufblinken zu sehen. Hatte sie so laut gesprochen, dass Lukas alles mit angehört hatte? Langsam und unschlüssig bewegte sie sich auf das mächtige Schattengebilde der Burg zu, das durch die Bäume zu sehen war. Was sollte sie tun? Warum war niemand da, den sie um Rat fragen konnte? Es würde auch Mike helfen, wenn sie etwas in Erfahrung brächte, sagte sie sich, obschon sie wusste, dass es nicht stimmte. Mike konnte nur ein Wunder helfen oder die hohe Kunst der Medizin.

Die große schmiedeeiserne Pforte am Eingang des Parks war abgeschlossen, wie Nora es erwartet hatte. Es kostete sie einige Mühe, das Tor zu überwinden, und sie veranstaltete einen Höllenlärm dabei, den man eigentlich bis ins Tal hören musste. Der Metallflügel, an dem sie sich aufschwang, wippte quietschend hin und her, und ihre Schuhe knirschten auf dem Kies, aber im Grunde wäre sie froh gewesen, wenn ein Wächter gekommen wäre und sie verjagt hätte.

Ruth, flüsterte sie ihrem Kind zu, Ruth, deine Mutter begeht gerade eine echte Dummheit.

Sie spürte einen kurzen Stich im Unterleib, als sie vom Tor heruntersprang und auf der anderen Seite im Kies landete. Ihrem Kind schien auch nicht zu gefallen, was sie da tat.

Nach ein paar Schritten hatte sie das Gefühl, eine Grenze übertreten zu haben. Viel dunkler und stiller war es auf einmal, wie in diesen Fantasy-Romanen, die sie eine Zeitlang gelesen hatte, wo man zufällig durch irgendein Tor schritt und plötzlich in einer anderen Welt gelandet war, in der fremde Wesen herumliefen, wilde Männer mit Pfeil und Bogen, Tiere, die eigentlich längst schon ausgestorben waren. Sie schaltete ihr Telefon wieder ein und stellte mit einiger Beruhigung fest, dass es funktionierte. Ein Anrufer hatte auf ihre Mailbox gesprochen. Carlo, vermutete sie.

Kaum hatte sie die Bäume am Tor hinter sich gelassen, wurde es heller. Mondlicht fiel auf eine weite, gepflegte Rasenfläche und überzog sie mit einem silbrigen Hauch. Vor der großen, hochherrschaftlichen Terrasse der Burg, die nun renoviert war, konnte sie Blumenbeete ausmachen. Auch eine Statue glänzte im Licht. Im Ort hatte sie nicht den Eindruck gehabt, neun Jahre weg gewesen zu sein; hier aber hatte sich eine Menge verändert. Aus der Ruine war wieder ein stattlicher Bau geworden, nur der Turm war noch mit einem Gerüst versehen.

Nora ging auf die Terrasse zu, immer wieder Ausschau haltend, ob Lukas von irgendwoher auftauchte. Rechterhand standen hohe Bäume, die einen tiefen Schatten warfen; da konnte man sich auf die Lauer legen, ohne selbst gesehen zu werden. Sie überlegte einen Moment, ob sie nach Lukas rufen sollte, dann ließ sie es jedoch. Sie hätte zu ängstlich geklungen, dabei musste sie ihm ernst und selbstbewusst gegenübertreten und durfte sich keine Schwäche erlauben, wenn sie herausfinden wollte, was er wusste. Auch als sie die Terrasse fast erreicht hatte, zeigte er sich noch nicht. Wahrscheinlich sitzt er irgendwo im Gebüsch und weidet sich an meiner Angst, dachte sie. Ja, darum hatte er sie hergelockt, um ihr einen ordentlichen Schrecken einzujagen. Er hatte sich nicht verändert. Sie konnte seine Augen spüren, die sie verfolgten und gierig jede ihrer vorsichtigen Bewegungen in sich aufnahmen.

Wenn er in zwei Minuten nicht kommt, gehe ich wieder, sagte sie sich. Die großen, schwarzen Fenster der Drachenburg wirkten unheimlich. Man brauchte nicht viel Phantasie, um sich alle möglichen gruseligen Geschichten auszudenken, die sich hinter ihnen des Nachts abspielen konnten. Früher waren hier gelegentlich Landstreicher eingefallen, die für ein paar Tage Unterschlupf gesucht hatten. Auf der Terrasse blieb Nora stehen und hielt den Atem an. Es war so still, dass sie sich schon Geräusche einbildete. Ging da jemand? Hatten Schritte auf dem Kies geknirscht? Die Statue stellte eine Nymphe dar, die sich graziös dem Himmel entgegenreckte.

Sie begann zu zählen. Bis sechzig würde sie Lukas Zeit geben, seine Spielchen mit ihr zu beenden. Sie zählte bis dreizehn, dann sah sie die Flasche Wein, die an der Mauer stand, welche die Terrasse begrenzte. Auf der anderen Seite ging es fast zehn Meter in die Tiefe. Die Burg war mitten in den Hang hineingebaut worden.

Die Flasche war offen, der Korken steckte nur nachlässig auf dem Hals. Ein billiger Bordeaux, wie sie im schwachen Licht mühsam erkennen konnte. So etwas hätten sie im »Cibo matto« niemals ausgeschenkt. Jemand hatte auch schon kräftig probiert, die Flasche war allenfalls noch halb voll. War sie zu spät gekommen? Hatte Lukas das Warten aufgegeben und sich bereits wieder verdrückt?

Nora spürte, wie ihr Herz zu hämmern anfing. Die Stille um sie wurde zu einem durchdringenden hohen Ton in ihrem Kopf. Sie tastete sich an der Mauer entlang, unsicher, was sie tun sollte. Warum hatte Lukas die Flasche nicht mitgenommen, wenn er wieder gegangen war? Oder hatte er sich nur zum Pinkeln ins Gebüsch geschlagen? Ein Stück an der Mauer entlang fand sie einen braunen Handschuh, das genaue Gegenstück zu dem im Schuppen, ihre Abschlussarbeit für Frau Haarstrich. Daran gab es keinen Zweifel. Der Handschuh lag da, als habe ihn jemand hastig abgestreift und vergessen oder als wolle Lukas tatsächlich ein Ratespiel mit ihr spielen.

»Lukas«, sagte sie laut, »was soll das?« Obschon ihr Herz noch schneller schlug, klang ihre Stimme einigermaßen fest. »Was ist das für ein blödes Spiel?«

Es kam keine Antwort. Nur ein kühler Wind wehte über die Mauer. Auf dem Rhein tief unten fuhr ein hell erleuchtetes Partyschiff vorbei, ohne dass Musik zu hören war.

»Ich gehe jetzt«, sagte sie laut. »Ich wusste gleich, dass man mit dir nicht reden kann.« Sie griff nach dem Handschuh und riskierte einen kurzen, eher beiläufigen Blick über die Mauer, hinunter in die Tiefe, und da lag er im hellen Mondlicht, am Fuße der Burgmauer, als schlafe er. Nur sein rechtes Bein hatte Lukas in einem höchst merkwürdigen Winkel abgedreht.

Nora fühlte den Schrei in ihrer Kehle, aber er versteckte sich da, drang nicht heraus. Ein paar Sekunden später heulten unten in der Stadt Sirenen auf. Feueralarm!

22

»Einmal, vor ein paar Jahren«, sagte der Schiffer und nickte ihm zu, »ist auch ein Junge den ganzen Tag mit meiner Fähre auf und ab gefahren, hat kein Wort gesprochen, hat immer nur auf den Fluss gestarrt, aber ich konnte ihm ansehen, dass er Liebeskummer hatte. Wenn ich ehrlich bin, hatte ich schon Angst, er werde sich ins Wasser stürzen. Bei der Strömung hier treibt man schnell ab. Ich hatte noch nie einen Selbstmörder an Bord.«

»Keine Sorge«, erwiderte Georg. Der Schiffer registrierte seine heisere Stimme ohne Regung, als habe er bereits gewusst, wen er da vor sich hatte. »Ich muss nur ein wenig nachdenken.« Zum fünften Mal setzte er mit der Fähre nach Bad Godesberg, auf die andere Seite des Rheins, über. Die Hündin blickte fragend zu ihm auf, dann rollte sie sich wieder zusammen und schloss die Augen. Das Dröhnen des Schiffsmotors wirkte offenbar beruhigend auf sie, oder vielleicht war sie einfach nur froh, nicht mehr allein zu sein.

Georg sah, wie der Schiffer erneut ablegte. Drei Autos waren an Deck gefahren, aber keiner der Insassen stieg aus. Er war der einzige, der sein Gesicht in den Wind hielt und auf den Fluss hinausblickte.

Martha hatte Mahlke angerufen, den Vorsitzenden des Kölner Theatervereins. Er war nicht nur Opernliebhaber, sondern auch Rechtsanwalt mit einer angesehenen Kanzlei.

Kaum dass Georg seine Angaben zur Person gemacht hatte, schritt er bereits ins Verhörzimmer des Bonner Präsidiums, eine abgewetzte Aktentasche unter dem Arm, ein zarter, ältlicher Mann, der sich seine wenigen verbliebenen Haare über die Glatze kämmte.

Bauer war über Mahlkes Auftritt alles andere als begeistert gewesen. »Sie brauchen keinen Anwalt. Beantworten Sie einfach ein paar Fragen. Zum Beispiel, wie dieser Totschläger auf Ihr Grundstück gekommen ist.«

Mahlke hatte lediglich spöttisch gelacht, als Bauer seine durchsichtigen Einschüchterungsversuche begann und von »Haftbefehl« und »erneuter Durchsuchung« redete, während die Kommissarin zumeist schweigend dabeisaß und an ihrem Kaffee nippte. Sie schien sich unbehaglich zu fühlen und eine ganz andere Theorie zu verfolgen als ihr Kollege. Eine Zeit lang hatte Georg ihre Hände angestarrt und sich gefragt, woran sie ihn erinnerten. Monika Weihe hatte feine, längliche Finger, die Hände einer Klavierspielerin, dann war ihm eingefallen, dass Noras Hände ähnlich zart und ausdrucksvoll waren.

Nach knapp zwei Stunden war die Befragung beendet gewesen. »Sie sollten den ominösen Anrufer finden und sich nicht einen Verdacht gegen meinen Mandanten zusammenreimen«, sagte Mahlke und verabschiedete sich mit einem gönnerhaften Schulterklopfen von Bauer, der vor Ärger zusammenzuckte und noch hektischer an seiner Zigarette zog.

Hinterher, als sie das Präsidium verließen, räusperte Georg sich verlegen und bat Mahlke, sich auch um Tom zu kümmern. Konnte er dafür sorgen, dass sein Sohn zu ihm zurückkehrte? Mahlkes Gesicht legte sich in ernste, nachdenkliche Falten. Jede Energie schien aus ihm gewichen zu sein. »Mit einem übereifrigen Polizisten fertig zu werden ist für jeden guten Juristen eine leichte Übung«, sagte er in einem kühlen, nüchternen Tonfall, der bereits die Ausweglosigkeit verriet, die er Georgs Wunsch beimaß, »aber kein Richter wird einem Vater sein Kind zusprechen, das er zuvor gewissermaßen entführt hat.« Sie hatten sich mit einem kurzen, kräftigen Händedruck getrennt, und das Gefühl des Triumphes, das Georg einen Moment zuvor noch gespürt hatte, war mit einem Schlag verflogen.

Bei jeder Überfahrt sah der Rhein anders aus. Manchmal tanzte goldenes Licht auf dem Wasser, dann wieder wirkte der Fluss schmutzig und geheimnisvoll und so, als könnte sich tatsächlich ein gefährliches Wesen aus seinen Wellen erheben. Es war seltsam, dass der Kommissar annahm, der anonyme Anrufer habe recht und Nora sei seine heimliche Geliebte. Ganz altmodisch hatte Bauer sie »Fräulein Nora Bergmann« genannt. Welches Verhältnis haben Sie zu Fräulein Bergmann? Wie lange kennen Sie beide sich schon? Könnte es nicht sein, dass Sie nicht doch für ein paar Minuten ins Haus gegangen sind und dort mit Mike Hanke in Streit gerieten? Einen Gedanken jedoch hegte der Kommissar offensichtlich zu keiner Sekunde – dass man Noras Freund mit ihm verwechselt haben könnte. Dass jemand glaubte, er habe auf der Terrasse gesessen und auf Nora gewartet.

»Zweimal fahre ich noch nach Bad Godesberg rüber«, rief der Kapitän zu ihm herüber. »Danach ist Schluss für heute.«

Georg lächelte dem Schiffer zu. Dann zog er sein Telefon hervor und überlegte, wen er anrufen könnte. Es graute ihm vor dem Abend und der Nacht, die er ohne Tom im Haus verbringen würde. Am besten sollte er sich irgendwo in einem Hotel am Ufer einquartieren. Nora, dachte er, vielleicht würde sie ihm Gesellschaft leisten, aber weder hatte er ihre Telefonnummer, noch wusste er den Nachnamen ihrer Tante. Außerdem würde sie im Krankenhaus am Bett ihres Freundes sitzen, oder Bauer würde auch ihr auflauern und sie befragen. Es war alles ein einziges großes Durcheinander, für das niemand eine Erklärung hatte, am wenigsten die Polizei. Zögernd tippte er Marthas Nummer ein, doch bevor sie abnehmen konnte, unterbrach er die Verbindung wieder. Obschon sie wie immer alles brav erledigt und ihm Mahlke geschickt hatte, war sie ihm am Nachmittag seltsam uninteressiert und unkonzentriert vorgekommen, als gingen ihr ganz andere Dinge durch den Kopf als seine ständigen Probleme, mit denen er sie behelligte.

Früher war er in die Musik geflohen, wenn er in Schwierigkeiten steckte. Er sah die schäumenden Wellen, die das Schiff schlug, beobachtete das Anlegemanöver und hatte zum ersten Mal, seit er aus dem Krankenhaus entlassen worden war, wieder Sehnsucht nach Musik. Jeden Gedanken an Musik hatte er bisher vermieden, hatte mit seinem inneren Ohr keine Opern gehört, wie er es sonst oft getan hatte. Er hatte ein besonderes Gedächtnis für Musik, als habe er jeden Ton, den er einmal gesungen oder gehört hatte, irgendwo fein säuberlich in sich archiviert. Er musste lediglich ein paar Takte summen, dann entstand eine Bühne in seinem Kopf, und die Vorstellung begann. »Rusalka«, dachte er, eine selten gespielte Oper von Dvořák, seine absolute Lieblingsmusik. Eine Nixe, die sich in einen Prinzen verliebt und mit Hilfe einer Hexe Menschengestalt annimmt, doch der Prinz betrügt sie, weil er sie nicht versteht. Die Nixe muss stumm bleiben – so hat es die Hexe gewollt … Eine Paraderolle für einen jungen Tenor. Als er sie zum ersten Mal gesungen hatte, sogar auf tschechisch, hatte er gespürt, dass er gut war, dass ihm etwas gelingen konnte.

Erneut zog er das Mobiltelefon hervor. Ein paar Nummern gab es, die er auswendig konnte. Er sah den alten grauen Apparat mit Wählscheibe vor sich, der neben einer signierten Fotografie von Fritz Wunderlich stand. Er sah, wie der alte Simon seinen Kopf abwandte, seine ohnehin runzelige Stirn sich in Falten legte, während er sich fragte, ob er abnehmen sollte oder nicht. Telefonate empfand er meistens als Störung; er war auch der einzige, den Georg kannte, der ein zwanzig Mal läutendes Telefon mit Leichtigkeit ignorieren konnte, aber im nächsten Moment außer sich geriet, weil eine Fliege leise brummend gegen eine Fensterscheibe flog.

»Kann ich vorbeikommen?«, würde er ihn fragen. »Wir warten, bis es ganz dunkel geworden ist, und dann legen Sie ›Rusalka‹ auf. Ich muss wieder lernen, Musik zu hören.«

Er ließ es klingeln, um den alten Simon aus irgendeinem Winkel seiner engen, stickigen Wohnung aufzuscheuchen. Wo konnte ein halbgelähmter, ehemaliger Kammersänger an einem frühen Sommerabend sein? Dann entdeckte er Eva. Sie stand ebenfalls telefonierend auf der Promenade in Königswinter und schaute zu ihm herüber. Er steckte sein Telefon ein und wandte sich ab, um nicht von ihr erkannt zu werden. Suchte sie ihn? Warum lief sie ihm hinterher? Er verließ die Fähre, bog jedoch nicht auf den Uferweg ein, sondern lief über die Straße in eine der engen Gassen, die zum Drachenfels hinaufführten. Die Hündin hielt sich eng an ihn, sie hatte offenbar Angst, er könne sie im Stich lassen. Nachdem Tom fort war, hatte sie eine noch größere Anhänglichkeit entwickelt. Trotzdem schien sie stumm zu leiden. Als er aus dem Präsidium zurückgekehrt war, hatte sie ihm die Hände geleckt, was sie noch nie getan hatte.

Bevor er in der Gasse verschwand, warf er einen schnellen Blick zur Promenade. Hatte Eva ihn gleichfalls entdeckt und folgte ihm? Sie war nirgends mehr zu sehen. Die einzige Frau mit schwarzen Haaren in seinem Blickfeld hatte ihm den Rücken zugewandt und ging, einen Arm um einen hünenhaften, blonden Begleiter gelegt, auf ein Ausflugsschiff zu, das soeben festgemacht hatte.

Er hatte keine Ahnung, wohin er sich wenden sollte. Auf keinen Fall wollte er Eva in die Arme laufen. Möglicherweise wusste sie, dass die Polizei bei ihm gewesen war. Eva hatte das Talent, immer dann aufzutauchen, wenn etwas passierte. Am Abend, als man ihn überfallen hatte, war sie auch in der Oper gewesen, obschon sie sich sonst nie Proben ansah.

In einer Bäckerei kaufte er sich ein belegtes Brötchen und warf auch Bella eines hin. Gierig machte sie sich darüber her. Aus dem Café nebenan erklang Klaviermusik. Unbeholfen versuchte sich jemand an einem Schlager. »Für mich soll's rote Rosen regnen.« Georg öffnete langsam die Tür. Das Café war leer. Eine Kellnerin, die eine schwarze Kluft mit einer weißen Schürze trug, lehnte an der gegenüberliegenden Wand und schaute der Klavierspielerin zu. Georg erkannte das Mädchen, das er bei Nora gesehen hatte. Unbehagen befiel ihn. Er hatte sich wie ein

Idiot benommen, als er Tom aus der Klavierstunde gezerrt hatte, nur weil er nichts mehr mit Musik zu tun haben wollte. Die Kleine drehte sich zu ihm um und brach unvermittelt ab. Mit geweiteten Augen, als erblicke sie einen bösen Geist, starrte sie ihn an. Er versuchte zu lächeln und forderte sie mit einer Geste auf weiterzuspielen.

»Wir schließen gleich«, rief ihm die Kellnerin zu. Ihr argwöhnischer Blick galt der Hündin, die zu dem Mädchen lief, als sei sie eine alte Bekannte. »Würden Sie mir noch einen Kaffee bringen?«, fragte Georg leise.

Die Kellnerin zögerte einen Moment, vermutlich weil seine krächzende Stimme sie irritierte, dann nickte sie und schritt an ihm vorbei in die Bäckerei hinüber.

Das Mädchen strich Bella ohne Furcht über den Kopf. »Sie können ja doch sprechen«, sagte sie, ohne den Blick von der Hündin zu nehmen. »Tom hat gesagt, Sie hätten Ihre Stimme bei einem Unfall verloren. Kommt er bald wieder in die Schule?«

»Ja, bald«, entgegnete Georg und nahm an dem Tisch neben dem Klavier Platz. »Spiel ruhig weiter«, sagte er.

Das Mädchen nickte heftig, machte jedoch keine Anstalten, von Bella abzulassen. Die Hündin hatte sich wohlgefällig zu ihren Füßen hingelegt und streckte ihr den Kopf entgegen. »Tom hat gesagt, dass Sie früher der beste Klavierspieler der Welt waren«, redete das Mädchen weiter. »Ich habe ihm aber nicht geglaubt. Wenn Sie der beste Klavierspieler wären, hätten Sie doch wohl nichts dagegen, dass er auch spielt.«

»Stimmt«, erwiderte er, »es war dumm von mir, etwas dagegen zu haben.« Er lächelte sehnsuchtsvoll. Er hatte sich nie gefragt, was für Geschichten Tom über ihn verbreitete, seinen stummen, sonderbaren Vater.

Das Mädchen legte ihre Hände auf die Tasten. »Ich habe keinen Klavierunterricht mehr, weil meine Lehrerin krank ist«, fuhr es mit scheinbar sorgenvoller Stimme fort, als wolle es sich ein paar Jahre älter machen. »Vielleicht können Sie mir Unterricht geben?«

»Ich glaube nicht, dass ich das kann«, sagte er, aber da war er schon aufgestanden und neben das Klavier getreten. Das Mädchen rutschte bereitwillig auf ihrem Hocker ein Stück beiseite. Er setzte sich unschlüssig und spielte die ersten Takte von »Für mich soll's rote Rosen regnen«. Auch Eileen hatte dieses Lied gemocht. Zu einem Geburtstag vor langer Zeit hatte er es ihr einmal vorgesungen. Dann improvisierte er, ließ seine Hände über die Tasten wandern und schloss für ein paar Sekunden die Augen. Er hatte das Gefühl, als atme er zum ersten Mal nach langer Zeit wieder tief ein. Dann ging er zu einem Stück von Schubert über. Er bewegte unwillkürlich die Lippen und spürte, wie das Mädchen neben ihm vorsichtig vom Hocker glitt, als sei sie sich bewusst, dass sie nun ganz und gar fehl am Platze war. Er stimmte den »Erlkönig« an. »Wer reitet so spät durch Nacht und Wind …« Im Kopf hörte er seine eigne

Stimme. Hölzern klang sein Spiel, zu hektisch und bemüht und mit kleineren Missgriffen, doch seine Stimme glich alles aus, er sang das Lied perfekt, traf jeden Ton und ließ sich nicht von seiner unruhigen Begleitung stören.

Lächerlich, dachte er dann, ich sitze in einem Café und stümpere mir ein Schubert-Stück zusammen, das ich früher im Schlaf spielen konnte.

Kaum war der letzte Takt verklungen, applaudierte jemand hinter ihm, hart und ein wenig spöttisch. Georg zuckte herum. Das Mädchen hatte sich einen Platz am ersten Tisch gesucht. Neben ihr stand die Kellnerin, unschlüssig ein Tablett mit seinem Kaffee in der Hand haltend, und an der Tür hatte sich Kommissar Bauer postiert. Er hob seine Hände und klatschte noch einmal. »Bravo«, sagte er. »Man sollte Sie sofort engagieren. Kurkonzerte in Königswinter, beschwingte Lieder für die ältere Generation. Was meinst du, Annika?«, fragte er mit Blick auf das Mädchen.

Das Mädchen lächelte verlegen und zuckte mit den Achseln. »Weiß nicht«, erwiderte sie leise.

»Gertrud, bring mir auch einen Kaffee«, sagte Bauer zu der Kellnerin. Sie nickte wortlos, stellte das Tablett auf den ersten Tisch neben dem Klavier und verschwand wieder in dem Geschäft nebenan.

»Spionieren Sie mir nach?«, fragte Georg. »Was wollen Sie hier?« Es verwunderte ihn, wie vertraut Bauer mit dem Mädchen und der Frau umging.

Der Kommissar steckte sich eine Zigarette an und ließ sich schwerfällig auf einen Stuhl fallen, als habe er Schmerzen. Er inhalierte tief, stieß dann den Rauch aus und beobachtete, wie er im Licht flirrend verwehte. »Ich komme oft hierher«, sagte er. »Meistens am Sonntagnachmittag, bevor ich meine Eltern besuche. Annika ist mein Patenkind, die Tochter meines älteren Bruders.«

Georg schaute das Mädchen an, als müsse er eine Ähnlichkeit zwischen ihr und Bauer entdecken. Allmählich begriff er. »Dann kennen Sie Nora von früher?«

Bauer nickte. »Annika«, sagte er, »willst du uns nicht etwas spielen? Wir sind zwei müde alte Männer und möchten dringend ein schönes, heiteres Lied hören.«

Das Mädchen hüpfte von seinem Stuhl und ging wieder an das Klavier. Georg bemerkte nun erst, wie ordentlich sie gekleidet war, ein gelbes Kleidchen mit Spitzen und schwarze Lackschuhe, die wahrscheinlich kein normales Mädchen mehr trug. Sie hockte stocksteif am Klavier und begann irgendeinen englischen Schlager zu klimpern.

Bauer bedeutete ihm, sich an seinen Tisch zu setzen. Er wirkte noch abgespannter als bei seiner Befragung im Präsidium. »Mein Bruder war neun Jahre älter als ich«, sagte er. »Heute ist sein fünfter Todestag. Ist mit einem Segelflugzeug abgestürzt.«

Sie hörten eine Weile zu. Zwischendurch kam die Kellnerin herein und brachte einen zweiten Kaffee. Georg fragte sich, ob sie Annikas Mutter war. Nichts deutete darauf hin, aber irgendwie vermutete er es.

»Ein paar Dinge passen nicht zusammen.« Bauer

hatte die Augen halb geschlossen und sah aus, als werde er jeden Moment einschlafen, doch Georg wusste, dass der Schein trog. Vor Bauer musste man immer auf der Hut sein. »Warum geht diese leidige Geschichte weiter? Wieso taucht der Täter, der Sie in Köln überfallen hat, in diesem verschlafenen Kaff auf und schlägt auf einen Menschen ein, den hier niemand kennt und der erst vor ein paar Stunden aus Berlin gekommen ist?«

Georg antwortete nicht. Er trank von seinem Kaffee und starrte auf den Rücken des Mädchens, ohne auf die holperige Musik zu achten.

»Trotz einiger Ungereimtheiten – es muss eine Verbindung geben«, fuhr Bauer fort, »aber warum sehen wir diese Verbindung nicht? Und aus welchem Grund gibt uns jemand einen Tipp, wo wir die Tatwaffe finden können? Wir sind beinahe sicher, dass mit dem Totschläger der Mord in Köln verübt worden ist. Wissen Sie, dass ich immer ein Bild des toten Mädchens bei mir trage? Es ist meine größte Niederlage, dass ich ihren Mörder nicht gefunden habe.« Er zog ein zerknittertes Foto aus seinem Portemonnaie hervor und legte es auf den Tisch.

Georg spürte, wie ihn der Schrecken durchzuckte. Was sollte dieses Spiel? Er wollte diese Momente nicht noch einmal durchleben; wie der Schatten hinter ihm auftauchte, wie der erste furchtbare Schlag ihn traf und das Mädchen auf ihn und seinen Angreifer zueilte.

»Es gibt keine Verbindung«, sagte er, ohne dem Foto Beachtung zu schenken. Gleichzeitig fiel ihm ein, dass es doch eine gab. Martha hatte ihm dieses Haus beschafft, das ihrer Tante oder Großtante gehört hatte, aber sie war eine Frau ohne jedes Geheimnis, eine brave, pflichtbewusste Sekretärin, die ganz in ihrer Arbeit aufzugehen schien. Ein absurder Gedanke, sie könnte etwas mit den Überfällen zu tun haben. »Wenn Sie Nora von früher kennen, glauben Sie dann wirklich, ich könnte ihren Freund, von dem sie schwanger ist, mit einem Totschläger beinahe umbringen, und sie würde seelenruhig dabei zusehen und der Polizei kein Wort sagen?«

»Ich glaube, dass Sie etwas verschweigen, dass Sie irgendwann wissentlich oder unwissentlich Schuld auf sich geladen haben«, erwiderte Bauer. »Das alles muss mit Nora nichts zu tun haben.« Zum ersten Mal hatte er sie nicht »Fräulein Bergmann« genannt.

Die Kellnerin rief nach ihr und Annika hörte sofort auf zu spielen, als ob sie längst schon auf dieses Signal gewartet habe. »Tut mir leid«, sagte sie und zog einen Schmollmund. »Ich muss schon ins Bett, obwohl ich morgen keine Schule habe.« Sie kam zu Bauer und drückte ihm einen flüchtigen Kuss auf die Wange. Anschließend schaute sie erst die Hündin und dann Georg mit trauriger Miene an. »Kommt Tom wirklich bald wieder in die Schule?«

»Nächste Woche ist er zurück.« Georg versuchte seine Lüge mit einem Lächeln zu bekräftigen, aber er registrierte, dass Annika zweifelnd die Stirn runzelte.

»Sie war erst fünf, als mein Bruder starb«, sagte Bauer, während er dem Mädchen nachblickte, wie es den Raum verließ, »doch irgendwie ist ein Loch in ihrem Leben zurückgeblieben.«

»Haben Sie Kinder?«, fragte Georg.

Bauer schüttelte den Kopf. In der Bäckerei nebenan wurden eine nach der anderen die Lampen ausgeschaltet. In der Straße draußen hasteten Passanten als dunkle Schatten im Zwielicht vorbei. »Vor drei Jahren war ich mit einer Kollegin zusammen, die ein sechsjähriges Kind hatte, einen netten Jungen mit hellroten Haaren, der ganz furchtbar lispelte und eine dicke Brille tragen musste. Nach fünf Wochen hat der Kleine ›Papa‹ zu mir gesagt, einfach so, ohne dass ich seinem leiblichen Vater auch nur eine Spur ähnlich sah. Ich habe richtig gespürt, wie sich mir die Kehle zusammenschnürte, und bin der Kollegin danach aus dem Weg gegangen.«

»Es war der glücklichste Moment meines Lebens«, sagte Georg, »als mein Sohn auf die Welt kam. Es war eine lange, schwierige Geburt. Die Hebamme musste ihn im Mutterleib drehen. Zuerst habe ich seinen blonden Haarschopf gesehen, dann kam der Kopf, schob sich langsam nach vorn, während Eileen schluchzte und nach Atem rang. Seine Augen waren so verklebt, dass er sie kaum öffnen konnte, und dann begann er loszukrakeelen, ein Schrei wie eine Fanfare.«

»Wo ist Ihr Sohn jetzt?« Bauer ließ sein Feuerzeug aufschnappen und steckte sich erneut eine Zigarette an. Sein Gesicht wirkte ausgezehrt im Schein der kurz aufflackernden Flamme.

»Ich weiß nicht. Bei meiner Frau wahrscheinlich.«

Wie zwei Gestrandete sitzen wir da, dachte Georg, als hätten wir beide etwas unendlich Kostbares verloren.

»Lieben Sie Ihre Frau noch?«, fragte Bauer.

Mittlerweile war es bereits so dunkel, dass sie nur noch die Silhouette des anderen erkennen konnten. Auch das letzte Licht in der Bäckerei war erloschen. Anscheinend störte es niemanden, dass sie noch dasaßen.

»Als ich meine Stimme verlor, bin ich ein anderer geworden«, sagte Georg leise, »aber vorher habe ich sie wahrscheinlich geliebt. Allerdings ist Eileen so schön, dass ich ständig Angst hatte, sie könnte mich verlassen. Ich habe immer versucht, sie mit den Augen anderer Männer zu sehen, und habe mir gedacht, dass eigentlich jeder sie begehren müsste.«

»Sie haben Ihre Frau nie betrogen?«

Die Hündin jaulte plötzlich leise auf, wie sie es häufiger tat, wenn sie in einen seichten, unruhigen Schlaf gefallen war.

Nein, wollte er sagen, ich habe meine Frau noch nie betrogen, aber dann ging ihm diese Lüge nicht über die Lippen. Er hatte das Gefühl, dass Bauer ihn ansah, nicht wie ein Polizist, eher wie ein Psychologe, der genau spürte, wann er einen Nerv getroffen hatte.

»Zweimal«, sagte er leise vor sich hin, »nein, vielleicht auch dreimal. Ich bin mir nicht sicher.«

Bauer schien wie erstarrt. Nur seine Zigarette glomm kurz auf, als er sie zum Mund führte. Sie schwiegen eine Zeitlang, aber der Kommissar schien zu wissen, dass Georg weiterreden würde.

»Ich habe mit ihrer Schwester geschlafen, als Eileen schwanger war. Eva hat mich immer bewundert, sie hat meine Stimme geliebt, und irgendwann nach einem Auftritt bin ich mit zu ihr gefahren, einfach um abzuschalten, weil Eileen nervös und gereizt war. Wir haben uns beide hinterher so geschämt, dass wir uns nicht mehr in die Augen sehen konnten.« Georg wusste, dass er am Haken hing und nun ausgerechnet Bauer Dinge offenbarte, die er bisher nicht einmal sich selbst eingestanden hatte.

»Die zweite Frau war Meta, eine schwedische Sopranistin. Sie war schon fast fünfzig, ein echter Weltstar, der von den ganz großen Häusern engagiert wurde und es nicht nötig gehabt hätte, in einer Stadt wie Köln aufzutreten. Na, vielleicht ging es schon ein wenig mit ihr bergab, als wir uns trafen, obwohl sie die Fiordiligi in Mozarts ›Cosi fan tutte‹ auf eine Art gesungen hat, wie ich sie nie wieder gehört habe.« Er verstummte. Er hörte wieder, wie Meta »Come scoglio« intonierte; sie war viel zu alt für die Rolle, aber ihre Stimme war von einer Reinheit, dass sie plötzlich wie ein junges Mädchen wirkte, dem man jedes Wort, jede Gefühlsregung glaubte. Hinterher, als sie in ihrem Hotelzimmer im Bett lagen, in der Dunkelheit, weil sie abgeschminkt war und das Licht sie störte, sprang Meta plötzlich auf und musste sich übergeben. Er hörte sie im Bad würgen und wäre vor Schreck am liebsten geflohen. Sie hatte es geschafft, vor allen zu verbergen, dass sie oft an heftigen Migräneanfällen litt und ohne Schmerztabletten nicht mehr auftreten konnte.

»Was ist aus ihr geworden?«, fragte Bauer.

»Sie singt nicht mehr, hat sich nach Schweden zurückgezogen und züchtet Hunde und Schafe – wenn sie überhaupt noch lebt«, sagte Georg. Wie viel Zeit ist seitdem vergangen, dachte er. Es kam ihm wie ein halbes Leben vor. »Damals hat sie mich regelrecht angefleht, mit ihr abzuhauen, auf eine Konzertreise zu gehen, aber darüber brauchte ich gar nicht nachzudenken. Je mehr sie mich bat, desto entschiedener war ich zu bleiben. Tom war zwei Jahre alt. Ich hätte mein Kind nicht zurücklassen können. Nicht einmal für eine Frau mit einer göttlichen Stimme.«

Unvermittelt kam ihm der Gedanke, dass Bauer vielleicht die ganze Zeit sein Diktiergerät mitlaufen ließ.

Sie schwiegen wieder. Es war mittlerweile draußen völlig dunkel geworden. Das Licht einer einzigen Laterne drang herein, und einmal glaubte Georg, eine dumpfe Kinderstimme über ihnen im Haus zu hören. Wohnte die kleine Annika hier?

Bauer wartete geduldig. Er schien keine Eile zu haben. Georg sah lediglich, wie er in einem bestimmten Rhythmus an seiner Zigarette zog.

Ich sollte endlich aufstehen und so tun, als hätte ich noch etwas vor, sagte er sich. Bauer hatte schon genug Dinge erfahren, die ihn nichts angingen. Stattdessen fuhr er fort: »Ob es ein drittes Mal gegeben hat, weiß ich nicht mehr genau. Es war letztes Jahr im November. Wir spielten ›Tannhäuser‹, meine erste Hauptrolle in einer Wagner-Oper, ein großes Wagnis, man steht fast fünf Stunden auf der Bühne und hat die schwierigsten Passagen zu singen. Ich hatte Lampenfieber wie noch niemals zuvor, aber entgegen meinen Befürchtungen wurde es ein voller Erfolg. Ich trinke sonst selten Alkohol, doch hinterher auf der Premierenfeier war ich so betrunken, dass ich einen echten Filmriss hatte. Am nächsten Morgen bin ich um sechs Uhr in der Garderobe aufgewacht. Mein Hemd war verschwunden, stattdessen hatte mir jemand ein orangefarbenes Seidentuch um den Hals gebunden.«

»Eine schöne Geschichte«, sagte Bauer, »und wer könnte die Frau mit dem Tuch gewesen sein?«

»Ich kann mich wirklich nicht erinnern. Vielleicht eine der Chorsängerinnen, eine Kostümbildnerin oder … Ach, ich habe keine Ahnung. An einer Produktion wie ›Tannhäuser‹ sind weit über zweihundert Personen beteiligt. Alle waren ausgelassen und heiter, es herrschte eine Stimmung wie im Karneval, wo man es auch nicht so genau nimmt.«

»War Ihre Frau auch bei der Premiere?«

»Sie und ihre Schwester, aber beide sind viel früher gegangen. Eileen war gereizt und redete kaum. Sie konnte nicht verstehen, dass ich so ausgelassen war. Die Monate zuvor waren nicht unsere besten gewesen. Ich arbeitete zu viel, spürte den ungeheuren Druck.«

»Haben Sie das Tuch noch?«

»Natürlich nicht. Ich habe es sofort weggeworfen und bin mit den furchtbarsten Kopfschmerzen meines Lebens nach Hause geschlichen.«

»Ist an diesem Abend vielleicht irgendetwas passiert, das mit dem Überfall im Februar zu tun haben könnte?«

»Nein! Nichts ist passiert! Ich bin weder mit Blut an den Händen aufgewacht, noch habe ich eine Frau vergewaltigt. Ich war betrunken und werde ein wenig herumgeknutscht haben. Zu viel mehr bin ich wahrscheinlich kaum noch in der Lage gewesen.«

»Vermutlich haben Sie recht.« Bauer stand auf und bewegte sich durch die Dunkelheit an ihm vorbei zum Klavier. »Ich habe früher auch Klavier gespielt. Noras Tante hat sich vergeblich an mir abgeplagt. Wenn du wirklich zu spielen lernst, hast du achtundachtzig neue Freunde, hat sie mir gesagt. So hat sie am Anfang wohl allen ihren Schülern Mut gemacht. Bei mir hat es nichts genutzt. Die achtundachtzig Tasten sind nie meine Freunde geworden.« Er klimperte im Vorbeigehen auf dem Klavier herum. »Was ist mit Nora?«, fragte er dann. »Wie ist Ihr Verhältnis zu ihr?«

Georg erhob sich ebenfalls. »Sie hat mir einen Gefallen getan und ist mit mir nach Köln gefahren. Das ist alles.« Auf einmal begriff er, dass Bauer die ganze Zeit gewartet hatte, um diese Frage zu stellen, aber er hatte nicht als Polizist gefragt; es ging ihm gar nicht darum, herauszufinden, ob sie etwas mit dem Angriff auf ihren Freund zu tun hatte.

»Ich muss gehen«, sagte er. Schlaftrunken plagte sich auch die Hündin auf die Beine und streckte sich. »Es wäre mir lieb, wenn Sie alles, was wir hier besprochen haben, wieder vergessen würden. Ich bin sicher, dass es nichts mit Ihrem Fall zu tun hat.«

Bauer schaute ihn an und nickte. Die Dunkelheit hatte ihn beinahe völlig verschluckt.

An der Tür hielt Georg noch einmal inne. »Warum haben Sie eigentlich Brun neulich zu Eileen ins Geschäft bestellt, um die beiden zu befragen? Hatten Sie nicht gesagt, er sei vollkommen unverdächtig?«

Der Kommissar machte einen Schritt auf ihn zu und postierte sich in einem Flecken Licht, der von der Laterne hereinfiel. »Sie müssen sich irren. Ich habe niemanden zu Ihrer Frau bestellt. Warum sollte ich?«

Einen Augenblick später hörten sie, wie eine Sirene im Ort losheulte, und dann klingelte Bauers Mobiltelefon in einem schrillen, nervtötenden Tonfall.

23

Nora hatte noch nie einen Toten gesehen. Immer wenn sie die Augen schloss, sah sie Lukas vor sich. Im Scheinwerferlicht der Polizei wirkte er noch bleicher und geisterhafter. Als sei die Welt ein Karussell, das plötzlich auf den Kopf gestellt worden war, und als müsse er sich an der Erde festhalten, um nicht davongeschleudert zu werden, lag er da und starrte mit offenen Augen ins Leere, den Ausdruck eines furchtbaren Nicht-Begreifens auf seinen erstarrten Zügen. Nur Blut war keines zu entdecken. Lukas war gestorben, ohne einen Tropfen Blut zu verlieren.

Damals, als ihre Eltern verunglückt waren, hatte Hanna verhindert, dass sie die beiden Toten sehen durfte. Der Sarg war nicht geöffnet worden, obschon Nora ihre Tante angefleht und angebettelt hatte. Sie hatte sich ihre Eltern immer in weißen Gewändern vorgestellt, mit blassen, kränklichen Gesichtszügen, aber ansonsten unverändert. Zum ersten Mal begriff sie, dass der Tod den Menschen ein neues Gesicht verlieh, dass sie hässlich und entstellt aussehen konnten und überhaupt nicht mehr wie sie selbst.

David war als erster an der Drachenburg eingetroffen. Nora fragte sich erst später, wo er gewesen war, dass er so schnell herkommen konnte. Während unten im Ort weiter die Sirenen heulten, hatte er ruhig und umsichtig am Telefon seine Anweisungen gegeben und dabei ihre Hand nicht ein Mal losgelassen.

»War es ein Unfall?«, fragte sie ihn. »Ist Lukas über die Mauer gestürzt, weil er nicht aufgepasst hat?« Sie fürchtete seine Antwort, doch er lächelte sie nur an und erklärte, dass man alles genau untersuchen werde.

Dann, nachdem sich die Spurensicherung an die Arbeit gemacht hatte und auch die rothaarige Polizistin eingetroffen war, hatte er Nora beiseite genommen und war mit ihr ins Präsidium gefahren. Unterwegs hatten sie die Löschzüge der Feuerwehr gesehen. Irgendwo in einer der Gassen am Rhein war ein Feuer ausgebrochen. Tiefschwarze Rauchwolken stiegen in den Himmel auf und verwehten zu einem grauen Dunst. Lodernde Flammen jedoch hatten sie nicht mehr bemerkt. Das Feuer war offenbar schnell gelöscht worden. An allen Ecken standen neugierige Anwohner zusammen.

Im Präsidium registrierte sie, dass David sich im Büro von Hauptkommissarin Weihe häuslich eingerichtet hatte, als arbeite er nun hier. Sein Trenchcoat hing zerknittert über einem Stuhl, Akten und Kassetten aus seinem Diktiergerät lagen verstreut auf einem zweiten Schreibtisch, den er in Beschlag genommen hatte, daneben standen ein altes Radio mit einer abgebrochenen Antenne, ein schmutziger Kaffeebecher mit der Aufschrift *1. FC Köln* und ein übervoller Aschenbecher. An die Wand hatte er auf einem Stadtplan von Bonn das Foto des toten Mädchens befestigt. Sie hielt ihren Cocker Spaniel im Arm und schien jeden anzulächeln, der den Raum betrat.

Als sei er von diesem Mädchen besessen, dachte Nora, aber vielleicht ging es jedem Polizisten so, der einen Fall nicht lösen konnte. Es sollte Kommissare gegeben haben, denen ein ungeklärter Mord jahrelang nicht aus dem Kopf gegangen war.

David schaute sich achselzuckend um und schob ihr einen schäbigen Holzstuhl hin. »Tut mir leid, dass es hier so schrecklich aussieht.« Er deutete auf den ersten Schreibtisch, auf dem sich ein Computer befand und die Akten ordentlich in einer Ablage gestapelt waren. »Monika hat mir schon das Rauchen verbieten wollen, aber es ist zwecklos. Wenn ich nicht rauche, kann ich nicht nachdenken.«

»Ich würde auch gern eine Zigarette rauchen.«

Nora setzte sich und hielt sich für einen Moment mit beiden Händen an der Lehne fest.

Wortlos hielt David ihr seine Schachtel hin und gab ihr Feuer. Er betrachtete sie mit einem skeptischen, zugleich fürsorglichen Blick. »Wie fühlst du dich? Soll ich einen Arzt kommen lassen?«

Sie schüttelte den Kopf. Sie verspürte keine Schmerzen im Unterleib, eher ein Gefühl der Taubheit, als sei diesmal der Schrecken eher lähmend als aufwühlend. Sie rauchte vorsichtig, inhalierte kaum und hielt die Zigarette unbeholfen zwischen Daumen und Zeigefinger. Ihre Hände waren schmutzig, als habe sie tief in der Erde gegraben.

»Was ist nur los?« Ihre Stimme begann zu zittern. »Ich bin in einem Alptraum eingesperrt. Erst Mike ... und nun Lukas.«

»Was wollte er von dir? Weshalb warst du mit Lukas verabredet?« David bewegte seine Lippen so zögernd, als bereite es ihm immer noch Schwierigkeiten, den Namen auszusprechen.

»Er wollte mir verraten, wer der anonyme Anrufer war, der meinte, Georg und seine heimliche Geliebte hätten mit dem Überfall auf Mike zu tun.«

»Wieso könnte Lukas etwas darüber wissen?«

»Lukas war ziemlich merkwürdig. Er ist mir hinterhergelaufen und hat manchmal das Haus beobachtet. Außerdem habe ich diesen Handschuh auf der Mauer an der Drachenburg gefunden. Der zweite hing in Georgs Schuppen.« Sie zog die beiden braunen Handschuhe hervor und legte sie auf den Tisch. Als sie ihre Hand daneben sah, fiel ihr auf, wie groß die Handschuhe waren. Männerhandschuhe! Sie selbst hatte sie gar nicht gebrauchen können. Deshalb war sie damals auf die Idee gekommen, sie Lukas zu überlassen. »Kennst du noch Frau Haarstrich? Ich hatte bei ihr Kunst. Diese Handschuhe waren meine Abschlussarbeit. Ich glaube, ich habe sie später Lukas gegeben.«

»Du hast sie ihm geschenkt? Es sind seine Handschuhe?« David öffnete eine Schublade und holte eine Plastiktüte hervor, in die er die Handschuhe vorsichtig fallen ließ.

Nora nickte. »Ich erinnere mich nicht mehr genau. Ich habe in den letzten Jahren versucht, nicht mehr an Lukas zu denken.«

Ihr Telefon klingelte plötzlich, und sie warf David einen flehenden Blick zu. »Ich kann jetzt mit niemandem sprechen«, sagte sie.

Er nahm das Handy, meldete sich und erklärte, nachdem er einen Moment zugehört hatte: »Ich bin Hauptkommissar Bauer! … Frau Bergmann befindet sich wegen einer dringenden Befragung auf dem Polizeipräsidium.« Dann unterbrach er die Verbindung. »Ein Freund von Mike. Er macht sich Sorgen, dass du noch nicht im Krankenhaus aufgetaucht bist.«

Sie nahm die Nachricht wortlos entgegen. Nur ihre Augen füllten sich wieder mit Tränen. Wenigstens ist Mike noch am Leben, dachte sie, aber eigentlich waren ihre Gedanken ganz weit weg, bei Lukas, vor über neun Jahren in einer furchtbaren Nacht, die auf eine unheimliche Weise erst jetzt geendet hatte.

»Erzähl mir von Lukas«, sagte David leise. Draußen

war ein Polizeiwagen zu hören, der mit heulendem Martinshorn und hoher Geschwindigkeit losraste. David schaltete die Neonröhre aus, die unter der Decke hing und ein viel zu grelles Licht verbreitete. Nur noch die zwei Lampen an den Schreibtischen brannten. »Fang vor neun Jahren an! Auf eurer Abiturfeier! Ich hatte ein Volleyballturnier, ich konnte nicht mitkommen, aber du wolltest mich auch nicht dabeihaben. Wir hatten zusammen geschlafen, und trotzdem waren wir nicht richtig befreundet. Du hast ein Geheimnis darum gemacht, nicht nur vor den anderen, auch vor mir. Aber so warst du häufig – geheimnisvoll und verletzend zugleich.«

Nora wollte widersprechen. So war das alles gar nicht. Dann drückte sie ihre Zigarette aus. »Besorg mir bitte einen Kaffee«, sagte sie. »Mit Milch und viel Zucker.«

Er stand auf und ging in einen Nebenraum, ohne die Tür zu schließen. Sie kniff die Augen zusammen, sah den toten, verrenkten Lukas und horchte in sich hinein. Sie hörte seine verzweifelte Stimme, als er zuletzt in der Drachenfelsbahn mit ihr gesprochen hatte, doch dann rettete sie sich in einen anderen, beglückenderen Gedanken. Sie dachte an ihr Kind: Wie schön würde es sein, dieses Kind im Arm zu halten, in ein paar Monaten, wenn dieser Alptraum vorbei war und Mike …

David saß wieder vor ihr, als sie die Augen öffnete. Er sagte kein Wort, sondern betrachtete den dampfenden Kaffee. Er hatte recht; sie war damals nicht sicher gewesen, ob sie nicht nur aus Neugier mit ihm in den Keller der Drachenburg gegangen war; er war anders, bei ihm war man sicher, dass er hinterher nicht damit herumprahlen würde, was sie da unten angestellt hatten. Aber sie hatte seinen Geruch nicht gemocht, den Geruch, den seine Hände verströmten, als er sie liebte. Vielleicht jedoch war es auch Einbildung gewesen, das Gefühl der Schuld, Hanna zu betrügen, die ihr vertraute und die, obwohl sie David mochte, niemals gutgeheißen hätte, was sie da taten.

»Kannst du dich noch an diese beiden arroganten Tennisspieler erinnern?«. fragte Nora. Sie wollte nicht mit Lukas beginnen, doch dann erzählte sie die ganze Geschichte, brachte alles ans Licht und ließ nichts aus, keinen Ekel, keinen Schmerz. Lukas, ihr ältester Freund, zerrte sie herum, mit einer überraschenden Heftigkeit, er grinste, sein rechtes Auge schimmerte blau, als er sie auf die Matte warf, ihr den Rock herunterzerrte. Wie schnell die Grenze zur Gewalt überschritten war! Wo waren plötzlich die Tennisspieler gewesen? Hatten sie sich davongemacht, als sie merkten, wie ernst Lukas die Sache war? Nora hatte Angst gehabt, hatte zwischendurch die Augen geschlossen und gedacht, wie surreal das alles war, wie ein verworrener Alptraum …

Zwischendurch holte David ihr eine zweite und dritte Tasse Kaffee, und einmal wurde sie durch ein kurzes Telefonat unterbrochen, das David recht einsilbig führte und ohne erkennen zu geben, worum es ging.

Als Nora geendet hatte, war es ein Uhr in der Nacht. Sie war erschöpft wie nach einer langen Wanderung und beinahe sicher, nicht mehr auf die Beine zu kommen. Wo sollte sie in dieser Nacht noch hin? Zu Mike ins Krankenhaus, wo Carlo trotz der späten Stunde mit bitterer Miene auf sie wartete, weil Mike noch immer in Lebensgefahr schwebte? Am liebsten wäre sie im Präsidium geblieben, hätte sich irgendein Büro gesucht, wo sie sich verkriechen konnte.

Die rothaarige Polizistin schaute herein. Sie war blass, eine lange Strähne hing ihr in die Stirn. David nickte ihr nur kurz zu, und sie verschwand und hantierte nebenan an dem Kaffeeautomaten.

»Wir werden dir morgen die Stimme des Anrufers vorspielen«, sagte David.

»War es ein Unfall, oder hat jemand Lukas über die Mauer gestoßen?« Zum ersten Mal bemerkte Nora, wie viele Notizen er sich gemacht hatte. Einen halben Block hatte er in seiner schönen, sauberen Schrift vollgeschrieben. Manches sah aus, als habe er da ein Gedicht notiert.

David kam um den Schreibtisch herum. Er zog sie an sich und drückte sein Gesicht in ihr Haar. Dann atmete er tief ein. »Jemand hat in seiner Wohnung Feuer gelegt. Wir sind ziemlich sicher, dass Lukas ermordet worden ist.«

Georg roch das Feuer und beobachtete, wie der Kommissar mit seinem Mobiltelefon am Ohr die Straße hinuntereilte. Einen Moment dachte er daran, dass Nora ihn angerufen hatte. War sie in Gefahr? Aber nein, Bauer bog nach links ab, zum Drachenfels hinauf, während er noch immer telefonierte.

Die Sirene klang ohrenbetäubend und trieb die Menschen scharenweise auf die Straße. Einige beäugten ihn argwöhnisch, als habe er soeben ein Feuer gelegt und entferne sich vom Tatort. Sie wichen ihm aus. Flammen zuckten in den Himmel hinauf. In der Parallelstraße versperrte ein Löschzug den Weg. Feuerwehrleute liefen hin und her, Kommandos wurden gerufen, Motoren dröhnten auf und übertönten das Prasseln des Feuers. Die Hündin drängte sich ängstlich an ihn. Als das Wasser aus den Schläuchen zischte und auf die Flammen traf, zuckte sie zusammen und weigerte sich, auch nur einen Schritt weiterzugehen. Georg packte sie am Halsband und ging mit ihr in eine andere Straße hinein. Der Lärm verebbte bald, nur gelegentlich war noch ein Martinshorn zu hören. Auch ein Feuerschein war nicht mehr zu entdecken. Schwarzer Rauch driftete Richtung Rhein.

Er hatte keine Ahnung, wohin er sich wenden sollte. Das Haus kam ihm nicht mehr wie der richtige Zufluchtsort vor, nun, nachdem die Polizei eingedrungen war und alles durchsucht hatte. Er beschloss, nach Köln zu fahren. Er würde bei Eileen klingeln, sie hatte ihn erneut belogen, niemand hatte Brun zu ihr bestellt, und wenn sie ihm nicht öffnete, würde er die ganze Nacht im Auto verbringen und warten, bis Tom auf die Straße trat. Tom sollte wissen, dass er nicht kampflos aufgab, dass er sich kümmerte und ihn wiedersehen wollte.

Ziellos zog er durch den Ort, er schien im Kreis zu laufen und am Ende landete er immer wieder in

Noras Straße. Die Polizei bewachte das Haus offenbar nicht mehr. Außer dem Auto von Noras Freund aus Berlin parkte kein Wagen mehr vor der Tür. Das Haus war dunkel. Kein Licht in einem Fenster. Er ging die drei Stufen zur Eingangstür hinauf und schaute auf das Klingelschild. *Hanna Henrichs,* las er auf einem sauberen Messingschild und darüber *Nora Bergmann*, als habe sie die ganze Zeit hier gewohnt. In dem Postkasten steckten noch zwei Zeitungen. Er schellte nicht, sondern schritt um das Haus herum in den Garten. Bella folgte ihm mit furchtsam eingezogenem Kopf. Auch hier brannte nirgends eine Lampe. Trotzdem konnte er im weißen Mondlicht erkennen, wie verändert der Garten war. Der Rasen war zertreten und stellenweise aufgewühlt. Längs des Weges waren Blumentöpfe aufgereiht worden, aus denen man einen Großteil der Erde entfernt hatte. Die Polizei hatte ganze Arbeit geleistet.

Als er sich der Terrasse näherte, schreckte ihn eine Katze auf, die eilig davonjagte. Die Hündin blickte ihr nur entgeistert nach, viel zu überrascht, um ihr nachzulaufen.

Um auf die Terrasse zu gelangen, musste er ein paar Stufen hinaufgehen. Er erinnerte sich nicht mehr genau, wie es hier ausgesehen hatte, aber er war sicher, dass ein Tisch, ein Sonnenschirm und mehrere Stühle da gestanden hatten. Lediglich den Tisch und einen Stuhl hatte die Polizei zurückgelassen. Er setzte sich und entdeckte sein Schattenbild in der langen Fensterfront, hinter der das Wohnzimmer und der Raum mit dem Klavier, einem Bechstein, lagen. Ein eigentümlicher Geruch hing in der Luft, als sei etwas chemisch behandelt worden. Ansonsten erinnerte nichts daran, dass hier ein brutaler Überfall stattgefunden hatte. Nein, die Stille war anders; eine feindliche Stille, die Stille zwischen zwei Atemzügen, wenn jemand drauf und dran war, mit einer Waffe in der Hand aus ihr hervorzubrechen.

Seltsam, dachte Georg, dass es mich an diesen Tatort zieht, wie ein Polizist, der auf eine Eingebung hofft. In der ersten Nacht, nachdem man ihn aus dem Krankenhaus entlassen hatte, war er in Köln in die Gasse an der Oper gegangen. Eileen hatte im Auto gewartet und ihn beobachtet. Er hatte alles verändert vorgefunden, eine harmlose Szenerie; das Licht der Laternen und Leuchtreklamen auf der anderen Seite der Straße wirkte heller, am Himmel funkelten Sterne, selbst die Schritte einzelner Spaziergänger konnten ihn nicht erschrecken. Auch als er die Augen schloss und die warme Abendluft einatmete, vermochte er sich kaum vorzustellen, dass in dieser Gasse jemand sein Leben zerstört und ein anderes ausgelöscht hatte.

Hier, auf dieser düsteren Terrasse war es anders; die Aura von Gewalt und Gefahr war immer noch vorhanden. Bella schien diese unheimliche Atmosphäre ebenfalls zu spüren. Sie stand neben ihm und hob schnüffelnd ihre Schnauze. Erst als er ihr über das Fell strich, setzte sie sich auf die Hinterläufe, jedoch nicht ohne den Garten aus den Augen zu lassen.

Er versuchte, sich Musik vorzustellen. Den Chor der Pilger aus Wagners »Tannhäuser«, der wie eine

Welle über die Landschaft strömte, alles einhüllte und veränderte, doch seltsamerweise gelang es ihm nicht. Der Garten blieb stumm. Nur am Drachenfels flammten in einiger Entfernung grelle Lichter auf, wo er niemals zuvor Licht gesehen hatte, beinahe, als hätten seine Gedanken das bewirkt.

Georg zog sein Telefon hervor und wählte Eileens Nummer. Er hatte keine Ahnung, was er ihr sagen würde. Vielleicht, je nachdem, wie sie reagierte, nicht zu abweisend und schroff, würde er ihr von Meta erzählen, dann von der Sache mit dem Halstuch und am Ende, falls sie zuvor einen Hauch von Verständnis gezeigt haben würde, auch von Eva. Wie hörte sich wohl der Satz an: »Ich habe mit deiner Schwester geschlafen«?

Ihre Stimme klang heiter und sorglos vom Band des Anrufbeantworters. Er atmete ein paar Mal ein und aus, überlegte, was er sagen sollte, stellte sich vor, wie sie lauernd neben dem Apparat stand, und legte schließlich auf. Er hatte keine Worte für eine solche Situation. Für Geständnisse waren Anrufbeantworter nicht gemacht.

Ein Martinshorn dröhnte durch die Dunkelheit. Die Stadt schien in Aufruhr zu sein, eine trügerische Idylle war aufgebrochen.

Warum war Nora nicht zu Hause? Er stellte sich diese Frage mit einer Dringlichkeit, die ihn überraschte. Sie würde im Krankenhaus sein, bei ihrem Freund, ihrer Tante; er hatte überhaupt kein Recht, sich so etwas überhaupt zu fragen, und doch hatte er das Gefühl, sie sehen zu müssen, als habe das Geständnis, das Bauer ihm entlockt hatte, etwas in ihm ausgelöst, das er selbst nicht verstand. Er musste mit jemandem sprechen, weiterreden – wie ist es, stumm zu sein, wie ist es, sich krächzen zu hören und nie wieder auf einer Bühne stehen zu können, und wie, wenn der eigene Sohn plötzlich verschwindet.

Eine andere Telefonnummer kam ihm in den Sinn. Er machte sich nichts aus Zahlen, aber diese Kombination hatte er nicht vergessen, auch wenn er sie in den letzten Jahren nie benutzt hatte. Zehn unschuldige Zahlen – die Telefonnummer seiner Eltern. Falls sie etwas von seinem Unglück mitbekommen hatten, so hatten sie es ihn zumindest nicht wissen lassen. Er stellte sich vor, wie seine Mutter den Hörer abhob, nichts ahnend in ihrem bayerischen Dialekt ihren Nachnamen sagte. Ihr würden die Knie weich werden, wenn sie seine Stimme hörte. Der verlorene Sohn meldete sich aus dem Nirgendwo zurück. Nur war auch er nun ein Krüppel.

Hektisch tippte er Marthas Nummer ein. Sie ging nicht sofort an den Apparat, wie er es erwartet hatte. Dabei war sie stets erreichbar gewesen, hob sofort ab, als verbringe sie ihr Leben neben dem Telefon. Erst als er schon auflegen wollte, hörte er ihr heiseres »Ja?«.

Zögernd nannte er seinen Namen. Nie hätte er gedacht, dass er sie stören könnte, aber nun hatte er sie offensichtlich aufgeschreckt. Sie hat einen Freund, fiel ihm ein. Deshalb war sie so verändert.

»Tut mir leid«, sagte er. »Ich bin ein wenig durcheinander, und da dachte ich …«

»Schon gut.« Ihre Stimme klang ein wenig verwaschen, als habe sie getrunken. »Wo bist du?«

»Ich sitze bei der Klavierlehrerin auf der Terrasse«, erwiderte er wahrheitsgemäß. »Der Kommissar hat mich durch die Mangel gedreht, und im Ort ist ein Brand ausgebrochen.«

Martha sagte nichts. Sie schluckte. Vielleicht trank sie einen letzten Schluck, oder sie rauchte und tat einen tiefen Zug. »Ist die Klavierspielerin auch da?«, fragte sie.

»Nein, ich weiß nicht, wo sie ist«, sagte er, »ich sitze nur hier, weil ich nicht ins Haus gehen will. Die Polizei hat alles durchwühlt, und ich muss unentwegt an Tom denken.«

»Verstehe.« Diesmal hörte er, wie sie mit einem harten Knall ein Glas absetzte. Er war noch nie in ihrer Wohnung gewesen, wusste lediglich, dass sie im Süden Kölns in einem Hochhaus lebte. Von ihrem Küchenfenster aus konnte sie den Dom sehen.

»Könntest du vorbeikommen?« Er sprach noch leiser und vorsichtiger. »Oder vielleicht wäre es besser, ich würde zu dir kommen?«

Sie seufzte ins Telefon, und plötzlich hatte er den Verdacht, dass sie nicht allein war. Die brave Jungfer hatte einen Mann in ihrem Bett. Es wäre beinahe zum Lachen gewesen, wenn er sie nicht ausgerechnet in dieser Nacht bei sich gebraucht hätte.

»Es geht leider nicht.« Sie presste diese Worte hervor, als bereiteten sie ihr Schmerzen. »Ich habe Migräne, ein schrecklicher Anfall. Ich kann kaum stehen, so schlecht ist mir. Ich rufe dich morgen an und komme vorbei.« Dann kappte sie die Verbindung, doch in dem winzigen Moment, bevor sie auflegte, meinte er den Beginn eines Schreies zu hören, als würde ihr buchstäblich der Kopf zerspringen.

24

»Bist du verrückt geworden?«

Nora baute sich vor ihm auf. Noch bevor er sich erheben konnte, registrierte er, dass sie ihn duzte. Er war auf der Terrasse eingeschlafen, hatte sich eine alte Decke gegriffen, die noch dalag, und sich auf dem einzigen Stuhl zusammengekauert. Auch die Hündin hatte Nora anscheinend nicht bemerkt und keinen Laut von sich gegeben.

»Ich hätte dich für einen Einbrecher halten können oder für den …« Sie verstummte mitten im Satz und kehrte in das Wohnzimmer zurück. Sie hatte sich genähert, ohne eine Lampe anzuschalten.

Er hörte, dass sie in einem der hinteren Räume hantierte, vermutlich in der Küche. Ein Streifen Licht fiel in den Korridor. Seine Armbanduhr zeigte, dass es halb drei in der Nacht war. Er ging ins Haus und versuchte dabei, kein Geräusch zu verursachen. Die Hündin blickte nur kurz auf, folgte ihm jedoch nicht.

»Warum sitzt du mitten in der Nacht auf meiner Terrasse?« Sie bereitete auf die altmodische Art Kaffee zu, indem sie Wasser erhitzte und Kaffeepulver in einen Glasbehälter gab.

»Wie geht es deinem Freund?«, fragte er, statt ihr zu antworten. Es war so viel geschehen, seit sie sich das letzte Mal gesehen hatten.

Sie hob die Schultern und machte sich ganz klein, so als wolle sie schrumpfen oder sei bereits geschrumpft. Als sie sich umwandte, sah er, dass sie geweint hatte. Ihr Make-up war zerlaufen und umgab ihre Augen mit verwischten dunklen Schatten. »Ehrlich gesagt weiß ich es nicht. Ich war auf dem Präsidium. Lukas, der Mann, der die Kabelbahn fuhr, ist an der Drachenburg abgestürzt. Wahrscheinlich hat ihn jemand hinuntergestoßen. David glaubt, dass Lukas es war, der die Polizei angerufen und sie auf dich gehetzt hat.«

Er verstand nicht sofort. David musste der Kommissar sein. Ja, auch die rothaarige Polizistin hatte ihn einmal so genannt.

Nora wischte sich die Tränen aus den Augenwinkeln. »Ich begreife das alles nicht mehr!« Sie drehte sich weg, um Wasser in den Behälter mit Kaffeepulver zu gießen, aber irgendwie schien diese Arbeit zu schwer für sie zu sein. Georg nahm ihr den heißen Wasserkessel sacht aus den Händen und umarmte sie.

Sie legte ihre Arme nicht um ihn, sondern stand da und ließ sich gegen ihn fallen. Er spürte, wie heiß sie sich anfühlte, wie eine Fiebernde, und die Finger seiner rechten Hand strichen sanft über ihren Rücken und ertasteten die Träger ihres Unterhemds. Ihr blondes Haar roch nach Kaffee und Shampoo. Er war für einen Moment ohne einen Gedanken. Dann hörte er sich etwas summen, die berühmte Passage aus »Rusalka«, das Lied über den Mond. Die Nixe, die sich in einen Menschen verliebt hatte, saß am Wasser und klagte ihr Leid.

Nora bewegte sich und schaute zu ihm auf. »Wenn noch ein Unglück passiert, werde ich den Verstand verlieren«, flüsterte sie. Sie löste sich von ihm und strich sich über ihren Bauch, eine unbewusste, schützende Geste, die ihrem Kind galt.

Er küsste sie auf die Wange und sah, wie ihre Lider sich senkten und dann wieder aufflatterten.

»Wenn du willst, kannst du die Nacht hier verbringen – nicht in meinem Bett natürlich.« Sie lächelte matt und machte sich wieder an ihrem Kaffee zu schaffen.

Sie tranken schweigend, in stummem Einvernehmen, wie müde Krieger, die geschlagen, aber als Überlebende aus einer Schlacht zurückgekehrt waren.

Nora legte sich anschließend auf das Sofa, und er machte es sich in einem Lehnstuhl bequem.

»Warum wird man eigentlich Sänger?«, fragte sie mit schläfriger Stimme. »Ich habe noch nie einen Sänger kennengelernt.«

Ich bin kein Sänger mehr, wollte er antworten. Nein, das stimmt gar nicht, dachte er dann, es war komplizierter. Er war noch immer ein Sänger, er hatte nur keine Stimme mehr.

»Zu singen«, erwiderte er nach einigem Nachdenken, »ist, als würde man über eine Brücke in eine andere Welt gehen. Musik ist die reinste, schönste Form von Energie. Deswegen gibt es auch keinen

Menschen, der nicht für Musik empfänglich ist. Musik schenkt jedem Menschen einen kurzen Blick auf die Ewigkeit, auf das Sinnliche, das nie vergehen wird. Mozart, Verdi, Wagner, all die anderen wunderbaren Komponisten waren Brückenbauer …« Er verstummte abrupt, weil er mit einiger Beklommenheit bemerkte, wie pathetisch und anmaßend seine Antwort auf Nora wirken musste, als stelle er sich mit den größten Komponisten auf eine Stufe. Er war ein passabler Tenor gewesen, nicht mehr, nicht weniger.

Draußen fuhr ein Wagen vorüber. Nora hatte ihre Augen geschlossen. Sie atmete leicht stöhnend ein und aus, und eine Haarsträhne bewegte sich im Takt ihrer Atemzüge. Eine fast kindliche Ruhe hatte sich auf ihr Gesicht gelegt. Zum Glück schien sie seine letzten Worte nicht mehr mitbekommen zu haben.

Ein weißer Schmetterling flatterte vor dem Fenster, als sie die Augen öffnete. Einen Moment lang hatte sie den Eindruck, er stehe in der Luft und schaue sie mit freundlicher Neugier an. Hastig richtete sie sich auf, doch da war der Schmetterling bereits verschwunden. Nora blickte auf die leere Terrasse, auf den Holztisch, den einzig verbliebenen Stuhl; alles andere hatte die Polizei mitgenommen.

Es war bereits hellichter Tag. Die Standuhr war stehengeblieben, aber es musste beinahe Mittag sein. Die Kastanie warf bereits einen langen Schatten, dahinter schimmerte der blaue, beinahe wolkenlose Himmel durch.

Die Hündin schaute reglos zu ihr auf, und einen Augenblick später vernahm sie die Geräusche aus der Küche. Georg suchte offensichtlich Dinge für das Frühstück zusammen. Sie hörte, wie er Schränke und Schubladen öffnete und schloss. Irgendwie klang es heiter und gelöst, wie er da vor sich hin arbeitete.

Sie schlich an ihm vorbei ins Bad hinauf. Ein fürchterliches Gesicht blickte sie im Spiegel an; ihre Augen waren rot unterlaufen und schienen ein wenig tiefer in ihre Höhlen gerutscht zu sein. Reste von Wimperntusche hingen in ihren Augenwinkeln, und um ihren Mund hatte sich die Andeutung einer Falte gebildet. Ihr Haar war so zerzaust, dass sie es nur mühsam bürsten konnte.

Kurz entschlossen gönnte sie sich eine heiße Dusche – auch wenn Georg wartete, auch wenn sie dringend ins Krankenhaus fahren musste. Ihr Kind dankte es ihr ebenfalls. Für ein paar Momente, während sie den Strahl warmen Wassers über ihren Bauch gleiten ließ, spürte sie das Champagnerprickeln wieder. »Ruth«, flüsterte sie, »heute wird ein besserer Tag sein.«

Als sie wieder hinunterging in einem weißen Shirt und der letzten sauberen Jeans, die sie besaß, hatten sich die Geräusche im Haus verändert. Eine dumpfe Stimme war zu hören, dazu das Geräusch, wie Bella Wasser schlabberte. Redete Georg mit seinem Hund?

David und Georg saßen sich stocksteif gegenüber. Der Tisch war gedeckt, sogar Brötchen lagen da in einem Korb. Ihr nächster Blick galt der Küchenuhr.

Es war zwanzig Minuten vor zwölf. Sie hatte sieben Stunden tief und traumlos geschlafen.

Die schlechte Laune stand David deutlich ins Gesicht geschrieben. Seine dunklen Augen musterten sie vorwurfsvoll, ohne dass er etwas sagte. Es war einfach, seine Gedanken zu lesen: Was tat dieser verdammte stumme Sänger hier?

Auch Georg fühlte sich unbehaglich. »Hallo, Nora«, sagte er leise und distanziert und deutete auf den Kaffee auf dem Tisch.

Sie nickte und setzte sich, doch plötzlich erschreckte sie der Gedanke, dass es nur einen Grund geben konnte, warum David schon wieder da war. »Ist etwas mit Mike?«

Er schüttelte den Kopf und steckte sich gleichzeitig eine Zigarette an. »Sein Zustand ist stabil, aber im Prinzip unverändert, hat der Arzt heute Morgen an meine Kollegin durchgegeben.« Der Vorwurf in seiner Stimme war nicht zu überhören, als habe er tatsächlich erwartet, dass sie in der Nacht noch in die Klinik gefahren sei, um bei Mike zu wachen.

»Warum bis du gekommen?« Sie bedachte Georg mit einem kurzen Lächeln, das er dankbar erwiderte, und schaute erneut David an.

Er war rasiert und gleichfalls frisch geduscht. Ein silbriger Schimmer lag auf seinem Haar. Er sah wieder dem Jungen ähnlich, den sie einmal gekannt hatte, der dunkle, schöne Poet in seinem Trenchcoat.

»Wir untersuchen die ausgebrannte Wohnung«, sagte er eine Spur zu förmlich. »Alles deutet darauf hin, dass es sich um Brandstiftung handelt. Es kann kein Zufall sein, dass Lukas von der Terrasse gestürzt ist und ein paar Minuten später seine Bude abbrennt. Monika versucht mit einigen Spezialisten, noch etwas in den Trümmern zu finden.« Er machte eine Pause und sah Georg an, als wundere er sich, dass der noch immer nicht freiwillig das Weite gesucht hatte. »Aber unsere Leute von der Kriminaltechnik haben noch etwas anderes entdeckt«, fuhr er fort. »Ausgerechnet in dem Handschuh, den du von der Terrasse mitgenommen hast.« Er griff in seinen Trenchcoat und streckte dann Nora seine rechte Faust entgegen. Als er die Hand drehte und langsam öffnete, lag auf seiner Handfläche ein winziger silberfarbener Schlüssel. »Steckte vorne im Zeigefinger des Handschuhs, sodass man ihn nur schwer ertasten konnte«, fügte er erklärend hinzu.

Der Schlüssel schaute sie wie ein alter Bekannter an, ein simpler Bart, den man leicht nachmachen konnte. Ein paar verstreute Rostspuren am Griff wiesen darauf hin, dass der Schlüssel schon sehr alt war. Es mochte Tausende solcher winziger silberner Schlüssel geben, aber diesen erkannte sie sofort. Sie hatte das Gegenstück dazu besessen, und wenn sie in ihrem alten Mädchenzimmer lang genug suchte, würde sie es vielleicht sogar noch finden.

Georg nahm einen Schluck Kaffee und bemühte sich, möglichst unbefangen zu wirken, was ihn allerdings noch steifer und ungelenker werden ließ. Eine heiße Dusche hätte auch ihm gutgetan. Seine Bartstoppeln glänzten im Licht.

David legte den Schlüssel auf den Tisch. »Hast du

eine Ahnung, warum Lukas den Schlüssel in seinem Handschuh versteckt hat?« Er musterte sie hart, mit zusammengekniffenen Augen. Seine Instinkte als Polizist funktionierten einwandfrei.

Sie nickte und trank von dem Kaffee, den Georg ihr eingeschenkt hatte, bevor sie antwortete. »Wir hatten früher in der Drachenburg eine bordeauxrote Metallkassette. Da hat Lukas seine Joints versteckt, oder wir legten Geld hinein, Spielkarten, Zigaretten, Taschenlampen, Dinge, die uns kostbar waren.«

»Und zu dieser Kassette gehört der Schlüssel?« David verzog den Mund, als gefalle ihm diese Antwort nicht besonders

»Ich bin mir ziemlich sicher.«

»Hast du eine Ahnung, wo die Kassette sein könnte?«

Sie schaute David nicht an, sondern sah die Matratze vor sich, sah, wie er sich sein Hemd über den Kopf streifte. Er hatte eine kleine Narbe auf dem Rücken, um seine Brustwarzen reihte sich ein schmaler Kranz schwarzer Haare. Er lächelte unsicher, mit weißen, blinkenden Zähnen. »In einem Keller der Drachenburg gab es hinter einem der Mauersteine einen Hohlraum. Da hat die Kassette genau hineingepasst. Unser Versteck.«

David stöhnte kurz auf. Vielleicht kam ihm das alles lächerlich vor, Kindergeschichten von vorgestern. Oder er hatte dieselbe Szenerie vor Augen wie sie, den einen halben Abend, den sie in diesem Keller verbracht hatten.

»Dann sollten wir keine Zeit vergeuden.« Er zog

sein Mobiltelefon aus dem Mantel und ging hinaus, nicht ohne zuvor Georg einen feindlichen Blick zuzuwerfen. Im Flur begann er zu telefonieren.

Nora erhob sich. Sie spürte nun, wie hungrig sie war.

»Du solltest dir nicht zu viel zumuten«, sagte Georg leise. »Dir und dem Kind.«

Sein Tonfall gefiel ihr. Irgendwie hatte sie sich mittlerweile an seine krächzende, zerstörte Stimme gewöhnt. Sie hatte ihn in Gedanken auch nicht mehr »der Stumme« genannt. »Willst du hier auf mich warten?«, fragte sie und schob sich an der Hündin vorbei. »Ich muss ins Krankenhaus, aber dann könnten wir nach Tom suchen.«

Er schüttelte den Kopf. »Ich habe mir ein Telefon besorgt. Wenn es dir recht ist, schreibe ich dir meine Nummer auf, und dann rufst du mich an, wenn du wiederkommst.«

David wartete draußen an seinem Wagen, einem dunkelblauen BMW, auf sie. Er telefonierte noch immer und winkte sie ein wenig unwirsch heran. Dann bemerkte sie, wie sich sein Gesichtsausdruck blitzartig veränderte, und im nächsten Moment spürte sie einen harten Schlag, der sie in den Rücken traf und taumeln ließ.

»Mörderin!«, schrie eine schrille Stimme. »Du, verdammte Mörderin!«

Ein zweiter Hieb verfehlte sie. Sie sah einen bleichen, dünnen Arm, dann in der nächsten Sekunde lange schwarze Haare, die ein Gesicht verdeckten.

Bevor die Gestalt noch einmal zuschlagen konnte, hatte David sie von hinten gepackt und schleuderte sie herum. Zwei weitere Griffe genügten, und die Angreiferin kauerte wimmernd und fluchend am Boden.

Nelli trug eine enge, rosafarbene Bluse, die hochgerutscht war und ihren Rücken entblößte, sowie eine schwarze Leinenhose, die knapp unter den Knien endete. Keine Kluft für einen ausgeklügelten Überfall.

David zerrte die Frau auf die Füße, und als sie Nora ins Gesicht sah, zischte sie noch einmal das Wort »Mörderin!«. Es klang noch heftiger und feindseliger.

»Kennst du die Frau?« David war nicht einmal außer Atem geraten.

»Lass sie laufen«, sagte Nora. »Das ist Nelli, die Freundin von Lukas. Erinnerst du dich nicht? Sie ist mit uns zusammen zur Schule gegangen.«

Als würde allein die Erwähnung ihres Namens ihre Wut neu entfachen, versuchte Nelli wieder um sich zu schlagen, doch David packte sie fester. »Nora ist schuld, dass Lukas tot ist!« Ihre Stimme verriet, dass sie erkannt hatte, wen sie da vor sich hatte: den Italiener, den Schwarm aller Mädchen ihrer alten Schule. »Erst seitdem sie zurück ist, hat Lukas den Kopf verloren.«

David versetzte ihr einen leichten Stoß, der sie zurückweichen ließ. Dann zog er seine Polizeimarke hervor. »Falls ich dich noch einmal hier sehe, lasse ich dich festnehmen«, sagte er ungerührt. »Wenn du eine Aussage machen willst, musst du auf das Polizeipräsidium kommen.«

Nelli hob ihre Arme voller Entrüstung, doch kein Laut drang über ihre Lippen, als würde sie nun stumm in sich hineinschreien. Erst als sie in ihren halboffenen Schuhen rückwärts ein Stück die Straße hinuntergelaufen war, hob sie drohend die Faust und rief: »Ich werde allen sagen, dass sie Lukas umgebracht hat. Sie ist ein Monster, eine falsche Prinzessin!«

David hielt Nora die Beifahrertür auf. »Wenn Nelli noch einmal Ärger macht, musst du mir Bescheid sagen«, meinte er gleichmütig.

Nora stieg ein, ohne etwas zu entgegnen. Vermutlich hatte Nelli sogar recht, dachte sie. Kaum war sie in der Stadt aufgetaucht, hatten die Probleme angefangen. Nun lag Lukas in einem Leichenschauhaus oder auf dem Obduktionstisch eines Pathologen.

Sie fuhren über die Bahngleise, bogen dann nach rechts ab, an der Kabelbahn vorbei, vor der ein paar ratlose Touristen standen, weil sie geschlossen war, und rollten mit Schrittgeschwindigkeit den schmalen Weg zur Drachenburg hinauf. Ein paar Wanderer machten ihnen unwillig Platz.

»Heute wird auf der Baustelle nicht gearbeitet«, sagte David. »Wochenende.« Seine Laune hatte sich nicht gebessert. Nora hatte den Eindruck, als kaue er an der Frage herum, was Georg Arden die ganze Nacht in ihrem Haus gesucht hatte.

»Hast du Nelli wirklich nicht erkannt?«, fragte sie, um ihm zuvorzukommen. »Sie war damals das schönste Mädchen der Schule.«

»Nein«, sagte er, ohne sie anzuschauen. »Das schönste Mädchen hat ganz anders ausgesehen.«

»Ihr hättet sie verhören sollen. Vielleicht weiß sie etwas über Lukas.«

»Sie weiß nichts. Meine Kollegin hat sie verhört. Nelli ist vor einem halben Jahr zurück nach Königswinter gekommen. Sie hat in den letzten neun Jahren drei Entziehungskuren gemacht.« Er hatte also nur so getan, als habe er sie nicht erkannt.

David fuhr nicht bis vor das schmiedeeiserne Tor, sondern stoppte vor der unteren Mauer, die das Gelände umgab. Das war schon früher so gewesen. Sie erinnerte sich, dass es hier einen Durchlass zwischen zwei Mauerpfosten gegeben hatte, so schmal, dass man sich nur mit Mühe hindurchwinden konnte. Im Gehen streifte David sich Handschuhe über, dann verschwand er hinter Bäumen. Da, drei Schritte weiter befand sich der Durchlass. Diesen Weg hatten sie auch damals genommen, als sie aus dem Freibad gekommen waren, doch da hatte sie die Führung innegehabt.

Unter den Bäumen wurde es schlagartig dunkel, sie gingen durch trockenes Laub, das zwischen ihren Füßen raschelte, und irgendwo in der Ferne schrie eine einzelne Krähe. Kurz vor dem Durchlass drehte er sich um, sein Gesicht war ohne eine Regung, dann wanden sie sich hindurch und waren im Park.

»Was hast du eigentlich die ganze Zeit in Berlin gemacht?« fragte er wie beiläufig. »Bist du wirklich Schauspielerin geworden?«

»Ich war Kellnerin.« Vor ein paar Tagen hätte sie sich

noch geschämt, ihm gegenüber diese simple Wahrheit ohne Umschweife auszusprechen. »Nach der Schauspielschule habe ich kein Engagement gefunden. Für größere Rollen war ich nicht gut genug.«

Er warf ihr einen Blick zu, der sowohl einen Vorwurf als auch eine Frage enthielt. Warum bist du dann nicht wieder zurückgekommen?

Nora ging ein wenig schneller. In diesem Winkel des Parks hatte sich nichts verändert. Abgestorbene Äste lagen kreuz und quer. Unter einer mächtigen Eiche hatten die Gärtner einen Haufen Laub aufgeschichtet. Der Turm der Drachenburg war mit einem Gerüst und mehreren bunten Planen versehen. Eine provisorisch errichtete Treppe, die mit Netzen gesichert war und daher einem riesigen Spinnennetz ähnelte, führte neben dem Gebäude auf die Plattform des Turmes hinauf. Der Park war bereits geöffnet, doch bis auf zwei Touristen, die zur Terrasse hinüberschlenderten, dorthin, wo Lukas abgestürzt war, war niemand zu sehen.

»Kennst du den Weg noch?«, fragte David.

Sie nickte. »Aber vielleicht haben sie mittlerweile andere Türen eingebaut.«

»Die Verwaltung weiß, dass wir kommen und einen freien Zugang zum Keller haben müssen.« An seinem Tonfall erkannte sie, wie angespannt er war.

An der provisorischen Treppe vorbei schritten sie auf eine schmale Treppe zu, die immer noch aus maroden Bruchsteinen bestand. David reichte ihr die Hand, doch sie ging ohne seine Hilfe die wenigen Stufen hinunter. Vor einer Tür aus windschiefen

Brettern hing ein Schloss, das jedoch bereits geöffnet worden war. Dann hatten sie den Kellergang erreicht. Sie mussten sich an einem alten Tisch vorbeizwängen, auf dem ein paar schmutzige Tassen und Teller und leere Bierflaschen standen. Offensichtlich aßen die Bauarbeiter hier. David schaltete eine Taschenlampe an.

Ein breiter Lichtkegel lief ihnen voraus.

»Diesen Weg haben wir auch damals genommen, nicht wahr?«, sagte er mit einem Staunen in der Stimme, als sei es ihm erst jetzt aufgegangen.

Sie schwieg, doch das war ihm Antwort genug. »Wir hätten zusammenbleiben sollen«, sagte er leise. »Vielleicht wären wir dann glücklich geworden.«

Das Licht fiel auf einen Haufen Bauschutt; zerbrochene Steine, Holzreste, Scherben, rostige Eisenstangen. Ein einzelner schwarzer Schuh lag wie vergessen da.

Nora fror. Sie hatte die Kälte unterschätzt. Nach einer Biegung wurde es noch dunkler und feuchter, und sie fühlte sich immer unbehaglicher. Sie liefen durch eine Pfütze, die ölig schimmerte. Irgendwo tropfte Wasser. Ansonsten war alles still, als befänden sie sich bereits tief unter der Erde. Nora begriff, dass sie einen Fehler gemacht hatte. Die Burg war seit längerem eine Baustelle. Es war äußerst unwahrscheinlich, dass Lukas hier so ungezwungen herumgelaufen war wie damals, als sie in ihrem Keller geraucht, Rotwein getrunken und Musik gehört hatten.

Der Gang endete. Rechter Hand lag der größte

Raum, den sie »das Verlies« genannt hatten, der abenteuerlichste Ort ihrer Jugend. »Heute Nacht im Verlies! Kommst du mit ins Verlies? Vergiss den Rotwein nicht, wenn wir ins Verlies gehen!« Der Boden bestand noch immer aus festgestampftem Lehm. Sogar die Feuerstelle in der Mitte war noch da, aber die Möbel, die sie damals hierher geschleppt hatten, waren alle verschwunden.

»Hier ist es!«, flüsterte sie.

David ließ den Schein seiner Taschenlampe über die Wände gleiten, als wolle er das Versteck selbst entdecken.

Zielstrebig lief Nora an der Feuerstelle vorbei auf einen Stein in der hinteren Wand zu. Er hatte eine deutlich dunklere Schattierung als die anderen. Mühsam musste sie ihre Finger in den feuchten Lehm bohren, um ihn herausziehen zu können. Sie kannte das Resultat, noch bevor David mit der Taschenlampe in den Hohlraum leuchtete. Da war nichts. Dieser Stein war schon lange nicht mehr bewegt worden.

»Fehlanzeige!«, sagte David, während er mit den Händen den Hohlraum vermaß, um sicherzugehen, dass tatsächlich eine Metallkassette hineingepasst hätte.

Es war der richtige Stein gewesen. Nora hatte sich nicht geirrt. Ihr Blick wanderte zu der Stelle, wo sie David auf der feuchten, muffigen Matratze geliebt hatte. Wie schmutzig und schrecklich es hier aussah! Unvorstellbar, dass dieser Keller ihr einmal wie eine romantische Höhle vorgekommen sein sollte.

»Gibt es noch eine andere Möglichkeit, wo Lukas etwas versteckt haben könnte?« David sah sich finster um.

»Nein!« Nora fror so sehr, dass ihre Zähne aufeinanderschlugen. »Was versprichst du dir überhaupt von dieser Kassette?«

Er hob die Arme und lief genau zu der Stelle, wo damals die Matratze gelegen und er seine Musik gesummt und Dirigent gespielt hatte. »Sein Geheimnis! Der Grund, warum das Mädchen sterben musste und all die anderen Dinge passiert sind! Lukas ist der Mörder von Köln. Wenn unsere erste Analyse der Fasern richtig ist, dann hat er deine Handschuhe getragen, als er dem Sänger auflauerte und das Mädchen tötete!«

25

Er sah Eva an der Promenade herumstreichen. Wie absichtslos studierte sie die Abfahrpläne der Rheinschiffe, ging dann weiter, scheinbar träumerisch auf den Fluss blickend, als sei sie irgendein Kurgast, ein harmloser Tourist, der sich die Stadt ansah. Warum lief sie ihm schon wieder nach? Georgs Wut auf Bauer verflog und suchte sich übergangslos Eva als nächstes Objekt aus. Wenn es mit seiner heiseren Stimme nicht so lächerlich gewesen wäre, hätte er sie am liebsten schon aus der Ferne angebrüllt. Was willst du hier? Und warum bringst du nicht wenigstens Tom mit?

Sie musste ihn längst erkannt haben, ein dunkel gekleideter Mann mit einem Labrador neben sich. Trotzdem tat sie überrascht, als er sich vor ihr aufbaute. Eine Sonnenbrille steckte in ihrem Haar. Darin konnte er sein unfreundliches, unrasiertes Gesicht sehen, während er auf sie herabblickte. Sie bekam Krähenfüße unter ihren Augen, als sie verlegen lächelte, und sie war so knochig und mager, dass es ihn auf einmal ekelte, ihren Körper berührt zu haben. Zu allem Überfluss bewegte sie sich geziert wie eine verhinderte Schauspielerin, als sei jeder Schritt ein Schritt über eine Bühne.

»Warum rennst du mir nach?«, fragte Georg keuchend vor Zorn. »Was willst du noch von mir? Ihr habt doch alles bekommen, was ihr haben wolltet!«

»Wir wollen, dass du Vernunft annimmst«, entgegnete sie, ohne auch nur eine Spur eingeschüchtert zu sein. »Wenn du außerdem auf Tom anspielst – er ist nicht unser Besitz. Es geht ihm besser, und er hat nach dir gefragt und lässt dich grüßen.« Sie sagte das wie eine nüchterne Diplomatin, sodass er ihr am liebsten ins Gesicht geschlagen hätte.

Plötzlich, während sie ihn musterte, als seien ihre grünen Augen in Wahrheit unbestechliche, alles durchdringende Sensoren, überfiel ihn der Gedanke, dass sie damals aus Berechnung mit ihm geschlafen hatte, damit sie etwas gegen ihn in der Hand hatte, eine Garantie, dass er ihr stets mit Wohlwollen und Hilfsbereitschaft begegnete. So war es auch gewesen – er hatte Eva immer wie eine gute Freundin behandelt, hatte sie gegen Eileen verteidigt, sobald die

Schwestern im Streit lagen, hatte ihr Geld geliehen, wenn sie wieder knapp bei Kasse war, und in schöner Regelmäßigkeit kam es vor, dass er sie aus irgendeinem schäbigen Künstlerladen abholen musste, wo sie sich mit ihren halbtalentierten Schauspielern betrunken hatte.

»Du bist immer noch nicht beim alten Simon gewesen!«, fuhr sie anklagend fort. »Warum willst du dir nicht helfen lassen?«

»Ihr hättet mir geholfen, wenn ihr Tom nicht an der Schule abgefangen und mitgenommen hättet!«, presste er wütend hervor.

Die Hündin blickte irritiert zu ihm auf, und ein paar Passanten drehten sich nach ihnen um. Ein Mann, ein Bodybuilder im ärmellosen Shirt, der mit jeder Bewegung stolz seine braungebrannten Muskeln zur Schau stellte, hielt für einen Moment inne und betrachtete ihn argwöhnisch, als erwarte er, dass sich Georg jeden Moment auf Eva stürzen werde.

»Wir wollen ein Arrangement treffen.« Eva legte ihm beruhigend die Hand auf den Unterarm und lächelte ihn an, ein wenig überlegen und mitleidig, wie er fand. Sie konnte mit seiner Wut umgehen und wusste, dass er niemals auch nur einen kleinen Finger gegen sie erheben würde.

Der Bodybuilder bewegte sich langsam weiter. Offensichtlich hatte er Evas rasche Entwarnung registriert.

»Ein gemeinsames Arrangement der Schwestern? Seid ihr jetzt verheiratet? Eileen und du?« Er versuchte, sich in Ironie zu flüchten.

»Du darfst Tom übermorgen am Nachmittag sehen, wenn du willst, aber nur in meinem Beisein.«

»Ein wirklich großzügiges Angebot! Dann können wir ja zu dritt in den Zoo gehen. Am Eingang lassen wir uns fröhlich lächelnd fotografieren, aber ansonsten läufst du einen Schritt hinter uns her und passt auf, dass ich Tom nicht entführe.«

»Vielleicht sind wir auch zu viert«, erwiderte Eva, ohne seinem ironischen Beiklang Beachtung zu schenken. Für einen Moment war er sicher, dass sie auf Nora anspielte, weil sie beobachtet hatte, dass er die Nacht in ihrem Haus gewesen war. »Dein Bruder kommt übermorgen nach Köln. Du musst endlich die Unterlagen unterschreiben, damit die Erbschaft geregelt werden kann. Dein Vater ist vor drei Tagen nach einer Gehirnblutung ins Koma gefallen und liegt in München im Krankenhaus.«

Er konnte sich nicht vorstellen, dass sein Vater starb. Er sah ihn, den großgewachsenen Mann mit dem grauen, festgefügten Scheitel in seinem Gewächshaus Kränze winden, missmutig und wortkarg, aber stets voller Pflichtgefühl. Ihn selbst, den Gärtner, ging der Tod nichts an; mit dem Tod machte er Geschäfte. Je größer das Begräbnis, desto besser das Geschäft. Einmal nur hatte der Vater ihn geschlagen, als er ihm das Singen verbieten wollte und Georg nicht gehorcht hatte. »Du hilfst in der Gärtnerei und gehst nicht zur Gesangsstunde! Wozu muss ein Junge singen lernen?« Von Kunst und Musik hatte der Vater nie etwas verstanden.

Georg widerstand dem Impuls, seine Mutter anzurufen, um sie zu trösten. Übermorgen gegen Mittag wollte Rudolf mit dem Zug in Köln eintreffen. Eva würde ihn am Bahnhof abholen, diesen Dienst glaubte sie, dem Bruder ihres Schwagers schuldig zu sein, und dann würden sie Georg auf der Terrasse des Dom-Hotels erwarten, um jene Erbschaftsfragen zu klären, die sie im April nicht hatten klären können, weil er genau an jenem Abend überfallen worden war, ein merkwürdiger Zufall. Ein Notar aus Köln war bereits als Zeuge einbestellt, damit alles seine Ordnung hatte. Rudolf sollte das Haus in Fürstenfeldbruck und die Gärtnerei erhalten und er eine kleine Eigentumswohnung in München-Schwabing, die ausgerechnet an eine Musikstudentin vermietet war. Kein guter Handel, auf gewisse Weise jedoch gerecht. Sein Bruder war ein besserer Hilfsgärtner, viel mehr als Blumen und Kränze ausfahren konnte er mit seinem verkrüppelten rechten Arm zwar nicht, aber er hatte die Eltern nie verleugnet und im Stich gelassen.

Sobald die notariellen Papiere unterzeichnet waren, würde Rudolf in den nächsten Zug steigen und zurückfahren, glücklich, endlich sein bisschen Zukunft gerettet zu haben, aber was war, wenn Georg sich weigerte und nicht unterschrieb? Schließlich war er nun selbst ein Krüppel geworden.

Wahrscheinlich hatte es nie einen Menschen gegeben, der ihn besser gekannt hatte als sein Bruder. Bevor er aufs Gymnasium ging, hatten sie sich ein Zimmer teilen müssen. Rudolf hatte unaufhörlich versucht, die Rolle des Älteren zu spielen, der sich vor nichts fürchtete und stets wusste, was zu tun war, doch in Wahrheit war er von klein auf das schwächere Kind gewesen, nicht nur wegen seines nutzlosen rechten Arms. Georg hatte sich ihm immer überlegen gefühlt. Es gab nichts, was Rudolf besser konnte. Mit einer Ausnahme: Um den Eltern zu gefallen, hatte er Hunderte Namen von seltenen Blumen und Bäumen auswendig gelernt. Es stand nie in Frage, dass all seine Träume vom Leben in der Friedhofsgärtnerei enden würden.

In dem Sommer, als sein Bruder elf und er neun Jahre alt geworden war, hätte er Rudolf beinahe umgebracht. Sie waren mit der Bahn zum Ammersee hinausgefahren, obwohl es eigentlich viel zu heiß war. Schon unterwegs hatten sie sich gestritten. Rudolf hatte alles bestimmen wollen, wo sie ausstiegen und wo sie schwimmen gingen, doch als sie dann im Wasser waren und sich weit hinaustreiben ließen, hatte er einen Krampf in seinem rechten Bein bekommen, oder vielleicht hatte ihm auch die mörderische Hitze zugesetzt. Erst sah es aus, als würde er schauspielern; er schrie und warf die Arme um sich und tauchte immer wieder unter. Georg war wie ein Raubfisch um ihn herumgeschwommen, hatte ihn lediglich stumm beobachtet. Einen furchtbaren Moment lang hatte er tatsächlich überlegt, was geschehen würde, wenn er ohne seinen Bruder zurückkehrte. Dann erst hatte er zugepackt und Rudolf, den die Kräfte bereits fast verlassen hatten, wieder hochgezogen. Nur mit allergrößter Mühe hatten sie es zurück ans Ufer geschafft. Rudolf hatte sich übergeben müssen, soviel Wasser hatte er geschluckt, und auf dem Weg zurück nach Fürstenfeldbruck hatte keiner von ihnen auch nur ein Wort verloren.

Später hatte Georg bemerkt, dass Rudolf sich heimlich seine Auftritte anschaute, am Anfang in München, um ihrer Mutter Bericht zu erstatten, nachher auf eigene Faust in Köln. Zuletzt war sein Bruder ihm bei der Premiere von »Tannhäuser« aufgefallen. Er saß neben Eva, die ihm vermutlich die Karte beschafft hatte, ein bleiches Gesicht im ersten Parkett, das ihm ähnelte, die gleichen hageren Züge, und ihn unaufhörlich anstarrte, ohne eine Regung zu zeigen. Selbst beim lang anhaltenden Schlussapplaus hatte er keine Miene verzogen und keine Hand gerührt, und in die Garderobe war er ebenfalls nicht gekommen, um seine Glückwünsche anzubringen. Rudolf hatte sich anscheinend mit seiner Rolle abgefunden: Er war der ferne, unerwünschte Bruder, Georgs größter Bewunderer und Neider zugleich.

Vielleicht, dachte Georg, während er seinen wortkargen Bruder neben einer lauernden Eva vor sich sah, sollte er Nora bitten, ihn nach Köln zu begleiten, aber dann hätte man sie für seine Freundin halten können, eine Annahme, die Eileen sofort bei Tom gegen ihn verwendet hätte. Außerdem hatte Nora wahrscheinlich wichtigere Dinge zu tun, als sich in seine Familienstreitigkeiten verwickeln zu lassen.

Martha kam, nachdem er die Spuren der Polizeidurchsuchung mühsam beseitigt hatte. Die Beamten hatten gründliche Arbeit geleistet, hatten Schubladen aufgerissen, Kleidung durchwühlt und sich sogar seinen Laptop genauer angesehen, als suchten sie tatsächlich Beweise für ein Verbrechen, das er begangen haben könnte.

Es war früher Nachmittag. Martha hatte ihre Haare mit einem gelben Samtband zusammengebunden. Sie trug wieder ein neues, recht kurzes Kleid aus schwarzem Leinen und sah beinahe wie eine Trauernde aus. In einem Korb brachte sie Obst, einen Kuchen und eine Flasche teuren Champagner mit. Sogar eine Wurst für die Hündin hatte sie dabei.

»Ich muss mich entschuldigen.« Sie küsste ihn scheu auf die Wange und schaute ihn mit müden Augen an. »Tut mir leid, dass ich gestern nicht länger mit dir sprechen konnte, aber mir ist es schon schwergefallen, überhaupt den Telefonhörer in der Hand zu halten. Eine solch heftige Migräne hatte ich schon seit Jahren nicht mehr.« Ihre Stimme verriet, dass die Leichtigkeit, die sie ihm vorspielte, ihr Mühe bereitete.

»Schön, dass es dir besser geht.« Er hatte nichts vorbereitet und war froh, dass er immerhin noch Kaffee und Milch im Haus hatte. Hastig deckte er auf der winzigen Holzterrasse den Tisch, eine Routinearbeit, die ihm Sicherheit verlieh. Zum Schluss stellte er sogar den Engel aus Alabaster hinzu, den Talisman, den Tom zurückgelassen hatte.

»Es gibt eine Neuigkeit«, sagte sie. Wie bei jedem ihrer Besuche begann sie zuerst zu sprechen, als wisse sie genau, dass er die Angst vor der eigenen Stimme immer wieder aufs Neue überwinden musste. »Brun wird das Ensemble verlassen. Er geht im nächsten Sommer nach Mannheim ans Staatstheater.«

Eigentlich hätte ihn diese Nachricht freuen müssen, aber ihm fiel nur auf, dass er schon einige Zeit nicht mehr an Brun gedacht hatte. Früher hatte es keine Stunde gegeben, in der Brun nicht in seinen Gedanken aufgetaucht war, wie ein böser Geist, der mit jedem Glockenschlag einmal wortlos durchs Zimmer schwebte und den man nicht vertreiben konnte. Nun interessierte dieser vermeintliche Rivale ihn kaum noch, und vielleicht hätte es ihm nicht einmal mehr etwas ausgemacht, wenn Eileen tatsächlich ein Verhältnis mit Brun gehabt hätte.

»Hier ist auch etwas passiert«, sagte er. »Ein Mann, ein Bekannter der Klavierspielerin, ist an der Burg abgestürzt. Als Nora ihn fand, war er tot.«

Martha zog ihre Augenbrauen in die Höhe, ohne ein Wort zu erwidern.

»Vermutlich war es dieser Mann, der die Polizei angerufen und ihnen gesagt hat, sie sollten mein Haus durchsuchen.« Georg spürte, dass er es immer noch vermied, die einzelnen Dinge, die geschehen waren, in einen Zusammenhang bringen zu wollen. Wer hatte Noras Freund so brutal niedergeschlagen? Warum hatte Noras Bekannter anonym die Polizei angerufen, und warum hatte er sich spät abends mit ihr treffen wollen?

»Wer ist diese Nora? Wie gut kennst du sie?«, fragte Martha. »Sie bringt den Männern offenbar kein Glück.«

Ja, dachte Georg, alles drehte sich um Nora. Sie stand im Mittelpunkt aller Fragen. Selbst Bauer, der Polizist, der sie von früher kennen musste, interessierte sich auf eine eindringliche, private Weise für sie.

»Ich kann sie dir einmal vorstellen«, sagte Georg. »Sie ist wieder aus Berlin zurückgekommen, weil sie schwanger ist. Dabei wirkt sie noch sehr jung, ein schönes, blondes Mädchen.«

Ein paar Krähen zogen über den Berg und schienen sich schon für den Abend zu sammeln. Die Hündin blickte ihnen gleichmütig nach. Eine Zeitlang aßen sie schweigend, Apfelkuchen, wahrscheinlich selbstgebacken, aber eigentlich schmeckte er gar nichts. Martha war der einzige Mensch, den er kannte, der von anderen nichts forderte. Sie war die Jungfer, deren Merkmal die Unauffälligkeit war; sie war da, aber sie spielte sich nie in den Vordergrund, sondern richtete die Dinge, für den Intendanten, die Regisseure, die Musiker, nun für ihn. Ohne solche Marthas würde die Welt nicht funktionieren.

»Ich weiß nicht, was ich ohne dich getan hätte«, flüsterte er. »Wahrscheinlich würde ich immer noch in der Wohnung umherlaufen, aus dem Fenster starren, Eileen und Tom jedes Geräusch verbieten und darüber nachdenken, wie ich Brun überführen oder umbringen kann, je nachdem, wie düster meine Stimmung gerade wäre.«

»Bleib so lange hier im Haus, wie du willst.« Martha blickte in den wolkenlosen Himmel, der sich allmählich dunkler färbte, als halte sie nach dem ersten Stern Ausschau. »Ich wollte das Haus schon abreißen lassen. Es ist schön zu sehen, dass wieder jemand darin wohnt.« Sie nahm die Flasche Champagner aus dem Korb und öffnete sie. »Wollen wir nicht auf die Zukunft trinken? Darauf, dass nun bald alles besser wird?«

Er nickte und ging ins Haus, um Gläser zu holen. Der Engel auf dem Tisch blickte ihm freundlich nach, jedenfalls kam es ihm so vor, und dann nahm er den alten Rekorder, stellte ihn in die Tür und schaltete ihn an. Frank Sinatra begann zu singen. »Fly me to the Moon.« Er dachte an Nora. Bei seinem nächsten Besuch würde er ihr etwas auf ihrem Klavier, einem seltenen Bechstein-Flügel, vorspielen. Zu Hause in Fürstenfeldbruck hatte er auch auf einem Bechstein geübt, den seine Mutter, gegen den Widerstand des Vaters, der Witwe eines Orchestermusikers abgekauft hatte.

Martha prostete ihm zu. Wenn sie lächelte, sah man, dass ihre Schneidezähne ein wenig nach innen drückten; dadurch wirkte sie noch älter, obwohl sich keine einzige Falte auf ihrem Gesicht abzeichnete. Plötzlich dachte er, dass Martha genau die richtige Frau für seinen Bruder wäre; sie würde über seine Behinderung hinwegsehen, und er würde bei ihr all sein Wissen über Blumen, Musik und Literatur anbringen können. Vielleicht sollte er mit ihr als Geleitschutz nach Köln fahren und sie Rudolf vorstellen.

»Gestern noch habe ich gedacht, dass ich es in diesem Haus keinen Tag ohne Tom aushalten würde«, sagte er, »und nun höre ich sogar wieder Musik.«

»Manchmal braucht man ein wenig mehr Zeit, um über gewisse Dinge hinwegzukommen.« Sie rieb sich die Arme, als föstele sie. »Könntest du mir eine Jacke oder einen Pullover von dir geben?«

Er holte ihr einen schwarzen Pullover, und als er zurückkehrte, saß Martha da und streichelte die Hündin. Bisher hatte sie sich vor Bella immer zurückgehalten.

»Wird dein Freund nicht allmählich eifersüchtig, wenn du soviel Zeit mit mir verbringst?«, fragte er.

Sie streifte den Pullover über, der ihr viel zu groß war, und prostete ihm erneut zu. Wie eine Schiffbrüchige sah sie plötzlich aus, wie jemand, der sich ans Ufer gerettet hatte und nun in fremden Kleidern dasaß. »Ehrlich gesagt gibt es gar keinen richtigen Freund.« Sie schaute an ihm vorbei und lächelte. »Ich habe mit Männern immer Pech gehabt. Für die meisten war ich die treue Freundin, bei der sie ihre Sorgen loswurden und sich neue Kraft holten, um dann wieder auf die Jagd zu gehen.«

Georg spürte, dass er mit seiner Frage einen Schritt zu weit gegangen war. Er hatte eine unernste, spöttische Bemerkung erwartet, aber kein Geständnis, dass es niemanden in ihrem Leben gab. Er überlegte, von seinem Bruder zu sprechen, von dessen Behinderung und seinem Bemühen, die Familie hinter sich zu lassen, aber dann sagte er lediglich: »Vielleicht kann ich Tom übermorgen sehen. Eileens Schwester hat mir ein Treffen angeboten.«

»Wenn du willst, begleite ich dich.«

Er nickte, jedoch ohne etwas zu entgegnen; eine

allzu halbherzige Zustimmung, wie er selbst begriff. Nein, er wollte Martha nicht dabei haben. Er würde allein fahren, seinem Bruder die Dokumente unterschreiben und mit Tom ein, zwei Stunden durch die Stadt streifen, bemüht, keinen Zorn, keine Wehmut oder zu große Sehnsucht zu zeigen. Anschließend würde er den alten Simon aufsuchen, mit ihm Musik hören und über seine Stimme reden. Was konnte man mit einer ruinierten Stimme noch anfangen?

Als die Schatten immer länger wurden, stellte er eine Kerze auf den Tisch, die ihr flackerndes Licht auf Toms Engel warf. Die Krähen zogen krächzend über sie hinweg. Martha plauderte unverfänglich aus der Oper. Ein Wasserrohrbruch in dem maroden Gebäude hatte eine komplette Probe für Puccinis »Turandot« lahmgelegt. Außerdem war eine Flötistin aus dem Orchester schwanger. Jeder vermutete, der Generalmusikdirektor sei der Vater, doch bisher habe die Flötistin ihr Schweigen gewahrt. Georg hörte kaum zu. Er begann die Erschöpfung der letzten Tage zu spüren. Alle Kraft schien aus ihm zu weichen. Um nicht einzuschlafen, erhob er sich und startete erneut das Band mit den Sinatra-Liedern.

Dann tat er etwas, das ihn selbst überraschte. Er bat Martha, mit ihm zu tanzen. Während Sinatra »Stardust« sang, ein Lied, das er auch für Leggewie eingesungen hatte, drehten sie sich auf der engen Terrasse. Martha bewegte sich ungeschickt und linkisch, tappte seinen Schritten hinterher und beäugte ihn voller Unbehagen. Er hielt sie ein Stück von sich entfernt, so wie ein Mann mit seiner Schwester tanzen würde. Ihre Hand lag rau in seiner, und er roch ihr scharfes, aufdringliches Parfüm, das auch den schwarzen Pullover schon durchdrungen hatte.

Unvermittelt kehrte ein Gedanke zurück, den er schon einmal flüchtig gehabt hatte, dass ihre Fürsorge einen ganz bestimmten Grund hatte, dass sie so seine Zuneigung gewinnen wollte. Nein, das war lächerlich. Martha war einfach eine freundliche, fürsorgliche Frau, die allen half, die in Schwierigkeiten geraten waren. So umhegte sie auch ihren Chef, den Intendanten, sowie die Dramaturgen und Orchestermusiker, und manchmal hütete sie in ihrem Büro sogar die Kinder von alleinerziehenden Chorsängerinnen, die sich bei ihr ausweinten, wenn sie jemandem ihr Leid klagen mussten.

Sie lösten sich voneinander, als Sinatra »My Way« anstimmte. Martha betrachtete ihn sorgenvoll. »Ist dir nicht gut? Soll ich besser gehen?«

»Es ist alles in Ordnung«, erwiderte er. »Ich bin nur ein wenig müde.«

26

Lukas war Linkshänder, wie angeblich auch der Täter aus Köln. Er mochte fett und untrainiert sein; trotzdem war er groß und kräftig, aber warum sollte er Georg aufgelauert und ihn mit einer Eisenstange niedergeschlagen haben? Es gab kein Motiv dafür, so sehr man die vielen Fragen auch hin und her wendete.

Nora ging an seinem Haus vorbei und schaute sich nach Nelli um, doch diesmal schien sie ihr nicht aufzulauern. Weiträumig hatte man die Brandstelle abgesperrt. Sie sah Männer in weißen Papieranzügen über den Hof laufen, und an einem offenen Fenster saß ein Greis mit erstarrten Gesichtszügen und blickte hinaus: der alte Weber. Lukas' Vater war früher der stattliche, stolze Bürgermeister gewesen, der erste Mann im Ort, der scheinbar allgegenwärtig war. Nun hockte er eingefallen in seinem Rollstuhl und beobachtete stumm das Treiben der Polizisten. Vielleicht wusste er bereits, dass man seinen toten Sohn für einen Mörder hielt.

David hatte seinen Wagen direkt vor der Tür geparkt. Er würde nun das ganze Haus auf den Kopf stellen, um die Kassette zu finden. Eilig sah Nora zu, dass sie weiterkam. Ein Besuch im Krankenhaus glich nun beinahe einer Flucht auf eine rettende Insel.

Erst an der Tür zur Intensivstation beschlich sie die Angst, Carlo und Mikes Mutter zu begegnen und ihnen eine Erklärung für ihr langes Fernbleiben geben zu müssen. Doch an der Glasscheibe vor dem Krankenzimmer verharrte lediglich eine alte Frau in einem Bademantel, die sich an einem Infusionsständer festhielt und hineinblickte. Ein Polizist in Zivil mit kurzen, feucht schimmernden Haaren, der neben der Tür saß, blätterte in einer Zeitung und schenkte der Frau keine Beachtung. Als Nora sich ihr auf zwei Schritte genähert hatte, wandte die Alte den Kopf. Es war Hanna. Sie lächelte matt und hob ihre rechte Hand zu einer fahrigen Begrüßung.

Nora war bestürzt, wie bleich und knochig ihre Hände plötzlich aussahen, als sei auch sie nun schlagartig gealtert, dabei hatte man ihr das Haar gewaschen und sie ordentlich gekämmt.

»Was tust du hier? Darfst du denn schon aufstehen?« Nora griff Hanna unter den Arm, aus Furcht, ihre Tante könnte gleich zusammensacken.

»Ich war neugierig«, erwiderte Hanna. »Ich wollte wissen, wie der Vater deines Kindes aussieht.«

Eine Pflegerin befand sich im Krankenzimmer und überprüfte die Infusionen und Apparaturen. Sie schaute kurz auf und beugte sich dann wieder über Mike. Er lag starr da; unter dem weißen Kopfverband sah sein Gesicht noch immer ungesund gelblich aus.

»Wer hat dir von Mike erzählt?«, fragte Nora.

»Die jungen Schwestern reden gern und viel«, erwiderte Hanna. »Außerdem habe ich gemerkt, dass dich etwas bedrückt. Du hättest es mir selbst sagen sollen!«

Nora führte ihre Tante zu einer Bank, ein Stück den Gang hinunter. »Ich wusste nicht, wie ich es dir hätte beibringen sollen.«

Ihre Tante setzte sich mühsam. Als ihr Bademantel zur Seite glitt, sah Nora ihr weißes Bein, das aussah, als sei es aus Wachs, ein Anblick, der sie erschreckte, weil er ihr einmal mehr zeigte, wie sehr Hanna gealtert war. »Er ist auf unserer Terrasse überfallen worden. Hat ihn jemand mit dir verwechselt? Gibt es einen Menschen, der dir schaden will?«

»Die Polizei untersucht die ganze Angelegenheit.«

Dass ihr auch die Kommissarin diese Frage gestellt hatte, erwähnte Nora lieber nicht.

»Du solltest wieder weggehen«, sagte ihre Tante. »Solange bis die Polizei die Sache aufgeklärt hat. Pfarrer Ortner hat mir erzählt, dass du mit diesem stummen Sänger gesehen worden bist.« Es war eine Feststellung, in der ein leiser Vorwurf mitschwang.

»Du kennst ihn?«

»Ich habe ihn einmal auf der Bühne in Köln gesehen – ›Tannhäuser‹, eine mittelmäßige Inszenierung, obwohl er sich mächtig ins Zeug gelegt hat; kein neuer Pavarotti, aber ein ordentlicher Tenor. Tut mir leid, was mit ihm passiert ist.« Sie zupfte an ihrem Bademantel herum und betrachtete sorgenvoll die Infusionsflüssigkeit, die langsam in den Schlauch tropfte, der auf ihrem rechten Handrücken endete. »Trotzdem solltest du dich lieber um deinen Freund kümmern und um dein Kind, statt mit einem Fremden durch die Gegend zu fahren.«

Nora nickte. Ihre Tante schaffte es durch ein paar einfache Worte, sie wieder zu einem Mädchen zu machen, das sich schuldig fühlte. Sie hatte recht – so sprach die Vernunft: Mike und das Kind sollten nun das Wichtigste für sie sein, und doch schoben sich immer wieder andere Gedanken nach vorn.

»Was ist mit dem verdammten Lukas?«, fragte Hanna in einem härteren Tonfall. »Könnte er etwas mit der Sache zu tun haben?«

Er ist tot, müsste sie nun erwidern, wenn sie nicht erneut lügen wollte, der verdammte Lukas ist an der Drachenburg abgestürzt, während er auf mich gewartet hat, um mir sein Geheimnis zu verraten. Kein Wort drang jedoch über ihre Lippen. Sie blickte Hanna forschend an. Hatte Ortner auch die Nachricht von diesem neuen Unglück schon in aller Frühe überbracht?

Hanna schien keine Antwort zu erwarten. »Lukas ist merkwürdig geworden, das hat selbst sein Vater zugeben müssen, als er noch klar im Kopf war«, sagte sie, während sie den Gang hinunterblickte, wo zwei Ärzte sich Mikes Zimmer näherten. »Kurz nachdem du weg warst, hat er mitunter hinten bei den Kastanien im Garten gesessen, nachts, wenn er meinte, dass ich es nicht bemerkte. Zweimal habe ich ihn oben am Drachenfels gesehen. Wie ein Kind ist er die schiefe Eiche hochgeklettert, die da steht, und hat sich zwischen den Zweigen verkrochen. Tut ein erwachsener Mann so etwas – Bäume hochsteigen und sich verstecken?« Sie schnaufte unwillig. Die Ärzte nickten ihnen zu und betraten Mikes Zimmer. »Außerdem betrinkt er sich oft. Vor drei Monaten hat er im Suff mit der Kabelbahn einen Hund überfahren. Seine Mutter hat die Polizei angelogen und behauptet, sie habe am Steuer gesessen. Sonst hätte er wegen Trunkenheit noch eine Anzeige gekriegt, und sie hätten ihr Geschäft dichtmachen können. Aber vielleicht wird man ja verrückt, wenn man jeden Tag in einer alten rostigen Eisenbahn den Berg rauf- und runterfährt.«

Hanna erhob sich schwerfällig, indem sie sich an dem Infusionsständer hochzog. »Ich muss zurück«, sagte sie und stöhnte. »Sonst suchen sie mich tatsächlich noch. Eigentlich durfte ich nur kurz allein auf die Toilette gehen.«

»Soll ich dich begleiten?« Nora beobachtete, dass die Ärzte Mikes Krankenzimmer bereits wieder verließen. An ihren Mienen war nichts abzulesen.

»Sprich mit deinem Freund«, sagte Hanna und machte eine abwehrende Geste, die sie leicht ins Schwanken brachte. »Erzähl ihm von eurem Kind und dass du ihn immer noch liebst. Damit er schnell wieder aufwacht.«

Nora setzte sich an Mikes Bett und hielt seine Hand, die sich eigenartigerweise angenehm lebendig anfühlte. Sie sah die winzigen blonden Härchen auf seinem Handrücken. Manchmal bewegten sie sich, als gleite ein Luftzug über sie hinweg. Mike wurde nicht mehr künstlich beatmet; das war ein Fortschritt. Ein sauberer, chemischer Geruch ging von ihm aus. Sein Zustand habe sich stabilisiert, hatte einer der Ärzte gesagt. Es gebe begründete Hoffnung, dass er bald das Bewusstsein wiedererlange. Eine Schwester habe schon das Flattern seiner Augenlider bemerkt.

Sie hatte nicht gefragt, was mit Mike sein würde, wenn er erwachte. Wäre er behindert oder vielleicht sogar verrückt? Könnte er sich an irgendetwas erinnern? Oder wäre er ein vollkommen anderer Mensch, dem alles neu und unbekannt vorkäme?

Ein paarmal begann sie zu reden, erzählte vom toten Lukas, von ihrer Tante, doch nach ein paar Worten verstummte sie wieder. Es war alles ins Leere gesprochen. Mike tat ihr leid, sie fühlte sich schuldig, dass er nun so starr vor ihr lag; gleichzeitig spürte sie eine tiefe, schmerzhafte Fremdheit und das Wissen, dass sie sich nie mehr wirklich nahe sein würden. Mike müsste sie für das hassen, was passiert war, und sie hatte ihm bereits den Rücken zugekehrt, als sie in Berlin in den Nachtzug gestiegen war.

Zwischendurch schlief sie ein, der Kopf sank ihr auf die Brust, und als sie aufschreckte, standen Carlo und Mikes Mutter auf dem Flur und blickten durch das Fenster ins Zimmer. Die beiden starrten sie an, als sei sie ein seltenes Tier, beinahe erstaunt, dass sie nun da war, aber zumindest Mikes Mutter bewegte ihre Lippen zu einem stummen Gruß, den Nora mit einem Lächeln erwiderte. Zum Glück kamen sie nicht herein, redeten nicht mit ihr, wahrscheinlich weil nur ein Besucher zur Zeit den Raum betreten durfte.

Nora versuchte sich an Sätze zu erinnern, die Mike zu ihr gesagt hatte. »Ich will dein Glück sein.« – »Manchmal ist es wie Musik, wenn ich dich anschaue.« – »Zuerst habe ich mich in deine Hände verliebt, die immer in Bewegung waren, als malten sie unsichtbare Zeichen in die Luft.«

Irrte sie sich nicht, solche Worte aus Mikes Mund gehört zu haben? Sie dachte an David und Lukas. Waren das nicht eher Worte gewesen, die sie gesagt hatten? Hatte Hanna möglicherweise recht, und Lukas hatte sie gemeint, als er mit seiner Eisenstange ausholte und Mike den Schädel zertrümmerte? Wäre er dazu fähig gewesen? Nein, es war kompletter Irrsinn; Gedanken, die zu nichts führten, die sich nur im Kreis drehten.

Plötzlich ergriff sie ein Gefühl der Unwirklichkeit, das sie früher als vierzehn-, fünfzehnjähriges Mädchen gelegentlich erfasst hatte; es war, als schrecke sie aus einem Traum auf, der eher einem Schwindel glich, als habe sich die Zeit überstürzt: Sie hatte geglaubt, sie sei bereits erwachsen, wohne in einem leeren Haus mit ihrer Tante, dabei öffnete sich die Tür zu ihrem Zimmer, sie war wieder sieben Jahre alt, und ihre Mutter trat ein, gesund und lächelnd wie immer. Ihre Mutter war gar nicht tot, ein Irrtum, ein falscher Zeitsprung, der Gedanke an den Unfall und den Tod der Eltern war nur ein Vorgriff auf ein Leben gewesen, das sie niemals führen würde, eine dunkle Möglichkeit, die sich in einem Albtraum versteckte, der sie erschreckt hatte und aus dem sie nun erwachte.

Als sie das Krankenhaus verließ, achtete sie darauf, Carlo und Mikes Mutter nicht zu begegnen. Beide saßen hinter einer Wolke aus Qualm im Raucherzimmer, wo sie verschwörerisch die Köpfe zusammensteckten.

Nora nahm ein Taxi und kurbelte das Seitenfenster herunter, um den Fahrtwind zu spüren.

Königswinter sonnte sich. Touristen schlenderten friedlich auf der Promenade dahin und genossen den warmen September. Sie ließ das Taxi an dem Schiffsanleger halten und ging dann erneut an Lukas' Haus vorbei. Die Absperrbänder hatte man inzwischen entfernt. Viel war von der ehemaligen Garage nicht übriggeblieben. Das Dach war eingestürzt, und die hintere Mauer war komplett in sich zusammengefallen und nicht mehr als ein Haufen Schutt. Einzig das rußgeschwärzte Gestänge des Bettes, das mitten im Raum gestanden hatte, konnte man noch als Gegenstand erkennen. Zwei Kriminaltechniker in ihren unvermeidlichen weißen Papieranzügen hatten ihre Arbeit noch nicht beendet und stocherten in den Trümmern, allerdings so, als hätten sie die Hoffnung längst aufgegeben, etwas von Bedeutung zu finden. Davids Wagen parkte nicht mehr vor der Tür. Er hatte seinen Mörder gefangen, ausgerechnet einen Mitschüler, einen Rivalen aus seinem Heimatort. Aber nein, es blieb die Frage nach dem Motiv: Warum sollte Lukas durch Köln streifen und scheinbar wahllos Männer niederschlagen? Nora dachte an die Metallkassette. Sie kannte David, er war beharrlich und würde solange ermitteln, bis er diese Kassette gefunden hatte.

Eine Frau stieg aus einem roten Sportwagen, warf einen Blick zu der ausgebrannten Ruine herüber und begann, ihr nachzulaufen. Sie trug einen langen durchscheinenden Mantel, darunter ein rotes Kostüm und hatte ihr schwarzes Haar streng zurückgekämmt. Auf den ersten Blick sah die Frau wie Eva aus. Was wollte Georgs Schwägerin schon wieder von ihr? Doch als sie sich umdrehte und der Frau energisch entgegenschritt, bemerkte Nora ihren Irrtum. Die Frau war viel kleiner und beinahe korpulent. Sie hielt ihr eine Visitenkarte hin und nannte hastig ihren Namen. Eine Reporterin.

»Ein paar Fragen!«, rief sie. »Können Sie mir ein paar Fragen beantworten?«

Nora wandte sich um und floh die Straße hinunter.

»Sie waren doch mit Lukas Weber befreundet, nicht wahr?« Die Frau stöckelte ihr auf ihren hohen Absätzen nach. »Hat es eine Auseinandersetzung zwischen Ihnen gegeben? Waren Sie die ominöse Person, mit der er sich nachts an der Drachenburg treffen wollte? Hat die Polizei Sie in Verdacht, Lukas Weber über die Mauer gestoßen zu haben?«

Ihr erster Impuls war stehenzubleiben und die Frau zur Rede zu stellen. Niemand hatte sie in Verdacht – zumindest hatten weder David noch seine rothaarige Kollegin ein Wort gesagt. Dann jedoch hastete sie weiter und gewann an Vorsprung, weil die Reporterin in ihren Stöckelschuhen immer wieder im Pflaster hängenblieb.

Nora betrat das Haus durch den Keller, so wie bei ihrem ersten Besuch. Durch das Küchenfenster, das zur Straße hinauswies, konnte sie sehen, wie die Reporterin vor ihrer Eingangstür haltmachte und ein Telefon hervorzog, in das sie dann hektisch hineinsprach. Während sie redete, wandte sie sich bereits wieder ab und schritt die Straße hinauf.

Wenn noch mehr Reporter auftauchten, würde sie es keine Stunde länger im Haus aushalten. Nun fiel ihr ein, dass kein Polizist mehr Wache schob. Schon am Morgen hatte kein Wagen mehr dagestanden. Die Stille, die sie einhüllte, sobald sie die Kellertür hinter sich geschlossen hatte, und das Gefühl, nicht mehr beobachtet zu werden, taten ihr gut. Trotzdem wich ihre Unruhe nicht. Auch wenn David den Polizisten abgezogen hatte, war die Sache keineswegs beendet. Sie dachte daran, Georg auf seinem neuen Mobiltelefon anzurufen, und legte sich ein paar unverfängliche Worte zurecht, doch als sie es probierte, sprang eine unpersönliche Mailbox an, die eher abschreckend als einladend wirkte, eine Nachricht zu hinterlassen. Wenn sie ehrlich war, hätte sie gern ein Foto von seiner Frau gesehen: Wie sah die Frau aus, in die er sich verliebt hatte und der er später zutraute, ihn vernichten zu wollen?

In der winzigen Kammer hinter der Küche, in der Hanna früher Näharbeiten erledigt hatte, stand nun ein Computer, ein ziemlich neues Gerät, das zu Noras Überraschung sogar über einen Internetanschluss verfügte. Bevor sie in die Suchmaschine die Stichworte »Georg Arden« und »Eileen Arden« tippte, ging sie die letzten Begriffe durch, die ihre Tante eingegeben hatte. Ihren eigenen Namen entdeckte sie da im Verzeichnis, einen amerikanischen Kindersuchdienst sowie Listen von amerikanischen Armeeangehörigen. Sie brauchte wenig Phantasie, um sich vorzustellen, dass Hanna diesen Raum nur so ausgestattet hatte, um Nacht für Nacht nach ihrem verschwundenen Sohn zu forschen, bisher ohne jeden Erfolg.

Unter »Eileen Arden« fand sich nichts als die Adresse ihrer Boutique in Köln; zu »Georg Arden« gab es jedoch mehr als dreihundert Einträge. Der letzte war drei Tage alt: »Georg Arden singt Frank

Sinatra« hieß es da. Ein Impresario namens Dieter Leggewie kündigte an, dass Ende des Monats endlich eine Platte mit ungewöhnlichen Jazz-Aufnahmen veröffentlicht werde, die Georg Arden kurz vor seinem Unfall, bei dem er tragischerweise seine Stimme verlor, eingespielt hatte. Auf einem Foto neben der Meldung war zu sehen, wie ein Mann mit einem grauen Pferdeschwanz gekünstelt in die Kamera lächelte, während er Georg, der ihn um einen Kopf überragte, die Hand reichte, als hätten sie soeben eine Abmachung getroffen. Von Aufnahmen, die er herausbringen würde, hatte Georg nichts erzählt. Es war auch kaum zu glauben, dass er sich nun dazu hergeben würde, wo er seinem Sohn nicht einmal gestattet hatte, Klavier zu spielen.

Als sie »Lukas Weber« aufrufen wollte, schellte es an der Tür. Hastig schaltete sie den Computer aus und schlich erneut zum Küchenfenster. Wie gefährdet und verwundbar sie sich noch immer fühlte! Ein schlichtes Klingeln brachte sie aus dem Gleichgewicht. Ihr Herzschlag hatte sich beschleunigt und dröhnte ihr in den Ohren. Zuerst fiel ihr Blick auf Mikes verlassenen Citroën, dann bemerkte sie Davids BMW.

Sie fühlte sich erleichtert und verspürte gleichzeitig wenig Neigung, ihn hereinzulassen, doch er lehnte in der Tür und drückte rhythmisch auf die Klingel, als wisse er genau, dass sie sich im Haus befand.

»Kann ich einen Moment hereinkommen?«, fragte er, nachdem Nora ihm geöffnet hatte. Er trug ausnahmsweise nicht seinen Trenchcoat, sondern eine Jeansjacke über einem schwarzen Shirt.

»Ich bin müde«, erwiderte sie. »Ich wollte eigentlich früh schlafen gehen.«

»Es dauert nur ein paar Minuten.« David eilte an der Küche vorbei sofort ins Wohnzimmer und schaute sich um, als erwarte er, noch jemanden zu sehen. Er war eindeutig eifersüchtig. Dass Georg nicht da war, schien seine Stimmung ein wenig in Richtung »freundlich bis heiter« zu befördern.

»Zwei Zeugen wollen dich kurz vor dem Brand bei Lukas in der Straße beobachtet haben«, sagte er, während er in die Küche zurückkehrte und sich setzte.

Sie lächelte matt und verzichtete darauf, ihm etwas anzubieten, dabei hätte sie selbst einen starken Kaffee gebrauchen können. »Ja, weißt du nicht, dass ich die Kunst beherrsche, an zwei Orten gleichzeitig aufzutauchen?«

Er reagierte nicht auf ihren Unwillen und ihren Spott. »Außerdem ist ein dunkel gekleideter Mann angeblich vor dem Feuer bei Lukas gesehen worden. Zum Glück hat der Sänger ein Alibi. Sonst würde man ihn auch noch verdächtigen. Die Leute in Königswinter scheinen allmählich verrückt zu spielen. Das Telefon im Präsidium steht nicht mehr still, und nun ist Lukas' Mutter damit herausgekommen, dass ihr Sohn Nelli dreißigtausend Euro geliehen hat. Also müssen wir sie doch noch einmal vorladen.«

Sie schwiegen. Davids braune Augen funkelten sie an, als müssten sie irgendeine Veränderung an ihr wahrnehmen. Nora spürte, dass ihm eine Menge Fragen durch den Kopf gingen, die alle nichts mit dem Fall, sondern einzig mit ihnen beiden zu tun hatten. Gibt es einen Menschen, den du wirklich geliebt hast? Und wer ist dieser Mensch gewesen? War ich es? Hast du mich nicht geliebt?

Er strich sich das pechschwarze Haar zurück und holte eine einzelne Zigarette aus seiner Jacke hervor. Er traute sich nicht, auch nur eine Frage zu stellen, obschon er viele hatte: Was wirst du tun, nachdem dieser Fall gelöst ist? Oder wenn dein Freund aufwacht und das Kind in dir größer und größer wird?

Mit ausdrucksloser Miene hielt sie seinen forschenden Blicken stand.

Er steckte sich die Zigarette an, ohne sie um Erlaubnis zu bitten. »Hast du noch einmal über die Kassette nachgedacht?«, fragte er. »Wo könnte sie sein? In der Ruine seines Hauses haben wir bisher nichts gefunden.«

»Ich weiß es nicht«, sagte sie unwillig. »Vielleicht existiert diese Kassette gar nicht mehr.«

David schüttelte den Kopf und inhalierte tief. Als sein Telefon klingelte, griff er in seine Tasche und schaltete es aus, ohne auf das Display zu blicken. »Lukas hätte den Schlüssel sonst nicht vorne in den Handschuh gelegt. Wahrscheinlich war auch nicht er es, der deinen Freund überfallen hat, und wenn er doch der Täter war, dann hat er auf jeden Fall nicht seinen Totschläger benutzt. Das hat die kriminaltechnische Untersuchung eindeutig erwiesen.«

Seine letzten Worte betonte er so, als ergebe sich

daraus eine Frage, die sie ihm nun unweigerlich stellen müsste, doch Nora ging nicht darauf ein, sondern wiederholte lediglich: »Ich bin müde und möchte schlafen gehen.«

Er erhob sich und drückte seine Zigarette auf einer Untertasse aus, die neben dem Herd stand. Dann bewegte er sich ungelenk auf sie zu und küsste sie auf den Mund, während seine Augen ihr Gesicht abtasteten. Er roch anders als früher, nach Kaffee und Zigaretten, nach Schweigen und zu vielen Nächten, die er allein verbracht hatte. Es gab keine Frau in seinem Leben, ahnte sie. Mit der rothaarigen Kommissarin hatte er allenfalls eine unglückliche Affäre gehabt.

»Schlaf gut«, sagte er und schritt zögernd zur Tür, als hoffe er, dass sie ihm zurief, doch noch zu bleiben.

27

Wenn sie mit Mike Streit gehabt hatte, was mindestens einmal in der Woche vorgekommen war, hatte sie ihn zu Carlo und seinen anderen Kumpanen geschickt, die Tür hinter sich abgeschlossen und sich ein langes Bad gegönnt. Das Wasser musste nach Kräutern duften und so heiß sein, dass es dampfte und in wenigen Minuten die Spiegel und das Fenster beschlagen waren. Dann lag sie in einem warmen, wohligen Nebel da und konnte alles vergessen, Mike, ihre langweilige Arbeit und all ihre Niederlagen, die sie von Zeit zu Zeit betrübten.

Sie wollte nicht ewig eine Kellnerin bleiben, die sich einredete, es irgendwann noch mit der Schauspielerei zu schaffen.

Doch in Hannas Bad funktionierte dieser Zauber des Vergessens nicht richtig. Das Wasser floss allenfalls lauwarm in die Badewanne, und wenn sie sich zurücklehnte und die Augen schloss, sah sie Mike im Krankenbett vor sich und den toten Lukas, wie er mit verrenkten Gliedern vor der Mauer der Burg lag. Trotzdem tat es ihr gut, das Wasser über ihren Bauch rinnen zu lassen und an ihr Kind zu denken. Plötzlich war sie vollkommen sicher, dass es tatsächlich ein Mädchen werden würde; eine hellhäutige Tochter mit blauen Augen und feinen blonden Haaren, die ihr wie aus dem Gesicht geschnitten sein würde.

Ein kurzer Moment des Glücks legte sich über sie, aber schon eine Sekunde später waren ihre Gedanken wieder bei Lukas. Warum hatte niemand einen Schrei gehört, als er von der Terrasse gestürzt war? Sie erinnerte sich an den Ausdruck der Leere und Verlorenheit in seinen Augen, während sie mit ihm in der Kabelbahn gesprochen hatte: Er hatte genau gewusst, dass es aus seinem Unglück keinen Ausweg mehr gab; aber wie war er überhaupt in dieses Unglück geraten? Jemand wusste es und hatte alles, was diese Frage beantworten konnte, durch das Feuer vernichten wollen. Vermutlich hatte der kleine Schlüssel tatsächlich eine Bedeutung, und Lukas hatte ihn nicht ohne Grund in seinem Handschuh versteckt, bevor er starb.

Als sie aus dem Bad kam, war es draußen dunkel

geworden. Nur ein rötlicher Streifen Licht schien noch tief am Horizont zu schweben. Die beiden Kastanien nahmen sich davor wie stumme, unförmige Wächter aus. Auch die weiße Katze war wieder da. In der Abenddämmerung sah es aus, als sei sie aus kostbarem Marmor. Grazil hockte sie im Gras und starrte zum Haus herüber. Vielleicht, fiel Nora ein, hatte ihre Tante die Katze gefüttert, und nun war sie ganz verstört, dass sich niemand mehr um sie kümmerte. Doch kaum hatte sie die Tür zur Terrasse geöffnet, erwachte das Tier aus seiner Starre und sprang davon. Aus dem Ort wehte Glockengeläut herüber, das zaghaft und gedämpft klang, als werde eine Totenmesse gelesen.

Sie kehrte in das Haus zurück und ging langsam die Treppe hinauf. In ihrem Mädchenzimmer war es so stickig, dass sie erst einmal das Fenster öffnen musste. Sie schaltete lediglich die Lampe auf dem Nachttisch ein, weil sie den Raum nicht sehen wollte, nicht ihr schmales, rotlackiertes Bett, aus dem ein muffiger Geruch aufstieg, nicht die Kunstdrucke an der Wand, nicht den Spiegel, vor dem sie Tanzschritte geübt hatte, nicht das Regal mit ihren alten Büchern und CDs.

In der obersten Schublade des Nachtschranks fiel ihr ein Bündel Fotos in die Hände, zuoberst ein Abzug aus einem Passbildautomaten: Mari und sie hatten sich gemeinsam in eine Kabine am Hauptbahnhof in Bonn gezwängt und Grimassen geschnitten; zwei alberne, lachende Mädchen, Schnappschüsse voller Ausgelassenheit. Unter dem Bündel lagen drei größere Schwarzweißfotos. Ein Wunder, dass sie die Aufnahmen damals nicht zerrissen hatte: achtzig Abiturienten, die in die Kamera lächelten, weil sie wussten, dass sie nun endlich die Schule hinter sich gebracht hatten. Lukas hatte sich neben sie gestellt, ganz wie ein Kavalier und Beschützer; er war der einzige, der ein ernstes, beinahe trotziges Gesicht machte. Seht her, sagte sein Blick, ich fordere das Schicksal heraus, ich bin unverwundbar. Auf einem Bild hatte Nelli neben ihm gestanden und den Arm um seine Hüfte gelegt, aber unernst und spielerisch, so wie man einen Jungen anfasste, für den man sich eigentlich überhaupt nicht interessierte.

Zwischen den Fotos steckte die Einladung zu der Abiturfeier; ein Stück grüner Karton, mit goldenen Buchstaben bedruckt. Die anderen Bilder in der Schublade, Aufnahmen von einer Klassenfahrt, von Schülerpartys, von einem Volleyballturnier, an dem David teilgenommen hatte, nahm Nora lediglich heraus und warf sie hinter sich, und die Postkarten, die sie in einer Klarsichtfolie gesammelt hatte, schaute sie ebenfalls nicht an. Sie suchte etwas anderes. In der hintersten Ecke, unter zwei langen Briefen, die David ihr geschrieben hatte, nachdem sie zusammen in der Drachenburg gewesen waren, entdeckte sie eine kleine, herzförmige Blechkiste. Zwei billige Silberringe, die sie sich selbst gekauft hatte, ruhten da auf einem winzigen schwarzen Samtkissen und ein kleiner Metallschlüssel. Sie hatte sich nicht geirrt. Es musste der Schlüssel zu der Kassette sein, die Lukas stets wie einen Schatz gehütet hatte.

Sie nahm den Schlüssel heraus. Winzig lag er in ihrer Hand. Auf den ersten Blick schien er nicht dem Schlüssel zu gleichen, den die Polizei in dem Handschuh gefunden hatte, denn er sah vollkommen unbenutzt aus, wies keine Spur von Rost auf, was gleichzeitig ein Hinweis darauf sein konnte, dass Lukas seinen Schlüssel tatsächlich noch verwendet hatte. Nur hatte er die Kassette nicht wie früher in der Drachenburg versteckt, weil er dort nicht mehr ungestört ein und aus gehen konnte.

Nora zog ihre Jeans wieder an, streifte einen weißen Pullover über und eilte in die Küche hinunter. Diesmal würde sie nicht ohne eine Taschenlampe den Drachenfels besteigen.

»Ruth«, flüsterte sie ihrem Kind zu, »es ist nur so eine Ahnung. Wahrscheinlich mache ich mich lächerlich, wenn ich jemandem davon erzähle.«

Ihre Tante hatte die Eiche erwähnt, in der Lukas noch als Erwachsener manchmal herumgeklettert war. Auch er selbst hatte, wie ihr nun zu ihrer Verwunderung auffiel, bei ihrem ersten Treffen von dem Baum gesprochen. Als sie beide vierzehn waren, hatte er neben einem Herzen wie einen Schwur ihren Namen in die Rinde geschrieben.

Nein, es war albern; allenfalls kleinen Kindern kam in den Sinn, solche Bäume als Versteck für ihre Schatzkisten zu benutzen.

Sie verließ das Haus durch den Keller und ging durch den Garten hinaus. Der Mond versteckte sich hinter lockeren Wolken und lugte nur dann und wann hervor. Stimmen waren zu hören; irgendwo in einem der Gärten in der Nachbarschaft wurde ein Fest gefeiert. Auf dem Pfad zum Drachenfels war jedoch niemand mehr zu sehen. Sie hatte ihr Mobiltelefon dabei und überlegte einen Moment, Georg anzurufen. Schließlich verwarf sie den Gedanken. Was hätte sie ihm sagen sollen: Ich gehe den Berg hinauf, um unter einer schiefen Eiche, in die ein Herz und mein Name eingraviert sind, nach einer Metallkassette zu graben?

Grillen zirpten, und eine feuchte Kühle lag in der Luft, die den nahen Herbst erahnen ließ. Zwischen den Bäumen wurde es gespenstisch dunkel, sodass Nora die Taschenlampe einschaltete. Einmal nur kamen ihr zwei späte Wanderer entgegen, die sie feixend musterten, weil sie offenbar schon einiges getrunken hatten.

Nora passierte den Weg zu Georgs Gartenhaus und lief eilig an dem Zaun entlang, der den Park an der Drachenburg umschloss. Das verwinkelte Gebäude war zwischen den Bäumen lediglich als düsteres Schattengebilde zu erahnen. Die Eiche, die sie suchte, befand sich ein Stück oberhalb der Burg, ein mächtiger Baum, der sich am Hang zwischen großen Felsblöcken mit riesigen Wurzeln in die Erde gekrallt hatte, wenn sie sich richtig erinnerte.

Hinter der Drachenburg hörte der gepflasterte Weg auf. Nun wurde es weitaus steiler und kurviger. Sie spürte ihr Herz schlagen. Es war verrückt, was sie tat, und als sie sich umschaute, hatte sie das Gefühl, noch nie an diesem Berg gewesen zu sein. Wenn sie aufblickte, sah sie nur Dunkelheit über sich, keinen

Mond, keinen einzigen Stern, obschon der Himmel beinahe wolkenlos gewesen war. Wind fuhr durch das dichte Dach aus Blättern und Ästen über ihr, und dann, so heftig, dass sie erschrak, dröhnte das Rauschen eines Zuges herauf, der unten durch den Ort raste.

Sie musste sich irren. Niemals war Lukas bei Nacht diesen beschwerlichen Weg heraufgelaufen, um Haschisch oder irgendwelche anderen Dinge, die ihm wichtig waren, in einer Metallkiste zu verstecken. Hatte die Polizei in der Kabelbahn nachgesehen? Hatten sie den Kassenraum unten an der Station gründlich durchsucht und was war mit Nellis Wohnung? Waren sie da auch gewesen?

Nachdem sie die vorletzte Biegung zum Drachenfels hinauf hinter sich gelassen hatte, ließ Nora den Schein ihrer Taschenlampe über die Bäume am Hang gleiten. Irgendwo hier hatte die Eiche mit ihrem eingravierten Namen gestanden. Tatsächlich tauchten die mit Moos bewachsenen Felsbrocken auf, auf denen sie als Kind oft herumgeklettert war, obwohl ihre Eltern es ihr streng verboten hatten. Wer abrutschte, konnte leicht den ganzen Hang hinunterstürzen. An manchen Stellen ging es mehr als hundert Meter in die Tiefe. Vor ein paar hundert Jahren, so hatte man es ihnen in der Grundschule erzählt, hatten Tagelöhner hier große Steine herausgebrochen und einfach den Berg hinunterrollen lassen, damit die Steine unten am Fluss in Kähne geladen und dann nach Köln gebracht werden konnten, wo Steinmetze sie für den Bau des Doms verwendeten.

Vorsichtig tastete sie sich an einem der Felsbrocken entlang. Laub raschelte zu ihren Füßen, und einmal meinte sie, dass ein winziges Tier vor ihr davonhuschte. Hinter dem Felsen tauchten leere zerbeulte Bierdosen im Schein ihrer Taschenlampe auf und ein schmutziger roter Pullover, den jemand wie eine Decke für ein Picknick ausgebreitet und hinterher vergessen hatte. Dann sah sie den Baum. Die Eiche hatte sich nach vorne gesenkt, als wollte sie sich in den Abgrund stürzen. Einige ihrer kräftigen Wurzeln griffen ins Leere. Anscheinend hatte der Regen begonnen, den kargen Waldboden hier bis auf den Felsgrund auszuwaschen. Noch ein paar heftige Unwetter und Regengüsse, und der Baum würde seinen Halt verlieren.

Sie lehnte sich an den Felsblock und schwenkte ihre Taschenlampe bis zu der Krone hinauf. Einzig ein langer Ast war bisher abgestorben. Der Baum bot jedem jedoch ein wunderbares Versteck, der bis in die Spitze emporkletterte. Gebückt und bereit, sich jederzeit mit den Händen abstützen zu können, machte Nora die letzten drei, vier Schritte. Grob und alt fühlte sich der Baumstamm unter ihren Händen an. An einer Stelle war die Rinde aufgeplatzt und klebriges Harz herausgeflossen, und dann, auf der Seite, die zum Drachenfels wies, entdeckte sie im Lichtkegel der Taschenlampe ihren Namen: *Nora* stand da, unübersehbar, eine helle Wunde, die dem Baum beigebracht worden war, aber nicht vor vielen Jahren, sondern erst kürzlich, vor ein paar Tagen vielleicht. Weißlich, weil sie das Innere des Baumes offenbarten, leuchteten ihr die vier Buchstaben entgegen.

Ihr Schrecken war so groß, dass sie beinahe das Gleichgewicht verlor. Einen Moment später tastete sie sich den Stamm hinab und beugte sich zu den Wurzelsträngen vor, die sich aus dem Waldboden herausstreckten. In einem der Märchen, die Hanna ihr vorgelesen hatte, kurz nachdem ihre Eltern verunglückt waren, war es um Menschen gegangen, deren Körper und Seelen von einem bösen Zauberer in Bäume verwandelt worden waren, und plötzlich kam ihr in den Sinn, dass sie es hier möglicherweise mit einem verzauberten, in einen Baum gesperrten Menschen zu tun hatte, dem sie sich nicht nähern durfte.

Unter den frei schwebenden Wurzeln hatte sich ein Hohlraum gebildet, in den sie mit der rechten Hand hineingriff, während sie mit der linken die Taschenlampe hielt. Lukas hatte sich nicht viel Mühe gegeben. Wer außer der neugierigen, ewig misstrauischen Hanna sollte ihn schon hier herumklettern gesehen haben? Das kalte Metall der Kassette war auf Anhieb zu fühlen. Obschon sie einiges an Gewicht besaß, machte es keine Mühe, sie hervorzuziehen.

Staunend blickte Nora ihren Fund an. Die Kassette hatte ein paar Kratzer abbekommen, und an den Kanten war die rote Farbe abgeblättert, ansonsten aber war sie unversehrt. Vorsichtig wischte sie über den Deckel. Bei all seinem Unglück war Lukas tatsächlich noch ein kleiner Junge geblieben, der seine Schätze irgendwo im Wald verbarg. Oder er hatte, wenn er wirklich ein Mörder war, gute Gründe gehabt, dafür zu sorgen, dass gewisse Dinge nicht in die Hände von Fremden gerieten.

Sie nahm ihren Schlüssel hervor und steckte ihn ins Schloss. Nach einer leichten Drehung sprang der Deckel der Kassette auf. Im selben Augenblick kreischte ein Nachtvogel über ihr, und ein Windstoß schüttelte den Baum und ließ sie zusammenzucken. Die Äste knarrten, und dann schrie ein zweiter Vogel, als müsse er dem ersten antworten. Nora widerstand dem Impuls, die Kassette zu schließen und mit ihr unter dem Arm in den Ort hinunterzulaufen. Das Licht ihrer Taschenlampe fiel auf ein Bündel Geldscheine, das neu und vollkommen unberührt wirkte. Darunter kamen Papiere zum Vorschein, Ausschnitte, die jemand aus Zeitungen herausgerissen hatte. Auch ein Tablettenröhrchen lag in der Kassette und ein weißes Stoffsäckchen, in dem Lukas schon früher seine Vorräte an Marihuana aufbewahrt hatte. Ganz unten fand sie noch ein kleines, schwarzes Ledermäppchen. Das war alles. So sahen die Geheimnisse aus, die Lukas vor aller Welt gehütet hatte. Sie spürte, wie enttäuscht sie war, ohne genau zu wissen, was sie eigentlich erwartet hatte. Nach diesen Papieren suchte David die ganze Zeit?

Dann betrachtete sie den ersten Zeitungsausschnitt genauer und entdeckte ein Foto, das sie bereits kannte, weil David es ständig mit sich trug und auch in seinem Büro an der Wand befestigt hatte: Ein junges, dunkelhaariges Mädchen lächelte und hielt einen Cocker Spaniel im Arm. *Keine heiße Spur im Mord an der Oper,* war der Artikel mit großen Lettern überschrieben. Das Mädchen hieß Stella Winter. Von Georg Arden hatte man eine grobkörnige Porträtaufnahme abgedruckt, die ihm nur entfernt ähnlich sah.

Zwei weitere Ausschnitte behandelten diesen Mord. In einem Bericht war reißerisch vom *Kölner Killer* die Rede, der brutal zugeschlagen hatte. Bei den anderen herausgerissenen Zeitungsartikeln handelte es sich um sieben kleinere Meldungen. Die Überfälle wurden immer nach demselben Muster verübt: Ein Mann, der sich spät abends allein auf dem Weg nach Hause befand, war kurz mit seinem Namen angesprochen und dann mit einem Totschläger verprügelt worden, ohne dass man ihn ausgeraubt hatte oder es eine andere Erklärung für diese Angriffe gab.

Nora spürte, wie ihr ein Schauer über den Rücken lief. Es stimmte, was David vermutet hatte: Lukas hatte diese Berichte aus einem triftigen Grund gesammelt. Er war der Mörder von Köln, der Psychopath, der durch die Gegend lief und auf arglose Passanten einprügelte, die ihm in die Quere kamen.

Die Ledermappe enthielt keine weiteren Zeitungsausschnitte, sondern Schwarzweißfotos, die alle aus größerer Entfernung aufgenommen worden waren. Männer mittleren Alters waren darauf zu sehen, die einen Laden verließen, in ein Gebäude hineingingen oder gerade in einen Wagen stiegen. An den Männern war nichts Auffälliges. Die meisten waren blond, unspektakulär gekleidet, eher freundliche Lehrer als erfolgreiche Geschäftsleute. Warum hatte Lukas diese Fotos gemacht? Hatte er seine Opfer ausgespäht?

Waren es doch keine zufälligen Überfälle gewesen? Auf der Rückseite waren in einer sauberen Handschrift, die eindeutig nicht Lukas gehörte, die Namen der Männer notiert. Allerweltsnamen wie Paul, Martin und Christian. Der letzte Abzug, ein leicht verwackeltes, unscharfes Bild, zeigte den Sänger. Georg stand vor der Oper an einer Ampel und ließ den Verkehr an sich vorbeiziehen. Neben seinem Namen auf der Rückseite hatte jemand das Wort *Kehlkopf* geschrieben und unterstrichen.

Es dauerte einen Moment, bis Nora begriff. Diese Fotos waren seine Aufträge gewesen; die Beschreibung der Männer, die Lukas verprügeln sollte. Er hatte gar nicht auf eigene Faust gehandelt, nein, er war losgeschickt worden. Jemand besaß eine furchtbare Macht, ihn zu diesen Überfällen dirigieren zu können.

Als Nora die Ledermappe zuklappte, sah sie einen weißen Briefumschlag, der in einer kleinen Innentasche steckte. Ihre Hände zitterten so sehr, dass sie Mühe hatte, den Umschlag herauszunehmen und zu öffnen. Das Papier war rissig und zerknittert, als sei es schon oft herumgetragen worden. Ein weiteres Foto glitt heraus, auf dem auf den ersten Blick nicht mehr als ein paar grobe Konturen zu erkennen waren: ein dunkelhaariger Junge, der auf einem Mädchen lag und es mit dem Ellbogen seiner rechten Hand auf eine Matte drückte. Das Mädchen hatte den Mund aufgerissen, wie zu einem stummen Schrei. Das Entsetzen, nein sogar Todesangst standen ihr ins Gesicht geschrieben.

Die Erinnerung kam, als Nora die Augen schloss und wie ein fremder Laut ein Stöhnen über ihre Lippen drang. Ein alter Schmerz stach durch ihren Unterleib. Lukas lag auf ihr, drückte sie brutal auf die Matte. Während seine Hand auf ihrem Hals lag, fingerte er mit der anderen an ihrem Rock herum. Er keuchte ihr ins Gesicht, zischte ihr Worte zu, nannte sie »Schlampe« und »schöne, kalte Nora« und leckte ihr gierig, mit heißer Zunge die Tränen von der Wange. Sie hatte geglaubt, flackernden Kerzenschein bemerkt zu haben, dabei war es ein Blitzlicht gewesen. Es gab ein Foto von diesem Moment; er war nicht nur ihr Leben lang in ihrem Kopf, in ihrem Körper eingefroren, sondern lag vor ihr, auf Papier gebannt.

Sie öffnete die Augen und drehte das Foto um. Ihre Hände zitterten noch heftiger. *Für Lukas – mit schönen Grüßen,* las sie da und konnte die Stimme dazu hören, weil sie nun auch die Handschrift erkannte. Es war eine vertraute Stimme, der sie alles geglaubt und die sie anscheinend doch nur belogen hatte; eine schreckliche, verlogene Stimme, die Lukas in ihrer Gewalt gehabt hatte. Weil es diese Stimme und dieses Foto gab, war seine Schuld nie vergangen; deshalb hatte er sich erpressen lassen und nie einen Weg aus seinem Unglück gefunden.

Nora stopfte die Bilder in die Kassette zurück und schloss den Deckel. Mühsam richtete sie sich auf. Sie spürte den Schmerz, der sich durch ihren Unterleib wühlte. Ein Krampf schüttelte sie, der sie den Atem anhalten ließ. Sie war auf eine Täuschung hereingefallen! Alle schienen sie offenbar aus einem ganz anderen Blickwinkel zu betrachten, als sei sie gar nicht das freundliche, bewunderte Mädchen gewesen, das sie selbst geglaubt hatte zu sein.

Schwerfällig versuchte sie einen Schritt zu machen, an der schiefen Eiche vorbei auf den Weg zurück, doch plötzlich, wie aus dem Nichts, ohne dass dem ein Geräusch vorausgegangen war, blitzte ein helles Licht vor ihr auf, das viel heller war als der Schein ihrer eigenen Taschenlampe und sofort ihr Gesicht ins Visier nahm.

»David«, flüsterte sie ins Licht. »Gut, dass du da bist.« Zum Glück war er, der wachsame Polizist, ihr auf den Fersen geblieben.

Ein Lachen antwortete ihr, dasselbe Lachen, das sie vor ein paar Sekunden noch in ihrem Kopf gehört hatte, nur dass es nun viel ernster und irgendwie bedrohlich klang.

Dann sagte die Stimme: »Warum bist du zurückgekommen, Nora? Du hast mir wieder alles kaputtgemacht.«

28

Er erwachte mit einem tauben Gefühl im Mund und weil er beinahe umkam vor Durst. Seine Zunge klebte pelzig am Gaumen, ein unangenehmes Gefühl, das ihn an die seltenen Momente erinnerte, wenn er zu viel getrunken hatte und mitten in der Nacht zum Kühlschrank gewankt war. Mühsam und mit dröhnenden Kopfschmerzen schleppte er sich ins Bad und hielt seinen Mund unter den fließenden Wasserstrahl, ohne das Licht anzuschalten. Erst auf dem Weg zurück ins Zimmer fiel ihm auf, dass er in voller Bekleidung aus Toms Bett gekrochen war.

Draußen war es dunkel. Wolken zogen über den Mond. Eine Handvoll Sterne verteilte sich am Nachthimmel und warf ein paar Lichtschimmer durch das Dachfenster. Sofort sank Georg wieder auf das Kissen. Er hatte von seinem Bruder geträumt, kam ihm in den Sinn, während er die Augen schloss. Rudolf hatte ihn verfolgt, und ihm, immer wenn er etwas trinken wollte, mit grinsendem Gesicht das Glas aus der Hand gerissen. Rudolf hatte sich verändert, er bewunderte ihn nicht länger, sondern war nun ganz offen sein Feind geworden und hatte über seinen rechten, verkrüppelten Arm eine eiserne Manschette gelegt.

Georg kauerte sich an die Wand und drückte sein Gesicht tiefer in das Kissen. Er war so erschöpft, dass er kaum atmen konnte. Der Durst und das Gefühl der Taubheit in seinem Mund kehrten bereits zurück. An Schlaf war nicht mehr zu denken, so müde er sich auch fühlte. Als er sich wieder aufrichtete, bemerkte er, dass er die ganze Zeit etwas in der Hand gehalten hatte: Toms kleiner Engel aus Alabaster hatte einen tiefen Abdruck in seiner Handinnenfläche hinterlassen.

Unten rumorte die Hündin, kratzte an der Tür und jaulte, wahrscheinlich weil sie ihn gehört hatte.

Martha war dagewesen, erinnerte er sich, sie hatten Champagner getrunken, Sinatra-Lieder gehört und getanzt, bis ihn auf einmal Müdigkeit übermannt hatte.

Mit beiden Händen musste er sich festhalten, um nicht auf der Treppe zu stürzen, so wacklig war er auf den Beinen. Die Hündin sprang ihm entgegen und stürmte dann mit aufgeregtem Winseln zur Tür. Kaum hatte er die Klinke heruntergedrückt, huschte Bella an ihm vorbei und rannte in den Garten. Er folgte ihr mit langsamen Schritten. Ordentlich hatte Martha alle Spuren des Abends auf der winzigen Terrasse beseitigt. Keine leere Flasche stand mehr da, kein Teller und kein Glas. Die Hündin drückte sich durch das Gartentor, das angelehnt gewesen war, und erleichterte sich hinter einem Baum.

Die Kühle der Nacht begann, seine Kopfschmerzen zu vertreiben. Auch sein quälender Durst ließ allmählich nach, als er tief einatmete. Aufmunternd blickte die Hündin ihn an, und nachdem er die Pforte durchschritten hatte, wertete sie sein Verhalten als Beweis dafür, dass nun ein verspäteter Abendspaziergang fällig war. Statt wie üblich in den Ort hinunter jagte sie den Drachenfels hinauf, als habe sie ein Kaninchen gewittert. Georg sah ihren Schatten noch im Schein der letzten Laterne, dann bog sie scharf ins Gebüsch ab und verschwand.

Er ging ihr nach, ohne allerdings den Weg zu verlassen. Es war ohnehin schwer genug, bei dem wenigen Licht auf dem unebenen Gelände nicht ins Stolpern zu geraten. Aus dem Ort war das Rauschen eines Zuges zu hören, das sich an den Felswänden brach. Dann kehrte abrupt Stille ein, als sei der Zug plötzlich in einen Tunnel eingetaucht. Wie merkwürdig die Geräusche der Nacht waren, hatte ihn schon als Kind beschäftigt. Manches, das ziemlich weit entfernt war, klang wie zum Greifen nah; anderes ließ sich gar nicht orten, und manche Geräusche wurden schlichtweg verschluckt.

Georg passierte den Park an der Drachenburg. Keine Spur war von Bella zu entdecken. Noch immer hielt er den Engel in der Hand. Übermorgen würde er ihn Tom zurückgeben. Nein, er würde ihn bitten, den Engel behalten zu dürfen. Wieder überfiel ihn eine furchtbare Sehnsucht nach seinem Sohn. Wahrscheinlich war er deshalb in Toms Bett gekrochen. In der Bettdecke hing noch sein warmer kindlicher Geruch, war noch der Abdruck seines Körpers zu spüren. Sanft schob er den Engel in die hintere Tasche seiner Jeans.

Von jenseits des Parks drang ein verdächtiges Rascheln herüber, wie wenn sich hastig Beine durch tiefes Laub bewegen. Die Hündin hatte offenbar eine Fährte gewittert. Es passierte nicht oft, dass ihr Jagdfieber erwachte und sie blindlings losstürmte.

Nach einer scharfen Biegung bemerkte Georg ein schwaches Licht, das sofort wieder erlosch. Er blieb einen Moment stehen und lauschte. Lief da jemand durch den Wald, oder hatte er sich getäuscht? Um diese Zeit saßen die meisten Touristen, die tagsüber hier umherwanderten, in den Lokalen unten im Ort und tranken sich einen friedlichen Rausch an.

Wenig später blinkte das Licht erneut auf, als gebe jemand einem anderen ein Zeichen. Vorsichtig ging er weiter, unschlüssig, was er tun sollte. Das steilste Stück des Berges lag nun vor ihm. Kaum hatte er sich aus seiner Starre gelöst, vernahm er ein Krachen, als sei jemand auf einen morschen Ast getreten, und in der Dunkelheit am Berghang begann die Hündin, aufregt loszukläffen.

»Du hättest bleiben müssen, wo du warst«, sagte Mari, während sie sich Nora näherte. »Irgendwo weit weg in Berlin, als Schauspielerin oder Kellnerin … oder was immer du sein wolltest. Dann wäre nichts passiert.«

Nora hatte die Kassette fallen gelassen und hielt sich mit einer Hand an einem Ast fest. Sie musste versuchen, festen Stand zu gewinnen. Die Schmerzen in ihrem Unterleib waren verschwunden. Nun meldeten ihre Sinne die Gefahr, in der sie schwebte. Plötzlich begriff sie, dass Mari Lukas umgebracht hatte. Die eifersüchtige, neidische Mari kam dir nicht zu Hilfe, nein, sie hat dich und ihn vor neun Jahren in dieser verdammten Nacht fotografiert und ihn dann auf irgendwelche Männer gehetzt, die sie vielleicht einmal schief angeschaut hatten. Aber wieso hatte auch Georg zu diesen Männern gehört?

»Ich habe gedacht, dass wir Freundinnen sind«, sagte Nora. Beim ersten Wort klang ihre Stimme noch ein wenig brüchig, doch dann hatte sie sich gefasst. »Für alle Zeiten die besten Freundinnen. Das hatten wir uns doch geschworen. Erinnerst du dich nicht mehr?“

»Alles wäre in Ordnung gewesen, wenn du in Berlin geblieben wärest«, wiederholte Mari, als habe sie Nora gar nicht zugehört. »Aber du bist auch schon früher zu den unmöglichsten Momenten aufgetaucht und hast dich immer in den Vordergrund gedrängt, die schöne Nora, die kluge, empfindliche Nora, in die jeder sich gleich verliebte ... Ich habe dich manchmal gehasst ... Wie furchtbar selbstsicher du ausgesehen hast, als du mit David ins Verlies gegangen bist, dabei wusstest du genau, dass ich in David verliebt war ...«

Ein silberner Gegenstand glitt durch das Licht, eine flüchtige, schemenhafte Bewegung, doch der Schlag kam ein wenig zu früh und nicht platziert genug. Trotzdem erwischte er Nora am Oberarm und tat höllisch weh. Im verzweifelten Versuch auszuweichen, schrammte sie mit der rechten Schulter über den Felsgrund. Der nächste Hieb kam präziser, von oben herab auf ihren Kopf gerichtet, als sei die Waffe, die Mari führte, eine Axt, die ihr den Schädel spalten sollte. Im allerletzten Moment zuckte Nora zur Seite. Der Totschläger, oder was immer es war, krachte auf ihre linke Schulter. Sie schrie auf, und noch während sie schrie, hörte sie wie aus weiter Ferne, dass ein Hund anschlug, als wolle er ihr antworten.

Das Licht vor ihr verharrte einen Moment, dann sank es ganz herab und rollte über den Waldboden. Mari hatte ihre Lampe beiseite geworfen und war über ihr. Nora hörte ein heftiges, wütendes Keuchen und konnte eine halbe Sekunde lang bei dem herumirrenden Lichtschein das Gesicht ihrer alten Schulfreundin erkennen. Ein schreckliches Wiedersehen. Mari hatte sich kaum verändert, allenfalls war ihr Gesicht ein wenig rundlicher geworden, und ihr Haar wirkte nicht mehr so mausgrau.

Der dritte Schlag traf Nora auf den Rücken. Er war mit einer Kraft geführt, die man einer mittelgroßen Frau nicht zugetraut hätte. So ähnlich musste es gewesen sein, als Mari auf den wehrlosen, schlafenden Mike eingeschlagen hatte, weil sie in der Dunkelheit geglaubt hatte, Nora sitze vor ihr.

Nora registrierte, wie sie in den Knien einknickte, und versuchte, nach dem Totschläger zu greifen, um Mari zu sich herunterzuziehen. Zurückweichen war unmöglich. Sie musste an Mari vorbei auf den Waldweg gelangen. Ansonsten erginge es ihr wie Lukas und sie würde abstürzen, den steilen felsigen Hang hinunter.

Mit der linken Hand, in der sie noch immer ihre Taschenlampe hielt, holte sie unkontrolliert aus und traf Mari an der Stirn, aber davon ganz unbeeindruckt zischte der Totschläger wieder heran. Es war, als habe ein donnernder Blitz sie getroffen. Nora spürte, wie sie ins Taumeln geriet. Sie verlor die Taschenlampe und griff nach allen Seiten, um irgendwo Halt zu finden, taumelnd wie ein Boxer nach dem entscheidenden Schlag. Voller Panik dachte sie an ihr Kind, sie musste ihren Bauch schützen, aber kaum hatte sie sich ein wenig abdrehen können, prallte sie auf dem Boden auf und rutschte ein Stück den Hang hinunter. Ein schmächtiger, dünner Baum, der aus einer Felsspalte wuchs, bremste ihren Sturz. Sie schmeckte Blut und hatte Schwierigkeiten, in der Dunkelheit irgendetwas zu erkennen. Für einen Moment lag sie in einer tiefen, unheilvollen Stille da. Dann sprang ein schwarzer Damenschuh heran und bremste neben ihr ab, wobei er ihr winzige Erdkrumen ins Gesicht spritzte.

»Ich verstehe das alles nicht«, flüsterte Nora. »Warum hast du das getan? Doch nicht, weil ich mit David ...«

Der Schuh bewegte sich. Ein schwacher Luftzug strich über ihr Gesicht; der erwartete Tritt, der sie den Hang hinunterwerfen sollte, blieb jedoch aus. Der Schuh beschrieb eine Drehung, weg von ihr, und plötzlich, als habe ihr Gehör eine Zeitlang nicht funktioniert und kehre nun mit Vehemenz zurück, hörte sie das Hundegebell wieder, viel lauter diesmal, und bemerkte Schritte, die wild raschelnd durch das Laub fuhren.

»Verdammt, Martha«, rief eine heisere, gepresste Stimme, die ängstlich und zugleich überrascht klang.

Mühevoll hob Nora ein wenig den Kopf, um ihn zu warnen, um einen Schrei auszustoßen, der Georg die Gefahr signalisierte, in die er hineinlief, aber sie hatte den Mund voller Erde, feuchter, blutiger Erde, die jeden Laut erstickte, und dann überkam sie das Gefühl, dass alles gleichgültig wurde, dass sie nichts anderes mehr tun konnte, als sich an dem jungen Baum festzuhalten, um nicht mit ihrem Kind von der Erde geschleudert zu werden.

Er verließ den Weg und wand sich zwischen groben Felsblöcken hindurch. Die Hündin kläffte aufgeregt irgendwo in der Dunkelheit vor ihm, und dann hörte er die Schreie und sah Licht, das um ein paar Bäume herumflirrte. Zwei Frauen tauchten auf und verschwanden wieder in der Dunkelheit. Für den einen hellen Moment hatten sie wie moderne Tänzerinnen ausgesehen, irgendwie verhakt und sich gegenseitig in jähen Bewegungen mitziehend. Erst als eine der beiden Frauen erneut aufschrie, begriff Georg, dass er Zeuge eines Kampfes war. Er schlitterte mehr über den steilen, felsigen Grund, als dass er ging, und wäre fast über ein paar Blechdosen gestolpert. Dann lief er durch altes Laub und erkannte Martha. Er rief nach ihr. Sie hielt eine Eisenstange in der Hand und beugte sich über die andere Gestalt, die nun am Boden lag und einen winzigen Baum umklammerte, um nicht über die Felskante zu rutschen und abzustürzen. Das Erkennen drohte ihn zu lähmen. Seine Sinne arbeiteten noch nicht richtig. Was tat Martha da? Plötzlich bellte die Hündin wieder, und Martha drehte sich zu ihm um.

Ihr Gesicht war bleich, soviel konnte er in dem wenigen Licht erkennen, und sie lächelte gequält.

»Warum musst du ausgerechnet jetzt kommen, du Idiot«, sagte sie leise und ohne jede Betonung.

Dann erlosch ihr mattes Lächeln, und sie wandte sich in einer hastigen Bewegung ihrer Gegnerin zu und versetzte ihr einen heftigen Tritt. Die Frau am Boden rutschte steif wie eine Strohpuppe über den Felsen. Ihr blondes Haar schimmerte auf, und endlich begriff er, wer sie war. Ohne einen Laut von sich zu geben, hielt Nora sich noch immer an dem winzigen Baum fest, der sich gefährlich neigte und zu brechen drohte. Als sei sie schon halb ohnmächtig und konzentriere sich einzig und allein noch darauf, den langen, biegsamen Stamm nicht loszulassen, hing sie da.

Martha holte mit ihrer Eisenstange aus und zielte auf Noras Hände, aber einen winzigen Moment später war er schon bei ihr. Der Schlag geriet zu kurz und nicht kraftvoll genug. Georg gelang es, Martha aus dem Gleichgewicht zu bringen und zu Boden zu werfen. Sie ließ ihre Waffe fallen und schrie auf wie ein verwundetes Tier, und während er aus dem Augenwinkel beobachtete, wie sie ein Stück weiter in die Dunkelheit kroch, als wolle sie fliehen, packte er Nora an den Schultern und zog sie zu sich herauf. Sie sagte kein Wort, schaute ihn lediglich aus halbgeschlossenen Augen an und nickte schwach. Er strich ihr über das Gesicht, das blutig war und voller Schmutz, und küsste sie auf die Stirn.

Genauso schwach und kraftlos, weil sein Körper voller Schmerzen gewesen war, hatte er vor Martha dagelegen, als sie nach dem Überfall etliche Passanten beiseite geschoben und sich über ihn gebeugt hatte. Da hatte er noch geglaubt, sie sei die barmherzige Samariterin, die der Himmel schickte, um ihn zu retten.

Als er sich nach ihr umwandte, stand Martha ein paar Meter hinter ihm zwischen den Bäumen. Ihr Gesicht war nicht zu sehen, der Lichtstrahl der Taschenlampe, die ein Stück weiter im Laub lag, stach ins Leere. Martha bewegte sich langsam, machte einen langen und zwei kurze, leicht wankende Schritte, als habe sie ihr Gleichgewicht noch nicht wiedergefunden.

»Warum konntest du nicht eine Stunde länger schlafen«, sagte sie wie zu sich selbst. »Eine einzige verfluchte Stunde, und alles wäre in Ordnung gewesen!«

Er hörte die Verzweiflung in ihrer Stimme und hatte das Gefühl, dass er etwas entgegnen musste, aber während er noch nach einem ersten, unverfänglichen Wort suchte, schnellte ihr rechter Arm vor, den sie hinter dem Rücken gehalten hatte.

»Du Idiot!«, zischte sie. »Du hast nichts verstanden!«

Bevor er sich aufrichten konnte, hatte Martha zugeschlagen. Nora schrie auf und zuckte angstvoll zurück. Der Stahl traf ihn an der Schläfe. Blind vor Schmerz sackte er zusammen. Trotzdem gelang es ihm, Marthas rechten Fuß zu umklammern. Sie keuchte auf und geriet erneut aus dem Gleichgewicht. Alles ging für ihn ganz langsam vonstatten, als hätten sich auf einmal die Gesetze der Schwerkraft geändert. Martha stürzte über ihn, und dann taumelten sie gemeinsam wie irre Liebende, die nicht voneinander lassen können, über die Felskante. Er spürte dumpf, wie er seine Hände nach dem Baum ausstreckte, an dem Nora sich festgehalten hatte, aber die einzelnen, dünnen Zweige glitten zwischen seinen kraftlosen Fingern hindurch. Er rutschte weiter den Hang hinab, riss sich die Hände blutig, während sie über Fels schrammten. Er fiel. Unter seinen Beinen gab es nichts mehr. Sein Herz schlug voller Angst. Irgendwo ein Stück neben ihm musste Martha sein. Seine Hände suchten nach ihr. Ein Stein traf ihn so schmerzhaft an der Schulter, dass ihn ein schriller Schmerz durchzuckte, Dornen streiften sein Gesicht, und dann traf ihn ein Ast in den Rücken, dass er glaubte, eine Lanze habe ihn durchbohrt. Bevor alles schwarz um ihn wurde, hörte er noch einen langen, furchtbaren Schrei.

Epilog

David wartete auf sie. Als sie aus dem Behandlungszimmer des Arztes kam, sprang er von seinem Stuhl auf und schaute sie so sorgenvoll an, als sei er der Vater ihres Kindes.

»Alles in Ordnung?«, fragte er.

Sie nickte. Dem Kind war nichts passiert, und außer Schürfwunden an den Händen und ein paar harmlosen Prellungen hatte auch sie nichts abbekommen.

»Hier kannst du dir mein Kind anschauen.« Sie reichte ihm das Ultraschallbild, das der Arzt ihr geschenkt hatte.

»Sieht aus, als hätte jemand die Milchstraße fotografiert«, sagte er, nachdem er einen interessierten, jedoch ratlosen Blick auf das Bild geworfen hatte. »Wie kann man darauf ein Kind erkennen?«

Nora zuckte die Achseln. Schweigend verließen sie die Arztpraxis. Draußen schien die Sonne. Blau spannte sich der Himmel über der Stadt. Offenbar wollte der Sommer kein Ende nehmen, aber das hatte David nicht daran gehindert, wieder seinen weißen, zerknitterten Trenchcoat anzuziehen.

»Wenn du noch ein wenig schlafen willst, kann ich dich nach Hause fahren«, sagte er, als sie an seinem BMW angekommen waren. Er war in der Nacht als Erster am Drachenfels gewesen, noch vor dem Notarzt und den Polizisten aus dem Ort, weil er über der Bäckerei seiner Schwägerin ein Zimmer bezogen hatte.

»Ich möchte Mari sehen«, sagte Nora. Eigentlich hätte die Anspannung von ihr abgefallen sein müssen, doch noch immer hatte sie das Gefühl, im nächsten Moment könnten ihr die Knie weich werden oder sie werde bei einem falschen Wort in Tränen ausbrechen.

»Du bist keine Angehörige. Nur Angehörige dürfen den Leichnam sehen«, erwiderte David sanft. Die grauen Strähnen in seinem langen Haar glänzten eine Sekunde lang im Sonnenlicht, als er einstieg. In wenigen Jahren würde er ein durch und durch grauer Wolf sein.

»Dann zeig mir zumindest für ein paar Minuten ihre Wohnung«, sagte Nora, während sie auf dem Beifahrersitz Platz nahm. »Es hat noch nie einen Menschen gegeben, in dem ich mich so getäuscht habe. Ich habe sie für meine Freundin gehalten, habe gedacht, sie sei irgendwo eine erfolgreiche Modedesignerin oder habe vielleicht sogar eine eigene Firma. Sie war immer ziemlich fleißig, viel fleißiger als ich auf jeden Fall.« Sie verstummte, weil sie bemerkte, wie schrill und aufgeregt ihre Stimme klang. Sollte sie David sagen, was der wahre Grund für Maris Hass gewesen war? Dass Mari ihnen gefolgt war, David und ihr, und beobachtet hatte, wie sie in das Verlies gegangen waren? Nein, das brachte sie nicht über ihre Lippen, aber vielleicht musste auch niemand von diesem einen, letzten Geheimnis erfahren.

David startete den Wagen. Sein Gesichtsausdruck verriet, dass er ihr den Wunsch, Maris Wohnung zu sehen, erfüllen würde. Tatsächlich bog er wenig später auf die Autobahn nach Köln ein. Als sein Telefon klingelte, stellte er, statt den Anruf anzunehmen, das Radio an. Ein Moderator erwähnte den ungewöhnlichen Polizeieinsatz in Königswinter, und dann kündigte er Georg Ardens Version von »My Way« an. Zum ersten Mal werde diese Aufnahme im Radio gespielt. Die CD komme in der nächsten Woche in den Handel.

»Da hat Ardens Manager aber schnell reagiert«, sagte David spöttisch, ohne Nora anzuschauen. Allerdings spürte sie, dass er aus den Augenwinkeln genau beobachtete, wie sie auf das Lied reagierte.

Sie blickte schweigend vor sich auf die Straße. Georgs Version gefiel ihr, sie hatte Tempo, klang eher nach gutem Swing und nicht nach Big Band und großem Varieté wie bei Frank Sinatra. Zum ersten Mal begriff sie wirklich, wie sehr es ihn erschüttert haben musste, seine Stimme verloren zu haben.

»Wenn er nicht aufpasst, wird das Lied bald in der Hitparade landen.« David fuhr so schnell, als sei er zu einem Einsatz unterwegs.

»Heute sagt kein Mensch mehr Hitparade«, erwiderte sie, weil sie sich über seinen Spott ärgerte. »Es heißt Charts.«

Er beschleunigte noch weiter. »Könntest du dir vorstellen, dass wir da weitermachen, wo wir vor neun Jahren, vier Monaten und dreizehn Tagen aufgehört haben?«, fragte er unvermittelt. Nun war jeder Spott und Unernst aus seiner Stimme gewichen.

Sie zuckte zusammen, überrascht und entsetzt zugleich. Hatte er sich wirklich das genaue Datum gemerkt, wann sie in der Drachenburg miteinander geschlafen hatten, und dann zurückgerechnet? Oder war es ein Trick, um sie zu beeindrucken? Sie schaute ihn an und dachte daran, dass sie ihn wahrscheinlich nie geliebt hatte. Vielleicht stimmte es, dass es ihr gefallen hatte, bewundert zu werden, es ihr aber niemals wirklich ernst gewesen war. Im Profil sah David noch hagerer und müder aus. Man konnte ihn sich leicht als alten Mann vorstellen: ein Greis mit langen grauen Haaren, dunkler Pergamenthaut, der seine Umwelt nicht mit übermäßigem Optimismus traktieren würde.

»Nein«, sagte sie, »ich kann es mir nicht vorstellen. Es wäre keine gute Idee.«

Er seufzte, aber in diesem Seufzen fand er sein Lächeln wieder. »War auch nur so ein Gedanke.«

Mari hatte in einem Hochhaus im Süden Kölns gewohnt. David rollte langsam durch die Straße und hielt nach Journalisten Ausschau. Als sie niemanden entdeckten, der sich auffällig verhielt, stiegen sie aus und gingen zum Hauseingang.

»Monika Weihe, meine Kollegin aus Bonn, sieht sich schon seit heute morgen in der Wohnung um«, sagte David, nachdem er auf den Klingelknopf mit der Aufschrift *Martha Runholt* gedrückt hatte.

Noch immer konnte Nora sich nicht an diesen Namen gewöhnen. In der Schule war Mari wütend geworden, wenn Lehrer sie Martha genannt hatten; kein Schüler hatte sich getraut, sie so zu rufen, dann wären Faustschläge und Fußtritte fällig gewesen. Mari reagierte jähzornig, wenn ihr etwas nicht gefiel, zumindest wenn kein Lehrer in der Nähe war, der sie bei ihrem tyrannischen Vater anschwärzen konnte. Sie hatte den Namen Martha gehasst, weil für sie allenfalls Großmütter mit Stock und Haarnetz und dicke, nervige Tanten so hießen.

In einem engen, an allen Seiten verspiegelten Lift fuhren sie in die zwölfte Etage hinauf. Konsequent blickten sie aneinander vorbei, und Nora wagte auch nicht, sich selbst anzuschauen.

»Wir haben nur ein paar Minuten«, sagte David. »Ich weiß nicht, was du dir von diesem Besuch versprichst.«

Sie wusste es selbst nicht. Vielleicht weil sie immer noch auf eine andere Erklärung hoffte, warum aus der grauen, meistens freundlichen Mari eine Mörderin geworden war.

Niemand nahm sie in Empfang, als sie aus dem Fahrstuhl traten. Eine Tür linkerhand war angelehnt, eine grünlackierte, schlichte Wohnungstür mit Spion, auf der kein Name zu lesen war. Zögernd ging Nora hinein. Im Flur roch es aufdringlich nach Parfüm, aber dieser Geruch konnte auch von der rothaarigen Polizistin stammen.

David sah sie an, als er ihr Zögern bemerkte. »Verirren kann man sich hier nicht.«

Die Wohnung war klein und eng. Um festzustellen, dass Mari keine Reichtümer angehäuft hatte, genügte ein flüchtiger Blick auf das Mobiliar. Ein Plastikspiegel, golden umrahmt, eine billige Kommode aus Kiefernholz. An einem Kleiderständer hingen in unterschiedlichen Farben Hüte und lange Mäntel aus dünnem Leinen oder Filz, Kleidungsstücke, wie man sie am Theater oder an der Oper erwartete. Vermutlich hatte Mari sich am Kostümfundus bedienen dürfen und reichlich Gebrauch davon gemacht. So wie die Mäntel da hingen, sahen sie wie eine Verkleidung aus.

»Ist nie ein Verdacht auf Martha gefallen? War sie nicht eine der ersten, die bei Georg war, als er überfallen wurde?«

»Wir haben einen Mann gesucht, den Mörder eines unschuldigen Mädchens«, erwiderte David ein wenig barsch. »Martha gehörte zu ungefähr hundertsiebzig Personen, die sich an jenem Abend in der Oper aufhielten und die wir befragt haben. Vielleicht hätte ich sie erkannt, wenn ich mit ihr gesprochen hätte, aber ich habe bestenfalls einmal ihren Namen in den Protokollen gelesen und mir nichts dabei gedacht.«

Der erste Raum, in den man vom Flur aus gelangte, war die Küche: zehn Quadratmeter Ordnung und Sauberkeit. Mari hatte sich augenscheinlich von Kaffee, Diätsuppen und Vitaminpulvern ernährt. Gekocht hatte sie jedenfalls nie oder äußerst selten. Auf der Ablage neben einem unbenutzt wirkenden

Herd reihten sich etliche größere Blechdosen aneinander, aber nichts sonst, keine Obstschale, kein Brotkorb, nichts. Auf dem Tisch, an dem zwei Plastikstühle standen, von denen einer eingeklappt war, befand sich eine nagelneue Nähmaschine, an der Mari kürzlich noch gearbeitet hatte. Stoffreste und Nähzeug waren daneben drapiert. Durch das einzige Fenster konnte man in der Ferne eine Spitze des Doms ausmachen.

Nach Einsamkeit sah die Küche aus, und danach, dass hier jemand gewohnt hatte, für den Genuß ein Fremdwort war.

»Viel Besuch scheint sie nicht gehabt zu haben«, sagte David, während er die Kühlschranktür öffnete.

Nora wandte sich ab, und plötzlich hörte sie das erste Geräusch, das bewies, dass sich noch jemand in der Wohnung aufhielt. Gleich darauf ertönte die Stimme eines Sängers, die gegen ein mächtiges Orchester ankämpfte. Sie entdeckte keine Ähnlichkeit mit der Stimme, die sie vor ein paar Minuten im Radio gehört hatte, trotzdem wusste sie sofort, dass Georg da sang. Wagner, vermutete sie, »Tannhäuser«, aber sie verstand zu wenig davon, um es genau sagen zu können.

Der Flur mündete in einen größeren Wohnraum. Die rothaarige Kommissarin beugte sich mit einer Kassette in der Hand über eine Hifi-Anlage, an der nichts fehlte: CD-Player, Kassettenrekorder, Radio; sogar einen alten Plattenspieler besaß Mari noch. Mit einem Knopfdruck an der Fernbedienung schaltete die Polizistin den Rekorder ab. Georgs imposante Stimme erstarb mit einem kurzen Nachhall.

»Hallo«, sagte Monika Weihe, keineswegs überrascht, Nora zu sehen, und nickte dann David mit einem Lächeln zu. »Sie hat sich hier ihren privaten Konzertraum eingerichtet. Die Wände sind isoliert, sogar die Türen, und die Lautsprecher stehen auf dämpfenden Matten. Wenn ich richtig gezählt habe, besitzt sie über fünfhundert CDs und hundert Kassetten.«

»Ich habe gar nicht gewusst, dass es Aufnahmen von Arden gibt«, sagte David.

»Gibt es offiziell auch nicht.« Die Kommissarin hielt die Kassette hoch. Man konnte erkennen, dass sie sorgsam beschriftet war. »Das sind private Mitschnitte aus der Oper, die Martha Runholt entweder selbst aufgenommen oder sich von einem Tonmeister besorgt hat.«

Nora erinnerte sich nicht, dass Mari sich auch früher schon für Musik interessiert hatte. Zwei oder drei Monate lang hatte sie als Zwölfjährige bei Hanna Klavierunterricht genommen, es allerdings bald wieder aufgegeben, weil ihr Vater die Stunden nicht bezahlen wollte und sie zu stolz war, sich umsonst unterrichten zu lassen. Vielleicht aber hatte sie in Wahrheit den Vergleich mit Nora gescheut, die schon drei Jahre länger Unterricht gehabt hatte.

»Hast du etwas über die Überfälle gefunden?« fragte David, den die Kassetten offenbar wenig interessierten.

»Sie hat genauso wie Lukas Weber die Zeitungsberichte über die Überfälle ausgeschnitten und archiviert. Manchmal hat sie auch noch eine Bemerkung an den Rand gekritzelt«, erklärte die Polizistin. »Sie hat überhaupt viel gesammelt. In ihrem Kleiderschrank stehen zwei große Kartons mit Material über die Oper. Sie hat jeden Bericht aufgehoben, in dem der Name Georg Arden vorkam.«

Nora betrachtete die gerahmten Fotografien an der Wand. Aufnahmen aus der Oper, wie sie für Programmhefte und Kataloge erstellt wurden. Ohne Ausnahme war auf jedem Georg zu sehen.

»Sie hat ihn bewundert und geliebt«, sagte Nora leise und vollkommen verblüfft. »Sie hat geglaubt, wenn er keine Stimme mehr hat, kann sie ihn für sich gewinnen. Deshalb hat sie auf die Rückseite des Fotos ›Kehlkopf‹ geschrieben. Das war eine Anweisung.«

David stöhnte auf. »Ich glaube nicht, dass das etwas mit Liebe und Bewunderung zu tun hat. Martha war eine Wiederholungstäterin. Sie hat sich von irgendwelchen Typen anmachen lassen, und wenn es nicht so funktionierte, wie sie wollte, hat sie ihren Schläger von der Kette gelassen, damit er diesen Männern einen Denkzettel verpasste. Das ist auch bei Arden so gewesen.«

»Wenn du in ihr Schlafzimmer gehst, wirst du sehen, dass du unrecht hast«, sagte die Kommissarin. Sie schob sich eine Strähne aus dem Gesicht und musterte David streng. »Bei den anderen Männern mag es so gewesen sein, aber von Arden war sie regelrecht besessen. Neben ihrem Bett lag ein Tagebuch. Da finden sich Passagen, die wie Briefe an ihn formuliert sind.«

David ging in den Raum hinter dem Wohnzimmer.

Die Tür ließ sich nicht einmal halb öffnen, sodass man sich regelrecht durch den Spalt winden musste. Das Schlafzimmer war kaum größer als eine Abstellkammer. Ein Sekretär, der beinahe wie eine echte Antiquität aussah, ein schmaler Stuhl, das mit einer schmucklosen Überdecke versehene Bett, das für eine alleinstehende Frau recht überdimensioniert wirkte, und der Kleiderschrank hinter der Tür – mehr passte beim besten Willen nicht hinein.

Das Tagebuch lag aufgeschlagen auf dem Sekretär. Nora widerstand der Versuchung, sofort einen Blick hineinzuwerfen. Ihre Anspannung wich allmählich. Stattdessen fühlte sie, wie Trauer ihr die Kehle zuschnürte. Was für ein trostloses Leben musste Mari geführt haben!

An der größten Wand der Kammer hatte Mari auf ein weißes Bettlaken Schnappschüsse geklebt, Bilder von Georg, die sie heimlich aufgenommen hatte, Georg in der Garderobe, wie er sich abschminkte, mit seinem Sohn vor einer Schule, mit der Hündin auf der Rheinpromenade, im Café mit einer Frau, vermutlich Eileen, die ein wütendes Gesicht machte, weil sie sich wohl gerade stritten.

Auf anderen Fotos waren Männer in Freizeitkleidung zu sehen; auf einem lächelte ein blonder Reiter von seinem Pferd herab, ein anderes war irgendwo auf einer südlichen Insel aufgenommen worden: Mari, in einem wenig vorteilhaften Bikini, hauchte einem schwarzhaarigen Mann in einem gelben T-Shirt, der entfernt David ähnlich sah, einen Kuss zu. Ein anderes Foto kannte Nora allzu gut. Sie hatte eine ähnliche Aufnahme, die wenige Sekunden später entstanden war, erst gestern Abend in der Hand gehalten, als sie nach dem Schlüssel für die Metallkassette gesucht hatte. Mari und sie in der Kabine eines Passbildautomaten am Hauptbahnhof in Bonn. Zwei alberne, lachende Mädchen, die angeblich besten Freundinnen der Welt. Es war alles eine große Lüge gewesen.

David schob sich an dem Sekretär vorbei zur Wand über dem Bett. Ein Hemd hing wie eine Trophäe da, mit wenigen Nadeln kunstvoll befestigt. Seine schlanken, beharrten Hände strichen über den Stoff, als müssten sie feststellen, ob er wirklich existierte.

»Arden hat mir vorgestern Abend eine seltsame Geschichte erzählt«, sagte er, ohne Nora anzuschauen. »Nach einer Premiere ist er einmal so betrunken gewesen, dass er ohne sein Hemd, aber mit einem Schal um den nackten Hals in seiner Garderobe wach geworden ist. Er konnte sich nicht mehr erinnern, mit wem er zuletzt zusammengewesen war. Hier haben wir die Antwort. Ich wette, dass ihm dieses Hemd gehört.«

Nora drehte sich um und verließ die Kammer. Sie spürte, wie eine einzelne Träne über ihre Wange lief. Es war ein Fehler gewesen, in diese trostlose Wohnung zu kommen. Mari war tot, und das war Glück und Unglück zugleich.

Sie hastete an der rothaarigen Polizistin vorbei zur Eingangstür und glaubte, die Luft anhalten zu müssen. Hier würde sie keinen Atemzug mehr tun können, sondern eher ersticken. Erst im Treppenhaus bemerkte sie, dass David ihr nachgelaufen war. Er hielt ihr sein Mobiltelefon entgegen.

»Eine Nachricht für dich«, sagte er ohne jede Regung.

Einen Moment dachte sie an Georg. War er doch schwerer verletzt worden? Hatte sich sein Zustand verschlechtert?

Eine hohe, freundliche Stimme, die sie nicht kannte, meldete sich. Nora musste sich die Worte der Frau in Gedanken übersetzen, um sie zu verstehen.

Eine Krankenschwester war am Apparat. Mike war aus dem Koma erwacht. Er war bei klarem Verstand und hatte nach ihr gefragt.

Als er aufwachte, meinte er, eine Krähe zu hören; eine wilde, aufgeregte Krähe, die einen engen Bogen über die Klinik flog und dabei mächtig krakeelte. Die Wunde in seinem Rücken war tief und so schmerzhaft, dass er sie bei der kleinsten Bewegung spürte. Trotzdem hatte er Glück gehabt; es waren keine inneren Organe verletzt worden.

Er versuchte die ganze Zeit, Musik zu hören, die Augen zu schließen, sich schlafend zu stellen, wenn jemand ins Zimmer kam, und ein paar Lieder in seinem Kopf zu singen. Es war ein merkwürdiges Gefühl, am Leben zu sein, während ein anderer eine Handbreit von ihm entfernt in den Tod gestürzt war.

Marthas Schrei drängte sich immer wieder in die Musik in seinem Kopf. In gewisser Weise musste er sich die Schuld an ihrem Tod geben; wenn er sie eher durchschaut hätte, wäre alles nicht so weit gekommen. Martha hatte den Abend genau geplant. Mit einem Schlafmittel, das sie unbemerkt in den Champagner gemischt hatte, hatte sie ihn außer Gefecht gesetzt, um dann Nora aus dem Weg zu räumen. Nora war die Einzige, die ihr wirklich gefährlich werden konnte, die alte Freundin, die sie immer in den Schatten gestellt hatte. Nicht der kleinste Hauch eines Verdachts wäre auf Martha gefallen, wenn er nur ein wenig länger geschlafen hätte und die Hündin nicht den Drachenfels hinaufgelaufen wäre.

Die Krähe krächzte vor seinem Fenster, und dann, als die ersten Schatten ins Zimmer fielen, weil es bereits Nachmittag geworden war, flog sie davon. Er wandte den Blick ab und beobachtete, wie jemand die Tür öffnete. Eine Kinderhand tauchte auf, und er atmete so erfreut ein, dass ihn ein neuer Schmerz durchzuckte. Tom setzte vorsichtig einen Fuß ins Zimmer, als betrete er eine Eisfläche, von der er nicht sicher war, ob sie hielt. Nachdem er zwei Schritte gemacht hatte, schaute er sich fragend um. Er sah so jung und arglos aus, dass Georg beinahe die Tränen kamen. Eine Frau in einem hellbraunen Kleid folgte ihm. Georg bemühte sich trotz seiner Schmerzen, ein wenig aufrechter dazusitzen. Irgendwie hegte er keine Zweifel, dass Tom ihn mit Nora besuchen werde. Niemanden wünschte er dringender zu sehen als die beiden. Doch es war natürlich Eileen, die ebenfalls zögernd ins Zimmer trat. Sie lächelte ein wenig gezwungen und schob Tom wie einen Schutzschild vor sich her.

»Wir haben im Flur gewartet, dass du aufwachst«, sagte sie. »Wie geht es dir? Wir haben uns schreckliche Sorgen gemacht.« Ihre Augen funkelten. Sie sah gut aus, wie eine elegante Urlauberin, die soeben vom Strand zurückgekehrt war.

Tom lief die letzten zwei Meter auf ihn zu und griff nach seiner Hand. »Im Radio haben sie gesagt, dass du jemanden gerettet hast. Außerdem haben sie ein Lied von dir gespielt. Bist du wirklich beinahe abgestürzt?«

Georg nickte. Er zog seinen Sohn ein wenig an sich heran, ohne auf den neuerlichen Schmerz in seinem Rücken zu achten. Diese Situation hatte es schon einmal gegeben, kurz nach dem Unfall, als Tom ängstlich und eingeschüchtert ins Krankenhaus gekommen war; doch da hatte er nicht sprechen können, und auch Tom hatte vor Schrecken kein Wort herausgebracht.

»Es war Nora«, sagte er. »Ich habe Nora gerettet.« Kaum hatte er die Worte ausgesprochen, kamen sie ihm falsch und viel zu groß vor. Vielleicht war es auch umgekehrt; vielleicht hatte zuerst Nora ihn gerettet.

»Ich hoffe, dass nun alles vorbei ist«, sagte Eileen. Nüchternheit hatte sich in ihre Stimme geschlichen. »Die letzten Monate waren ein einziger Alptraum. Wie lange musst du im Krankenhaus bleiben?«

»Eine Woche vielleicht.«

Tom schaute ihn an, als versuche er, irgendeine Veränderung an ihm festzustellen.

»Ich habe diese Martha nicht wirklich gekannt«, sagte Eileen, »aber ich bin sicher, dass sie alles arrangiert hat. Meine angeblichen Treffen mit Viktor, die seltsamen Briefe. Sie hat Viktor in meinen Laden bestellt …«

Er wandte den Kopf ab. Eileen hatte vermutlich recht, aber er wollte nun nicht über Brun oder die tote Martha reden.

»Was für ein Lied von mir haben sie gespielt?« Er schaute Tom an, als seien sie allein im Zimmer, und zum ersten Mal kam ihm seine Stimme nicht rau und scheußlich vor.

Tom lächelte und leckte sich über die Lippen, wie er es manchmal tat, wenn er verlegen wurde. »Es war auf Englisch gesungen, wie auf der Kassette, die wir im Haus manchmal gehört haben. Hörte sich gut an, gar nicht so wie die Lieder, die du früher gesungen hast.«

»Ich glaube, ich verstehe nicht ganz.« Seine Blick richtete sich auf Eileen.

Sie legte Tom ihre Hände auf die Schultern. Ihre Fingernägel waren dunkelrot lackiert. »Leggewie hat viele Anfragen bekommen wegen der Sinatra-Lieder, die du einmal aufgenommen hast, und da hat er eines herausgegeben, und nun will die halbe Welt die Aufnahmen haben. Er hat mich gefragt, und ich habe eingewilligt, weil du …« Sie verstummte und senkte den Blick.

Er hatte keine Ahnung, was er sagen sollte. Sie hatten seine Stimme verkauft, die es nicht mehr gab; er war nun der stumme Sänger, dessen Lieder im Radio gespielt wurden.

»Draußen sind auch Reporter, die mit dir reden wollen«, sagte Tom stolz, »aber die Krankenschwestern haben sie nicht hereingelassen.«

»Hast du Nora gesehen?«, fragte er. »Steht sie auch da draußen?«

Tom schüttelte den Kopf.

»Ich dachte, wir könnten das Geld gut gebrauchen.« Die Frage nach Nora hatte Eileen absichtlich überhört. Sie hatte immer die Fähigkeit besessen, Dinge auszublenden, die ihr nicht gefielen. »Vielleicht können wir ja noch einmal von vorn anfangen. Du gehst zum alten Simon, arbeitest an deiner Stimme, und wer weiß …«

»Ja, vielleicht«, sagte er vage. In der Ferne meinte er die Krähe wieder zu hören, und Tom drehte den Kopf zum Fenster, als habe er das Krächzen auch wahrgenommen.

Eileen runzelte die Stirn und breitete hilflos die Arme aus. »Du bist sicher müde. Wir kommen morgen früh zurück. Wir haben Bella zu uns genommen. Sie sitzt unten im Auto. Hunde sind hier nicht erlaubt.«

Er drückte Tom zum Abschied die Hand, nickte ihm lächelnd zu und schaute Eileen und ihm beklommen nach, während die beiden zur Tür gingen. Er war nicht müde, keine Spur. Wenn er ehrlich war, wartete er auf Nora. Nie hatte er einen größeren Schrecken erlebt als in der letzten Nacht. Er hatte ihr blondes Haar im Mondlicht leuchten sehen, als sie sich an diesen winzigen Baum geklammert hatte. Trotzdem war kein Laut über ihre Lippen gedrungen.

Die Dunkelheit lief wie eine schwere, sich langsam ausbreitende Flüssigkeit in sein Zimmer. Zwischendurch kamen eilige Krankenschwestern, brachten etwas zu essen, das er nicht anrührte, und holten es wieder ab. Er hatte noch immer keine Ahnung, was er mit seinem Leben anfangen sollte, aber irgendetwas würde er anfangen. Doch zuvor war nur eines wichtig: Wann kam Nora zu ihm? Er war ganz sicher, dass sie kommen würde, allerdings hatte sie in diesem Krankenhaus nun mächtig viel zu tun: Ihre Tante war noch immer hier – und Mike, der Vater ihres Kindes, dessen Zustand sich angeblich gebessert hatte …

Eine ganze Weile lag Georg mit offenen Augen da und lauschte der Stille in seinem Kopf. Das war die Art von Stille, die manchmal für Sekunden in großen Symphonien aufschien oder wenn ein wunderbares Lied verklungen war. Kein Gedanke schob sich in diese wunderbare Stille, und nicht einmal der kleinste Schmerz wagte ihn zu stören.

Dann, als es vollkommen dunkel geworden war, tauchte er aus der Stille auf. Er hörte, wie draußen die Krähe zum letzten Mal schrie und die Tür zu seinem Zimmer zaghaft geöffnet wurde.